rowohlt repertoire
macht Bücher wieder zugänglich,
die bislang vergriffen waren.

Freuen Sie sich auf besondere Entdeckungen
und das Wiedersehen mit Lieblingsbüchern.

Alle **rowohlt repertoire** Titel finden Sie auf
www.rowohlt.de/repertoire

Rechtschreibung und Redaktionsstand dieses Buches
entsprechen einer früher lieferbaren Ausgabe.

Veröffentlicht im Rowohlt Verlag, Reinbek bei Hamburg

Umschlaggestaltung Anzinger und Rasp, München
Druck und Bindung BoD - Books on Demand GmbH,
Bad Hersfeld
ISBN 978-3-688-10945-6

rowohlt repertoire

«Kornél Esti ist ein Tausendsassa. Ein Bürgerschreck, der seinen Lebensretter kurzerhand in die Donau stößt, als der sich an ihn hängt. Kornél Esti ist das schillernde Geschöpf des ungarischen Lyrikers und Romanciers Dezső Kosztolányi, eines Königs der Nacht und Kaffeehaus-Regenten, der in diesem Roman das elegante Budapest der Jahrhundertwende und der Zwischenkriegszeit durchwandert.»
(Literaturen)

Dezső Kosztolányi, geboren 1885, gilt als großer Erneuerer der ungarischen Literatur. In allen Gattungen bewandert, schuf er bedeutende Lyrik, Romane, Novellen und Essays. Neben Shakespeare und Oscar Wilde hat er auch Heine, Hölderlin und Rilke ins Ungarische übersetzt. «Esti Kornél» erschien 1933 und hat bis heute nichts an Frische und Originalität eingebüßt. Dezső Kosztolányi starb 1936.

Rowohlt Verlag GmbH, Kirchenallee 19, 20099 Hamburg

Kontaktadresse nach EU-Produktsicherheitsverordnung:
produktsicherheit@rowohlt.de

Dezső Kosztolányi ***Ein Held seiner Zeit***

Die Bekenntnisse des Kornél Esti

Roman Deutsch von Christina Viragh

Mit einem Nachwort von Péter Esterházy

Rowohlt Taschenbuch Verlag

Der Verlag dankt dem Fonds für Übersetzungsförderung der Stiftung Ungarisches Buch in Budapest (www.hungarianbookfoundation.hu) für die freundliche Unterstützung der vorliegenden Übersetzung.

Veröffentlicht im Rowohlt Taschenbuch Verlag,
Reinbek bei Hamburg, Dezember 2005

Die ungarische Originalausgabe erschien 1933 unter dem Titel
«Esti Kornél» in Budapest

Umschlaggestaltung any.way, Cathrin Günther
Foto © 2005, Digital image,
The Museum of Modern Art, New York/SCALA, Florence
Paul Outerbridge (1896–1958): Ide Collar/1922
Satz Pinkuin Satz und Datentechnik, Berlin
Druck und Bindung Clausen & Bosse, Leck
Printed in Germany
ISBN 978 3 499 24111 6
ISBN 3 499 24111 0

Ein Held seiner Zeit

Erstes Kapitel

in welchem der Autor den alleinigen Helden dieses Buchs, Kornél Esti, vorstellt und entlarvt

Die Hälfte meines Lebens war schon vorbei, als mir an einem windigen Frühlingstag Kornél Esti in den Sinn kam. Ich beschloß, ihn aufzusuchen und unsere alte Freundschaft zu erneuern.

Wir hatten uns damals schon zehn Jahre nicht mehr gesehen. Was war zwischen uns vorgefallen? Gott weiß. Zerstritten waren wir nicht. Jedenfalls nicht so wie andere Leute.

Doch als ich die Dreißig hinter mir hatte, begann er mir lästig zu werden. Sein frivoles Benehmen verletzte mich. Seine altmodischen offen-hohen Kragen, seine gelb-dünnen Krawatten und seine krud-grünen Wortspiele waren mir verleidet. Ich fand seine krampfhafte Originalität ermüdend. Fortwährend verwickelte er mich in irgendwelche Skandale.

Zum Beispiel riß er beim Spazieren, während wir nebeneinander hergingen, unvermittelt ein Küchenmesser aus der Innentasche seines Jacketts und begann es zur Verblüffung der Passanten am Randstein zu wetzen. Oder er wandte sich sehr höflich an einen armen Blinden, er möge ihm doch das Staubkorn entfernen, das ihm eben ins Auge geflogen sei. Oder einmal, als ich lauter bedeutende Persönlichkeiten, von denen mein Schicksal und meine Karriere abhingen, Chefredakteure, Politiker – gnädige Herren, Exzellenzen –, zum Abendessen erwartete und auch er geladen war, veranlaßte er hinterrücks meine Bediensteten, im Badezimmer einzuheizen, worauf er meine Gäste gleich bei ihrem Eintreffen abfing und ihnen mitteilte, daß in meinem Haus aufgrund einer alten, geheimnisvollen – leider nicht in Einzelheiten zu erörternden – Familientradition oder eines Aberglaubens die Gäste vor dem Essen ausnahmslos ein Bad zu nehmen hatten, und diesen Unsinn vertrat er mit einem solchen teuflischen Takt, einer solchen Schläue und Wortgewandtheit, daß die arglosen Opfer, die mich zum ersten und zum letzten Mal mit ihrer Präsenz beehrten, ohne mein Wissen allesamt ein Bad nahmen, zusammen mit ihren Gemahlinnen, worauf sie sich, gute Miene zum bösen Spiel machend, an den Tisch setzten, als wäre nichts geschehen.

Derartige Studentenstreiche hatten mich früher amüsiert. Jetzt, zu Beginn des Mannesalters, ärgerten sie mich eher. Ich fürchtete, meine Seriosität könnte ebenfalls Schaden nehmen. Zwar sagte ich nichts, aber ich gebe zu, daß er mich mehr als einmal zum Erröten brachte.

Ihm ging es mit mir wohl ähnlich. In der Tiefe seines Herzens fand er mich wahrscheinlich blöd, weil ich seine Einfälle nicht gebührend würdigte. Vielleicht verachtete er mich sogar. Er hielt mich für einen Spießbürger, weil ich mir einen Terminkalender anschaffte, täglich arbeitete und mich den gesellschaftlichen Gebräuchen anpaßte. Einmal warf er mir ins Gesicht, ich hätte meine Jugend vergessen. Na ja, da war wohl etwas dran. Aber so geht es im Leben. Allen geht es so.

Unsere Entfremdung vollzog sich langsam und unmerklich. Aber trotz allem verstand ich ihn. Er mich auch. Bloß war es jetzt so, daß wir einander insgeheim kritisierten. Die ganze Erklärerei, daß wir einander verstanden und doch nicht verstanden, ging uns beiden auf die Nerven. Jeder zog auf eigenen Wegen dahin. Er nach links. Ich nach rechts.

Zehn lange Jahre lebten wir so, ohne einander ein Zeichen zu geben. Natürlich dachte ich an ihn. Es verging kaum ein Tag, an dem ich mir nicht überlegte, was er in dieser oder jener Situation tun würde. Ich nehme an, daß auch er an mich dachte. Schließlich war unsere Vergangenheit von einem lebendig pulsierenden Erinnerungsgeflecht durchzogen, das nicht so rasch absterben konnte.

Wer er für mich war und was er war, das ließe sich nur schwerlich von A bis Z erzählen. Ich könnte das gar nicht. Meine Erinnerung reicht nicht so weit zurück wie unsere Freundschaft. Ihr Anfang verliert sich im urweltlichen Dämmer meiner Säuglingszeit. Seit ich denken kann, war er mir nahe. Immer vor mir oder hinter mir, neben mir oder gegen mich. Gleichgültig war er mir nie.

Eines Winterabends saß ich nach dem Essen auf dem Teppich und baute aus bunten Klötzchen einen Turm. Meine Mutter wollte, daß ich schlafen ging. Sie schickte die Amme nach mir, denn damals trug ich noch Röcke. Schon ließ ich mich wegführen. Da ertönte hinter meinem Rücken eine Stimme, seine unvergeßliche Stimme:

«Nicht gehen, grad eben nicht.»

Ich wandte mich um und erblickte ihn, glücklich-erschrokken. Er grinste mir ermutigend zu. Ich klammerte mich an seinen Arm, damit er mir helfe, doch die Amme riß mich los und brachte mich zu Bett, ich konnte zappeln und stampfen, soviel ich wollte.

Von da an trafen wir uns täglich.

Morgens sprang er vors Waschbecken:

«Nicht waschen, schmutzig bleiben, es lebe der Dreck!»

Wenn ich beim Mittagessen auf das inständige Flehen meiner Eltern und wider meine Überzeugung das «nahrhafte und gesunde» Linsengericht zu löffeln begann, flüsterte er mir ins Ohr:

«Spuck es aus, kotz es auf den Teller, wart den Braten, den Kuchen ab.»

Er war nicht nur im Haus, bei Tisch und im Bett bei mir, sondern begleitete mich auch auf der Straße.

Der Herr Lojzi kam uns entgegen, ein lieber alter Kumpan meines Vaters, ein hundert Kilo schwerer Richter, den ich bis dahin sehr gern gehabt und verehrt hatte. Ich lüftete meinen Hut und grüßte ihn sittsam. Kornél herrschte mich an:

«Streck die Zunge heraus», und auch er streckte sie heraus, daß sie ihm bis zur Kinnspitze reichte.

Ein frecher Kerl war das, aber interessant, nie langweilig.

Er gab mir eine brennende Kerze in die Hand.

«Zünde die Vorhänge an», hetzte er. «Zünde das Haus an. Zünde die Welt an.»

Er gab mir auch ein Messer.

«Stich es dir ins Herz», schrie er. «Blut ist rot. Blut ist warm. Blut ist schön.»

Ich getraute mich nicht, seine Ratschläge zu befolgen. Aber es gefiel mir, daß er auszusprechen wagte, was ich dachte. Ich hörte ihm mit einem entsetzten Lächeln zu. Er machte mir angst und zog mich an.

Nach einem Sommergewitter fand ich unter dem Ginsterbusch ein völlig durchnäßtes Spatzenjunges. So wie ich es im Religionsunterricht gelernt hatte, übte ich die Werke der Barmherzigkeit und brachte den Spatz in die Küche, damit er beim Herd trocken würde. Ich streute Brosamen vor ihn hin. Wickelte ihn in Lappen. Wiegte ihn im Arm.

«Reiß ihm die Flügel aus», flüsterte Kornél, «stich in seine Augen, wirf ihn ins Feuer, töte ihn.»

«Du bist verrückt», brüllte ich.

«Du bist feige», brüllte er.

Blaß starrten wir einander ins Gesicht. Zitternd. Ich vor Empörung und Mitleid, er vor Neugier und Mordlust. Ich warf ihm den Spatz hin, er solle mit ihm machen, was er wolle. Kornél sah ihn an und bekam Mitleid. Es begann ihn zu schütteln. Ich verzog höhnisch den Mund. Während wir miteinander rangen, huschte der Spatz in den Garten hinaus und verschwand.

Auch er wagte also nicht alles. Ein Maulheld war er, ein Lügner.

Ich weiß noch, wie er in einer herbstlichen Abenddämmerung, so gegen sechs, mich vors Tor hinunterrufen ließ und mir dort geheimnisvoll raunend mitteilte, er könne auch zaubern. Er zeigte mir einen glänzenden Metallgegenstand in seiner Hand und sagte, das sei eine Zauberpfeife, er brauche nur hineinzublasen, um jedes beliebige Haus in die Luft zu heben, bis zum Mond. Er würde auch unser Haus in die Luft heben, um zehn Uhr. Er sagte, ich brauchte keine Angst zu haben, ich solle bloß gut achtgeben und sehen, was passiere.

Damals war ich schon ein bißchen größer. Ich glaubte ihm und glaubte ihm auch nicht. Aber ich rannte aufgewühlt in unsere Wohnung zurück und beobachtete die ganze Zeit, wie die Zeiger unserer Uhr vorrückten. Für alle Fälle rechnete ich mit meinem bisherigen Leben ab, bereute meine Sünden und kniete mich betend vor dem Bildnis der Muttergottes nieder. Gegen zehn hörte ich in der Luft ein Rauschen und so etwas wie Musik. Unser Haus hob sich langsam und stetig in die Höhe, verharrte oben für einen Moment und ließ sich dann etwas schwankend, doch ebenso langsam und stetig wie beim Aufstieg, wieder zur Erde sinken. Ein Glas schlug ein bißchen auf dem Tisch auf, und die Hängelampe schaukelte. Das Ganze dauerte ein paar Minuten. Die anderen merkten nichts. Nur meine Mutter erbleichte, als sie mich ansah.

«Dir ist schwindlig», sagte sie und schickte mich zu Bett.

Meine Freundschaft mit Kornél wurde erst richtig tief, als auf unseren Stirnen die ersten Pickel, Purpurknospen des Jugendfrühlings, erschienen. Wir waren Tag und Nacht zusammen. Lasen und diskutierten. Ich nahm gegen ihn Stellung und focht seine gottlosen Ansichten heftig an. Ganz sicher war er es, der mich in alles Sündhafte einführte. Er klärte mich zu gegebener Zeit darüber auf, wie die Kinder entstehen, er legte mir dar, daß die Erwachsenen gelbe, nach Tabak riechende, aufgedunsene Tyrannen sind und keinerlei Respekt verdienen, weil sie widerwärtiger sind als wir und früher sterben, er redete mir zu, ich solle nicht lernen, solle morgens so lange wie möglich im Bett faulenzen, auch wenn ich zu spät in die Schule käme, er stand Schmiere, damit ich die Schubladen meines Vaters aufbrechen und seine Briefe öffnen konnte, er brachte mir wilde Bücher und Postkarten, die man vor eine Kerzenflamme halten mußte, er lehrte mich singen, lügen und Gedichte schreiben, er forderte mich auf, alle unanständigen Wörter laut herzusagen, im Sommer durch die Ritzen der Badekabine die Mädchen beim Umkleiden zu belauern und sie im Tanzkurs zu belästigen, er ließ mich meine erste Zigarette rauchen, er gab mir mein erstes Glas Pálinka zu trinken, er machte mir die physischen Freuden schmackhaft, die Eßlust und die Fleischeslust, er zeigte mir, daß auch im Schmerz heimliche Wollust steckt, er ließ mich den Schorf von meinen juckenden Wunden kratzen, er bewies, daß alles relativ ist und eine Kröte ebenso eine Seele haben kann wie ein Generaldirektor, er gab mir die Liebe zu den stummen Tieren und zur stummen Einsamkeit ein, er tröstete mich, als ich einmal vor einer Bahre an

Tränen erstickte, indem er mich an der Flanke kitzelte, so daß ich über den dummen Widersinn der Vergänglichkeit lachen mußte, er schmuggelte den Spott in meine Gefühle, das Aufbegehren in meine Verzweiflung, er riet mir, für diejenigen Partei zu ergreifen, die von der Mehrheit angespuckt, eingesperrt und aufgehängt werden, er verkündete, daß der Tod ewig währt, und er wollte mich die verheerende Lüge glauben machen, es gebe keinen Gott. Mein unverdorbenes, gesundes Naturell begehrte erfolgreich gegen solche Lehren auf. Dennoch hatte ich das Gefühl, es wäre besser, seinem Einfluß nicht ausgesetzt zu sein und endgültig mit ihm zu brechen. Bloß war ich dafür doch zu schwach. Offenbar interessierte er mich immer noch. Und dann war ich ihm vieles schuldig. Er war mein Lehrmeister gewesen, und jetzt schuldete ich ihm mein Leben, so wie man dem Teufel die verkaufte Seele schuldet.

Mein Vater mochte ihn gar nicht.

«Wo ist der Frechling?» schrie er, als er eines Nachts in mein Studentenzimmer hereinplatzte. «Wo hast du ihn versteckt? Wo ist er?»

Ich breitete die Arme aus, um zu zeigen, daß ich allein war.

«Er ist immer da», donnerte er. «Immer hängt er hier herum. Immer dir auf den Fersen. Ihr eßt aus demselben Teller, ihr trinkt aus demselben Glas. Castor und Pollux. Die Busenfreunde», höhnte er.

Er suchte ihn hinter der Tür und hinter dem Ofen, und auch im Schrank. Sogar unter dem Bett sah er nach.

«Jetzt hör zu», schmetterte er auf dem Höhepunkt des Zorns, «wenn der noch einmal, noch ein einziges Mal, seinen Fuß hier hereinsetzt, prügle ich ihn windelweich, jage ihn mit der Peitsche aus dem Haus, wie einen Hund, und dich mit, da kannst du gehen, wohin du willst, wir kennen uns dann nicht mehr. Also, der kommt mir nicht noch einmal über die Schwelle. Hast du verstanden?»

Er lief auf und ab, die Hände auf dem Rücken verschränkt. Versuchte seine Erregung zu beherrschen. Seine Schuhe quietschten.

«Dieser Schlawiner. Dieser Halunke. Du hast dir wohl keinen besseren Freund verschaffen können? Der setzt dir Flausen in den Kopf. Macht dich ganz konfus. Oder willst du auch so eine verkommene Gestalt werden? Das ist doch ein Nichts und Niemand. Aus dem wird nie etwas.»

Kornél durfte sich nicht zeigen. Er mied sogar unsere Straße.

Wir trafen uns heimlich außerhalb der Stadt: auf dem Rindermarkt, wo sommers der Zirkus seine Zelte aufschlägt, und auf dem Friedhof zwischen den Gräbern.

Wir hatten uns um die Schultern gefaßt, so spazierten wir. Bei einem dieser leidenschaftlichen Spaziergänge fanden wir heraus, daß wir im selben Jahr am selben Tag geboren waren, ja, in derselben Stunde und derselben Minute: am 29. März 1885, einem Palmsonntag, Punkt sechs Uhr in der Frühe. Dieser geheimnisvolle Zufall hatte eine starke Wirkung auf uns. Wir gelobten, daß wir, da wir ja am selben Tag zur selben Stunde auf die Welt gekommen waren, auch am selben Tag und zur selben Stunde sterben wollten, keiner von uns sollte den anderen überleben, um keine Sekunde, und in unserem jugendlichen Überschwang waren wir auch ganz sicher, daß wir das Gelübde freudig einhalten würden, ohne daß das für einen von uns ein Opfer oder einen Schmerz bedeuten sollte.

«Du wirst doch nicht seinetwegen traurig sein?» forschte meine Mutter, als ich vor meiner Öllampe döste und an Kornél dachte. «Es ist besser so, mein Sohn. Er war nicht deinesgleichen. Freunde dich lieber mit anderen Jungen an, mit gutsituierten, anständigen Jungen wie dem kleinen Mérey, dem kleinen Endris Horváth oder dem Ilosvay. Das sind Jungen, die dich gern haben. Der da hat dich eigentlich gar nicht gemocht. Sondern dich nur verdorben, erschreckt, nervös gemacht. Wie oft bist du im November aus dem Schlaf hochgeschreckt, wie oft hast du laut gerufen. Der war deiner nicht würdig. An ihm war nichts dran. Hohl war er. Seelenlos. Du, mein Junge, bist anders. Du bist ein guter Mensch, edel und mit tiefen Gefühlen», sagte sie und gab mir einen Kuß. «Du bist ganz anders, mein Sohn.»

Das stimmte. Es gab auf diesem Erdenrund keine zwei verschiedeneren Menschen als mich und Kornél.

Um so seltsamer kam mir vor, was ein paar Tage nach diesem Gespräch passierte.

An einem hellichten Mittag war ich eilig von der Schule nach Hause unterwegs, mit meinen von einem Riemen zusammengehaltenen Büchern. Jemand rief mir nach:

«Kornél!»

Ein Herr in grünem Mantel lächelte mir zu.

«Hör mal, Kornél, mein Lieber», fing er an und bat mich dann, beim Nachhausekommen bei ihnen, im Nachbarhaus, ein Paket abzugeben.

«Bitte sehr», stotterte ich.

«Was ist, mein Junge?» fragte der Grünbemäntelte. «Du hast mich offenbar nicht verstanden.»

«Doch, doch», sagte ich. «Bloß belieben der Herr zu irren. Ich bin nicht Kornél Esti.»

«Was?» fragte der Grünbemäntelte erstaunt. «Mach keine Witze, mein Kind. Wohnt ihr denn nicht in der Gömbkötőstraße?»

«Nein, bitt' schön. Wir wohnen in der Damjanichstraße.»

«Bist du denn der Bruder vom Kornél?»

«Nein, bitt' schön. Ich bin sein Klassenkamerad. Wir gehen in dieselbe Klasse, und er sitzt neben mir, in der zweiten Bank. Aber Kornél ist im letzten Halbjahr wieder in zwei Fächern durchgefallen, seine Arbeiten sind schludrig, sein Betragen läßt zu wünschen übrig, ich hingegen bin der Klassenerste, habe immer hervorragende Noten, meine Arbeiten sind sorgfältig, mein Betragen ist gut, außerdem lerne ich nach der Schule freiwillig Klavierspielen und Französisch.»

«Ich hätte schwören können», brummte der Grünbemäntelte vor sich hin. «Komisch», und er zog die Augenbrauen in die Höhe.

Es kam auch oft vor, daß uns, wenn wir draußen vor dem Wald an den Bahndämmen entlangstreiften, fremde Menschen, Wandersleute, ansprachen, um zu fragen, ob wir Zwillinge seien.

«Schaut euch die beiden an», sagten sie. «Na, schaut euch das bloß an», und sie wieherten vor Freude.

Sie stellten uns Rücken an Rücken, stießen unsere Köpfe zusammen und maßen uns, indem sie uns die Handfläche auf die Köpfe legten.

«Wie ein Ei», sagten sie kopfschüttelnd, «wie ein Ei dem andern. Verstehst du das, Bódi? Verstehst du das?»

Später, als wir mehr oder weniger herangewachsen waren und uns beide im Schreiben versuchten, jeder so auf seine Art, da verstand auch ich vieles nicht.

Es kamen unerwartete Briefe von Unbekannten, die mich aufforderten, die Kleinigkeit zurückzuerstatten, die sie mir in Kassa, Wien oder Kolozsvár geliehen hatten, vor der Zugabfahrt auf dem Bahnhof, da ich unter Hinweis auf den Verlust meiner Geldbörse mit Ehrenwort versprochen hätte, das Darlehen innerhalb von vierundzwanzig Stunden zurückzuzahlen.

Man bezichtigte mich geschmackloser Telephonstreiche und der Autorschaft niederträchtiger anonymer Briefe. Meine engsten Freunde wollten mit eigenen Augen gesehen haben, wie ich in strömendem Winterregen stundenlang in den krummen Gassen übel beleumdeter Viertel umhergestrichen sei oder wie ich sturzbetrunken auf dem roten Tischtuch einer Vorstadtschenke geschnarcht hätte. Der Oberkellner der *Vitriol* genannten Kneipe hielt mir eine Rechnung unter die Nase, vor deren Begleichung ich angeblich durch eine Hintertür geflüchtet war. Mehrere vertrauenswürdige Zeugen hatten gehört, wie ich mich über hohe Exzellenzen, landesweit anerkannte, lorbeerbekränzte Schriftsteller in großer Gesellschaft auf die despektierlichste Art geäußert hatte. Sekundanten mit keckem Monokel suchten mich auf, desgleichen Austräger mit meiner Visitenkarte und Mädchen mit der gepflückten Lilie ihrer Unschuld, und alle breiteten sie meine Schwüre, meine Eheversprechen vor mir aus. Es erschien auch eine bejahrtere, untersetzte Dame vom Land, duzte mich und drohte in ihrem erregten Dialekt, sie würde eine Vaterschaftsklage gegen mich anstrengen.

Entsetzt starrte ich auf diese Alptraumgestalten, die einst in irgendeiner Vorstellung, in irgendeiner Existenz bestimmt gelebt, geatmet, geglüht hatten, jetzt aber schwarz waren, tot und kalt, wie das verglühte, zu Kohle gewordene Scheit. Ich kannte sie nicht. Sie hingegen kannten und erkannten mich. Ich verwies sie allesamt an Kornél Esti. Da lächelten sie. Wollten, daß ich ihn beschreibe. Worauf sie spöttisch auf mich zeigten. Sie wollten auch seine Adresse haben. Damit konnte ich nicht recht dienen. Mein Freund streifte meistens im Ausland umher, schlief in Flugzeugen, hielt sich ein paar Tage da und dort auf, und er war, soviel ich wußte, nie amtlich angemeldet. Kornél Esti gab es, aber er war keine juristische Person. Ich konnte mich also an diesen fürchterlichen Missetaten noch so unschuldig fühlen, bei einem Verfahren standen die Aussichten trotzdem nicht sehr gut. Der Unannehmlichkeit einer Gegenüberstellung konnte ich mich – schon um Kornéls willen – nicht aussetzen. Ich mußte alle seine Schulden, alle seine Streiche und Ehrlosigkeiten auf mich nehmen, als hätte ich sie begangen.

Ich zahlte für ihn. Zahlte viel. Nicht nur mit Geld. Auch mit meiner Ehre. Überall wurde ich mit schiefen Blicken bedacht. Man wußte nicht, woran man mit mir war, ob ich es mit den Rechten hielt oder mit den Linken, ob ich ein staatserhaltender Bürger war oder ein gefährlicher Aufrührer, ein ehrbarer Familienvater oder ein verkommener Lüstling, und überhaupt, ob ich ein Mensch war oder bloß ein Phantasiegebilde, eine betrunkene Wetterfahne, eine mondsüchtige Vogelscheuche, die sogar noch den zerlumpten, von der Herrschaft abgelegten Mantel nach dem Wind hängt. Unsere Freundschaft kam mich wahrhaftig teuer zu stehen.

Doch das alles hatte ich an dem windigen Frühlingstag, als ich beschloß, ihn aufzusuchen, mit einem Mal vergeben und vergessen.

Ein verrückter Tag war das. Nicht der erste April, aber nahezu. Ein verrückter, aufgeregter Tag. Am Morgen war noch alles gefroren, Eisspiegel glänzten auf dem Rost um die städtischen Bäume, der Himmel war blau. Dann begann es zu tauen. Es tropfte von den Traufen. Auf die Hügel senkte sich Nebel. Es nieselte lauwarm. Der Boden dampfte wie ein gehetztes, schwitzendes Pferd. Man warf den Wintermantel ab. Das luftige Band eines Regenbogens war über die Donau gespannt. Am Nachmittag graupelte es. Die Bäume waren verzuckert. Unter den Schuhsohlen wurde der Schnee zu Brei. Der Wind pfiff. Ein scharfes Pfeifen. Ein Pfeifen hoch oben, um die Kamine herum, auf den Hausdächern, die Telegraphendrähte entlang. Alles war in Bewegung. Die Häuser knirschten, die Dachstöcke knarrten, die Balken seufzten und wollten Knospen treiben, sie waren ja auch Bäume. In einem solchen Aufbruch, in einem solchen Aufruhr zog der Frühling ein.

Ich horchte auf das Pfeifen des Winds, und Kornél kam mir in den Sinn. Plötzlich hatte ich das unwiderstehliche Bedürfnis, ihn zu sehen.

Ich telephonierte herum, in Kaffeehäuser und Vergnügungsstätten. Bis zum späten Abend hatte ich nur gerade herausbringen können, daß er im Land war. Zu Fuß und im Wagen hetzte ich seinen Spuren nach. Morgens um zwei erfuhr ich, daß er im Hotel *Fledermaus* zu finden sei. Bis ich dort ankam, tobte ein russischer Schneesturm, der den Kragen meines Regenmantels mit spitzen Flocken vollhängte.

Der Portier der *Fledermaus* verwies mich auf die Nummer 7 im V. Stock. Ich kletterte über eine enge Wendeltreppe hinauf, einen Aufzug gab es nicht. Die Tür der Nummer 7 war sperrangelweit offen. Drinnen brannte das Licht. Ich trat ein.

Da waren ein leeres, aufgeschlagenes Bett, zerknüllte Laken, und auf dem Nachttisch eine blinzelnde Glühbirne. Ich dachte, er sei rasch irgendwohin gelaufen. Ich setzte mich aufs Sofa, um ihn zu erwarten.

Plötzlich merkte ich, daß er da war, mir gegenüber, vor dem Spiegel. Ich sprang auf. Er sprang auch auf.

«Servus», sagte ich.

«Servus», sagte er unbefangen, als wollte er dort weitermachen, wo wir aufgehört hatten.

Er war überhaupt nicht erstaunt, daß ich zu so später Stunde bei ihm hereinplatzte. Der staunte über nichts. Er erkundigte sich auch nicht, was ich hier wollte.

«Wie geht's?» fragte er.

«Danke. Und dir?»

«Ebenfalls», sagte er.

Er starrte mich an und lachte.

Er hatte einen Regenmantel an. Schnee auch auf seinem Kragen.

«Bist du gerade nach Hause gekommen?»

«Ja», sagte er.

Ich blickte mich in seinem Zimmer um. Es war ein armseliges Loch. Ein schmales, wackliges Sofa, zwei Stühle, ein Schrank. Auf dem Tisch eine fünf Tage alte Zeitung. Ein verwelkter Veilchenstrauß. Und auch eine Maske, weiß Gott, wozu. Zigarettenkippen auf dem Boden. Im Geigenkasten eine gelbe Brille und Quittenpaste. Offene Koffer. Ein paar Bücher, hauptsächlich Fahrpläne. Nirgends Papier und Federn. Wo arbeitete der wohl?

Mein Vater hatte recht gehabt. Er hatte es zu nichts gebracht. Hier gab es nur Einsiedlerarmut, Freiheit und die Unabhängigkeit eines Bettlers. Einst hatte ich das auch gewollt. Meine Augen füllten sich mit Tränen.

«Und sonst, was gibt's Neues?» fragte er.

Draußen pfiff der Wind. Der schneidende Frühlingswind mit seinem scharfen Schrei. Auch eine Sirene schrie.

«Die Ambulanz», sagte er.

Wir traten ans Fenster. Der Schneesturm hatte sich gelegt. Der Himmel glänzte kristallklar, und auch der gefrorene Asphalt glänzte. Die Sirene schrie mit dem Frühlingswind um die Wette.

Kaum war die Ambulanz vorbeigefahren, kam die Feuerwehr gerast, auf einem elektrischen Wagen, mit elektrischen Scheinwerfern.

«Unfälle», sagte ich. «Heute sind den ganzen Tag Ziegel umhergeflogen, Aushängeschilder heruntergefallen, den Passanten auf den Kopf. Die Leute bluteten, sie glitten auf den eisigen Gehsteigen aus, brachen sich die Hand, verstauchten sich die Füße. Fabriken und Häuser begannen zu brennen. Was es heute alles gegeben hat. Eiseskälte, Hitze, Nebel, Schlaglicht, Regen, Regenbogen, Schnee, Blut und Feuer. So ist der Frühling.»

Wir setzten uns und zündeten eine Zigarette an.

«Kornél», sagte ich, das Schweigen brechend, «bist du mir böse?»

«Ich?» fragte er und zuckte mit den Schultern. «Du Trottel. Dir kann ich nie böse sein.»

«Obwohl du Grund dazu hättest. Denn siehst du, ich meinerseits war böse auf dich. Ich schämte mich vor den Großspurigen für dich, ich mußte vorankommen und habe dich verleugnet. Seit zehn Jahren würdige ich dich keines Blickes. Doch heute nachmittag, als der Wind pfiff, wurde es mir weich ums Herz, und du bist mir in den Sinn gekommen. Ich bin nicht mehr jung. Vor einer Woche vierzig geworden. Wer nicht mehr jung ist, wird weich und vermag alles zu verzeihen. Sogar die Jugend. Laß uns Frieden schließen.»

Ich streckte ihm die Hand hin.

«Na, du hast dich auch nicht verändert», spottete er. «Immer noch sentimental.»

«Du hingegen hast dich verändert, Kornél. Als wir Kinder waren, warst du der Große, du hast mich geführt und mir die Augen geöffnet. Jetzt bist du das Kind.»

«Läuft es denn nicht aufs gleiche hinaus?»

«Genau das mag ich an dir. Deshalb bin ich wieder zu dir gekommen, und von jetzt an stehe ich zu dir, auf ewig.»

«Was ist denn heute in dich gefahren, daß du mich über den grünen Klee lobst?»

«Wen soll ich denn sonst loben, Kornél? Wen sonst könnte ich so neidlos lieben wie dich? Wen sollte ich auf dieser scheußlichen Welt bewundern, wenn nicht dich, meinen Bruder und Gegenspieler. In allem gleich und in allem anders. Ich habe gesammelt, du hast vergeudet, ich habe geheiratet, du bist Junggeselle geblieben, ich liebe mein Volk und meine Sprache heiß, kann nur hier leben und atmen, du Weltenbummler hingegen fliegst frei über den Völkern und läßt den schrillen Ruf nach ewiger Revolution hören. Ich brauche dich. Ohne dich bin ich leer und langweile mich. Hilf mir, sonst gehe ich ein.»

«Auch ich könnte jemanden brauchen», sagte er, «einen Pfeiler, ein Geländer, denn, siehst du, ich falle auseinander», und er zeigte auf sein Zimmer.

«Laß uns zusammenhalten», schlug ich vor. «Verbünden wir uns.»

«Wozu?»

«Schreiben wir etwas, gemeinsam.»

Er sperrte die Augen auf. Spuckte die Zigarette auf den Boden.

«Ich kann nicht mehr schreiben», sagte er.

«Und ich kann nur noch schreiben», sagte ich.

«Sieh einer an», sagte er und blickte mir hart in die Augen.

«Versteh mich nicht falsch, Kornél. Ich prahle nicht, sondern klage, so wie du auch. Vervollständige mich, wie früher. Damals warst du wach, wenn ich schlief, und wenn ich weinte, lachtest du. Hilf mir auch jetzt. Erinnere dich an das, was ich vergessen habe, und vergiß, was ich noch weiß. Ich helfe dir dann auch. Etwas bin auch ich wert. Ich kann dir zur Verfügung stellen, was ich habe. Ein Zuhause, wo alles der Arbeit dient. Es sei auch deins. Ich bin fleißig und ehrerbietig und treu. So treu, daß ich niemanden, mit dem ich im Leben auch nur ein Wort gewechselt habe, verletzen könnte, nicht einmal in Gedanken. So treu, Kornél, daß ich um meines lieben alten

Hundes willen keine anderen Hunde streichle, nicht mit ihnen spiele, sie nicht einmal ansehe. Sogar den leblosen Gegenständen bin ich so treu, daß ich zwischendurch meine fünfzehn hervorragenden Füllfedern beiseite lege und eine alte, ausgediente, kratzende Feder hervorhole, mit der das Schreiben eine Qual ist, und mit ihr schreibe ich dann, um sie zu trösten und darüber hinwegzutäuschen, daß ich sie – die Ärmste – mißachte. Ich bin die Treue in Person. Sei du an meiner Seite die Treulosigkeit, die Ausschweifung, die Verantwortungslosigkeit. Laß uns eine Firma gründen. Was ist der Dichter ohne den Menschen wert? Und was ist der Mensch ohne den Dichter wert? Laß uns Partner werden. Ein einzelner Mensch ist zu schwach, um gleichzeitig zu schreiben und zu leben. Wer es versucht hat, ist früher oder später daran zugrunde gegangen. Nur Goethe hat es vermocht, dieser ruhige, heitere Unsterbliche, der mir kalte Schauer über den Rücken jagt, wenn ich an ihn denke, denn es hat auf der Welt noch keinen klügeren und erschreckenderen Menschen gegeben als dieses glorreiche olympische Monster, neben dem selbst Mephistopheles nichts als ein geschwätziger Schöngeist ist. Ja, er hat Margarete, die von der irdischen Rechtsprechung in den Kerker geworfen worden war, freigesprochen und rehabilitiert, er hat die Kindsmörderin in den Himmel erhoben, zu den Erzengeln und den weisen Glaubenszeugen, und hat geheimnisvolle Chöre die ewige Verteidigung des Weiblichen und Mütterlichen singen lassen. Ein paar Jahre danach, als er in Weimar als Geheimrat über einen ähnlichen Fall von Kindsmord zu richten hatte, stimmte Gretchens ritterlicher Poet ohne Wimpernzucken für den Tod des Mädchens.»

«Auch die hat er also in den Himmel geschickt», brummte Kornél. «Er war eben konsequent.»

«Richtig», gab ich zurück. «Nur wären wir einer solchen

bösen, göttlichen Weisheit je einzeln unfähig. Aber wenn wir zusammenhalten, du und ich, Kornél, dann kämen wir vielleicht näher an sie heran. Wie Tag und Nacht, wie Schein und Sein, wie Ahriman und Ormuzd. Was meinst du?»

«Das Problem ist», klagte er, «daß mir die Buchstaben und die Sätze verleidet sind, unsäglich verleidet. Man kritzelt und kraxelt, und am Ende merkt man, daß fortwährend dieselben Wörter vorkommen. Fortwährend: *nein, doch, daß, eher, darum.* Zum Wahnsinnigwerden.»

«Überlaß das mir. Es genügt, wenn du redest.»

«Ich kann nur von mir reden. Von dem, was sich ereignet hat. Was hat sich eigentlich ereignet? Wart mal. Im Grunde genommen nichts. Den meisten Menschen stößt nichts zu. Aber ich habe viel phantasiert. Das gehört auch zum Leben. Nicht nur die Realität, daß man eine Frau geküßt hat, sondern auch, daß man sie insgeheim begehrte und küssen wollte. Auch ein Traum ist Realität. Wenn ich träume, ich sei in Ägypten, dann kann ich eine Reisebeschreibung verfassen.»

«Wir machen also eine Reisebeschreibung?» bohrte ich. «Oder eine Lebensbeschreibung?»

«Weder das eine noch das andere.»

«Einen Roman?»

«Gott bewahre! Jeder Roman beginnt so: ‹Auf der dunklen Straße ging ein junger Mann mit hochgeklapptem Kragen.› Dann stellt sich heraus, daß der junge Mann mit dem hochgeklappten Kragen der Romanheld ist. Das ‹Wecken des Interesses›. Fürchterlich.»

«Was machen wir dann?»

«Alles zusammen. Eine Reisebeschreibung, in der ich erzähle, wo ich gern gereist wäre, einen romanhaften Lebenslauf, in dem ich auch Rechenschaft darüber gebe, wie oft der Held in seinen Träumen gestorben ist. Eines will ich mir aber ausbedingen. Daß du es mir nicht zu irgendeiner läppischen Geschichte zusammenkleisterst. Es soll alles so bleiben, wie es eines Dichters würdig ist: Fragment.»

Wir machten ab, daß wir uns von nun an öfter treffen würden, im *Torpédo* oder im *Vitriol.* Oder schlimmstenfalls am Telephon.

Er begleitete mich hinaus.

«Ach ja», sagte er im Flur und schlug sich an die Stirn. «Wir haben etwas vergessen. Was ist mit dem Stil?»

«Wir erarbeiten ihn gemeinsam.»

«Aber unser Stil ist je entgegengesetzt. Du ziehst neuerdings das Ruhige, Einfache vor. Die Klassiker sind dein Vorbild. Wenig Dekor, wenige Worte. Mein Stil ist hingegen unruhig, zerzaust, überladen, verschnörkelt, romanhaft. Ich bin ein unverbesserlicher Romantiker. Viele Adjektive, viele Vergleiche. Das laß ich mir nicht nehmen.»

«Weißt du was?» sagte ich, um ihn zu beruhigen. «Wir machen auch hier halbe-halbe. Ich stenographiere alles, was du sagst. Und dann streiche ich.»

«Nach welchem Schlüssel?»

«Von zehn Vergleichen lasse ich fünf stehen.»

«Und von hundert Adjektiven fünfzig», fügte Kornél hinzu.

«Gut.»

Er schlug ein. Der Pakt war geschlossen. Aufs Geländer gelehnt, sah er zu, wie ich die Wendeltreppe hinuntertappte.

Ich war schon im Erdgeschoß. Da fiel mir etwas ein.

«Kornél», rief ich hinauf. «Und wer zeichnet unser Werk?»

«Egal!» rief er herunter. «Du könntest zeichnen. Du kannst deinen Namen draufschreiben. Mein Name könnte hingegen der Titel sein. Der Titel wird ja mit größeren Buchstaben gedruckt.»

Erstaunlicherweise hielt er Wort. Ein Jahr lang trafen wir

uns monatlich ein-, zweimal, und er brachte jedesmal ein Reiseerlebnis oder ein Romankapitel aus seinem Leben mit. Zwischendurch verreiste er jeweils nur für ein paar Tage. Seine Geschichten schrieb ich teils aufgrund meiner Notizen, teils aus dem Gedächtnis nieder und ordnete sie nach seinen Anweisungen. So ist dieses Buch entstanden.

Zweites Kapitel

in welchem er am 1. September 1891 in den «Roten Ochsen» geht und die menschliche Gesellschaft kennenlernt

Es war der erste September achtzehnhunderteinundneunzig.

Seine Mutter trat morgens um sieben in das längliche Zimmer der bescheidenen, hofseitig gelegenen Wohnung, wo die drei Kinder schliefen: er, sein Bruder und seine Schwester.

Sie eilte auf Zehenspitzen zum Bett, hängte die Stange aus, an welcher der grünbaumwollene Bettvorhang hing, und berührte sachte die Stirn des sechsjährigen Jungen, ihres ältesten Kindes, um ihn zu wecken. Heute mußte er zum ersten Mal in die Schule.

Er schlug sofort die Augen auf. In unmittelbarer Nähe glänzten die blauen Augen seiner Mutter. Er lächelte.

Ein schmächtiges, blutarmes Bübchen war er, mit durchsichtigen Ohren. Er war noch immer geschwächt von seiner letzten großen Krankheit, von der Rippenfellentzündung. Monatelang hatte er ihretwegen das Bett gehütet. Sein Herz hatte schon auf der rechten Seite geschlagen, schon war davon die Rede gewesen, daß man ihm den Schleim operativ absaugen müsse, als es ihm unerwartet besserging und der Schleim sich zurückbildete. Dann war er halbwegs wiederhergestellt, doch da begann er es «mit den Nerven zu haben». Auf einmal hatte er allerlei Grillen. Er bekam Angst vor den alten Frauen mit dem Kopftuch, vor den Gendarmen mit der Hahnenfeder. Er hatte Angst, daß sich sein Vater – weiß Gott, warum – in den Kopf schießen würde, und er hielt sich im voraus die Ohren zu, um den Pistolenknall nicht zu hören. Er fürchtete, nicht genug Luft zu bekommen, und er wanderte von Zimmer zu Zimmer, um verschiedene Möbelstücke zu umarmen, damit sich sein Brustkasten von der Anstrengung weite und er nicht ersticken müsse. Er hatte Angst vor Bestattungsinstituten und vor dem Tod. Wenn abends die Lampen angezündet wurden, kam es mehr als einmal vor, daß er die Seinen um sich versammelte und Anweisungen gab, wie er begraben zu werden wünschte, wer welches Spielzeug bekommen sollte, für den Fall, daß er in der Nacht starb. Der Hausarzt hielt seinen Zustand für unbedenklich. Trotzdem fanden seine Eltern, daß er die erste Klasse besser privat absolvierte und nicht in die öffentliche Schule ging. Im letzten Augenblick entschieden sie sich anders.

Jetzt saß er auf dem Bettrand, mit schläfrig verquollenen Augen. Gähnend und sich kratzend.

Er hatte gewußt, daß dieser Tag früher oder später kommen würde. Aber er hätte nicht geglaubt, daß das so rasch geschehen könnte.

Er hätte ihn gern irgendwie hinausgeschoben.

Lustlos krempelte er seine schwarzen Strümpfe die Beine hoch, so daß sie sich zu Wülsten knüllten. Er stand unentschlossen vor dem Waschbecken. Tauchte hin und wieder die Hände hinein, zog sie heraus. Beobachtete die Lichtringe, die auf der Wasseroberfläche vibrierten.

Seine Mutter wusch ihn eigenhändig. Zog ihm ein sauberes Hemd an. Legte sein Festtagsgewand heraus, einen kleinen dunkelblauen Leinenanzug mit weißer Bordüre und herzförmigen Perlmuttknöpfen, die sie von ihrer alten Bluse geschnitten hatte. Mit einer nassen Bürste durchpflügte sie sein Haar.

Sie schob einen Napf Kaffee und einen S-Kipfel vor ihn hin. Aber er mochte heute kein Frühstück. Er habe keinen Hunger, sagte er.

Da drückte ihm seine Mutter das Abc-Buch, die Schiefertafel mit dem Griffel in die Hand und brachte ihn zur Schule.

Der Herbsttag strahlte schon in voller Pracht über der Stadt und der Tiefebene ringsum. Bauernfuhrwerke holperten durch gelbe Staubwolken. Auf der kleinen Brücke pfiff der Zug. Säcke mit dem roten Rosenpaprika und den weißen Trockenbohnen standen auf dem Markt zum Verkauf.

Erbost trippelte er neben seiner Mutter her. Er fühlte sich steif, lächerlich und vor allem mädchenhaft in diesem seinem «besten» Anzug, von dem er wußte, daß es der schlechteste war, alt und billig. Am liebsten hätte er ihn sich vom Leib gerissen und auf ihm herumgetrampelt. Doch er wußte, daß sein Vater ein armer Gymnasiallehrer war und es für mehr nicht reichte. Er verschaffte sich Genugtuung, indem er auf dem ganzen Weg kein Wort sagte.

Sehr bald hatten sie den *Roten Ochsen* erreicht.

Der *Rote Ochse* war die Volksschule. Dieser einstöckige Palast der Volksbildung hatte seinen wahrhaft originellen Namen davon, daß einst an seiner Stelle eine baufällige, heruntergekommene Kneipe gestanden hatte, auf deren Schild ein roter Ochse gepinselt war. Die Bude war schon vor einer Generation abgebrannt. Doch die Zechbrüder dieser dem Wein zugetanen Stadt hatten danach immer noch gern der hier verbrachten lustigen Nächte gedacht und pietätvoll den Namen der Kneipe auf die Schule übertragen. Und in dieser Form wurde er von den Vätern an die Söhne weitergegeben.

Als er mit seiner Mutter in der dämmerigen Vorhalle der Schule stand, wurde er blaß. Die «schwere Atmung» kam über ihn. Nach seiner Gewohnheit lehnte er sich gegen eine Säule und umarmte sie mit aller Kraft. Seine Mutter beugte sich zu ihm herab und fragte, was er habe. Er antwortete nicht. Sondern hielt immer krampfhafter ihre Hand fest.

Die erste Klasse war im Stockwerk oben. Vor einer Tür mit braunen Flügeln gab ihm die Mutter einen Kuß. Sie wollte gehen. Doch er ließ ihre Hand nicht los.

«Ich habe Angst», flüsterte er.

«Wovor denn?»

«Ich habe Angst», wiederholte er.

«Du brauchst keine Angst zu haben, mein Schatz. Schau, da sind ja alle. Ein jeder ist hier. Hörst du, wie sie fröhlich sind? Geh zu deinen kleinen Freunden.»

«Bleib», flehte er und klammerte sich an den Rock seiner Mutter.

Sie aber winkte mit ihrer freien Hand dem Jungen zum Abschied zu, entwand sich seinem Griff und ging langsam den Gang entlang. An der Ecke nahm sie ihr Taschentuch hervor und trocknete sich die Augen. Und sie schaute noch einmal zurück, um ihm mit einem Lächeln Mut zu machen. Doch dann war sie auf einmal weg.

Der kleine Junge stand eine Weile wie angewurzelt und starrte seiner Mutter nach, wartend. Er hoffte, das Ganze sei vielleicht ein Witz und sie würde zurückkommen. Es war aber kein Witz.

Nachdem er das begriffen hatte, und auch begriffen hatte, daß er allein war, so allein wie noch nie auf dieser Welt, ergriff ihn am ganzen Körper ein Krampf, der am ehesten dem Bauchgrimmen glich. Er versuchte zu fliehen. Huschte an der Wand entlang bis zur Treppe, wo sich vorhin der Rock so rätselhaft in nichts aufgelöst hatte. Ein Treppenhaus klaffte dort, völlig fremd und trostlos, mit einem leeren, widerhallenden grauen Gewölbe. Hier hinunterzusteigen, hätte es Todesverachtung gebraucht. Der Instinkt erschütterter Menschen ließ es ihm ratsamer erscheinen, dorthin zurückzuhuschen, wo er die Gesuchte verloren hatte, vor das Schulzimmer. Überhaupt hatte er sich an diesen Ort schon ein bißchen gewöhnt.

Er blickte verstohlen durch den Spalt der halboffenen Tür.

Er sah Kinder, so viele Kinder, wie er auf einem Haufen noch nie gesehen hatte. Eine Menge war das, eine Menge ihm ähnlicher, gänzlich unbekannter kleiner Menschen.

Er war also nicht allein. Aber wenn er vorhin darüber verzweifelt gewesen war, daß er auf der Welt so allein war, so überkam ihn jetzt eine noch schrecklichere Verzweiflung, darüber, daß er auf der Welt so wenig allein war, daß es so viele, viele Menschen gab. Das war vielleicht noch entsetzlicher.

Alles plapperte durcheinander. Was, das ließ sich nicht ausmachen. Der Lärm dröhnte, schwoll erschreckend an, donnerte wie das böse Wetter.

Während er solcherart zögerte und zagte, hob ihn jemand – ein Erwachsener, wer, das wußte er nicht – hoch und stellte ihn ins Schulzimmer. Da stand er, mit seinem zerbeulten Hütchen auf dem Kopf.

Er erwartete, daß jetzt ein Wunder geschehen würde. Daß die vielen Kinder allesamt aufspringen und seinen Namen rufen würden. Daß sie ihn taschentuchschwenkend begrüßen würden. Bloß trat das Wunder nicht ein. Sie nahmen ihn nicht zur Kenntnis.

Er riß sich den Hut vom Kopf und grüßte sie sittsam. Auch da begrüßten sie ihn nicht.

Das war ein Zimmer, aber nicht so wie die anderen Zimmer, mit Sofas und Vorhängen, sondern kalt, amtlich, kahl. Durch drei große nackte Fenster strömte unfreundlich das nüchterne Licht. Auf dem Katheder hielt ein Tisch Wache. Dahinter schwarz die Tafel, gelb der Schwamm, weiß die

Kreide. Davor keck und streng und irgendwie irr der Zählrahmen. Ringsum an den geweißten Wänden bunte Tierbilder, der Löwe, der Fuchs, Kartontafeln, auf denen solcherlei zu lesen stand: *Mäd-chen, Jun-ge, Spiel-zeug, Ar-beit.* In seiner Not las er alle. Seit seinem vierten Jahr konnte er lesen und schreiben.

Seine Klassenkameraden saßen schon alle auf ihren Plätzen. Auch er hätte sich gern irgendwohin gesetzt.

In den ersten Bänken hatten sozusagen selbstverständlich die «Herrschaftskinder» Platz genommen, die Söhne der Großgrundbesitzer, der Stadträte. Diese munteren, blonden, pausbäckigen Jüngelchen trugen Matrosenanzüge und gestärkte Kragen und hatten milchig-rosige Gesichter. Brav, aber selbstgewiß umgaben sie das Katheder, so wie die linientreue Regierungspartei den Samtsessel des Ministerpräsidenten umgibt. Er hielt sich ebenfalls für ein «Herrschaftskind». Und so zwang er ein dümmliches Lächeln auf seine Lippen und näherte sich ihnen, um sich in die erste Bank zu setzen. Nur war dort schon fast jeder Platz besetzt. Sie hatten es nicht eilig, für ihn ein bißchen zusammenzurücken. Sie tuschelten miteinander wie alte Komplizen und blickten mit kühler Höflichkeit und leicht erstaunt auf den täppischen, zu kurz gekommenen Nachzügler. Der eine und andere lächelte schadenfroh.

Beschämt und beleidigt trottete er nach hinten. Wenn er in der ersten Bank schon nicht der erste sein konnte, so dachte er, wollte er wenigstens in der letzten Bank der letzte sein. Dort hinten in der Klasse hatten die Bauernkinder ihr Lager aufgeschlagen, muskulöse, kräftige Burschen, barfuß oder in Stiefeln. Sie packten ihre Wegzehrung aus roten Taschentüchern und legten sie vor sich hin. Säbelten mit dem Klappmesser Schwarzbrot und Speck und Wassermelonen. Er schielte mehrmals in ihre Richtung. Der säuerliche Geruch, der ihren

Stiefeln und Kleidern entströmte, wühlte seinen Magen auf. Aber er hätte sich trotzdem gern zu ihnen gesetzt. Mit den Blicken flehte er, wenigstens sie möchten ihn aufnehmen. Er wartete gespannt, daß sie ihn ansprachen, ihm ein Zeichen gaben. Aber auch die hatten Besseres zu tun. Sie warfen mit Papierkügelchen um sich, und mit Papierbällen, die sie mit Speckschwarten und Wassermelonenschalen ausstopften, und ein solcher substantieller Papierball traf ihn an der Stirn. Der Schreck war größer als die Gefahr. Trotzdem taumelte er rückwärts und stieß gegen die Wand. Darüber mußten alle lachen, das Unterhaus wie das Oberhaus, ohne Parteienunterschied.

Wut und Rachelust im Herzen, verdrückte er sich auch von hier. Er wußte nicht, wohin er gehen sollte, wohin er gehörte. Und so stellte er sich neben den Ofen, allein. Er schämte sich für seine Feigheit und Unbeholfenheit. Von seinem Posten neben dem Ofen maß er mit tiefster Verachtung diese Analphabetenbande. Wenn die gewußt hätten, was er alles wußte. Zum Beispiel wußte er, daß die Normaltemperatur des Menschen 37 Grad beträgt und daß man mehr oder weniger verloren ist, wenn man 40 Grad Fieber hat. Er wußte, daß es eine gewöhnliche Schrift und eine Schnellschrift gibt. Er wußte, daß Chinin bitter ist und Ipecacuanha süß. Er wußte auch, daß es in Amerika jetzt Nacht war. Er wußte schon viel. Sie aber wußten nicht, daß er das alles wußte.

Das Glöckchen im kleinen Holzturm auf dem Dach des *Roten Ochsen* bimmelte melodiös und zeigte an, daß es acht Uhr war und der Unterricht begann. Während die Glocke unablässig, atemlos und traurig bimmelte, als sei es das Glöcklein, das die Toten beweint, nahm er von allem Abschied, das ihm lieb war, von den Zimmern zu Hause, vom Garten und von seinen ganz eigenen Spielen, von den Seifenblasen und den Luftballons. Halb ohnmächtig lehnte er am kalten Blechofen.

Es trat Stille ein. Auf der Schwelle war der Lehrer erschienen, ein untersetzter Herr mit kurzgeschorenem dunkelblondem Haar und einem weiten, staubgrauen Anzug. Er machte Riesenschritte wie ein Elefant und rollte aufs Katheder.

Der Lehrer fragte die Kinder einzeln, ob sie eine Schiefertafel und einen Griffel hatten, worauf er davon sprach, wieviel Schönes, Edles, Nützliches sie hier lernen würden. Doch plötzlich brach der Redefluß ab.

Sein Blick war an ihm haftengeblieben, wie er sich neben dem Ofen duckte.

«Was machst denn du dort?» fragte der Lehrer, indem er ihm sein großes Gesicht zuwandte. «Wer hat dich dorthin gestellt? Komm du mal her.»

Der kleine Junge rannte fast zum Katheder. Außer sich und entsetzt platzte er heraus:

«Bitte mich nach Hause zu lassen.»

«Warum?» wollte der Lehrer wissen.

«Ich möchte nicht mehr zur Schule.»

Die Klasse brüllte vor Lachen.

«Ruhe», sagte der Lehrer. «Warum willst du nicht zur Schule?»

«Weil mich hier niemand leiden kann.»

«Hat dir einer was getan?»

«Nein.»

«Was plapperst du denn zusammen? Schämst du dich nicht, du Muttersöhnchen? Dich hat man zu Hause bestimmt verwöhnt. Hier bist du gleich wie alle andern, schreib dir das hinter die Ohren. Hier werden keine Ausnahmen gemacht. Hier gelten alle gleich viel. Hast du verstanden?»

Die Klasse regte sich beifällig.

Der Lehrer warf noch einen Blick auf den erschrockenen kleinen Jungen. Da sah er, daß der im Gesicht ganz grün war.

«Ist dir schlecht?» fragte er mit milderer Stimme.

«Nein.»

«Tut dir etwas weh?»

«Nein.»

«Na», sagte er, «geh schön an deinen Platz. Wo ist dein Platz?»

«Nirgends.»

«Nirgends?» fragte der Lehrer erstaunt. «Setz dich halt irgendwohin.»

Der Junge drehte sich zur Klasse um. Gesichter grinsten ihn an, viele kleine Gesichter, die sich zu einer einzigen schauerlichen Fratze verzerrten. Schwindlig tappte er umher. Wieder mußte er an der ersten Bank vorübergehen, wo es keinen Platz für ihn gab. Irgendwo in der Mitte fand er eine Handbreit Platz, auf der äußersten Kante einer Bank. Er fand nur für ein Bein Platz, das andere hing ins Leere hinaus. Und doch war es besser zu sitzen, aus aller Augen zu verschwinden, sich in der Menge aufzulösen.

«Kinder», befahl der Lehrer, «nehmt die Schiefertafeln und die Griffel. Wir schreiben. Wir schreiben das *i*.»

Ein Geklapper von Tafeln. Auch er wollte seine Schiefertafel vor sich hinlegen, doch der grimmig dreinblickende schwarzhaarige Junge neben ihm stieß ihn feindselig nach außen. Ließ ihn nicht schreiben.

Da brach er in klägliches, lautes Weinen aus.

«Was gibt's?» fragte der Lehrer.

«Er weint», meldete der grimmige Junge.

«Wer denn?»

«Der da hier.»

Alle Kinder schauten zu ihm herüber. Viele standen sogar auf, um besser zu sehen.

«Er tränkt die Mäuse!» schrien sie.

«Ruhe», schmetterte der Lehrer und hieb mit dem Rohrstock aufs Pult.

Er stieg vom Katheder herunter und kam zum kleinen Jungen. Streichelte ihm das Gesicht mit sanfter, tabakgebeizter Hand.

«Nicht weinen», sagte er. «Setz dich in die Bank. Aber richtig. Warum laßt ihr ihn nicht? Da ist ja noch viel Platz. So, gut. Leg die Tafel vor dich hin, nimm den Stift in die Hand. Und schneuz dir die Nase. Wir lernen jetzt schreiben. Oder möchtest du nicht schreiben lernen?»

«Doch», sagte der kleine Junge schniefend.

«Na, siehst du», sagte der Lehrer zufrieden.

Er schrieb ein schwungvolles *i* an die Tafel.

«Hinauf», dirigierte er, «stehenbleiben, zurück nach unten, in rundem Bogen weg.»

Die Stifte quiekten auf den Tafeln wie die Ferkel.

Der Lehrer stieg erneut vom Katheder. Er spazierte durch die Klasse und nahm die Kritzeleien auf den Tafeln in Augenschein. Er sah sich auch das *i* des kleinen Jungen an. Ein hübsches, feines *i* hatte der geschrieben. Und wurde belobigt. Von Weinen war nicht mehr die Rede.

«Wie heißt du?» fragte der Lehrer

Der kleine Junge stand auf und murmelte etwas ganz leise.

«Ich versteh dich nicht», sagte der Lehrer. «Immer schön mutig und verständlich antworten. Wie ist dein Name?» fragte er noch einmal.

«Kornél Esti», antwortete der kleine Junge mutig und verständlich.

Drittes Kapitel

in welchem er im Jahr 1903, unmittelbar nach dem Abitur, nachts in der Eisenbahn zum ersten Mal von einem Mädchen auf den Mund geküßt wird

Als Kornél Esti 1903 beim Abitur *praeclare maturus* wurde, ließ ihm sein Vater die Wahl: entweder würde er ihm das phantastische Fahrrad kaufen, das schon lange sein Herzenswunsch war, oder er gab ihm das Geld, hundertzwanzig Kronen, bar in die Hand, und er durfte damit reisen, wohin es ihm beliebte.

Er entschied sich für das zweite. Aber nicht ohne langes Zögern und seelisches Ringen.

Es fiel ihm schwer, sich vom Schürzenzipfel seiner Mutter loszureißen. Er war in Sárszeg aufgewachsen, zwischen Büchern und Medizinfläschchen. Bevor er abends zu Bett ging, mußte er sich immer zuerst Gewißheit verschaffen, daß seine Mutter, sein Vater, sein Bruder und seine Schwester im Bett waren, erst dann konnte er einschlafen, beim Ticken der Pendeluhr. Wenn aber einer von ihnen zufällig auf dem Landgut draußen war und nicht zu Hause schlief, durchwachte er lieber die ganze Nacht und wartete auf die glückliche Wendung, die alles wieder ins liebe alte Gleichgewicht bringen würde. Die Familie bedeutete Zuflucht vor all den Dingen, die ihm angst machten. Sie umgab ihn wie ein stickiger, dämmeriger, klebrig-schmutziger Taubenschlag.

Und doch zog es ihn auch weg von hier, hinaus. Er war noch nie hinausgekommen aus diesem Tiefebene-Nest, wo es weder einen Fluß noch Berge gab, wo die Straßen und die Menschen alle gleich waren und die Tage, die Jahre weiß Gott wenig Abwechslung brachten. Die Nachmittage waren drükkend und staubig, die Abende lang und dunkel. In den Schaufenstern der Buchhandlungen lagen Kladden und Kalender. Sein Geist war am Erwachen, sein Geschmack entwickelte sich, doch im Theater wurden schlechte Stücke gespielt, und die sah er sich mangels besserer von seinem Stehplatz im Olymp oben an. Er wollte die Welt sehen. Vor allem das Meer. Schon in der Volksschule hatte er davon phantasiert, wenn er auf der Wandkarte das glatte, endlose Blau sah. Und so beschloß er – heldenmütig –, daß er, komme, was wolle, nach Italien reisen würde, allein.

An einem fahlen, aufgeregten Julitag reiste er ab. Um drei Uhr in der Morgenfrühe war das ganze Haus schon auf den Beinen. Man hatte den ungeschlachten, abgenutzten Reisekorb vom Dachboden heruntergebracht und vergeblich versucht, sein Schloß zu flicken. Lächelnd und wehen Herzens nahm er Abschied. Er glaubte nicht, daß er je zurückkommen würde. Alle begleiteten ihn zum Personenzug nach Budapest. Ließen ihre Taschentücher flattern. Seine Mutter weinte mit abgewandtem Gesicht.

Nach einem fünfstündigen Geholper kam er denn auch «glücklich» in Budapest an. Davon machte er seinen Eltern sofort Mitteilung, auf einer Postkarte. Er nahm ein Zimmer in einem Drittklaßhotel beim Bahnhof. Nur einen Tag hatte er hier Aufenthalt.

Den benutzte er, um Budapest kennenzulernen. Beschwingt machte er sich in die Stadt auf, *dieses moderne Babylon*, wie er seinen Eltern auf einer weiteren Postkarte schrieb. Sein Selbstbewußtsein wuchs, da er allein umherspazierte. Im Nationalmuseum schaute er sich die Antikensammlung an, die

Plattform, auf der Petőfi deklamiert hatte, sowie die ausgestopften Tiere. Später, auf der Andrássyallee, verirrte er sich. Ein Polizist wies ihm freundlich den Weg. In der Hand den *Plan der Landeshauptstadt Budapest*, gelang es ihm, die Donau und den Gellérthügel zu finden. Die Donau war breit, der Gellérthügel war hoch. Beide waren wunderschön. Ganz Budapest war wunderschön.

Am meisten interessierten ihn die Menschen von Budapest. Alle, die auf der Straße gingen, im Kaffeehaus oder in der Straßenbahn saßen oder in den Geschäften einkauften, waren «Menschen von Budapest». Ihm fiel nur auf, daß sie sich von den Menschen in Sárszeg sehr stark unterschieden und daß sie einander in Art und Benehmen glichen wie die Mitglieder ein und derselben Familie. Und so waren für ihn ein Kurienrichter, ein Pferdeknecht, eine Magnatengattin und ein Dienstmädchen einfach Menschen von Budapest. Diese Feststellung läßt sich – von einem höheren Gesichtspunkt aus – auch gar nicht anfechten.

Der «Mensch von Budapest» hatte es eilig und kümmerte sich nicht um ihn. Das hatte er gleich bei seiner Ankunft erfahren. Der Dienstknecht, der sein Gepäck in den dritten Stock des Hotels hinaufschleppte, war ebenfalls ein Budapester. Sagte kein Wort, mochte Esti noch so sehr darauf hoffen, sondern stellte nur lustlos seinen Korb auf ein Gestell, brummte etwas und verdrückte sich. Ein derartiges Benehmen schmerzte ihn, erfüllte ihn aber auch mit größter Bewunderung. Er hielt die Budapester Reserviertheit und Überheblichkeit für vornehm. Und so schrieb er – auf einer dritten Postkarte – seinen Eltern: *Die hiesigen Menschen sind nicht grob, ja, sie sind in gewisser Hinsicht sensibler, aufmerksamer als wir in Sárszeg.* Zuweilen schienen sie allerdings kalt, geradezu herzlos. Zum Beispiel fragte ihn niemand, wie es zu Hause alle getan hätten, vom Gutsverwalter bis hin zu Leuten, die ihn nur vom Sehen kannten: «Na, Kornél, Junge, Budapest ist wunderschön, was?», «Die Donau ist breit, was?», «Der Gellérthügel ist hoch, was?» Und sie blickten ihm nicht in sein offenes, liebebedürftiges Gesicht, das er anfänglich – in den ersten Stunden – mit solch grenzenlosem Vertrauen den Menschen entgegenhob, daß einige unwillkürlich lächeln mußten und hinter seinem Rücken miteinander lachten über soviel jugendliche Unerfahrenheit, bis er – nach Ablauf von ein paar Stunden – gelernt hatte, daß er seine Miene verschließen mußte, wenn er nicht lächerlich wirken wollte. Hier war die ausladende, gemütliche Welt vorbei, das zuckerige Puppenleben, das Vater-Mutter-Spiel, wie er es vom Land her gewohnt war. Hier begann etwas ganz anderes. Etwas, das mehr und weniger war.

Aufgewühlt von diesem Neuen, in allen Situationen gedemütigt und aufs Blut verletzt, ließ er sich hin und her treiben, und wie ein Gehäuteter, dem sich die Gegenstände ans rohe Fleisch haften, dem die Narben immer wieder schmerzhaft aufgerissen werden, wurde er für jeden Eindruck krankhaft empfänglich, sein ganzes Fühlen schärfte und verfeinerte sich, und alles, der Maischegeruch einer Fabrik, die unvertraute Form eines Glases – eines «Budapester Glases» – in seinem armseligen hofseitigen Hotelzimmer, wurde zu Symbolen, zu unvergeßlicher Erinnerung, und als er nach dem Hinundhergerenne dieses Tages endlich benommen in sein Bett kroch – in ein «Budapester Bett», zwischen «Budapester Kissen» –, kam in seinem Herzen das Heimweh nach den vertrauten Dingen, den vertrauten Menschen hoch, und er sehnte sich verzweifelt nach Hause zurück. Er konnte nicht schlafen. Er stützte sich im dunklen Zimmer auf den Kissen auf und grübelte.

Am folgenden Nachmittag bestieg er den Expreß nach

Fiume. Er fand gleich einen Platz. Es waren nicht viele Leute unterwegs. In dem Zweitklaßabteil, das er als erstes aufmachte, saßen nur zwei Personen: eine Dame und ihre Tochter. Er grüßte. Die Frau quittierte es mit einem stummen Kopfnikken, wohlwollend, aber gemessen, womit sie gewissermaßen zur Kenntnis gab, daß sie sich auf den Standpunkt der freundlichen Neutralität stellte. Er wuchtete seinen Korb ins Netz und setzte sich auf einen der Fenstersitze. Ihm gegenüber saß die Frau, neben der Frau, ihm schräg gegenüber, die Tochter.

Esti fächelte sich Luft zu. Es herrschte eine afrikanische Hitze. Die Wagen, die den ganzen Tag in dem brennenden Schlaglicht geschmort hatten, ließen jetzt ihren Gifthauch heraus, sie rauchten vor Hitze und Staub, und die Bezüge der Sitze schwitzten einen tierischen Ledergestank aus. In dieser gelben, panoptikumartigen Beleuchtung tanzten die schwarzen Flecken der Rückenlehnen betrunken vor seinen Augen.

Er würdigte seine Mitreisenden kaum eines Blickes. Auch er wünschte keine nähere Bekanntschaft. Gewitzigt durch die bittere Lektion, spielte er den Gleichgültigen. Er konnte sich schon besser verstellen als Leute, die das ihr ganzes Leben lang tun. Er öffnete sein Buch, *Cuore* von Edmondo de Amicis. Es machte ihm Spaß, daß er das Buch trotz mangelhafter Italienischkenntnisse vollkommen verstand und fast lückenlos lesen konnte, aufgrund des geschwisterlichen Lateins.

Der Zug fuhr aus dem Glasgehäuse des Bahnhofs aus. Da bekreuzigte sich die Frau. Das überraschte ihn. Bei ihnen tat man das nicht. Aber es rührte ihn auch. Wie schön, wie weiblich war doch diese Demut. «Wir alle sind in Gottes Hand.» Das Reisen vermindert ja tatsächlich unsere Lebenserwartung. Eine tödliche Gefahr ist es nicht, nur ungefähr so wie eine eiterige Mandelentzündung, aus der eventuell eine allgemeine Blutvergiftung oder eine Herzmuskellähmung werden kann.

Und überhaupt war diese Reise kein Pappenstiel. Zwölf Stunden in einem fort. Einen Teil des Nachmittags, dann die ganze Nacht, bis morgen früh um acht. Bis sie ankamen, würde die Sonne wieder scheinen, so wie jetzt. Wer weiß, was dazwischen geschehen würde.

Diese Ungewißheit gefiel ihm. Und auch, daß kein anderer Reisender zustieg und er also mit dieser Frau und dem Mädchen, die zwar beide nicht freundschaftlich, aber wenigstens auch nicht feindselig waren, die ganze Zeit allein bleiben würde.

Der Zug rumpelte über die Stellwerke. Sie hatten Budapest schon hinter sich gelassen und fuhren zwischen Äckern. Die fettige Hitze ließ nach, wurde dünnflüssiger. Es wehte ein Lüftchen. Er hatte das befreiende Gefühl, daß auch er vieles hinter sich ließ, daß ihn vieles Frühere nicht mehr band und daß der junge Mann, der da mit seinem italienischen Buch saß, eigentlich er und doch nicht er war, daß er alle sein konnte, denn mit dem fortwährenden Ortswechsel war er in den Bereich der unbegrenzten Möglichkeiten geraten, in eine Art seelischen Maskenball.

Die Frau richtete sich das aschblonde Haar, machte sich hinten an ihrem Haarknoten und an den Schildpattnadeln zu schaffen. Sie hatte ein ruhiges Gesicht und eine schlichte, reine Stirn. Esti entdeckte jetzt, was für ein wohltuend sinniger Ort so ein Eisenbahnabteil ist. Hier erscheint das Leben fremder Menschen gewissermaßen im Querschnitt – verdichtet und simultan –, so wie in einem Roman, den man zufällig irgendwo in der Mitte aufschlägt. Man kann seine Neugier, die man sonst heuchlerisch verbirgt, für einmal ausleben, sozusagen gezwungenermaßen, da man mit Fremden in einem fahrenden Zimmer zusammengesperrt ist, man kann kurz in sie hineinblicken und herumrätseln, was für einen Anfang dieser Roman wohl gehabt hat und wie er wohl enden wird. Er hatte im Lesezirkel bereits nicht zu verachtende Tätigkeiten als Dichter und Romanschriftsteller entfaltet. Auch hier übte er dieses Handwerk aus. Er mochte im übrigen noch so unbeholfen sein, jetzt überließ er sich, sein Tun subtil und schlau verhüllend, völlig der kreativen Indiskretion, und sein Blick glitt von den naiven Sätzen des *Cuore* immer öfter zu der Frau.

Sie mochte um die Achtunddreißig, Vierzig sein, so wie seine Mutter. Sie war ihm gleich vom ersten Augenblick an außerordentlich sympathisch gewesen. Ihre Augen waren efeugrün. Doch die Frau blickte weder Esti noch ihre Tochter an. Sie blickte vor sich hin, müde, traurig, vielleicht auch ein bißchen gleichgültig. In sich hinein blickte sie. Und erlaubte nicht, daß jemand anderer dort hineinschaute.

Sie verströmte eine matte Sanftheit und auch Gemütlichkeit, wie eine Taube. Dick war sie nicht, gar nicht, aber taubenhaft prall. An ihren Händen hatte sie als einzigen Schmuck einen goldenen Ehering. Diese Hände – weiße Mutterhände – ruhten meistens in ihrem Schoß, in der geheimnisvollen Weichheit des Mutterschoßes.

Sie hatte zwei schweinslederne Koffer mit kaffeebraunem Leinenbezug bei sich, die mit den kolibribunten Zetteln ausländischer Hotels vollgeklebt waren. Von ihren Griffen hingen ledergerahmte Namensschildchen, die mit der Bewegung des Zugs schaukelten. Neben ihr auf dem Sitz lag eine hübsche Handtasche aus Eselsleder.

Jede Bewegung der Frau zeugte von Maß und Geschmack. Im übrigen bewegte sie sich kaum. Ein bißchen seltsam war diese große Ruhe schon. Sie blickte vor sich hin und tat nichts. Esti dachte, irgendwann einmal – wenn sie niesen und sich die Nase schneuzen mußte – würde sie aus diesem Zustand erwachen. Aber er täuschte sich. Nach einer Zeit waren diese kleinen Überraschungen allesamt dazu angetan, seine Sympathie zu steigern. Nicht einmal die Untätigkeit der Frau wurde langweilig. Alles, was sie tat oder nicht tat, war gut und schön und angenehm, und nur so war es gut, schön und angenehm, wie sie es tat oder nicht tat.

In ihm erwachte eine tiefe Liebe zu ihr, als ob er seine Mutter sähe. Es tat ihm wohl, sie anzusehen, es tat ihm wohl zu wissen, daß es diese Frau auf der Welt gab und in solcher Nähe zu ihm.

Inzwischen verflog die Zeit, daß er es kaum merkte.

Natürlich sammelte er diese Beobachtungen langsam und in kleinen Portionen, jede Minute ein Stückchen, da er sich ja nicht aufdrängen durfte, er konnte sie nur kurz beobachten, gewissermaßen zufällig, worauf er mit dem aufgelesenen wertvollen Blütenstaub zurückflog und ihn im summenden Bienenstock seiner Phantasie zu Honig verarbeitete.

Einmal, als er gerade wieder auf seinen Beobachtungsposten, in die Deckung des *Cuore*, zurückgekehrt war und mit gerunzelten Augenbrauen wichtigtuerisch zu lesen begann, fiel ihm auf, daß das Mädchen seiner Mutter etwas zuflüsterte.

Dieses Geflüster – wenn man es so nennen konnte –, dieses Raunen-Nuscheln hatte er gehört, seit er eingestiegen war. Doch er hatte sich nicht groß darum gekümmert. Nach einer Weile hatte er sich daran gewöhnt wie an das Summen einer Fliege im Zimmer an einem Sommernachmittag.

Das Mädchen hatte sich an den Arm der Mutter geklammert, um ihr ins Ohr zu flüstern. Zuweilen hielt sie sich dazu sogar die Hand trichterförmig vor den Mund. Sie flüsterte unablässig. Was, das hörte man nicht. Ihre Mutter gab mehr oder weniger acht auf sie. Nickte, schüttelte den Kopf. Wenn das Geflüster – oder eher Gesäusel – zu lautem Tuscheln und Kichern verkam, mahnte sie zur Ruhe. Mechanisch, mit halben

Sätzen, versuchte sie das Mädchen zu beruhigen: «Nicht so laut, mein Kind.» – «Ja, mein Kind.» – «Nein, nein, mein Kind.» Das war aber auch alles.

Esti verstand die Sache nicht. Ein bißchen ging sie ihm auch auf die Nerven. Die Unruhe des Mädchens beunruhigte ihn. Und vielleicht noch mehr beunruhigte ihn die Ruhe der Mutter. Deshalb schielte er jetzt nicht hinter seinem Buch hervor, um über die liebe unbekannte Bekannte neue Angaben zu sammeln, er beobachtete nicht, sondern lauschte.

Es war ein fiebriges, gehetztes Getuschel, ein zusammenhängender Wortschwall, unverständlich und so ununterbrochen, als käme es aus einem Buch.

Bis dahin hatte er das Mädchen kaum beachtet, da sein ganzes Interesse der Mutter galt. Beim Eintreten hatte er gesehen, daß es ein Backfisch war, dreizehn, höchstens fünfzehn Jahre alt. Er hatte auch gesehen, daß sie nicht schön war. Wahrscheinlich hatte er sie deshalb mit den Blicken instinktiv gemieden.

Jetzt schielte er über Edmondo de Amicis hinweg zu ihr.

Es war die Art kleines Lieschen, farblos, ohne Saft und Kraft. Schmächtig, mager wie eine Bachstelze. Stelzenbeinchen, Fistelstimmchen. Sie hatte ein weißes, getupftes, mit teurer Schweizer Spitze verziertes Batistkleid an und nagelneue, prachtvolle Lackschuhe. In ihrem spröden, weißblonden Haar prangte ein riesiges Schleifenbukett aus erdbeerrotem Atlas, was ihr Gesicht noch blasser machte. Auch um den Hals trug sie eine Schleife aus dem gleichen Stoff, eine sehr breite Schleife, um ihren langen, dünnen Vogelhals zu verstecken.

Sie war ausstaffiert, als hätte man sie nicht auf eine Sommerreise mitgenommen, sondern auf einen Ball, einen glitzernden Winterball, einen ganz unwahrscheinlichen, gar nicht zu ihr passenden Kinderball.

Ihr unscheinbares Köpfchen, ihr flacher Brustkorb, die schmächtigen Schultern, die vorstehenden Schlüsselbeine, die im schmalen Ausschnitt ihres Kleids hin und wieder sichtbar wurden, und auch ihre Hände und ihre Ohren, das alles erweckte zuerst Mitleid, dann aber gleich Widerwillen. Dieses Geschöpf war nicht nur häßlich, sondern auch abstoßend und eindeutig unsympathisch.

Die Arme, dachte Esti. Er mochte sie auch gar nicht lange anschauen. Lieber sah er zum Fenster hinaus.

Es wurde allmählich dunkel. Das Mädchen verschwand in der Dämmerung, verschmolz mit der Mutter. Nur ihr Geflüster war zu hören, das endlose, irritierende Geflüster, das im Dunkeln immer aufgeregter, rascher wurde. Sie klebte am Ohr ihrer Mutter und tuschelte drauflos. Es war unbegreiflich, daß sie nicht schon vor Stunden müde geworden war und daß ihre Mutter nicht müde war, ihr zuzuhören. Was hatte die soviel zu lispeln? Warum war sie nicht schon heiser, warum war sie nicht schon zusammengeklappt? Esti zuckte mit den Schultern. Das Ganze war völlig unverständlich.

Der Zug hatte den Bahnhof von Gyékényes schon längst hinter sich gelassen und raste mit voller Geschwindigkeit in die sternenlose Sommernacht hinein. An der Decke waren die Gaslampen angezündet worden. Esti flüchtete sich in sein Buch. Er gab sich die größte Mühe, seine Aufmerksamkeit auf den Text zu konzentrieren. Doch kaum hatte er ein paar Seiten gelesen, bemerkte er etwas, das ihn endgültig aus der Fassung brachte.

Er bemerkte, daß das Mädchen auf ihn zeigte. Sie klammerte sich an den Arm ihrer Mutter und flüsterte wie bisher, und dazu zeigte sie mit dem Finger auf ihn. Das ging zu weit.

Da war er nun doch empört. Und dann wurde er so aufgeregt, daß sich seine Empörung legte. Er versuchte ruhig zu überlegen. Ihm galt also das Gefuchtel mit dem Zeigefinger. In diesem Fall hatte auch der einseitige Dialog von Anfang an ihm gegolten, und er war in den Mittelpunkt einer Aufmerksamkeit geraten, deren Ursprung und Zweck im Dunkeln lagen.

Was zum Teufel wollte das Mädchen von ihm? Wahrscheinlich verspottete sie ihn irgendwie. Wegen seiner Kleidung? Für die Reise hatte er seinen besten Anzug angelegt, den dunkelblauen, den er im Frühling bekommen hatte. Er kleidete sich auf eigene Art. Trug hohe, bis zum Kinn reichende Kragen, dünne, weiße Pikeekrawatten, wodurch er gleichzeitig einem Tenor von internationalem Renommee und einem hinterwäldlerischen Beamten glich, doch er war außerordentlich zufrieden damit und hatte das Gefühl, nichts drücke sein Bohemetum besser aus, seine nach dem Unendlichen lechzende delikate Dichterseele. Fand ihn dieses kleine Gänschen vielleicht etwa lächerlich oder häßlich? Er wußte, daß er es nicht war. Ein hochgewachsener, schlanker junger Mann, das war er. Sein seitlich gescheiteltes kastanienbraunes Haar fiel in einer dicken Locke auf seine gewölbte Stirn. Seine grauen Augen brannten vor schmerzlicher Sehnsucht, unsteter Neugier, und damals noch viel reiner und feuriger als später, als Enttäuschungen und ewige Zweifel den Glanz dieser Augen verschleiert hatten und sie so bleifarben, so betrunkentrüb wurden, als befände er sich dauernd in einem Pálinka-Rausch.

Er machte kein langes Federlesen. Wartete ab, bis das Mädchen wieder auf ihn zeigte, und als es erneut unter seiner Nase herumfuchtelte, knallte er sich das Buch auf die Oberschenkel und verlangte von ihm eine Erklärung.

Das Mädchen erstarrte, wie jemand, den man auf frischer Tat ertappt. Ihr magerer Finger gefror sozusagen zu einem Eiszapfen. Auf die Art ragte er in die Luft. Ganz langsam zog sie ihn zurück.

Ihre Mutter sagte auch jetzt nichts. Sie nahm die Hand des Mädchens – die schuldige Hand, mit der es herumgefuchtelt hatte – zwischen ihre beiden Hände, umschloß sie und begann sie mit unendlicher Zärtlichkeit und Geduld zu tätscheln, als spielten sie das Häschenspiel. «Die da ist auf Häschenjagd gegangen … die da hat's gepackt …»

Es trat so etwas wie ein Waffenstillstand ein. Das Geflüster wurde seltener oder so leise, daß man es kaum hörte. Es ging auf Mitternacht. Die Frau öffnete ihre Handtasche. Sie entnahm ihr ein Messer, ein scharfes, spitzes goldenes Messer mit schmaler Klinge. Dann nahm sie noch etwas heraus, das in Watte gepackt war. Aus dem Watteknäuel schlüpfte ein wundervoller, buttergelber Kalvill-Apfel. Sie schälte ihn geschickt und sorglich, schnitt ihn auf, steckte die Schnitten an die Spitze des goldenen Messers und schob sie dem Mädchen zwischen die Lippen.

Das Mädchen aß. Nicht schön. Schmatzend.

Sobald sie die Schnitten zwischen die etwas gedunsenen Lippen bekam, bildete sich ein weißer, klebriger Speichel, so wie auf den Schnäbeln der Schwalbenjungen, ein Schaum, ein Geifer, der von einer inneren Hitze verdichtet wird. Gierig sperrte sie vor jedem Bissen den Schnabel auf. Dabei zeigte sie ihr blutarmes Zahnfleisch und ihre auseinanderstehenden, schlechten Zähnchen, die in ihrer Mundhöhle schwärzlich glänzten. «Willst du noch, mein Kind?» fragte die Mutter. Das Mädchen nickte.

Auf diese Art hatte sie schon fast den ganzen Apfel gegessen. Es war nur noch eine Schnitte übrig.

Plötzlich schnellte sie hoch, riß die Tür auf und stürzte auf den Gang hinaus. Ihre Mutter eilte ihr erschrocken nach.

Was war das jetzt schon wieder? Was war das für eine Flucht wegen einer Frucht? Was war mit dem Mädchen los? Auch Esti sprang auf und blickte sich im leeren Abteil um.

Er war allein. Endlich allein. Er atmete auf, wie von einem Alpdruck befreit. Erst jetzt wagte er sich einzugestehen, daß er Angst hatte. Er verstand seine Mitreisenden immer weniger. Was waren das für Leute? Was war das für ein ungezogenes Mädchen, das fortwährend tuschelte, auf andere zeigte und dann hinausstürmte, seine Mutter wie einen Gendarmen auf den Fersen? Was für eine Szene begann dort draußen, und was für eine Szene war vorhin hier drin zu Ende gegangen, als sie endlich ruhig ihren Apfel aß, in plötzlicher Stille, deren letztes Wort nicht einmal zu ahnen war? Was war das für eine Mutter, die von ihrer Tochter alles ertrug, allem zustimmte, sie kein einziges Mal zurechtwies, ja, so nachgiebig – oder so dumm – war, daß sie ihre Ungezogenheit noch mit den Koseworten der Affenliebe bedachte? Jetzt war er eher über sie erbost als über das Mädchen. Er begann auf diese äußerst sympathische Frau, die er doch so liebgewonnen hatte, wütend zu werden. Sie hätte energischer, strenger sein sollen. Oder wurde sie mit dem Mädchen nicht fertig? Na klar. Sie hatte es verwöhnt, schlecht erzogen.

Ihren Namen hätte er leicht erfahren können. Es hätte genügt, zu den lederumrahmten Namensschildchen hinaufzublicken, die über seinem Kopf schaukelten. Doch so etwas hielt er für unanständig. Überhaupt, was hätte es ihm genützt, die Namen zu lesen? Seine Neugier ging tiefer als die Namen – was zählt schon der Name eines Menschen? Er wollte ins Leben eindringen, in diese beiden Leben, die wohl voller Rätsel waren.

Doch rätselhaft oder nicht, hier konnte er nicht bleiben. Mit denen konnte man unmöglich eine ganze lange Nacht unter demselben Dach verbringen. Er mußte weg von hier. Mit dem unerwarteten Abgang der beiden hatte ihm das Schicksal sowieso einen Fluchtweg geöffnet, so daß er ohne größeres Aufsehen fliehen, sein Gepäck in ein anderes Abteil oder sonstwohin bringen konnte. Sie waren immer noch nicht zurückgekommen. Beklommen dachte er, daß sie jeden Augenblick auftauchen konnten. Er ging rasch hinaus, um sich umzublicken.

Auf dem schmalen, kaum beleuchteten Gang war kein Mensch mehr. Auch die Mutter nicht und auch die Tochter nicht. Wo die wohl verschwunden waren? Die Frage reizte ihn. Er suchte alles ab. Warf sogar einen Blick in die Klosetts. Sie waren leer. Von den beiden nicht die geringste Spur.

Hatten sie in einen anderen Wagen gewechselt? Das schien unwahrscheinlich. Die Durchgangstüren zu den benachbarten Wagen waren geschlossen. Also waren sie aus dem fahrenden Zug gesprungen, und jetzt lagen sie auf dem Schotter des Bahndamms, sterbend, mit offenem Schädel, aus dem langsam der Saft sickerte, oder sie setzten ihre Reise in die Räder verwickelt fort und begleiteten ihn als verstümmelte Leichen. Schrecklich.

Er öffnete jedes Abteil des Wagens, wie ein Geheimpolizist, teils um den Verbleib der Mutter und des Mädchens in Erfahrung zu bringen, teils um für die Nacht wenigstens einen Sitzplatz zu finden.

In den meisten Abteilen war es dunkel. Die Reisenden schnarchten hinter heruntergezogenen Vorhängen und grimmig geschlossenen Türen. Es empfing ihn die gewohnte Schlafzimmeridylle: schlafende Kinder und halbierte Orangen, kriegerisch mit Koffern verstellte Wagenburgen und mürrische Männer in Hemdsärmeln, Milch, in grünen Wasserflaschen hin und her schwappend, Tanten, den schnaufenden

Kopf auf den ausladenden Busen gesenkt, auf dem Boden Käserinden, Blumen, Schuhlöffel, in entsetzter Unordnung, als wäre da eine wilde Schlacht gewesen, auf den Sitzen dampfende Füße in verschwitzten Strümpfen, alles in eine heftige Wolke hüllend, während sie auf den patriotischen Leitartikelsprüchen der als Unterlage ausgebreiteten gestrigen Zeitungen sanft schlummerten. Überall hatte sich schon jene rasch entstehende, ekelhaft familiäre Reisegemeinschaft gebildet, jene aus Zwang und Zufall zusammengetakelte Zugkameraderie unter lauter Unbekannten, die einen weiteren ihnen völlig ähnlichen Unbekannten, der nachträglich und unerwartet auftaucht, nicht viel liebenswürdiger empfangen als einen maskierten, mit Chloroform ausgerüsteten Räuber.

Esti drängte sich nicht auf. Nachdem er sich überzeugt hatte, daß Mutter und Tochter wirklich nirgends waren und daß es auch kaum einen Platz für ihn gab, zog er sich bescheiden und unter vielen Entschuldigungen zurück.

Er stand auf dem Gang herum. Bewunderte die Feuerwerkskörper der Lokomotive. Sie ließ fortwährend Feuergarben in die Nacht los. Myriaden von Funken beschrieben riesige Bogen, um als rasch erlöschende Sternschnuppen in einem Graben zu vergehen. Ein Funke flog ihm ins Auge. Er kehrte in sein Abteil zurück.

Es lag immer noch verlassen da, mit der Erinnerung an zwei Leben in der Luft. Er setzte sich an seinen alten Platz. Jetzt nahm er es für gegeben, daß er hier festsaß. Das störte ihn und störte ihn auch nicht.

Hätte er zufällig anderswo einen Platz bekommen – was durchaus möglich gewesen wäre, der Zug war ja nicht voll, er hätte bloß dem Schaffner etwas sagen müssen –, auch dann wäre er vielleicht nicht in ein anderes Abteil umgezogen, denn sein seltsam empfindliches Gewissen hätte vielleicht nicht ertragen, daß er mit seiner heimlichen, verschreckten Flucht seine Reisegefährtinnen eventuell verletzte, zwei Menschen, die er jetzt zum ersten und wohl auch zum letzten Mal im Leben sah. Es war mehr als wahrscheinlich, daß er es sich im letzten Augenblick anders überlegen, daß er zurückkrebsen und beschließen würde, doch dazubleiben, so wie jetzt.

Die Sache interessierte ihn, soviel ist sicher. Auch wenn sie ihm angst machte, war er dennoch neugierig, wie sie weitergehen würde. Er wollte deutlicher sehen, mit wem er bisher gereist war, er wollte das eine und andere verstehen.

Nur ist damit sein Verhalten nicht völlig zu erklären. Auch damit nicht, daß er ein «wohlerzogener Junge» war. Auch damit nicht, daß ihn seine Ängstlichkeit, seine lebhafte Phantasie unentschlossen machten und ihn oft, wenn er vor einer Gefahr davonzulaufen meinte, gerade in die Gefahr hineintrieben. Auch damit nicht, daß er irgendwie eine besonders barmherzige Seele gewesen wäre, im alltäglichen Sinn des Wortes. Es steckte viel Unbarmherzigkeit in ihm, er hatte viele blutrünstige, böse Instinkte. Nur er wußte, was er als Gymnasiast mit den Fliegen und den Fröschen gemacht hatte, in der heimlichen Folterkammer in der Waschküche. Hier hatten er und sein Cousin mit dem Küchenmesser die Frösche seziert, ebenso die Katzen der Großmutter, hatten ihnen die Schädel aufgebohrt, die Augen herausgenommen, also regelrecht Vivisektion betrieben, und ihre Großmutter – diese laute, zerfahrene, kurzsichtige Frau – hatte sich dauernd geärgert, daß ihr, sie konnte noch so aufpassen, die Katzen fortwährend abhanden kamen, jährlich zehn bis zwanzig Stück. Im Notfall hätte er bestimmt auch einen Mord begehen können, so wie alle Menschen. Doch jemanden zu beleidigen, davor hatte er mehr Angst, als jemanden zu töten.

Schon immer war es ihm unerträglich gewesen, zu einem

Menschen – der doch war wie er, also schwach, glücksbedürftig und in jedem Fall zu einem jämmerlichen Ende verurteilt – taktlos, grob und rücksichtslos zu sein, ihn zu demütigen, ihn auch nur mit einer Andeutung, einem Gedanken zu verletzen, und oft – jedenfalls meinte er das – wäre er lieber gestorben, als den Eindruck zu erwecken, daß jemand irgendwie überflüssig war, damit der Betreffende sich nicht zu verdrücken, nicht errötend zu murmeln brauchte: «Offenbar bin ich Ihnen lästig … offenbar langweile ich Sie … offenbar verachten Sie mich …»

Diese Auffassung von Moral, wie sie Kornél Esti in seinen späteren Werken noch genauer ausführte, hatte in seiner Kinderseele schon jetzt ihre ersten Keime getrieben. Er wußte, daß wir einander kaum helfen können, daß wir in unserem Interesse anderen Schaden zufügen müssen, manchmal sogar tödlichen Schaden, daß bei großen Vorhaben Grausamkeit fast nie zu umgehen ist, aber gerade deswegen war er der Überzeugung, daß unsere Menschlichkeit, unser Bemühen – redlich und ehrlich – nur in kleinen Dingen zutage treten können und daß Aufmerksamkeit, auf Toleranz und Verzeihen gegründete Rücksicht und Takt das Größte und Höchste sind auf dieser Erde.

Diesen Gedanken zu Ende denkend, gelangte er zu der einigermaßen trostlosen, ja geradezu heidnischen Schlußfolgerung, daß wir, wenn wir schon nicht gut sein können, wenigstens höflich sein sollten. Eine solche Höflichkeit war aber nicht höfliches Getue, Salbaderei und leeres Geschwätz. Oft bestand sie nur darin, daß er im richtigen Augenblick diskret ein scheinbar belangloses Wort fallenließ, das jemand verzweifelt von ihm erwartete, weil sein Selbstwertgefühl davon abhing. Das hielt er für die höchste Tugend. Jedenfalls für eine höhere Tugend als die sogenannte Güte. Die Güte predigt fortwährend, will die Menschheit erlösen, ist salbungsvoll, will von heute auf morgen Wunder wirken, gibt mit ihrem Inhalt groß an, nimmt sich das Wesentliche vor, doch meistens ist sie bloß hohl, inhaltslos und weitgehend förmlich. Hingegen mag die Höflichkeit zwar rein förmlich wirken, aber innen ist sie an sich der Inhalt, an sich das Wesentliche. Das gute Wort, das noch nicht realisiert ist, schließt sämtliche jungfräulichen Möglichkeiten ein und ist mehr als die gute Tat, deren Ausgang zweifelhaft, deren Wirkung fragwürdig ist. Überhaupt ist das Wort mehr als die Tat.

Aufgeregt wartete er auf seine Reisegefährtinnen. Die kamen und kamen nicht. Er schaute auf seine Taschenuhr. Es war Viertel vor eins. Genau vor einer Dreiviertelstunde waren sie verschollen.

Kurz vor eins war auf dem Gang das Geräusch von Schritten zu hören. Der Schaffner erschien auf der Höhe seines Abteils, mit der Lampe in der Hand, der neue, kroatische Schaffner, ein freundlicher, schnurrbärtiger Mann, der zu ihm hereintrat und in makellosem Deutsch und mit österreichischer Vertraulichkeit fragte, wohin er reise und warum er nicht schlafe. Hingegen vermochte auch er keine Nachricht darüber zu geben, wo die Frau und das Mädchen waren. Der Schaffner plauderte lange mit ihm. Worauf er in makellosem Deutsch und mit österreichischer Vertraulichkeit sagte: *Ich wünsch' Ihnen eine scheene, gute Nacht*, salutierte und beim Hinausgehen die Abteiltür hinter sich zumachte.

Ein paar Minuten später ging die Tür geräuschvoll auf. Esti dachte, der Schaffner komme wieder, um noch ein bißchen zu tratschen, sich noch ein bißchen anzubiedern, auf gut slawische Art und in der Hoffnung auf ein Trinkgeld, das Leben ist ja schwer, der Kinder sind viele, und so weiter. Aber niemand trat ein. Auf dem Gang war es still. Als ob die Tür von selbst aufgegangen wäre, vom Rütteln des Zugs. Von seinem Platz aus war auch niemand zu sehen. Das dauerte etwa zehn bis fünfzehn – sehr lange – Sekunden.

Dann hörte man eine Stimme. «Geh hinein, mein Kind. Geh schön hinein.» Die Frau. Die beiden.

Minuten vergingen. Wieder kein Geräusch, keine Bewegung. Das Mädchen trat ein.

Ihr auf den Fersen die Mutter. Sie machte die Tür zu und setzte sich ans Fenster, Esti gegenüber.

Das Mädchen setzte sich nicht. Stand bloß da, störrisch, erregt, gereizt. Das sind aber nur Wörter, tastende Wörter, die ihre krampfhafte Widerborstigkeit irgendwie skizzieren sollen. Sie schien auch etwas erhitzt, als hätte sie draußen in heißem Wasser gebadet oder als hätte sie auf ihre noch immer sehr bleichen Wangen etwas Rot aufgetragen. Esti warf einen fragenden Blick auf die Frau, um herauszubekommen, wo sie gesteckt hatten. Die Mutter war unverändert, abweisend.

Blitzartig, wie von einer Feder getrieben, warf sich das Mädchen in der Ecke der gegenüberliegenden Sitzbank auf die Knie, neben dem Gangfenster, das Gesicht gegen die Wand, mit dem Rücken zu den anderen. Sie kniete und rührte sich nicht. Sie kniete starr. Sie kniete starr und verstockt. Ihre Nackenmuskeln waren gespannt. Ihr Rücken war gerade wie ein Bügelbrett. Ihre langen Arme, ihre rachitischen langen Arme hingen herunter. Sie ließ ihre langen rachitischen Beine sehen, die von den weißen Kniestrümpfen nur teilweise bedeckt waren, ihre Bachstelzenbeinchen und die kaum gebrauchten Sohlen ihrer Lackschuhe. Das Ganze hatte etwas Possenhaftes. Es glich auch dem Pfänderspiel, bei dem man zur Strafe «Statue stehen» muß und die Gesellschaft zum Spott mit einem tun kann, was ihr beliebt. Nur war da in ihrer Ausdauer, ihrer Beharrlichkeit etwas sehr Ernstes und Verblüffendes.

Und das jetzt? Was war das jetzt? Esti warf erneut einen fragenden Blick auf die Mutter. Er hatte es schon auf der Zunge, wollte sie anflehen, sie solle ihn doch endlich einweihen, es sei an der Zeit, denn das Ganze beginne doch ziemlich unerträglich zu werden. Aber die Frau ließ nicht einmal seinen Blick an sich heran. Esti verschluckte seine Worte.

Er staunte auch gar nicht mehr über das Mädchen. Er staunte, daß die Frau nicht darüber staunte. Die saß bloß da und starrte ins Leere. Wahrscheinlich war sie das gewohnt. Hatte sie etwas Derartiges schon erlebt, und vielleicht noch anderes? Wahrscheinlich konnte sie nichts machen. Sie nahm das Ganze gar nicht wahr. Das war am schrecklichsten.

Der Zug ratterte vorwärts. Esti riß sich alle fünf Minuten die Uhr aus der Tasche. Es wurde ein Uhr. Halb zwei. Zwei. Dem Mädchen war es immer noch nicht verleidet. Man näherte sich Zagreb.

Jetzt erhob sich die Mutter und trat, allerdings so, als täte sie es wider besseres Wissen, zu dem Mädchen. Sie war wieder so sympathisch wie zu Beginn der Reise, sie kniete sich neben das Mädchen hin und begann, das Gesicht an sein Gesicht gedrückt, zu reden. Leise, schön und klug, Wange an Wange, redete sie ihr ins Gesicht, ins Ohr, in die Augen, in die Stirn, in den ganzen Körper, redete und redete, unermüdlich, schwungvoll, heftig sprudelnd, und es war unverständlich, so wie zuvor bei dem Geflüster des Mädchens, es war unverständlich, wie ein Mensch dermaßen viel reden konnte, was für alte Wörter sie da wiederholte, was für Ratschläge, Mahnungen, was für einstmals schmerzliche, heute aber nicht mehr durchfühlte, nur mehr eingepaukte, tödlich langweilig gewordene Sprüche, Tausende von Malen verwendete Sprüche, alle vergeblich, so daß sie seither in einem Kramlager nutzlos verstaubten.

Die weibliche Hauptrolle einer Tragödie in fünf Akten

konnte nicht so lang sein, und auch ein Gebet nicht, sämtliche Gebete des Rosenkranzes nicht, die ein Gläubiger seinem unbekannten, unsichtbaren Gott abhaspelt. Das Mädchen kümmerte sich keinen Deut um sie. War nicht willens, ihre Position zu wechseln.

Da faßte die Mutter das Mädchen um den Hals, drückte sie hart an sich, hob sie mit großer Kraft hoch und setzte sie neben sich.

Sie streichelte ihr Haar. Betupfte ihr die Stirn mit Kölnisch Wasser. Lächelte ihr sogar zu, einmal, ein einziges Mal, mit einem abgestumpften, unpersönlichen Lächeln, das der Überrest, die Ruine jenes Lächelns sein mochte, mit dem sie einstmals, vor langer Zeit, dem Mädchen zugelächelt hatte, als es noch in den Windeln lag, in seiner Wiege lallte, seine Rassel schüttelte. Es war ein verblichenes Lächeln, ein blindes Lächeln, sozusagen. Doch wie ein Spiegel mit abblätterndem Amalgam ließ es doch aufblitzen, was ihr damals das Mädchen bedeutet hatte.

Sie hielt einen Silberlöffel in der Hand. Goß eine farblose Flüssigkeit hinein, an deren erstickend-flüchtigem Geruch Esti – der Abkömmling von Apothekern – sogleich *Paraldehyd* erkannte. Das wollte sie dem Mädchen eingeben, deshalb lächelte sie. «Jetzt schläfst du gleich schön ruhig ein, mein Kind», sagte sie, während sie den Löffel an die Lippen des Mädchens hob. Das Mädchen schlürfte die Medizin. «Schlaf, mein Kind, schlaf ganz ruhig.»

Sie kamen in Zagreb an.

Der schläfrige Zug erwachte zum Leben. Es wurde rangiert und gepfiffen. Es wurde an die erhitzten Räder gehämmert, und dieser Lärm lief in melodiösen Wellen durch den nächtlichen Bahnhof. In die Lokomotive wurde Wasser nachgefüllt. Eine neue Lokomotive wurde ihr vorgehängt, damit sie den

Zug zu zweit in die schrecklichen Höhen des Karsts hinaufzogen. Wieder erschien der freundliche kroatische Schaffner mit seiner Lampe. Nur vereinzelte Reisende stiegen zu. Sie wurden nicht behelligt.

Die Frau zog dem Mädchen einen Seelenwärmer an, zupfte am Kleid, damit es die Knie deckte, machte aus der erdbeerroten Schleife ein noch schöneres Bukett. Sie zog sie für die Nacht an, statt sie auszuziehen. Über ihre Beine breitete sie eine weiche gelbe Decke. Das Mädchen schloß die Augen. Sie atmete ruhig und gleichmäßig.

Auch die Frau schickte sich zum Schlafen an. Sie umband sich das aschblonde Haar mit einem leichten schwarzen Schleier.

Als sie Zagreb verließen, blickte sie zur Lampe hoch. Esti verstand den Wink, stand auf und zog den Schirm um die Glaskugel zusammen.

Mit offenen Augen, die Hände in den Schoß gelegt, wartete die Frau auf den Schlaf. Die Szenen, die sie mitgemacht hatte, schienen sie nicht sonderlich erschüttert zu haben, denn sie schlief rasch ein. Seufzte einmal und schlief schon. Ihr Augenlider waren fest geschlossen. Sie mußte müde sein, todmüde. Keine Regung in ihrem Gesicht. Sie schien kaum zu atmen. Auch die tiefen, gleichmäßigen Atemzüge des Mädchens wurden leiser. Man hörte sie gar nicht mehr.

Es war still im Abteil, vollkommen still. Aus der Gaslampe sickerte grünlicher Nebel, so ein opalartiger, milchiger Dämmer, wie man es in Aquarien sieht, oder auf Unterwasserbildern.

Esti spürte wieder eine Erleichterung wie vorhin, als sie hinausgegangen waren. Auch das war eine Art Alleinsein. Seine Reisegefährtinnen hatten den Kopf an die Rückenlehne gedrückt und saßen benommen und selbstvergessen da. Während der Zug in seine vorbestimmte Richtung raste, streunten ihre Seelen andernorts herum, weiß Gott, auf welchen Wegen, auf welchen Schienen. Seine Seele strich um diese beiden Seelen herum. Einmal blickte er zu dem Mädchen, dann wieder zu der Mutter hin. Von welchen Leiden und Leidenschaften wurden sie wohl geschüttelt? Die Armen, dachte er.

Die beiden Lokomotiven ratterten keuchend auf die kahlen Felsen hinauf, hustend, schwer atmend, mit immer größerer Anstrengung. Jetzt waren sie schon zwischen den hohen Bergen. Eine fremde Welt war das. Dunkle Wälder rauschten weit oben, in großer Höhe, unerfindlich, geheimnisvoll. Da und dort plätscherte Wasser, Wildbäche und verborgene Wasserläufe, zuweilen erschreckend nahe, gleich an seinem Fenster. Da und dort leuchteten auf den Berggraten Feuer auf. Das wache Zyklopenauge einer Esse glühte blutrot. Später war da der Schimmer einer Flußoberfläche. Das dunkelgraue, eiskalte Wasser wand sich in alle Richtungen, von Fels zu Fels stolpernd. Lange lief der Fluß neben dem Zug her. Trabte ihm nach, lief mit ihm um die Wette, bis er doch müde wurde. Die Luft war auf einmal kalt geworden.

Esti fror. Er klappte den Kragen seiner Jacke hoch und starrte in die wildromantische Nacht hinaus.

Jetzt tauchten aus dem Dunkel unbekannte kleine Stationen auf, gelb zerfließende Lichter, geschlossene Wartesäle mit ihren jämmerlichen Tischen und Stühlen, Küchengärten mit Salaten und Kohlköpfen, Blumenbeete mit den lieben Petunien und Reseden der Stationsvorstehersfrau. Auf Holzstangen rundeten sich Glaskugeln. Eine schwarze Katze sprang in einem Lichtstrahl über die Böschung. Der Stationsvorsteher salutierte zu dieser späten Stunde, die behandschuhte Hand an den Mützenschirm gehoben. An seiner Seite spitzte ein kluger

Hund treu die Ohren. Eine Gartenlaube schälte sich aus der Dämmerung, mit dem lang verklungenen Gelächter sonnenbeschienener Kaffeerunden in der Familie, und zwischen den Blättern des wilden Weins zitterte höchst unzeitgemäß eine zu Tode erschrockene Winde, von der Nacht, vom Schrecken schwarzviolett verdunkelt. Diese Gegenstände, diese Menschen und Tiere, die Esti jetzt beobachtete, boten sich – wie Leute, die im Schlaf die Decke abwerfen und reden – auf fast unanständige Art dar, ließen zu, daß ein dahergekommener junger Dichter nach ihren bisher eifersüchtig gehüteten, sorglich verborgenen Leben griff und sie mitnahm, auf immer.

Seit er vor mehr als zwei Tagen zu dieser seiner «ersten Italienreise» aufgebrochen war, hatte er überhaupt noch nicht geschlafen. Von den vielen Erlebnissen war er völlig ausgepumpt. Seine Ohren brannten, sein Rückgrat schmerzte. Er schloß die Augen, um ihnen ein wenig Ruhe zu gönnen. Während er so döste, zwischen Wachen und Traum, hörte er leises Kleiderrauschen. Jemand stand neben ihm, so nahe, daß die fremde Hand über der seinen hing. Es war das Mädchen. Esti machte eine Bewegung. Da huschte sie an ihren Platz zurück.

Die schlief ja gar nicht. Auch jetzt war sie nicht aufgewacht, sondern sie hatte gar nie geschlafen. Auch nicht nach Zagreb, Schlafmittel hin oder her. Sie hatte sie beide hereingelegt, ihn und ihre Mutter. Sie lauerte auf etwas, sie führte etwas im Schild. Jetzt gerade saß sie mit zurückgelehntem Kopf und atmete tief und gleichmäßig. Sie simulierte, so wie bisher. Esti beobachtete sie durch die Wimpern. Auch das Mädchen hatte die Augen nicht ganz geschlossen. Die beobachtete ihn genauso durch die Wimpern. Esti öffnete die Augen. Auch das Mädchen öffnete die Augen.

Sie grinste ihn an. Sie grinste so seltsam, daß Esti ein kalter Schauder über den Rücken lief. Sie kreuzte ihre Beinchen.

Der Saum ihres Spitzenunterrocks klappte hoch, man sah ihre Knie und Oberschenkel, ein nacktes Stückchen ihrer Stelzenoberschenkelchen. Wieder grinste sie. Albern und mit unmißverständlicher Koketterie.

Hu, war das gräßlich. Das Mädchen war ja verliebt in ihn. In ihn verliebt, dieses Huhn, dieses Würmchen, dieser Wicht. In ihn verliebt, diese Beinchen, diese Augen und auch dieser Mund, dieser fürchterliche Mund. Mit ihm wollte sie tanzen, mit ihm, auf jenem obszönen Kinderball, mit ihrem erdbeerroten Kopfputz, der kleine Popanz, der kleine Ballschreck. Grauenvoll.

Was konnte man da machen? Bloß keinen Skandal. Davor schauderte ihm mehr als vor allem anderen. Er hätte die Frau wecken können, die ihm gegenüber schlief. Aber sie tat ihm leid.

Der Schweiß trat ihm auf die Stirn.

Seine Strategie bestand darin, das Mädchen einerseits in Schach zu halten, andererseits auf frischer Tat zu ertappen. Also signalisierte er von Zeit zu Zeit, daß er nicht schlief, er hustete, kratzte sich am Ohr, doch in genauso regelmäßigen Abständen mimte er den Schlafenden, denn er wollte wissen, was sie im Schilde führte. Er wechselte diese beiden Methoden in genauen Abständen ab und achtete sehr darauf, daß keine mehr Zeit in Anspruch nahm als die andere.

Das Ringen dauerte lange. Unterdessen näherte sich der Zug unentwegt seinem Ziel. Manchmal schien es, als stehe er an einer Station herum, obwohl er mit vollem Schwung ratterte, manchmal hingegen schien es, als rase er dahin, obwohl er an einer Station stand und die seltsam wachen Stimmen der Bahnwächter zu hören waren, während gerade ein Maschinist über den Schotter zum Tender stapfte. Fuhren sie vorwärts oder rückwärts? War eine halbe Stunde vergangen? Oder nur eine halbe Minute? Die Fäden von Raum und Zeit hatten sich in seinem Kopf verknäuelt.

Das Verstellungsspiel war unglaublich anstrengend. Esti hätte sich gern aus dieser Zwickmühle befreit, wäre gern in Fiume angekommen, wäre gern zu Hause gewesen in Sárszeg, im Schlafzimmer, wo seine Geschwister zum Ticken der Pendeluhr schliefen, hätte gern dort geschlafen, neben ihnen, in seinem alten Bett. Doch er wagte nicht zu schlafen, wollte auch nicht. Er kämpfte und knirschte mit den Zähnen. Wenn er schläfrig wurde, wandte er verschiedene Tricks an. Er malte sich Schreckensbilder aus, vor allem jenes, wie diese Kröte zu ihm kroch, während er schlief, und ihn mit kaltem Mund küßte, was ganz bestimmt widerlicher und abscheulicher als alles andere war.

Gegen drei Uhr versuchte Esti, der die ganze Zeit an diesen Schauervorstellungen bastelte und ständig aufpaßte, was gerade drankam – Signalisieren von Wachsein, Mimen von Schlaf –, seine Augen zu öffnen, zu erwachen, aber es ging nicht. Er bekam keine Luft. Etwas lag auf seinem Mund. Etwas ekelhaft Kaltes, ein schwerer, nasser Abwaschlappen, auf seinen Lippen lag es und sog an ihnen, schwoll in ihnen an, wurde prall und starr, wie ein Blutegel, und wollte nicht abfallen. Und ließ ihn nicht atmen.

Er stöhnte und wimmerte lange, fuchtelte herum, griff ins Leere. Dann brach aus seiner Kehle ein kurzer Schrei hervor. «Nein», röchelte er, «Hilfe.»

Die Frau war schon aufgesprungen. Sie wußte nicht, wo sie sich befand. Sie wußte nicht, was geschehen war. Sie sah nichts. Im Abteil herrschte völlige Dunkelheit. Jemand hatte in der Zwischenzeit auch das Gaslicht ausgeblasen. Durchs Fenster qualmte dichter Rauch herein. Wieder rief jemand um Hilfe. Sie dachte, es sei ein Eisenbahnunglück passiert.

Als sie hastig die Lampe anzündete, stand ihre Tochter Aug in Auge mit Esti. Sie drückte neckisch den Zeigefinger auf die Lippen, pst, pst, nichts verraten. Esti stand ihr gegenüber, außer sich, an allen Gliedern zitternd, und trocknete sich todbleich die Lippen ab, während er immer wieder in sein Taschentuch spuckte.

«Ach», sagte die Frau dumpf, «entschuldigen Sie bitte. Aber wie Sie ja selbst sehen ...» Nur soviel. Und auch das sagte sie so, als bäte sie einen Mitreisenden um Verzeihung, weil ihr Hund ihn an der Hand geleckt hatte. Er war unendlich gedemütigt.

Dann wandte sie sich, ohne Esti zu beachten, ihrer Tochter zu.

«Editchen», rief sie, «Editchen, Editchen», mehrmals hintereinander, vielleicht nur, damit sie ihren Namen hörte. Sie schüttelte sie kräftig. Ihre bewundernswürdige Selbstbeherrschung schien sie für einen Augenblick verlassen zu haben. Sie bereute es sofort. Umarmte ihre Tochter und begann sie abzuküssen. Küßte sie wie wild, wo es nur ging, auch auf den Mund.

Esti, der sich von dem grauenhaften Kuß noch nicht erholt hatte und so angewidert war, daß er seine Eingeweide hätte herauskotzen können, beobachtete die Szene schwer atmend.

Er spürte das Rätsel des Kusses. Wenn Menschen vor Verzweiflung und Sehnsucht hilflos werden, wenn ihr Reden nichts mehr nützt, vermögen sie nur noch so zu kommunizieren, mit dem Vermischen ihres Atems. So versuchen sie ineinanderzukriechen, in die Tiefe, wo es vielleicht für alles eine Erklärung, eine Bedeutung gibt.

Der Kuß ist ein großes Rätsel. Er kannte es noch nicht. Kannte nur die Liebe. Nur das Schwärmen. In der Seele war er jungfräulich wie die meisten achtzehnjährigen Jungen. Das war sein erster Kuß gewesen. Den ersten richtigen Kuß hatte er von diesem Mädchen bekommen.

Editchen kauerte neben ihrer Mutter. Jetzt zuckte sie immer wieder mit den Schultern. Alle zehn Sekunden – genau zehn Sekunden – zog sie die linke Schulter hoch. Es war nicht Trotz. Sie war jemand, der nicht redete, weder zu ihrer Mutter noch zu Esti. Sie gab Zeichen. Wem oder wozu, das wußte niemand, nicht einmal sie selbst. Vielleicht wußte es nur der, der die Erde zu seinem eigenen Wohlgefallen geschaffen hatte, und die Menschen darauf.

Die Frau, der es wohl nicht recht war, daß sie sich vorhin vergessen hatte, hielt beide Hände ihrer Tochter umfaßt. Sie demonstrierte, daß sie mit ihr solidarisch war, jetzt und in alle Zeit.

Plötzlich begann sie zu reden. «Es wird Tag», sagte sie vor sich hin, «bald ist es hell.» Warum war das so unsäglich traurig? Weil es bedeutete: «Es wird nicht Tag, es wird nie mehr hell.»

Esti stürzte auf den Gang hinaus. Er mußte sich beeilen. Kaum war er draußen, brach er in Weinen aus. Die Tränen liefen ihm über die Wangen.

Doch es wurde Tag, es wurde tatsächlich hell. Im Osten leuchtete am Himmel ein schmaler Lichtstreif.

Jetzt vermochte er durchzudenken, was geschehen war. Was hier geschehen war, war tragisch und interessant. Ein klein wenig schmeichelte es auch seiner Eitelkeit, daß er von der Schulbank – aufgrund eines Zufalls – direkt in die dunkle Dichte des Lebens geraten war. Daraus hatte er mehr gelernt als bisher aus allen Büchern.

Im Jahr zuvor hatten seine Kämpfe anders ausgesehen. Im Lesezirkel hatte er von einem Gedicht behauptet, es sei eine Ballade. Der leitende Lehrer stellte die Frage zur Diskussion und entschied, nachdem er sich die Meinung der Teilnehmer angehört hatte, daß das betreffende Gedicht keine Ballade war, sondern nur eine Romanze. Esti «zog sofort die Konsequenzen». Er trat von seinem Posten als Sekretär zurück, mit dem ihm die Zirkelteilnehmer ihr ehrendes Vertrauen bekundet hatten.

Wie sehr hatte ihn das geschmerzt. Jetzt sah er, daß es gar nicht so wichtig war. Nicht die Ballade und die Romanze waren wichtig. Sondern das Leben, nur das Leben war wichtig. Dieser Kuß war aus dem Reichtum des Lebens entsprungen und machte auch ihn reicher. Erzählen konnte er das niemandem, nicht einmal seinem jüngeren Bruder, weil ihn alle auslachen würden. Aber vor sich selbst schämte er sich nicht mehr dafür.

Homo sum, zitierte er Terenz, *humani nihil a me alienum puto*, und er dachte schaudernd an diesen kaltnassen Kuß zurück. Vielleicht hätte er sich sogar daran freuen können, wenn er ein bißchen mutiger gewesen wäre und sich dem Erlebnis ganz überlassen hätte, denn die Lust – so ahnte er – war vom Ekel nicht weit entfernt. Auch dafür brauchte man sich nicht zu schämen. *Epicurus non erubescens omnes voluptates nominatim persequitur.* Wo stand das schon wieder? Irgendwo in der Mitte der Grammatik, oben links auf einer Seite, ein Beispiel für die Verwendung des *participium praesens* mit Verneinung. Man darf nicht erröten. Man darf sich für nichts schämen. Unser Schicksal besteht aus Sternen und Müll.

Es standen schon mehrere Leute auf dem Gang herum, Frühaufsteher, mit Schnurrbartbinden und Reisemützen. Sie warteten auf den Sonnenaufgang und hatten die Fenster heruntergezogen, um die Luft der Morgenfrühe einzusaugen. Esti folgte ihrem Beispiel.

Die Lampen wurden eine um die andere gelöscht. Der Zug sauste dahin, weg aus der Nacht, weg von den Alpträumen, der Sonne entgegen. Der erste Sonnenstrahl vergoldete mit zauberhafter Geschwindigkeit einen Berggipfel. Eine kleine Kirche mit hölzernem Turm stand dort oben und wartete auf die Gläubigen. Sie stand in solcher Höhe, daß seine Vorstellungskraft auf dem Weg nach oben erschlaffte, zusammenbrach und auf der Schwelle der Kirche den Geist aufgab, unten hingegen grünte eine Talschlucht, in einem so schrecklichen Abgrund, daß seine Phantasie Hals über Kopf hineinstürzte und an einem Felsen zerschellte. Eine karge, öde Gegend war das. An den Berghängen zogen sich Verbauungen aus Steinen dahin, Schanzen, mit denen die Einheimischen ihre paar Kartoffeln und ihre Haferfeldlein vor den Elementen schützten. Hier liegt man mit der Natur in einem unerbittlichen Nahkampf. Sturmwinde heulen, reißen Bäume mitsamt den Wurzeln aus, bringen die Furchen durcheinander, werfen die Saat in die Luft, dem Teufel in die Hände. Hier haben sogar die Adler Angst. Hier blicken sogar die Kühe intelligent drein, weil sie mager und gemütskrank sind. Winters kommt der Schnee und deckt alles zu. Wolfsrudel stapfen durch das Weiß, langsam, mit buschigen Ruten. In einer Hütte wird Gusla gespielt und geweint. Hier hätte er leben wollen. Er stellte sich vor, wie er aussteigen und sich in dieser Steinhölle niederlassen würde, als Förster, oder vielleicht doch eher als Steinhauer, und er würde ein apfelgesichtiges, blasses kroatisches Mädchen heiraten, das schwarze Kopftücher, weiße Röcke, schwarze Schürzen besaß, und mit ihr würde er alt werden, ohne je Nachricht von sich zu geben, und man würde ihn im Tal begraben, ohne zu wissen, wer er gewesen war. Doch er stellte sich auch vor, daß er der Herr der Berge und der Wälder war, mächtig und reich, allen bekannt, von allen bewundert, vielleicht noch mächtiger als ein König. Solche Dinge stellte er sich vor. Spielte mit seinem Leben, weil es ja noch vor ihm lag.

Um sechs stieg ein Militärarzt zu – oder wie Esti später vor seinem jüngeren Bruder aufschnitt: «ein hochrangiger Regimentsarzt». Er kam ohne Gepäck, frisch und ausgeschlafen. Auf seinem Samtrevers blitzten die goldenen Sterne. Er wohnte in der Umgebung und wollte nach Fiume zum Schwimmen.

Zufällig stellte er sich neben Esti ans Fenster, und der machte ihm mit seiner bekannten Zuvorkommenheit sogleich Platz. Der Regimentsarzt lehnte sich neben ihm aufs heruntergelassene Fenster und begann trotz des Altersunterschieds zwischen ihnen und trotz seines hohen Rangs ein Gespräch.

Ein sehr kultivierter und weitgereister Mann. Er rauchte honigsüße Zigaretten in einer dünnen, farbigen Spitze. Seine gepflegten Fingernägel waren lang und auf die Fingerkuppen hin gebogen. Ein sehr interessanter Mensch. Auch das Meer hatte er schon oft gesehen. Esti bestürmte ihn mit den kuriosesten Fragen, vor allem das Meer betreffend. Der Regimentsarzt antwortete, so gut es ging. Manchmal länger, manchmal kürzer, nur mit Ja oder Nein.

Um halb sieben, bei Plase, machte er ihn darauf aufmerksam, daß bald die Bucht von Buccari sichtbar würde. Am Zittern des Laubs sah man, daß das Meer nicht mehr weit war. Salziger Dunst durchzog die Luft.

Es konnte in jedem Augenblick auftauchen. Aber es kam noch immer nicht. Esti dachte schon, der Regimentsarzt habe sich getäuscht oder Spaß gemacht. Das Meer kam nicht, würde nie kommen, war nicht willens, sich ihm zu zeigen. Er stellte sich fortwährend von einem Fuß auf den anderen, um damit die Fahrt des Zugs zu beschleunigen. In seiner Nervosität verfertigte er eine Dithyrambe, feierliche Verse zur Begrüßung des Meers. Die Wörter begannen auf seinen Lippen festzufrieren. Das Meer kam nicht.

Im Wagen waren alle an den Fenstern entlang aufgereiht. Alte Beamte, Pärchen auf der Hochzeitsreise, Frauen und Kinder, sogar auch die Ammen, mit Säuglingen im Arm, sogar auch die Kranken, die Lungenleidenden, die Unheilbaren, die Heilung suchten, alle standen sie neben- und hintereinander und reckten die Hälse, um im richtigen Augenblick mit erhobenen Herzen und einem hervorbrechenden Seufzer das Meer zu begrüßen. Das Meer hatte volles Haus. Doch es kam grad extra nicht. Ließ sich bitten wie eine Primadonna, stachelte die Neugier an. Es brauchte ein Crescendo, eine Steigerung, noch imposantere Kulissen.

Die beiden zusammengespannten Lokomotiven hievten sich auf der steilen Bergstrecke immer höher hinauf. Auch sie waren schon ungeduldig, auch sie dürsteten nach dem befreienden, erlösenden Wasser. Sie wurden immer schneller, kamen immer mehr in Schwung. Sie waren von einer so glühenden Sehnsucht gepeitscht, daß es ihnen vielleicht sogar gleich gewesen wäre, wenn sie entgleist und auf das Kalkgestein gekollert wären und sich in ihre sämtlichen Bestandteile aufgelöst hätten. Sie mußten hinkommen. Ihre Räder drehten sich mit sinnverwirrender Geschwindigkeit, sie schienen fast stillzustehen. Immer wieder kamen Tunnels, in die sie sich hineinstürzten. Zuerst pfiffen sie entsetzt, dann warfen sie sich zwischen die schwitzenden, schwarzen Felsen, ratternd, hustend, und wenn sie herauskamen, schrien sie fragend auf. Sie suchten das Meer, fanden es aber noch immer nicht. Ihre schwer arbeitenden Kolben glänzten ölig. Sie rannten unermüdlich weiter. Wieder rumpelten sie durch einen Tunnel. Esti hatte schon alle Hoffnung fahrenlassen. Der Regimentsarzt hingegen streckte, als sie aus dem Tunnel herauskamen, seinen karneolgeschmückten Zeigefinger in die Sonne und sagte:

«Da ist es.»

Wo denn? Da, unter ihm, vor ihm, wirklich, es war es, das Meer, das Meer persönlich, glatt und blau, wie er es in der Schule auf jener Wandkarte gesehen hatte. Erst ein Zipfel von ihm, die Bucht von Buccari, ein Stückchen des Quarnero. Er starrte es offenen Mundes an. Aber er konnte sein ehrfürchtiges Staunen nicht ausleben, denn schon war es wieder weg. Das Meer spielte Verstecken mit ihm.

Erst viel später breitete es sich vor ihm aus, in gelassener Hoheit.

Er hatte es sich weder schöner noch größer vorgestellt. Es war schöner und größer, als er sich je vorgestellt hatte. Glatt, blau und endlos, mit Barken, schartigen Nußschalen und Segeln, weißen, orangegelben, schwarzen Segeln, schräg darübergekippt wie Schmetterlingsflügel, matte Falter, die sich zum Trinken auf den Wasserspiegel herunterlassen. Von weitem bloß ein Panorama, ein Bilderbuchbild, stumm und beinahe reglos. Hier oben war das Rauschen der Wellen nicht zu hören. Und die Brandung nicht zu sehen. Und auch die Schiffe bewegten sich nicht schneller als das Spielzeug, das er einst mit seiner Kinderhand im Waschbecken hin und her geschoben hatte. Und doch war es feierlich, ein Riese, das einzige Riesige im urzeitlichen Strahlenkranz der Jahrtausende.

Da brach aus ihm das Gedichtartige hervor, an dem er schon vorhin herumprobiert hatte, jene Dithyrambe, die ihm noch in den beklommenen Stunden der Nacht gekommen war, und die tobenden Soldaten der Anabasis, Xenophons zerschlagenes Heer, jene hungernden, von Heimweh befallenen Zehntausend konnten aus zehntausend Kehlen nicht lauter geschrien haben als er ganz allein: *Thalatta, Thalatta. Du Unveränderte, Ewig-Eine, du Ganze, in Bergkettenkathedralen, zwischen hohen Felsensäulen, du Weihwasser der Erde, zwischen Klippen ausgehobener Weihwasserbehälter, darin du ruhst, Taufbecken alles Großen, das je diese Erde bewohnt hat, nährendes Mutterland. Säuge mich, erlöse mich, halte die Schreckgestalten von mir fern. Laß mich zu dem werden, als der ich geboren wurde.* Er badete im Geruch des Meers, wusch sich im voraus in seinem Hauch. Und er streckte beide Arme aus, um ihm näher zu sein.

Später wuchs düster der *Scoglio di San Marco* herauf, die Ruine der alten Seeräuberfestung. Auf das Crescendo folgte ein Decrescendo. Der Zug ließ sich über die Felsenstufen der Hänge hinab. Das erste italienische Haus kam zum Vorschein. Es war nicht so ordentlich wie die daheim und auch nicht so bequem und sauber. Schlank war es und luftig-anmutig. Vor den Fenstern flatterten farbige Lappen, Hemden, mit dem ehrlichen Schmutz des Lebens, das man hier nicht versteckte. Auf hohen Stangen knatterten rot-weiß-grüne Fahnen im Wind und kündeten triumphierend vom ungarischen Hafen am Meer. Er mußte ins Abteil zurück, sein Gepäck holen.

Mutter und Tochter waren immer noch beisammen. Fast hätte ihn das verblüfft. Er hatte sie in der Zwischenzeit vergessen. Seit mehreren Stunden dachte er nicht mehr an sie. Gerade diese seine Vergeßlichkeit machte ihm bewußt, wieviel die beiden zusammen waren und wieviel sie noch zusammensein würden. Jetzt fühlte er, was Schicksal hieß.

Auch sie waren dabei, sich bereit zu machen. Die Mutter setzte dem Mädchen einen breitkrempigen Florentinerhut auf und machte das Gummiband an ihrem mageren Kinn fest. Sie selbst hatte auch schon den Hut auf. Einen nestförmigen Strohhut mit zwei weißen Rosen. Esti half ihr die Koffer herunterholen.

Es war Zeit, sich zu verabschieden. Er beschloß, wörtlich so zu reden: «Gnädige Frau, ich empfinde den allergrößten Respekt und die tiefste Anteilnahme für Sie. Gleich vom ersten Augenblick an habe ich Sie außerordentlich sympathisch gefunden. Auf Ihrer Stirn sah ich ein Zeichen, wie ich noch keins gesehen habe. Bei Zagreb haben Sie Ihr Haar, Ihr aschblondes Haar, mit einem leichten schwarzen Schleier zusammengebunden. Am frühen Morgen, als ich plötzlich – und ungezogen – aus diesem Abteil hinauslief, kam es mir auf einmal vor, als verdunkle sich unter diesem Schleier die ganze Welt. Sie sind eine Märtyrerin-Mutter, eine Blutzeugin-Mutter, mit sieben Dolchen im Herzen. Ich habe großes Mitleid mit Ihnen. Ich habe auch mit Ihrer Tochter großes Mitleid. Ein seltsames Mädchen. Geben Sie ihr vielleicht Bromkalium, in Wasserlösung, abends einen Kaffeelöffel, und baden Sie sie in kaltem Wasser. Mir hat das auch geholfen. Was die – wie soll ich sagen – bewußte Sache betrifft, so nehme ich sie nicht übel. Ein bißchen hatte ich Angst. Aber jetzt habe ich keine Angst mehr. Ich denke gar nicht mehr daran. Als einziges beunruhigt mich, wohin Sie nach Mitternacht verschwunden sind. Ich habe Sie überall gesucht und nicht gefunden. Ich verstehe noch immer nicht, wo Sie so lange gewesen sind. Mir ist der Gedanke gekommen, daß Sie, gnädige Frau, um Ihrer Tochter willen, die Sie so sehr lieben, um Ihrer Tochter willen, die nicht in dieser Welt lebt, daß Sie mit ihr zusammen ins Reich des Phantastischen gegangen und dort mit ihr zusammen unsichtbar geworden sind. Es ist keine befriedigende Erklärung, ich gebe es zu. Aber es ist ein hochpoetischer Gedanke. Deshalb erlaube ich mir, ihn mitzuteilen. Ich bin ein angehender Schriftsteller. Wenn ich einmal dieses schwierige Handwerk gelernt haben werde – denn bitte zu glauben, man muß es lernen: immer wieder Nächte durchwachen, leiden, sich selbst und andere verstehen, zu sich und zu anderen unerbittlich sein –, also, dann werde ich das vielleicht einmal schreiben. Ein sehr schweres Thema. Doch mich interessiert so etwas. Ich will ein Schriftsteller sein, der gegen die Tore des Seins schlägt und das

Unmögliche versucht. Was darunter ist, verachte ich – bitte meine Unbescheidenheit zu verzeihen, ich bin ja noch ein Nichts und Niemand –, trotzdem verachte und verwerfe ich es. Was ich hier erlebt habe, werde ich nie vergessen. Ich bewahre es unter meinen Erinnerungen auf und drücke damit meine nie versiegende Trauer aus. Ich glaube an nichts mehr. Daran aber glaube ich. Und jetzt, gnädige Frau, gestatten Sie mir, bevor ich den Ort endgültig verlasse, Ihnen zum Zeichen meiner Teilnahme und meiner in Sohnessinn dargebrachten Verehrung die Hand zu küssen.» Das wollte er sagen, aber er sagte es nicht. Ein achtzehnjähriger Junge vermag nur zu fühlen. Solche Sätze bauen und vortragen kann er nicht. Und so verneigte er sich bloß. Tiefer als geplant. Fast bis zum Boden.

Das erstaunte die Frau. Sie blickte nach unten, ließ sich immer noch nicht in die Augen schauen, in denen einst Leben gewesen sein mochte, die jetzt aber nur Angst und ewige Sorge ausdrückten. Sie ihrerseits dachte das: «Armer, armer Junge. Was für eine furchtbare Nacht mußt du gehabt haben. Als du in unser Abteil kamst, dachte ich, daß ich dich irgendwie fernhalten sollte. Ich sah, daß du zittertest. Hin und wieder warst du auch ein bißchen lächerlich. Ich hätte dich gern aufgeklärt. Nur kann ich mich nicht mit solchen Dingen abgeben. Dann müßte ich andauernd reden, allen müßte ich es erzählen, hier im Zug und zu Hause den Nachbarn, und auch im Ausland und überall, erzählen, was bei uns geschehen ist. Das ist unmöglich. Und so schweige ich lieber. Und dann bin ich, ehrlich gesagt, den Menschen gegenüber ein bißchen abgestumpft. Um Mitternacht, als ich mit meiner Tochter dieses Abteil verließ und sich – irgendwo an einem andern Ort – eine Szene abspielte, die nicht gesehen zu haben du ewig dankbar sein darfst, hoffte ich, du würdest es dir überlegen und in ein anderes Abteil hinüberwechseln. Das hast du nicht getan. Aus Takt nicht. Du wolltest mir nicht zur Kenntnis geben, daß du ungefähr weißt, was du weißt. Das war schön von dir. Du hast dich benommen, wie es einem wohlerzogenen Sohn aus guter Familie gebührt. Ich danke dir. Du bist noch ein Kind. Ja, du könntest mein Sohn sein. Mein Schwiegersohn. Das könntest du sein, mein Schwiegersohn. Siehst du, was einer Mutter alles einfällt. Sogar einer solchen Mutter. Sogar der Mutter einer solchen Tochter. Doch du kannst nicht mein Schwiegersohn sein. Niemand kann mein Schwiegersohn sein. Du kennst das Leben noch nicht. Du kennst auch die Diagnose der Ärzte nicht. Die Professoren in der Schweiz und in Deutschland haben nicht viel Ermutigendes zu sagen. Wir machen diese Reise gegen ihren Rat. Hier in der Nähe gibt es eine kleine Insel. *Sansego* heißt sie. Fischer wohnen dort, einfache Leute. Sie bauen Oliven an und fischen Sardinen. Die merken nichts. Dorthin bringe ich sie, um sie zu verstecken. In diesem Sommer will ich noch mit ihr zusammensein. Vielleicht ist das unser letzter Sommer. Dann – so sieht es aus – wird man sie doch ‹unterbringen› müssen. Schon seit Jahren raten die Experten dazu, sowohl die heimischen als auch die ausländischen. Es gibt zuverlässige ‹Institute›. Dort bekommt sie ein eigenes Zimmer, man sorgt für ihr physisches Wohlbefinden. Ich darf sie auch besuchen, soviel ich will. Du kennst das noch nicht. Sollst es auch nie kennenlernen. Gott mit dir. Ich glaube an Gott. Ich muß an ihn glauben, sonst könnte ich meine Pflicht nicht tun. Geh, mein Sohn. Vergiß das Ganze. Mögest du glücklich werden, mein Sohn.» Das dachte sie. Aber auch sie sagte es nicht. Wer leidet, redet nicht viel. Sie warf bloß den Kopf zurück, öffnete ihr zerquältes Gesicht, blickte zum ersten Mal auf Kornél Esti und erlaubte ihm zur Belohnung, lange in ihre efeugrünen Augen zu blicken.

Der Zug fuhr bereits durch eine Straße von Fiume, zwischen heruntergelassenen Schranken. Dienstmänner stürmten die Wagen. Esti schleppte seinen Korb allein, gab ihn bei der Gepäckaufbewahrung ab, denn er hatte nicht die Absicht, in Fiume ein Zimmer zu nehmen, aus Sparsamkeit nicht, er blieb ja nur bis abends um acht hier, dann fuhr sein Schiff, die *Dániel Ernő*, nach Venedig ab. *O navis referrent in mare te novi fluctus ...*

Auf dem Vorplatz des Bahnhofs stand zwischen den Mietdroschken ein Privatwagen. Dahinein stiegen Mutter und Tochter. Esti starrte ihnen nach. So lange, bis sie unter den nachdenklichen Platanen des Viale Francesco Déak verschwunden waren.

Auch er machte sich in dieser schattigen, sonnenfleckigen Allee auf den Weg, leichtfüßig, den Gummimantel über die Schulter geworfen. *Latte, vino, frutta*, sprachen die Ladenschilder zu ihm. *Buon giorno*, sprachen die Passanten zueinander. *Annibale*, rief eine Mutter ihrem Sohn nach, und eine Dienstmagd, die an einer Ecke Feigen verkaufte, schimpfte mit ihrem Töchterchen so: *Francesca, vergognati*. Alle plapperten in dieser Sprache, die so schön ist, daß sie gar nicht zum Alltag paßt, in dieser ihm nicht unbekannten Sprache, die er als gequälter Gymnasiast unter dem Druck des Büffelnmüssens ins Herz geschlossen hatte. Es lag ein fortwährender Lärm in der Luft, ein fröhlicher Radau, die große, freie Heiterkeit der Straße. Solange sie leben, lärmen die Menschen, später ist's ja mit Lärmen aus. Auf einem Handwagen wurden Fische geschoben, große Meerfische und Krebse. Aus Konditoreien kam Vanillehauch. Auch Lorbeerbäume und Austern sah er. Vor dem Glasperlenvorhang des Friseurgeschäfts stand der *parrucchiere*, über alle Maßen prachtvoll, ein göttlicher Histrione, leuchtendes Vorbild für die Kundschaft, den weißen Kamm ins hochgestemmte, pomadestrotzende schwarze Haar geklebt.

Seine süße Seife: *italianissimo.* Alles übertrieben, alles auf dem Siedepunkt, alles in Ekstase.

Esti setzte sich auf die Terrasse eines Cafés. Seit dem Nachmittag des vorangegangenen Tages hatte er weder gegessen noch getrunken. Doch mehr als nach Essen und Trinken hatte er das Bedürfnis, zum ersten Mal im Leben italienisch zu sprechen, mit einem echten Italiener. Er bereitete sich mit einem gewissen Lampenfieber darauf vor. Der Kellner, ein alter Italiener mit weißem Spitzbart, näherte sich äußerst langsam.

Er wußte, daß gerade der Express aus Budapest angekommen war, und so sprach er den Gast folgendermaßen an, in fast schon saftigem Ungarisch: «Geruhen zu frühstücken?» Esti antwortete nicht, wartete ein bißchen, sagte dann: *«Sì, una tazza di caffè.»* Dem Kellner war es recht, in seine Muttersprache zurückzuwechseln: *«Benissimo, signore.»* Und schon war er unterwegs. In seiner Freude, daß dieses Examen so glänzend gelungen war, und im Bedürfnis, noch weiterzuplaudern, rief ihm Esti nach: *«Cameriere, portatemi anche pane, acqua fresca e giornali. Giornali italiani»*, fügte er hinzu, lässig und wie selbstverständlich. *«Sìssignore, subito»*, sagte der Kellner und eilte weg, mitsamt seinen unglaublich liebenswürdigen *s.*

Esti war glücklich. Glücklich darüber, daß man ihn für einen anderen ansah, als er war, vielleicht sogar für einen Italiener, aber jedenfalls für einen anderen, einen Fremden, einen Menschen, und daß er seine Rolle weiterspielen durfte, befreit aus dem Gefängnis, in dem er seit seiner Geburt eingeschlossen war. Er schlürfte rasch den Kaffee, den der Kellner aus einer großen Aluminiumkanne in ein Glas goß, verdrückte sechs Kipfel, vier Semmeln, dann vergrub er sich, als hätte er es seiner Lebtag so gemacht, in die Laken des *Corriere della Sera.*

Während er so am Lesen war, schrie ihn eine Stimme an:

«Pane.» Ein zerlumptes, verschmutztes Straßenkind stand vor seinem Tisch, ein vierjähriges, barfüßiges Bürschchen, das sehr dezidiert auf den Gebäckkorb wies. Esti gab ihm eine Semmel. Doch das Bürschchen ging nicht weg. *«Un altro»*, rief es. *«Che cosa?»* fragte Esti. *«Un altro pane»*, sagte das Bürschchen, *«due»*, sagte es und hob, wie es hier Sitte ist, den Zeige- und den Mittelfinger in die Höhe, um zu zeigen, daß es zwei wollte, nicht eins, *«per la mamma»*, und auch die zeigte es, seine Mutter, die ein paar Schritte entfernt auf der Fahrbahn stand, wie auf einer Bühne, sehr anschaulich und wirkungsvoll, wie in einem kitschigen Rührstück, aber doch mit Würde. Es war ein junges, sturmgeprüftes Mütterchen, ebenfalls barfuß, im Unterhemd, ohne Bluse, nur ein schmutziger Rock hing von ihr hinunter, zerzaust war sie auch, und ihre Gesichtshaut hatte das Grünliche, wie man es in den Abruzzen sieht. Ihre Augen loderten dunkel. Sie und ihr Balg standen gerade aufgerichtet, völlig ungebrochen und beobachteten, was der *straniero* wohl machen würde. Esti überreichte dem kleinen Jungen noch eine Semmel. Der trottete langsam mit seiner Mutter weiter, mit der *mamma*, die man so sehr lieben kann. Keiner von den beiden hatte ihm für seine Freundlichkeit gedankt.

Das gefiel Esti unglaublich und tat ihm sehr gut. Na bitte, dachte er, die betteln nicht, die fordern. Ein altes freies Volk, noch im Elend glorreich. Immer schon hatte es am Tisch des Lebens gesessen. Es weiß, daß das Leben und das Brot ihm gehören. Ich sollte immer wieder hier leben. Mich reizt dieser Nachdruck, diese Ehrlichkeit, dieses durchdringende Schlaglicht, diese leichte Form, hinter der möglicherweise ungeahnte Inhalte stecken. Blutsverwandtschaft kann nicht so stark sein wie ihre Anziehung auf mich. Nur sie vermögen mich von meiner wirren Sentimentalität zu heilen.

Beim Begleichen der Rechnung entstand eine kleine Meinungsverschiedenheit, da Esti ein paar italienische Zahlen nicht verstanden hatte, und der Kellner, der an Estis Aussprache längst gemerkt hatte, daß er kein Italiener war, begann ganz offen, wie das einem solchen Kindmann gegenüber noch zulässig ist, ihn nach seiner Nationalität auszufragen. Er zählte etliche Völker auf. *«Austriaco? Tedesco? Croato? Inglese?»* Esti schüttelte nur den Kopf. Dann wollte der Kellner wissen, wo er wohne, aus welcher Stadt er gekommen sei, woher er stamme. Darauf antwortete Esti überhaupt nicht. Mit einer strengen Handbewegung befahl er den Alten weg, und der zog sich hinter eine Säule unweit des Tisches zurück und musterte von dort den unverständlichen Jungen.

Woher ich stamme? monologisierte Esti, der sich vom Kaffee und von der Schlaflosigkeit etwas in Trance befand. Dorther, woher alle. Aus der rötlichen Höhle eines Mutterschoßes. Auch ich bin von dort zu einer ungewissen Reise aufgebrochen, deren Bestimmung und letztes Ziel im Paß nicht aufscheinen. Ist es eine Vergnügungsreise? Ich hoffe schon, ich genieße die Dinge so gern. Oder eine Forschungsreise? Ich wüßte so gern alles, was man bisher weiß. Oder bloß eine *affaire familiale*? Das wäre mir auch recht, ich liebe Kinder sehr. Also, ich bin ein Erdenwurm, ein Mensch so wie du, mein lieber alter Italiener, so gut und so böse. Vor allem aber bin ich empfindlich und neugierig. Alles und alle interessieren mich. Ich mag alles und alle, alle Völker und alle Gegenden. Ich bin alle und niemand. Wandervogel, Verwandlungskünstler, Zauberer, ein Aal, der dauernd zwischen den Fingern hindurchschlüpft. Ungreifbar und unbegreiflich.

Auf der Adamich-Mole sah er das Meer aus der Nähe. Faule Früchte, alte Schuhe, Fischgräten schwappten auf seiner ölfleckigen Oberfläche hin und her. Es empörte ihn, daß man den erhabenen Ozean gebrauchte und nicht immer nur anbetete.

Ein Dampfschiff legte ab, nach Brasilien, Rio de Janeiro. Möwen schrien in der Luft, Meermöwen, Könige der Stürme.

Er hätte seiner besorgten Mutter schon eine Postkarte schreiben sollen. Doch das verschob er auf später. Die vielen Abenteuer hätten auf einer Karte sowieso keinen Platz gehabt. So viele Menschen hatte er kennengelernt, so viele neue Menschen und auch zwei andere Mütter. Seine Familie war gewachsen.

Er ging schwimmen, um das Nacht-Kopfweh und Herzklopfen abzuwaschen, auch den Schulstaub und alles.

Er zog sich aus und saß lange in der Badehose auf einem Felsen. Horchte auf das Donnern des Wassers, das dauernd Champagnerflaschen entkorkte, unter Knallen. Später stieg er zu ihm hinunter, freundete sich mit ihm an, streichelte es. Als er sah, daß es ihm nichts tat, gab er ihm eine Ohrfeige, mit beiden Händen, jugendlich übermütig die Majestät beleidigend, tollkühn wie ein kleines Kind, das den Königstiger schlägt. Er tauchte unter. Niesend kam er wieder herauf und lachte. Er ließ sich auf seiner zerbrechlichen, glasartigen Oberfläche schaukeln. Er sang und brüllte. Spülte sich die Kehle mit dem salzigen Gurgelwasser, dann spuckte er hinein, denn das Meer ist auch ein Spucknapf, für die Götter und die ungebärdigen jungen Leute.

Dann warf er seinen Körper mit ausgebreiteten Armen ins perlige Blau, um sich ganz mit ihm zu vereinen. Er fürchtete nichts mehr. Von nun an, so wußte er, konnte ihm nichts Besonderes mehr zustoßen. Der Kuß und diese Reise hatten ihn eingeweiht.

Er schwamm weit hinaus, über das Verbotsseil hinaus, wo er schon Gefahren witterte – Haie, Leichen, rostige Anker, Wracks –, damit alles, alles Schöne und Häßliche, alles Sichtbare und Unsichtbare, ihm gehöre.

Er schwamm mit den Wellen und dem Morgenwind, in die Richtung, in der er im goldenen Dunst das goldene Venedig vermutete, Land, das er noch nicht kannte, aber unbekannterweise liebte, und während seine Schultern immer wieder aus dem Wasser tauchten, hob er schwärmerisch sein Gesicht dem jenseitigen, dem lateinischen Ufer entgegen: Italien, heiliges, angebetetes Italien.

Viertes Kapitel

in welchem er mit seinem alten Freund einen Ausflug macht in die «Ehrliche Stadt»

«Also, du kommst mit?» fragte Kornél Esti.

«Mit Vergnügen!» rief ich. «Mir hängt diese ganze Unehrlichkeit zum Hals heraus.»

Ich sprang ins Flugzeug. Es brummte und kreiste.

Es brummte und kreiste so wirbelhaft geschwind, daß den Steinadlern neben uns schwindlig wurde und den Schwalben das Blut zu Kopf stieg.

Wir landeten bald.

«Da sind wir», sagte Esti.

«Wie denn? Da sieht's doch aus wie dort.»

«Nur von außen. Drinnen ist's anders.»

Wir wanderten zu Fuß in die Stadt, um alles genau unter die Lupe zu nehmen.

Als erstes fiel mir auf, daß sich die Fußgänger kaum grüßten.

«Hier grüßt man sich nur», erklärte Esti, «wenn man sich wirklich mag und achtet.»

Ein Bettler mit schwarzer Brille kauerte auf dem Asphalt. Auf dem Schoß einen Blechteller. Auf seiner Brust eine Kartontafel:

Ich bin nicht blind. Die schwarze Brille trage ich nur sommers.

«Warum hat der das geschrieben?»

«Um die Spender nicht zu täuschen.»

Auf dem Boulevard ein hochglanzpoliertes Geschäft nach dem andern. In einem spiegelbesetzten Schaufenster stand zu lesen:

Nicht fußgerechte Schuhe. Hühneraugen, Eiterbeulen garantiert. Mehreren Kunden des Hauses mußten die Füße amputiert werden.

Ein buntes Bild führte anschaulich vor, wie zwei riesenhafte Chirurgen einem brüllenden Opfer mit einer Stahlsäge den Fuß absägten, während das Blut in roten Bächen floß.

«Ist das ein Witz?»

«Keineswegs.»

«Ach so. Ein Gerichtsurteil zwingt den Händler, sich auf diese Art bloßzustellen.»

«Keine Spur.» Esti winkte verächtlich ab. «Es ist die Wahrheit. Versteh's doch: es ist die Wahrheit. Hier wird die Wahrheit nicht unter den Scheffel gestellt. In dieser Stadt hat die Selbstkritik einen so hohen Grad erreicht, daß das nicht mehr notwendig ist.»

Wir wanderten weiter, und ich kam nicht aus dem Staunen heraus.

Bei den Kleidern lärmte folgende Ankündigung:

Teure Kleider, billige Qualität. Bitte zu feilschen, sonst legen wir Sie herein.

Beim Gasthaus:

Ungenießbare Gerichte, ungenießbare Getränke. Schlechter als zu Hause.

Bei der Konditorei:

Altbackene Ware, mit Margarine und Eipulver hergestellt.

«Sind die wahnsinnig?» stotterte ich. «Oder sind es Selbstmordkandidaten? Oder Heilige?»

«Sie sind weise», sagte Esti bestimmt. «Sie lügen nie.»

«Und in ihrer Weisheit machen sie nicht Pleite?»

«Schau doch in die Geschäfte hinein. Alle sind zum Platzen voll. Alle blühen.»

«Wie ist das möglich?»

«Paß mal auf. Hier weiß jeder von sich – und auch von seinen Mitmenschen –, daß er aufrichtig, ehrlich und bescheiden ist und sich eher herabsetzt als sich aufspielt, eher unter Preis verkauft als zu einem überrissenen. Und so nehmen die Hiesigen nicht alles für bare Münze, was sie hören oder lesen, so wie ihr bei euch auch nicht. Der Unterschied besteht lediglich darin, daß man bei euch immer Abstriche machen muß, egal, was die Leute behaupten, große Abstriche, während man hier immer etwas dazugeben muß, ein kleines bißchen. Eure Waren und eure Menschen sind nicht so hervorragend, wie behauptet wird. Die hiesigen Waren und hiesigen Menschen sind auch nicht so fürchterlich, wie behauptet wird. Und so läuft eigentlich alles aufs gleiche hinaus. Meines Erachtens ist aber die zweite Methode aufrichtiger, ehrlicher, bescheidener.»

Im Schaufenster einer Buchhandlung machten die Neuerscheinungen mit farbigen Streifbändern für sich Reklame:

Lesensunwerter Mist … Das letzte Werk des senilen Schriftstellers, noch kein einziges Exemplar verkauft … Erwin Röchels abscheulichste Gedichte, so manieriert wie noch nie.

«Unglaublich.» Ich war völlig außer mir. «Und das wird gekauft?»

«Aber ganz sicher.»

«Und auch gelesen?»

«Und bei euch? Wird so was etwa nicht gelesen?»

«Du hast recht. Aber wenigstens wird es dort anders serviert.»

«Ich wiederhole: das ist die Stadt der Selbsterkenntnis. Wenn sich jemand darüber im klaren ist, daß er einen schlechten Geschmack hat und es mag, wenn Phrasen gedroschen werden – billige, hohle, arrogante Phrasen –, dann kauft er Erwin Röchels Dichtungen und wird nicht enttäuscht sein, da sie seinen Bedürfnissen entsprechen. Das Ganze ist bloß eine Frage der Taktik.»

Mir schwindelte, und ich wollte in ein Kaffeehaus, um mir zu meiner Belebung etwas einzuflößen.

Esti führte mich vor ein geschmackloses, goldverschnörkeltes Kaffeehaus, das sich als *Stammlokal der Schaumschläger und Tagediebe* anpries und die Gäste mit *Unsinnig hohen Preisen und groben Kellnern* lockte

Zuerst wollte ich nicht eintreten. Mein Freund mußte mich hineinschubsen.

«Guten Tag», sagte ich.

«Was lügst du?» fuhr mich Esti an. «Du wünschst überhaupt keinen guten Tag, sondern einen guten Kaffee, den du aber hier nicht bekommst, weil er mit Zichorie versetzt wird und nach zweitklassiger Möbelpolitur schmeckt. Ich wollte dir nur die Zeitungen zeigen.»

Es gab hier Massen von Zeitungen. Ich erwähne an dieser Stelle nur die *Lüge*, den *Eigennutz*, den *Feigen Wegelagerer* und den *Söldling*.

Auf der ersten Seite des *Söldling* teilte ein Impressum dem Publikum folgendes mit:

«Jeder einzelne Buchstabe dieser Zeitung ist gekauft. Sie ist sämtlichen Regierungen gleicherweise verpflichtet, schreibt nie ihre Meinung, oder nur dann, wenn es ihre schmutzige Profitgier verlangt. Aus diesem Grund möchten wir unsere Leser, die wir im übrigen allesamt zutiefst verachten, davor warnen, unsere Artikel ernst zu nehmen, und wir bitten sie, auch uns zu verachten, so tief, wie wir es verdienen, falls das überhaupt menschenmöglich ist.»

«Großartig.» Ich war begeistert. «Siehst du, das gefällt mir jetzt wirklich.»

«Hier ist das Wahrheitsagen so allgemein verbreitet», fuhr mein Freund fort, «daß es alle ohne Ausnahme tun. Hör dir zum Beispiel diese Inserate an», und er begann, aus verschiedenen Zeitungen vorzulesen: *Mehrfach vorbestrafter, eben aus dem Gefängnis entlassener Kassierer sucht Stellung … Hysterische Kinderfrau empfiehlt sich für kleine Kinder … Sprachlehrer, der mit Göcsejer Akzent Französisch spricht und die korrekte Aussprache von seinen Schülern zu lernen wünscht, verfügt noch über ein paar freie Stunden …*

«Und die bekommen eine Stelle?» fragte ich verblüfft.

«Selbstverständlich», sagte Esti.

«Warum?»

«Weil», sagte er achselzuckend, «das Leben so ist.»

Er wies auf eine dicke Zeitschrift, auf deren dunkelgrauem Umschlag etwas in dunkelgrauen Lettern stand: «Das hier ist die beste literarische Rundschau. Sie wird sehr viel gelesen.»

«Ich kann nicht einmal den Titel lesen.»

«Langeweile», buchstabierte er. «Das ist der Titel.»

«Was ist an der Zeitschrift interessant?»

«Daß sie Langeweile heißt.»

«Und ist sie auch langweilig?»

«Ich will dich nicht beeinflussen. Schau hinein.»

Ich überflog ein paar Beiträge.

«Na», sagte ich mit vorgeschobener Unterlippe, «so langweilig ist das gar nicht.»

«Du bist streng», sagte Esti. «Je nun, man kann nie alle Erwartungen befriedigen. Deine Erwartung war vom Titel zu weit hinuntergeschraubt. Aber ich versichere dir, daß du die Zeitschrift langweilig genug finden würdest, wenn du sie zu Hause läsest. Es hängt alles vom Gesichtspunkt ab.»

Auf dem Parlamentsplatz hielt jemand vor einer mehrtausendköpfigen Menge eine Rede:

«Es genügt, wenn ihr auf meine enge Stirn, auf mein von tierischer Gier verzerrtes Gesicht einen Blick werft, um sogleich zu sehen, mit wem ihr es zu tun habt. Ich verstehe mich auf kein Handwerk, auf keine Wissenschaft, ich bin zu rein nichts zu gebrauchen, höchstens dazu, euch den Sinn des Lebens zu erklären und auf das Ziel zuzuführen. Und woraus dieses Ziel besteht, will ich auch gleich verraten. Ich will im Handumdrehen reich werden, Geld scheffeln, damit ich möglichst viel habe und ihr möglichst wenig. Zu diesem Zweck muß ich euch noch mehr verdummen lassen. Oder glaubt ihr etwa, ihr seid schon dumm genug?»

«Nein, nein», schrie die Menge empört.

«Dann handelt nach eurem Gewissen. Meinen Gegenkandidaten kennt ihr ja alle. Er ist ein edler, selbstloser Mann, ein großer Geist von leuchtender Intelligenz. Gibt es in dieser Stadt jemanden, der für ihn einsteht?»

«Nein!» brüllte die Menge wie aus einem Mund.

«Niemand steht für ihn ein.» Drohend hoben sich Fäuste in die Höhe.

Es war Abend geworden.

Ich irrte durch die Nacht. Auf einmal erstrahlte der schwarze Himmel, als wäre die Sonne aufgegangen, mehrere Sonnen, ein ganzes Sonnensystem. Feuerbuchstaben gleißten:

Wir stehlen, betrügen, rauben.

«Was ist das?» fragte ich Esti.

«Die Leuchtreklame einer Bank», sagte er gleichgültig.

Erst spät in der Nacht kamen wir nach Hause. Offenbar hatten mich die merkwürdigen Erlebnisse ziemlich mitgenommen. Ich hatte Fieber. Mußte niesen und husten. Ich verlangte einen Arzt.

«Lieber Herr Doktor», klagte ich, «ich bin ein bißchen erkältet, ich habe den Schnupfen.»

«Den Schnupfen?» rief der Arzt erschrocken und zog sich rückwärts in die entlegenste Ecke des Zimmers zurück, während er sich ein Taschentuch vor den Mund hielt. «Dann bitte ich Sie, den Kopf abzuwenden, denn Sie könnten mich auch von dort, über fünf Meter hinweg, anstecken. Ich habe Kinder.»

«Sie untersuchen mich gar nicht?»

«Wozu denn. Gegen Schnupfen gibt es keine Medizin. Es ist eine unheilbare Krankheit, wie der Krebs.»

«Soll ich nicht schwitzen?»

«Schwitzen Sie halt. Aber das wird auch nichts nützen. Unsere wissenschaftliche Erfahrung sieht im allgemeinen so aus, daß der Schnupfen bis zwei Monate dauern kann, wenn wir ihn behandeln. Wenn wir ihn nicht behandeln, kann er am folgenden Tag weg sein.»

«Und wenn ich eine Lungenentzündung bekomme?»

«Dann sterben Sie», sagte er.

Er dachte nach, und dann sagte er:

«Friedrich der Große spazierte einmal nach der Schlacht über das Schlachtfeld. Ein sterbender Soldat streckte jammernd seine Arme nach ihm aus. Der Kaiser ließ seine Reitpeitsche durch die Luft sausen und schrie den Soldaten an: ‹Schurke, willst du ewig leben?› Dieses Geschichtchen pflege ich meinen Kranken zu erzählen. Es ist von tiefer Weisheit.»

«In der Tat», sagte ich. «Aber ich habe Kopfschmerzen. So stark, daß mir fast der Schädel zerspringt.»

«Ihr Privatproblem», sagte der Arzt. «Unwichtig. Wissen Sie, was wichtig ist? Wichtig ist, daß mir in diesem Moment der Kopf nicht weh tut. Und noch wichtiger, daß Sie mir für die Nachtvisite das doppelte Honorar zahlen. Her damit, ich habe es eilig.»

Er hatte recht. Am folgenden Tag ging es mir wieder gut. Frisch und fröhlich eilte ich zum Rathaus, um mir die Bewilligung zu holen und mich endgültig in dieser ehrlichen Stadt niederzulassen.

«Sehr erfreut», hauchte ich, als ich vor das Podest des Bürgermeisters geführt wurde.

«Na, ich könnte das nicht behaupten», sagte der Bürgermeister kalt.

«Das verstehe ich nicht», stotterte ich. «Ich erweise doch hier meine Reverenz, um Treue zu schwören.»

«Daß Sie es nicht verstehen, deutet darauf hin, daß Sie ein Trottel sind. Ich will Ihnen sagen, warum ich nicht erfreut bin. Erstens bin ich nicht erfreut, weil Sie mich behelligen und ich nicht einmal weiß, wer Sie sind und was Sie sind. Zweitens bin ich nicht erfreut, weil Sie mich mit einer öffentlichen Angelegenheit belästigen, während ich mich nur um meine korrupten Machenschaften kümmere. Drittens bin ich nicht erfreut, weil Sie lügen, Sie seien erfreut, woraus ich schließe, daß Sie ein verlogener Hund sind und nicht würdig, zu uns zu kommen. Hiermit lasse ich Sie ausweisen.»

Noch in derselben Stunde wurde ich in einem Expreß-Ausweisungsflugzeug in die Stadt zurückverfrachtet, aus der ich geflohen war.

Seither lebe ich eben hier. Vieles war dort sympathischer gewesen. Aber ich muß gestehen, daß es hier besser ist. Denn wenn auch die dortigen und die hiesigen Menschen im großen und ganzen gleich sind, so läßt sich zugunsten der hiesigen doch einiges sagen. Unter anderem zum Beispiel, daß man sich hier manchmal wenigstens unterhaltend und angenehm belügt.

Fünftes Kapitel

in welchem sich die bewegte und lehrreiche Beschreibung eines einzigen Tages findet, nämlich des 10. Septembers 1909, und die Zeit wiederauflebt, da noch Franz Joseph I. auf dem Thron saß und die Budapester Kaffeehäuser von modernen Dichtern verschiedenster Schulen und Moden besetzt waren

Um elf Uhr vormittags schlief Esti auf dem Kanapee, das ihm seine Vermieterinnen als Bett zu bereiten pflegten, noch tief.

Jemand berührte ihn. Da machte er die Augen auf.

Von der Welt, die er im Traum verloren hatte, sah er als erstes die düstere Gestalt, die auf dem Rand des Kanapees saß.

«Habe ich dich geweckt?»

«Gar nicht.»

«Ich habe ein Gedicht geschrieben», sagte Sárkány wie ein aufgeregter Bote von einem anderen Planeten. «Willst du's hören?»

Doch er wartete die Antwort nicht ab, sondern las schon, rasch:

> Frau Luna, luftig und benommen,
> Küßt das wilde Negerdunkel der Nacht,
> Champagnertrunken …

«Schön», brummte Esti.

Die Bemerkung verwirrte Sárkány. Er reagierte wie jemand, den man beim Küssen unterbricht. Er blickte wütend auf Esti. Doch nachdem ihm die Bedeutung des Wortes aufgegangen war, huschte ein dankbares Lächeln über sein Gesicht.

Esti sagte:

«Fang noch mal an.»

Sárkány fing noch mal an:

> Frau Luna, luftig und benommen,
> Küßt das wilde Negerdunkel der Nacht,
> Champagnertrunken, das zerzauste Haar
> Traurig darübergebreitet …

In der linken Hand hielt er ein kariertes, aus einem Notizbuch herausgerissenes Blatt, die rechte Hand drückte er sich an die Wange, als hätte er Zahnweh. Auf diese Art las er.

Dieser Junge glich einem unglücklichen Zigeunerprimas. Dunkel und flammend.

Sein bleicher Kopf war von pechschwarzem Haar umkränzt. Sein Mund war rot, beinahe blutig. An seinem behaarten Zeigefinger glänzte ein Messingring.

Er trug eine schmale Krawatte. Eine ausgeschnittene violette Weste. Einen abgewetzten, aber gebügelten schwarzen Anzug. Nagelneue Lackschuhe. Er verwendete ein Orchideenparfüm. Davon roch schon das ganze Zimmer.

Esti hörte sich die Dichtung mit geschlossenen Augen an.

Am Vorabend waren sie zusammen spazierengegangen und hatten über den Mietskasernen des Ferenc-Viertels und den Eisenbahndepots den Mond bewundert. Jetzt erschien im Dunkel hinter Estis geschlossenen Lidern dieser Mond wieder, so wie gestern am Himmel. Schwamm dort, der Gedichtmond, jene nach der Mode der Jahre um 1900 etwas grell geschminkte, ein bißchen kokette, ein bißchen herausgeputzte Frau Luna, die aber viel schöner war als der wirkliche Mond.

«Großartig!» rief Esti, als das Gedicht zu Ende war, und er sprang vom Kanapee auf. «Großartig!»

«Wirklich?»

«Wirklich.»

«Besser als die *Wahnsinnige Schaukel*?»

«Kein Vergleich.»

«Schwörst du's?»

«Ich schwör's.»

Sárkány zitterte immer noch vom Pulsschlag seiner Verse. Er hatte das Gefühl, es sei etwas Hochbedeutendes geschehen.

Auch Esti spürte es. Er blickte sich in der Unordnung seines monatsweise gemieteten Zimmers um. Während er auf dem Boden seine Strümpfe suchte, fragte er:

«Wann hast du es geschrieben?»

«In der Nacht. Als ich nach Hause kam.»

Sie schwiegen ein Weilchen.

Sárkány wandte sich an ihn:

«Und du? Hast du keins geschrieben?»

«Nein», sagte Esti gedrückt. «Gestern nicht. Wo plazierst du es?»

«Im *Unabhängigen Ungarn.*»

Er setzte sich an Estis Schreibtisch, um das Gedicht mit Tinte ins reine zu schreiben.

Unterdessen kleidete sich Esti langsam an. Während er die Hose anzog, las er in der Morgenzeitung das Feuilleton und die Gedichte. Er befeuchtete sich ein bißchen das Gesicht. Daraus bestand bei ihm in dieser Zeit das Waschen. Er legte so großen Wert auf seine Eigenart, daß er die tagsüber auf ihm abgelagerten Schichten nicht abwaschen mochte. Leute, die dem Aberglauben an übertriebene Reinlichkeit frönten, hielt er für unbegabt.

Auch Kamm und Bürste verwendete er nicht. Er brachte sein Haar, an dem die Daunen des Kissens klebten, mit den Fingern durcheinander, um anders zerzaust zu sein als in der

Nacht, und er drapierte vor dem Spiegel seine Locken so lange, bis er darin den Kopf sah, den er für sich einmal erfunden hatte und wie er ihn am liebsten sein eigen nannte. Er band sich nur noch die Krawatte um, mit größter Sorgfalt.

Sárkány, der mit dem Abschreiben fertig war, summte ein Cabaretlied.

«Still», sagte Esti und wies mit dem Kopf auf eine Tür, die von einem Schrank verstellt war.

Dahinter wohnten die Leute vom Haus, zwei ältere Damen, die Hauptmieterinnen: Feindinnen der Untermieter und der Literatur.

Beide verdüsterten sich. Sie schauten auf den Schrank und sahen in ihm die Wirklichkeit, was sie stets hilflos machte.

«Was wollen wir tun?» fragten sie einander flüsternd.

Vor ihnen ein Tag, ein neuer Tag, mit unbeschränkten Freiheiten und Möglichkeiten.

Für alle Fälle gingen sie hinunter und setzten sich in ein nahe gelegenes Gasthaus, das Restaurant eines Hotels.

Hier waren sie noch allein.

Das Restaurant erstrahlte in Weiß. Lila Licht von Bogenlampen sirrte über frischgewaschenen, frischgestärkten Tischtüchern, den unangetasteten, jungfräulichen Altären, an denen noch niemand opferte. Kellner mit makelloser Hemdbrust liefen umher, vor dem Arbeitsbeginn munter wie Ballkavaliere. Zwischen den Wänden des Hotels fuhr klickend der Aufzug. Durch die halboffene Tür sah man in die Hotelhalle, auf Ledersessel, Palmen. Ein Zimmermädchen stand gähnend herum, göttliche Verheißung der Gelegenheitsliebe. Sie waren hingerissen von dem vormittäglichen Stilleben. Sie stellten sich vor, daß jetzt, da sie allein hier waren, alles ihnen gehörte, und weil sie sich das vorstellten, war es auch so.

Keiner von den beiden war hungrig, trotzdem beschlossen

sie, zu Mittag zu essen, um es hinter sich zu haben. Unter Berufung auf sein neues Gedicht, das er nachmittags um drei, spätestens aber zwischen sechs und sieben dem Verleger garantiert verkaufen könne, lieh sich Sárkány zwei Kronen aus, auf Ehrenwort. Sie aßen Sardellenringe, tunkten das Öl mit Semmeln auf, dann Rehkeule mit Preiselbeeren, Vanillecreme. Dazu tranken sie Gespritzten. Sie rauchten je eine grüngetupfte helle Média.

Die Mittagsglocken läuteten, als sie auf den Boulevard hinausgelangten. Budapest, die junge Stadt, schimmerte. Die Sonne des Septemberanfangs hatte die Hausfassaden mit Goldplatten ausgelegt. Sie ließen sich das Schlaglicht auf die Köpfe scheinen. Der Himmel war blau, ein unverbrauchtes Blau, wie die noch feuchte, nach Farbe duftende Decke frischgestrichener Wohnungen. Alles um sie herum war auf diese Art neu. Es war die Zeit des Schulanfangs. Volksschüler trippelten mit dem Ranzen auf dem Rücken, in der fest geschlossenen Hand Abziehbilder, die sie von den Papierwarenhändlern bekommen hatten.

Esti und Sárkány blieben plötzlich stehen.

Ein junger Mann kam ihnen entgegen, ihnen den Rücken zugewandt, sich rückwärts, nach Art der Krebse fortbewegend, aber in einem schnellen Tempo, das auf große Übung deutete.

Ganz oben auf seinem Kopf tanzte ein nach Bazar aussehender Strohhut. Er trug elfenbeinfarbene Hosen, eine dicke graue Filzjacke, fleischfarbene Kautschuk-Manschetten. Er schwenkte einen Eisenstock.

Im nächsten Augenblick hatten auch sie sich umgedreht, auf diese Art eilten sie ihm entgegen, rückwärts und rasch.

Als sie sich dann von vorn sahen, prusteten sie los.

«Servus, alter Idiot!» schrien sie ihm zu und umarmten ihn.

Endlich waren die drei beisammen, Kanicky, Sárkány und Esti, keiner fehlte mehr, der Kreis war geschlossen, die Welt vollkommen: die Einheit hatte sich gefunden, der Balkan-Trupp, zu dessen vorrangigen Aufgaben die freie, mutige und öffentliche Übung solcher und ähnlicher Kunststücke gehörte.

Die Passanten blickten unwirsch und etwas verächtlich, aber auch mit heimlichem Interesse auf die drei fröhlichen Burschen, auf diese drei leichtsinnigen, unreifen Gesellen. Sie verstanden sie nicht, also haßten sie sie.

Kanicky spuckte auf den Gehsteig. Seine Spucke war schwarz. Schwarz wie Tinte.

Er kaute Lakritze.

Die Lakritze fanden sie in seiner linken Tasche, in der rechten hatte er Mispeln, in einer Papiertüte.

Ihr Ziel war das Kaffeehaus *New York*, ihr Stammlager.

Unterwegs las Sárkány sein neues Gedicht auch Kanicky vor. Im Schaufenster eines Möbelgeschäfts stand ein Schlafzimmer, zwei breite Espenholzbetten, aufgeschlagen, mit Seidendaunendecken, Kissen, daneben die Nachttischchen. In Gedanken legten sie sich ins Bett, mitsamt den Schuhen. Stellten sich im Nebenbett eine Idealgemahlin vor, so groß wie eine titanische Porzellanpuppe, mit mächtig aufgetürmtem Haar und tuschgemalten Augenbrauen. Das war alles so fern und so unwahrscheinlich, daß sie sich plötzlich schämten und diese Phantasie als Gedichtsthema beiseite taten. Sie betraten eine Tierhandlung. Feilschten um einen Affen, fragten, was ein Löwe kosten würde. Der Händler, der sah, mit was für Kundschaft er es zu tun hatte, komplimentierte sie hinaus.

«Vielleicht sollten wir grüßen», schlug Kanicky vor.

Daraufhin grüßten sie alle, die ihnen entgegenkamen. Die drei Hüte hoben sich gleichzeitig, auf Zauberkommando. Sie blickten den Gegrüßten offen in die Augen. Die freuten sich manchmal, daß sie so allgemeine Achtung genossen, manchmal stutzten sie aber auch, errieten den bösen Ulk, maßen die drei mit einem prüfenden Blick und gingen weiter. Doch diesmal war das Ergebnis ziemlich befriedigend. Von fünfzehn «Subjekten» hatten elf zurückgegrüßt.

Dann hörten sie auch damit auf.

An der Ecke zur Rákóczystraße kaufte Esti zwei Luftballons. Er machte die Schnüre an einem Knopfloch fest und eilte seinen Freunden nach.

Unweit des Kaffeehauses war ein Auflauf entstanden. Es hieß, zwei Herren seien dabei, sich zu verprügeln, der eine habe den andern angerempelt, gleich würden sie sich ohrfeigen.

Man hörte einen erregten Wortwechsel:

«Das verbitte ich mir!»

«Impertinenter Frechling!»

«Impertinent sind Sie, der Frechling sind Sie!»

Kanicky und Sárkány standen sich wutbleich gegenüber. Kanicky holte aus. Ein besonnener Herr warf sich zwischen sie:

«Aber meine Herren, um Himmels willen, meine Herren!»

Kanicky blickte auf den besonnenen Herrn, und wie es bei solchen Gelegenheiten seine Gewohnheit war, fragte er Sárkány:

«Du, sag, wer ist das?»

«Ich weiß es nicht.»

«Dann komm.»

Er hängte sich bei Sárkány ein und tanzte mit ihm, als wäre nichts geschehen, zur Verblüffung der Zuschauer unter Umarmungen von dannen. Esti holte sie ein.

«Sind sie hereingefallen?» fragte er sie.

«Ja», sagten sie lachend.

Sie ließen einen der Luftballons los.

So gelangten sie zum Kaffeehaus.

Es war – in der Mittagspause – still und verlassen. Putzfrauen liefen hin und her, mit Eimer und Besen, kehrten den Schmutz zusammen, scheuerten an den Marmortischen herum. Verspätete vormittägliche Kaffeetrinker zahlten gerade. Ein magerer Artist ging durch den Damensalon.

Es wurde gerade der Nachmittagskaffee gemahlen. Das Aroma kitzelte ihre Nasen. Oben schien die Galerie, mit ihren gewundenen, vergoldeten barocken Säulen wie ein buddhistischer Tempel, auf etwas zu warten.

Hier ließen sie sich nieder, an ihrem Stammtisch. Zuerst versuchten sie, ihre finanziellen Angelegenheiten zu ordnen. Kanicky besaß sechzehn Fillér, Sárkány dreißig. Esti hatte eine Krone, vier Fillér. Zuwenig, um die heutige Schlacht zu schlagen.

Sárkány, der am heutigen Tag die besten Aussichten hatte, da sein Gedicht geschrieben war, winkte den Vormittags-Zahlkellner herbei, ließ ihn zwanzig Princeszász auf den Tisch zählen, bestellte einen Kaffee, zeigte ihm das Manuskript, das er um drei, spätestens aber abends zwischen sechs und sieben dem *Ungaren Unabhängigen* verkaufen konnte, und lieh sich von ihm zehn Kronen aus. Der Zahlkellner legte die Summe ergeben vor ihn hin. Esti bestellte einen doppelten Espresso. Kanicky Natriumbikarbonat, Wasser, Notizzettel.

Das Natriumbikarbonat nahm er ein. Die drei vor ihm stehenden Gläser Wasser trank er aus lauter Zerstreutheit eins ums andere aus, obwohl Esti in eins von ihnen seine Zigarettenasche geschnippt hatte. Kanicky begann eine Glosse zu schreiben, zwecks Geld. Plötzlich sprang er auf und griff sich an den Kopf. Er mußte dringend telephonieren. Seine glänzende Stirn war von nervösen Sorgen umwölkt. Er bat seine

Freunde, ihn zur Telephonkabine hinunterzubegleiten. Er war nicht gern allein.

Auf dem Weg ins Untergeschoß schubsten sie einander, machten Witze, trafen Bekannte und vergaßen, was sie eigentlich wollten. An den Telephonen hingen wie Blutegel widerwärtige Gestalten, sprachen deutsch, steinalte Typen von vierzig oder fünfzig, die sowieso bald abkratzen würden. Kanicky erhielt nach einer halben Stunde die Verbindung. Triumphierend tauchte er aus der Kabine auf. Die Frau würde kommen, nachmittags um drei. Er lieh sich von Sárkány fünf Kronen aus, auf Ehrenwort, und da bekam auch Esti eine von den beiden vorhin ausgeliehenen Kronen zurück.

Nachdem sich ihre finanziellen Verhältnisse mehr oder weniger geordnet hatten, setzten sie sich erleichtert wieder an ihren Tisch. Kanicky schrieb ein paar Sätze von der Glosse. Dann hörte er wieder auf. Er ließ einen Kurier kommen und schickte der Person, mit der er telephoniert hatte, einen Brief. Sie rauchten und seufzten. Sie lachten und waren traurig, in raschem Wechsel. Winkten durch die großen Scheiben den Frauen auf der Straße zu. Als der Kellner Früchte vor sie hinstellte, gaben sie ihnen Namen. Der Apfel: Károly, die Traube: Ilona, die Pflaume: unbedingt Ödön, die Birne: ihrer Weichheit, ihrer Laszivität wegen Jolán und so fort. Eine Unruhe kribbelte in ihnen. Sie spielten ein Gesellschaftsspiel mit Buchstaben, Farben, Tönen, alles durcheinander, miteinander. Sie warfen die seltsamsten Fragen auf, zum Beispiel, wie etwas wäre, wenn es nicht so wäre, wie es war. Nein, sie waren mit der Schöpfung nicht zufrieden.

Um drei rannte Sárkány weg, zum Abholen des Schecks. Das Kaffeehaus dröhnte, auf der Galerie wurde es immer lauter. In diesem Lärm spürten sie den Rhythmus ihres Lebens: daß sie vorwärtsschritten, auf ein Ziel zu. Alle Tische, alle Nischen waren besetzt. Aus dem Rauch wurde Sturmgewölk. Es war angenehm, sich in diesem Dampf, in dieser warmen Pfütze gehenzulassen, an nichts zu denken, zuzuschauen, wie es schmorte und gärte, und zu wissen, daß alle, die darin herumplanschten, allmählich gepökelt, gegart, gekocht, zu einer einzigen Masse, zu einer einzigen brodelnden Kohlsuppe zusammengebrutzelt wurden. Überall im Saal, an den verschiedenen Tischen, auf den Plüschbänken und Stühlen sahen sie ihre vertrauten Bekannten. Alle waren sie schon da.

Bogár, der junge Romancier, war da, und Pataki und Dani Ürögi. Arácsy war da, der Maler, der sich in florentinischem Rittergewand hatte photographieren lassen, mit dem Dolch an der Seite, beim Klavierspielen. Da war auch Beleznay, der berühmte Kunstsammler, der Wilde und Rodin persönlich kannte. Da war Szilvás, der «Marquis», Elfenbeinknauf am Spazierstock, unnachahmlicher Causeur, der unseren neusten Gossenjargon mit den archaischen Ausdrücken der Philologen, der Akademiker und der einstmaligen Spracherneuerer übermütig-meisterhaft vermischte. Elián war da, der Nervenarzt, Gólya, der Kunstgewerbler, Sóti, der Wissenschaftler, der sich mit den Ursprüngen unserer Volksmärchen befaßte, Boldog, der moderne Photograph, der in Berlin studiert hatte, und Kopunovits, der tragische Schauspielschüler. Da war Dayka, der blonde Sohn eines Großgrundbesitzers, eifriger Leser der Neukantianer, der fortwährend von Epistemologie redete. Da war Kovács, der nie redete, Briefmarken sammelte und spöttisch lächelte. Da war Mokosay, der sogar schon in Paris gewesen war und Verlaine und Baudelaire im Original las und auf französisch zitierte, mit großem Schwung und mangelhafter Aussprache. Da war Belényes, der «diplomierte Chemiker», der aufgrund einer Unregelmäßigkeit seine Stelle verloren hatte, jetzt in Zeitungsredaktionen herumhing und Material lieferte für die Enthüllungsartikel. Da war Kotra, der Dramaturg, der auch auf der Bühne die reine Literatur forderte, die allerreinste Literatur, und das mit *Todeserwartung* betitelte Drama aufführen wollte, an dem sein neben ihm sitzender Freund Géza Géza zur Zeit arbeitete und in dem keine Personen, sondern nur Gegenstände vorkamen und der Schlüssel mit dem Schlüsselloch lange metaphysische Diskussionen führte. Da war Rex, der Bilderhändler, der gegen die allgemeine Auffassung Rippl-Rónai lobte und auf Benczúr schimpfte. Da war Ikrinszky, der Astronom, Christian, der Conférencier, Magass, der Komponist. Pirnik, der internationale Sozialdemokrat, war auch da. Und Scartabelli, der Ästhetiker und Polyhistor, der mit warmer Baßstimme teils über Wundt und die experimentelle Psychologie, teils über die Gäßchen von Buda referierte, und zwar äußerst sentimental, während er betonte, er sei nicht sentimental. Da war Exner, von dem man nur wußte, daß er an Syphilis litt. Da war Bolta, der von Petőfi sagte, er sei kein Dichter, weil Jeno Komjáthy der Dichter sei. Da war Spitzer, der Max Nordau für den herausragendsten Geist der Welt hielt. Da war Wesselényi, ein schöngeistiger Apothekergehilfe. Und Sebes, von dem schon zwei Erzählungen in den Zeitungen erschienen waren, während eine dritte akzeptiert in der Redaktion lag. Da war Moldvai, der Lyriker. Und Czakó, ein weiterer Lyriker. Und Erdődy-Erlauer, ein dritter Lyriker. Da war Valér V. Vándor, der aus allen Sprachen übersetzte und keine konnte, seine Muttersprache nicht ausgenommen. Da war Specht, Kind reicher Eltern, ein bescheidener, schweigsamer junger Mann, der nichts geschrieben hatte, aber zwei Jahre lang in einer geschlossenen Anstalt gewesen war und in seiner Tasche immer die von drei Nervenärzten unterschriebene, abgestempelte Bescheinigung mittrug, laut der er geistig normal war. Überhaupt waren alle da.

Und alle redeten gleichzeitig. Darüber, ob der Mensch einen freien Willen habe, wie der Pest-Bazillus aussehe, wie hoch die Löhne in England seien, wie weit entfernt der Sirius sei, was Nietzsche unter der «ewigen Wiederkehr» verstanden habe, ob die Homosexualität Rechtens und ob Anatole France ein Jude sei. Von allem wollten sie den Sinn erfassen, rasch und gründlich, denn obwohl sie sehr jung waren, kaum älter als zwanzig, hatten sie das Gefühl, nicht mehr viel Zeit zu haben.

Esti kannte diese Gesellschaft eher vage. Er war nicht immer sicher, wer wer war, aber das machte nichts, denn die Betreffenden wußten es selbst noch nicht recht, da ihre Persönlichkeit und ihr Charakter sich gerade hier und gerade jetzt entwickelten. Es kam vor, daß er einen Photographen mit einem Dichter verwechselte oder daß er selbst mit einem Photographen verwechselt wurde. So etwas nahm man einander nicht übel. Man erzählte sich Leben, Lieben, Erinnerungen und Pläne, und am Ende, wenn man es für angebracht hielt, stellte man sich einander auch vor, der Form halber, und vielleicht merkte man sich sogar den Namen des anderen.

Er saß zwischen ihnen und horchte auf das Wortgedröhne. Er war von ihnen angezogen. In diesem Durcheinander schlug jede Stimme eine Taste seiner Seele an, er fühlte sich mit allem und allen verwandt. Er selbst verstand das Leben nicht. Hatte keine Ahnung, wozu er auf diese Welt gekommen war. Wer an diesem unergründlichen Abenteuer, das mit dem Nichts endet, teilzunehmen hat, der ist, so meinte er, von jeglicher Verantwortung befreit und hat das Recht, zu tun und zu lassen, was er will, zum Beispiel sich auf die Fahrbahn legen und ohne Grund laut jammern, ohne dafür irgendeine Zurechtweisung zu verdienen. Doch gerade weil er sein Leben als Ganzes für sinnlos hielt, verstand er alle seine kleinen Teile je einzeln sehr wohl, verstand ohne Ausnahme alle Menschen, alle Gesichtspunkte, ob erhaben oder gemein, verstand alle Theorien und machte sie sich auch gleich zu eigen. Wenn ihm jemand fünf Minuten lang intelligent darlegte, daß er zum mohammedanischen Glauben konvertieren sollte, so konvertierte er eben, unter der Bedingung, daß man ihn mit den Mühen des Handelns verschonte, ihn einfach beim Wort nahm und ihm keine Zeit ließ, doch noch einen Rückzieher zu machen.

In der großen Sinnlosigkeit, inmitten der kleineren Sinnlosigkeiten, auf diese Art zu leben war seiner Meinung nach gar nicht so dumm, ja, vielleicht die richtigste, natürlichste Lebensweise. Außerdem brauchte er dieses wilde Durcheinander, diese scharfe Beize. Er wollte schreiben. Er wartete auf den Moment, da Verzweiflung und Ekel sich so steigern würden, daß er schon fast kotzen mußte, und da würde dann alles aus ihm herausbrechen, was wichtig und wesentlich und nicht einfach nebensächlich und zufällig war. Doch der Moment war noch nicht gekommen. Es war ihm noch nicht schlecht genug. Er fraß das Nikotin in sich hinein, bestellte einen weiteren doppelten Espresso, um sein Herz aufzupeitschen, um seinen ewig neugierigen, unersättlichen, verspielten Geist noch mehr zu quälen, und er horchte fieberhaft auf sein inneres Pulsieren, überwachte seine Schlagader, die hundertdreißig schlug, überwachte sie glücklich wie der Wucherer sein Geld.

Frauen umgaben ihn. Die «Frau von Csongrád», die alle zwei Wochen gemahlsfrei nach Budapest angerückt kam und ihre Freizeit unter Schriftstellern verbrachte, dann die literarischen Mädchen, Pseudodämonen, eine blasse Artistin, die wahrscheinlich krank war, und eine gelbgesichtige, aufgedunsene Frau, groß und schrecklich wie Klytämnestra. In Weiß, in Blau, in Schwarz saßen sie hier, aufgeblüht im heißen Sumpf, so wie die Wasserrosen in Hévíz. Er begehrte sie alle. Sein unschlüssiger Blick zuckte unruhig zwischen ihnen hin und her. Er gab sich den Finten und tödlichen Marotten des Zufalls hin, die jeden Augenblick sein Leben verändern, schicksalhaft werden konnten. Er beobachtete die Hände der «Frau von Csongrád» und an den Enden ihrer weichen Finger die Nägel, die sie rosarot poliert und spitz zugeschnitten hatte, und er stellte sich vor, daß eventuell auch diese Frau sein Schicksal werden könnte, doch ihre befremdenden Fingernägel, die wie Rosendornen sachte kratzten, ließen ihn schaudern, und er wies den Gedanken entsetzt von sich. Die «Frau von Csongrád» fragte ihn, woran er gerade denke. Esti lächelte überlegen und log etwas, damit die Frau doch das denken konnte, was er gedacht hatte.

Kanicky hatte seinem Freund den Kopf auf die Brust gelegt. Er wartete nicht auf alle Frauen, sondern nur auf die einzige, die aufgrund irgendeines Mißverständnisses nicht kam, obwohl drei Uhr längst vorbei war. Auch der Kurier, den er um die Mittagszeit mit der wichtigen Botschaft losgeschickt hatte, war nicht zurückgekommen. Er beauftragte einen weiteren Kurier, den vorherigen zu suchen. Er ging im gegenüberliegenden Kaffeehaus und im Wirtshaus *Zum Räuber* nachsehen. Beim Zurückkommen telephonierte er in der Kabine eine Stunde lang an die verschiedensten Orte, ohne Ergebnis. Er machte Esti ein Zeichen, daß alles aus war. Er bestellte die Kleine Literatenjause, die er mit gutem Appetit verzehrte, worauf er wieder Natriumbikarbonat einnahm.

Gegen sieben tauchte Sárkány auf, nachdem er von drei Uhr an irgendwo verschollen gewesen war. Er strahlte vor Glück. In seinem Leben habe eine ganz neue Epoche begonnen, sagte er. Er hatte die angebliche Kindergärtnerin getroffen, von der er seinen Freunden schon so viel erzählt hatte, daß sie sie vielleicht besser kannten als er selbst, hatte sich mit ihr ausgesöhnt, und jetzt würde endlich und auf ewig alles, alles wieder gut. Esti und Kanicky bekamen täglich zu hören, daß in Sárkánys Leben eine neue Epoche angefangen und er die einzig Richtige gefunden hatte. Sie waren eher auf den Scheck neugierig. Sárkány verdüsterte sich. Zunächst einmal teilte er mit, daß er sein ganzes Geld ausgegeben habe. Was den Scheck betreffe, so sei das geschehen, daß er sich um drei pünktlich und brav beim Verleger eingefunden habe, der aber schlechter Laune gewesen sei und ihn über die Schulter hinweg angeschrien habe, er solle zwischen sechs und sieben kommen. Also sei er zwischen sechs und sieben wiedergekommen, habe fein und anständig sein Gedicht überreicht und den Redakteur angefleht, er solle es bezahlen, worauf dieser, der kraushaarige, bluttriefende, dem Herodes gleichende Halunke, unerhört grob geworden sei, auf sein Manuskript gespuckt, darauf herumgetrampelt und ihn hinausbefördert habe, mit einem echten Tritt in den Hintern. Wie sich diese Szene abgespielt hatte, konnten seine Freunde anhand des eigenwilligen Vortrags nicht recht rekonstruieren, aber sie waren trotzdem über die Taktlosigkeit des Verlegers empört.

Da standen sie nun und hatten zu dritt keinen müden Kreuzer, dafür Mengen von Zigaretten, Kaffee und Kurierkosten hinter sich, von der Kleinen Literatenjause nicht zu reden, und vor sich die aussichtslose, leere Nacht. Es mußte etwas geschehen. Das Leben schwappte in gleichgültigen Wellen. Scartabelli redete von der Bhagavad Gita und vom Nirvana zu ihnen, was auf mäßiges Interesse stieß. Valér V. Vándor übersetzte einen französischen Roman. Er wollte von den Anwesenden wissen, was wohl *derechef* auf ungarisch hieß. Mokosay bemängelte seine Aussprache. Er ließ sich das Buch geben und vertrat die Meinung, daß es der Name einer Blume sei, die bei uns gar nicht wachse. Andere vermuteten etwas Unanständiges. Die meisten rieten, das Wort wegzulassen, worauf Valér V. Vándor den ganzen Abschnitt wegließ und weiterarbeitete. Da trat Hannibál, der Nachthausierer, zu ihnen, mit seiner bleiernen Visage, auf der ein Grinsen festgefroren war, hielt seine anrüchigen Ansichtskarten feil und gleich darauf seine Vorbeugemittel, als sei schon der Anblick der Karten für die Gesundheit schädlich.

Esti stand auf und ging den Nacht-Zahlkellner suchen. Zehn Kronen knöpfte er ihm ab. Er bekam sie als Goldstück. Das hätte er mit seinen Freunden, bei denen er von früher her ebenfalls in der Kreide war, teilen müssen, und nach komplizierten Berechnungen war er dazu auch mehr oder weniger bereit, weil er hoffte, wenigstens gleich die Krone wiederzubekommen, die ihm Sárkány von heute immer noch schuldete. Doch dann entschied er sich anders. Er lief einfach davon. Rannte auf der Straße drauflos. Sein Plan war, in den Schriftstellerzirkel zu gehen, mindestens sechzig Kronen zu gewinnen und sie brüderlich durch drei zu teilen, für jeden zwanzig Kronen. Am Bakkarattisch saß vor dem Sarg Homona, der berühmte Gewinner, ein angesehener Journalist, der davon lebte, daß er die Bankhalter erpreßte. Das hielt Esti für ein schlechtes Omen. Trotzdem warf er das runde, verlockende Goldstück so, wie es war, auf das grüne Feld. Sein Einsatz wurde ohne Aufheben eingestrichen.

Das konnte er unverzüglich feststellen. Doch er stand zehn Minuten starr da, als wartete er darauf, daß eine Weltrevolution den unwiderruflichen Entscheid des Schicksals umstürzte, worauf ihm der Bankhalter das Goldstück zurückgeben würde.

Im Kaffeehaus empfing man ihn wie den Erlöser. Kanicky wurde gerade von zwei Kurieren in die Zange genommen, die zurückgekommen waren und ihr Geld haben wollten.

Eine Weile versuchte er ihnen mit Vernunftgründen darzulegen, daß sie unrecht hatten, dann nahm er ein Aspirin ein, schmierte in fünf Minuten, von den Kurieren beaufsichtigt, seine Glosse hin und verkaufte sie, ebenfalls unter Kurier-Aufsicht. Er brachte sogar noch Geld nach Hause und warf etwas davon seinen Freunden hin.

Sie gingen in die Máriastraße, in die Wohnung von Sárkány, der einen Brief von der Kindergärtnerin erwartete. Sie gingen zu Kanickys nach Hause, Tee trinken. Die Familie hielt sich in einem einzigen riesigen Zimmer auf. Eine Schwester von Kanicky malte, eine andere spielte Klavier, die dritte stand die ganze Zeit, während die Gäste da waren, mit dem Gesicht gegen die Wand, aus unerfindlichen Gründen. Der Vater, ein liebenswürdiger alter Herr, saß in der Mitte des Zimmers und schrieb, tauchte mit der Gelassenheit des Greisenalters die Feder ins Tintenfaß, streifte vorsichtig die überflüssige Tinte ab und achtete nicht auf den ihn umtosenden Lärm. Nach Torschluß gingen sie von dort wieder weg. Kanicky rezitierte laut aus der *Tragödie des Menschen*. Auf einem dunklen Platz kam ein Bauersmann, so etwas wie ein Kutscher, ihm mit der Peitsche in der Hand direkt entgegen, legte ihm die andere Hand auf die Schulter und sagte:

«Wissen Sie was? Ich zahle Ihnen die fünfzig Fillér lieber zurück, und Sie geben mir das Halfter wieder.»

«Nein», sagte Kanicky, «das Halfter brauche ich.»

Esti verstand die fünfzig Fillér und das Halfter nicht, er wußte nicht, ob auch das etwas Abgekartetes war oder ein Zufall, und er begann sich zu fürchten. Die schwarzen Lumpen der Nacht lagen um ihn herum. Er wäre lieber schon zu Hause gewesen, auf seinem Kanapee, allein. Er haßte sich, er haßte seine Freunde, konnte sich aber nicht losreißen. Ein Entsetzen packte ihn, wie als Kind, wenn er dachte, er habe etwas Verbotenes getan. Unter den Gaslaternen starrten ihm von der Tagesarbeit verbrauchte Leute ins Gesicht, als ob sie ihn beobachteten, gingen ihm mit lautem Schuhgeklapper nach, als ob sie ihn verfolgten. Er war froh, als sie im *Räuber* einkehrten.

Das mechanische Klavier spielte die Ouvertüre des *Tannhäuser*. Sein Cousin József Gách, der Medizinstudent, hielt ihm beide Handflächen unter die Nase und ließ ihn riechen. Er hatte an dem Tag zum ersten Mal seziert. Faltay, der Tolstojaner mit den Sandalen, aß Milchgrieß zu Abend. Bisszám, der bärtige junge Theosoph, der ein apfelrotes Gesicht und porzellanweiße Zähne hatte, blickte ihnen warm in die Augen und ermahnte sie, die Natur zu lieben und mit dem Universum in Harmonie zu leben.

Das hatte noch Zeit, dachten sie und machten wieder einen Sprung ins Kaffeehaus hinüber.

Hier war die hohe geistige Jubelfeier im Absacken begriffen. Auf der Galerie hatte die zweite Garnitur Platz genommen, achtzehn-, neunzehnjährige Jünglinge. Putterl, der kleine Hajnal und der kleine Wallig gründeten bei Kaffee mit Rum und ägyptischen Zigaretten eine Kampfzeitschrift von allerhöchstem Niveau, gegen die verknöcherten Traditionen, die Akademie und die Alten. Neben ihnen schrieb Abmentis den Text zu einem Musikstück und sang die erste Zeile: *Oh Vögelein süß*. Anstelle von «süß» brauchte er eigentlich ein zweisilbiges Wort, und so versuchte er es mit: *Oh Vögelein bitter*. Aber das ging ja auch nicht. Singend suchte er ein anderes Adjektiv, das sowohl zum Versmaß als auch zum Vögelein paßte. Erdődy-Erlauer repräsentierte die alte Generation. Er saß in der ersten Nische und brütete über seinem Manuskriptblatt, auf das er im Lauf des Nachmittags nur soviel geschrieben hatte: *Mein Leben ist wie* … Weiter war er nicht gekommen. Er wußte nicht, wie sein Leben war, er fand keinen Vergleich dafür, was auch kein Wunder war: Erdődy-Erlauers Leben glich nichts anderem, es war genauso wie sein Leben.

Sie ließen sie bei ihren Manuskripten, ihren mühevollen, melancholiegefütterten Leben und gingen weg. Strichen auf dem Donau-Ufer umher und in der Nähe des Ostbahnhofs und lasen, gewissermaßen in Erfüllung einer dienstlichen Pflicht, in den verschiedenen Vierteln der Stadt die nächtens umherstreunenden Schriftstellerlehrlinge auf: Exner, Szilvás, den Neukantianer Dayka, Moldvai, Czakó, außerdem noch ein paar andere, die bestimmt auch etwas mit Kunst und Geisteswissenschaft zu tun hatten: den Musiklehrer Orbán, Csiszér und auch Valentini, der irgendwie so etwas wie ein Kunsttischler war. Dieses sturmgepeitschte Grüppchen verschlug es gegen drei Uhr morgens zwischen die Häuser des Ferenc-Viertels.

An der Ecke stand ein Straßenmädchen. Exner redete sie an, und die anderen stellten sich um sie herum auf. Sie verpaßten keine Gelegenheit, die Tiefen des Lebens zu ergründen und gleichzeitig ihre Erfahrung herauszustreichen. Sie duzten überheblich-kameradschaftlich diese Frauen, die meistens viel älter waren als sie, mindestens so alt wie die Freundinnen ihrer Mütter, denen sie zu Hause sittsam die Hand küssen mußten, mit tiefer Verbeugung. Eine solche respektlose Freizügigkeit nährte ihr Selbstbewußtsein.

Es wurde etwas verhandelt. Zwischen ihnen und dem Mädchen lief ein Dialog ab, fortwährend unterbrochen vom wiehernden Gelächter der Gruppe. Und mittendrin fuchtelte Exner mit seinem kecken Rohr-Spazierstock. Die Frau gab leise Antworten.

Esti stand in einer gewissen Distanz zu ihnen, allein. Er mochte an dem Spiel nicht teilnehmen. So in der Gruppe fand er es geschmacklos und unanständig. Obwohl er die Gegend besser kannte als sonst einer von ihnen. Er kannte diese Straßen in allen Abschnitten des Tages und der Nacht, denn so etwas wie ein Sympathieschauder jagte ihn immer wieder her, manchmal auf die Art, daß er aus dem Bett sprang und hierher rannte. Er kannte dieses Viertel am frühen Morgen, wenn kein Mensch zu sehen war, und an Samstagabenden, zur Zeit des großen Jubeltrubels, zwischen acht und elf, und an den Hundstagen, in schwer-heißem Sommer, nachmittags zwischen eins und zwei, wenn die Mädchen in ihren Flitterkleidchen vor klebriger Hitze glänzten wie die billigen Lutschbonbons. Er kannte die Häuser einzeln, die Türen und Fenster, in denen Lampen angingen und erloschen. Er kannte auch die Männer, die hier herumhingen, zerstreut, als suchten sie etwas anderes, und die mit geschlossenen Augen rasch durch die Tür schlüpften, um so lange wenigstens nichts anderes zu sehen, dann die Gleichgültigen und Grobschlächtigen, die die Ware offen musterten, die dicken, einsamen alten Herren, die ihre Zigarren aus einer Spitze rauchten und versonnen die auf dem anderen Gehsteig umherspazierenden Kellerpflanzen betrachteten, um dann mit plötzlichem Entschluß, als würden sie an einem Draht gezogen, auf ein schokoladebraunes Tor zuzusteuern. Er kannte die Fachausdrücke der Gegend, wie sie ihm da und dort ans Ohr drangen, die sachlichen Einzelheiten das Metier betreffend. Und vor allem kannte er die Frauen, alle samt und sonders, persönlich oder vom Sehen, die netten und die abgestumpft-tierischen, die eleganten und die bäuerlichen, die hageren und die zwerghaften, jene, die am Kinn eine rosarote Narbe hatten, Narbe oder Biß, wie eine Raupe, oder jene, die einen Hund an der Leine führten, oder jene, die eine Brille trugen, oder jene schreckliche, die manchmal gegen Ende der Nacht auftauchte, mit einem doppelten Schleier vor dem Gesicht, da sie keine Nase hatte. Er kannte auch das Mädchen, mit dem sich jetzt seine Freunde unterhielten, er hatte sie hier schon mehrmals gesehen, beobachtet, registriert.

Das Mädchen nahm Exner seinen Spazierstock weg und begann langsam mit ihm durch die Seitenstraße zu gehen. Die Gruppe folgte ihnen. Auch Esti lief ihnen nach, um zu sehen, was jetzt wieder im Gang war. Sie klingelten am Tor. Und gingen hinein, alle elf.

Drinnen, im niedrigen, zu ebener Erde gelegenen Zimmer entstand ein Radau wie in einem brennenden Haus, wenn die Feuerwehr kommt. Sie kreischten und schrien, weil die Situation so seltsam war. Die Frau fürchtete, sie würde wegen Ruhestörung und Erregung öffentlichen Ärgernisses angezeigt. Sie versuchte sie zum Schweigen zu bringen, vergeblich. Zu fünft saßen sie auf ihrem Bett, das ächzte und fast zusammenkrachte. Der Marquis hielt mit ausgebreiteten Armen und in ausgewogenen Schachtelsätzen der Frau eine Predigt, dahin gehend, daß sie aus dem Sündenpfuhl aussteigen und den rechten Weg einschlagen sollte, worauf er sie wie sein Kind segnete und «Veilchen» nannte. Exner schaute sich ihre aufgestellten Photos an. Sárkány wühlte in ihren Sachen. Czakó hob den Deckel von dem roten Emailletopf, der auf dem kleinen Eisenofen stand, und fand darin die für den nächsten Tag aufgehobenen Reste ihres Abendessens, eingedicktes Rindstokány und kalte Graupen.

Die Frau stampfte, um endlich Ruhe zu schaffen. Sie behielt die Kerle im Auge, damit keiner was mitlaufen ließ. Ihr Blick zuckte hin und her.

Kanicky flüsterte Sárkány etwas zu. Der flüsterte es weiter, die Nachricht machte die Runde, und als sie sämtliche elf Trommelfelle erreicht hatte, entstand stürmisches Gelächter. Alle blickten auf die Frau.

Unter der Lampe sah man, daß sie tatsächlich viel älter war, als es auf der Straße geschienen hatte. Sie trug ein schwarzes Schönheitspflaster über dem Kinn und eine rötlichblonde, üppige Perücke. Laut Kanicky war ihr Kopf unter der Perücke kahl wie eine Billardkugel und ihr Mund völlig zahnlos. Darüber lachten sie.

Die Stimmung sank auf den Nullpunkt. Keiner redete. Jetzt bedauerten sie, daß sie eingetreten waren, und sie überlegten, wie sie hier loskommen könnten. Die Frau musterte sie mißtrauisch. In ihren Augen schwebte eine Sorge, die sie nicht auszusprechen wagte.

Kanicky arbeitete sich verstohlen zur Tür durch und entwischte, ohne zu grüßen. Dann Sárkány, dann Szilvás, dann Exner, dann Moldvai, dann Czakó, dann Dayka, dann Valentini, Csiszér und Orbán.

Die Bande floh Hals über Kopf.

«Sie gehen auch?» fragte die Frau erschrocken. Sie sagte es zu Esti, der als letzter am Hinausgehen war.

«Ja», sagte er und legte die Hand auf die Klinke. «Gute Nacht.»

«Gute Nacht.»

Esti machte die Tür auf, die seine Freunde zum Spaß vor seiner Nase zugeschlagen hatten, und horchte hinaus.

Die Kumpane hielten im Tordurchgang Kriegsrat, während sie auf den Hauswart warteten. Ein fürchterliches Geschrei war zu hören, die Stimme Sárkánys, dann die Stimme Kanickys, der etwas Unflätiges in Richtung des Zimmers brüllte.

«Was gibt's?» fragte die Frau.

«Nichts», sagte Esti und machte die Tür zu, damit sie es nicht höre.

Die Frau sah ihn an.

«Sie haben es sich noch mal überlegt? Sie bleiben?»

«Ja», sagte Esti. «Ich will mich vielleicht noch ein bißchen setzen», und er blieb stehen.

In dem Augenblick fiel das Tor mit einem dumpfen Knall zu, der Hauswart hatte sie hinausgelassen. Es wurde still.

«Die sind verrückt», sagte die Frau auf einmal in die Stille hinein.

Sie zuckte unbeholfen mit den Schultern.

Wegen dieser Bewegung bekam Esti Mitleid mit ihr. Sein Herz, sein krankes Herz, füllte sich mit Tränen wie ein Schwamm.

Kurz darauf ging der Lärm wieder los, unter dem Fenster. Die ganze Bande stand da. Exner ließ seinen Spazierstock über den heruntergelassenen Rolladen rattern, und vertraute Stimmen wünschten Esti eine gute Nacht, viel Glück und viel Vergnügen.

Er blickte zum Fenster, als säße er in der Falle und würde gern hinausklettern. Sie hatten ihn sitzenlassen. Er war das Opfer eines Streichs geworden, des letzten, häßlichen Streichs. Der Lärm hörte auf. Wieder wurde es still, endgültig, umfassend.

«Sie sind weg», flüsterte die Frau und schloß die Tür ab.

Esti wollte einen Formfehler ausbügeln. «Formfehler» waren aber seiner Ansicht nach Inhaltsfehler, und überhaupt gab es keine größeren Fehler als Formfehler. Er ertrug es nicht, wenn jemand von Angesicht zu Angesicht beleidigt wurde. Das schmerzte ihn so, daß er manchmal stundenlang mit langweiligen Menschen zusammenblieb, weil er keinen Weg fand, sie taktvoll abzuschütteln.

Die Frau schob ihm einen Korbstuhl hin. Auch sie setzte sich, ihm gegenüber aufs Kanapee.

Sie hatten recht gehabt: das Mädchen war nicht mehr jung,

sie war ausgepumpt, und ihr Lächeln hatte etwas Irres. Doch man konnte sie auch anders betrachten. Er begann seine Phantasie anzufeuern, und da verschwand die Wirklichkeit. Nein, sie hatten nicht ganz recht gehabt, sie hatten übertrieben: ihre Haut war zwar welk, aber weiß, weiß wie eine Lilie. Zähne hatte sie auch, praktisch alle. Ihre verschleierten grünen Katzenaugen, ihr fahl-hungriges Gesicht, ihre niedrige Stirn begannen ihm zu gefallen.

«Wie heißen Sie?»

«Paula», sagte die Frau mit einer weichen, verschnupften Stimme.

Wörter wirkten auf Esti magisch. Dieser Name wirkte auf ihn wie eine verwelkte Teerose. Er schloß die Augen.

«Was waren Sie vorher?»

«Hausfriseuse.»

Da klammerte er sich verzweifelt an ihre Hände, an ihren Rock.

In den Kasernen wurde die Reveille geblasen. Auf einem der Höfe stand der Trupp zum Ausrücken bereit. Zuvorderst der Hauptmann, auf tänzelndem Pferd, mit gezogenem Säbel, deutsche Kommandos zwischen den Zähnen zerknackend, worauf sich die beängstigende, aus Menschenfleisch und Stahl bestehende Maschinerie in Bewegung setzte, hinaus auf die Üllőistraße. Hübsche, nach Eau de Cologne duftende Leutnäntchen erteilten Befehle. Auf ihren Säbeln und schwarz-gelben Troddeln glänzte der Morgen. Kaiser und König Franz Joseph I. war an der Herrschaft, er saß in Wien oben, auf seinem hohen Thron.

Esti trottete auf der Üllőistraße nach Hause. Das Tor war schon offen, er brauchte auch kein Torgeld zu zahlen. Er rannte in den vierten Stock hinauf, in sein Zimmer, in welchem ihn Sárkány gestern um elf geweckt hatte.

Auf seinem Schreibtisch lag eine Postkarte vom Land, von seinen Eltern. Darüber freute er sich sehr.

Sie hatten sie an der berühmten Geburtstagsfeier von Estis Onkel geschrieben, an der jedes Jahr die drei verwandten Familien zusammenkamen, die Familien Csendes, Esti und Gách. Es hatte Gänseklein, Zigeunerbraten und Vanille-Mandel-Kipfel gegeben. Viele liebe Grüße von allen, von allen Verwandten und Bekannten und auch von der Freundin seiner jüngeren Schwester. Sein Bruder schrieb, der Klassenlehrer sei streng, seine Schwester schrieb, sie besuche den Tanzkurs, seine Mutter schrieb, sie wolle ihn sehen, er solle unbedingt Ende des Monats kommen, zur Weinlese. Sein Vater hatte nur seinen Namen hingeschrieben, in seiner aufrechten, strengen Schrift.

Esti las die Karte gerührt und mehrmals hintereinander. Er war zu Hause, in den Reben, in der mit wildem Wein bewachsenen Laube, zwischen den grünen Plüschsesseln der guten Stube. Er drückte in Gedanken seine Lieben ans Herz, denn er war obendrein ein guter Sohn, ein liebender Bruder. Das dachte er: Meine Mutter hat eine Amethystbrosche, die hat die gleiche Farbe wie ihre Augen. Das dachte er: Mein Vater ist auch schon auf den Beinen, seit vier Uhr morgens arbeitet er. Das dachte er: Aus mir wird nichts, ich verkomme. Das dachte er: Aus mir wird alles. Das dachte er: Ich werde nächstes Jahr sterben, im Alter von einundzwanzig Jahren. Das dachte er: Ich werde nie sterben. An alles gleichzeitig dachte er.

Der Tag, den er erlebt hatte, war bewegt und vollgestopft gewesen. Aber nicht viel anders als seine anderen Tage. Das ganze Durcheinander erstarrte jetzt zu dichtem Kummer. Er preßte zitternd die Postkarte an sich, um Schutz zu finden, er versteckte sich hinter dem ländlichen Frieden, dort, wo seine Wurzeln und seine Kraft waren.

Selbstvorwürfe plagten ihn. Er nahm die spanischen unregelmäßigen Verben einmal durch. Dann zog er sich aus.

Doch er stand wieder auf. Er beantwortete die Karte, um seinen Brief morgen vormittag gleich beim Ausgehen losschicken zu können.

Er schrieb:

«Liebe Eltern und Geschwister, ich danke Euch für Euer liebes Gedenken. Auch ich bin in Gedanken immer bei Euch.»

Er hätte auch die Einladung beantworten sollen. Da fielen ihm Sárkány und Kanicky ein, die er nicht weniger liebte als seine Geschwister.

Er fuhr so fort:

«Leider kann ich in nächster Zeit nicht heimkommen. Die neue Literatur brodelt. Ich muß dableiben, die Ohren spitzen.»

Er suchte nach einer besseren Ausflucht, doch dann fügte er nur noch hinzu:

«Ich arbeite.»

Sechstes Kapitel

in welchem er zu einer riesigen Erbschaft kommt und es sich herausstellt, wie schwer es ist, Geld loszuwerden, wenn man das unbedingt möchte

Gegen den frühen Morgen saßen wir in einem Vergnügungslokal. Das Negerorchester machte gerade eine Pause. Wir gähnten.

Kornél Esti flüsterte mir ins Ohr:

«Gib mir rasch einen Fünfer.»

Er zahlte, dann sagte er:

«Komisch.»

«Was?»

«Das Wort: ‹Geldsorgen›. Man könnte meinen, es sei das Geld, das Sorgen verursacht. Dabei werden sie nicht vom Geld verursacht, sondern gerade von seinem Gegenteil, vom Geldmangel. Sag mal», wandte er sich äußerst interessiert an mich, «du bist doch in deinen freien Stunden auch ein bißchen Sprachforscher: Gibt es einen Ausdruck, der bedeutet, daß das Geld zuweilen auch eine Last sein kann?»

«Ja. Aber auf französisch. *Embarras de richesse.*»

«Auf ungarisch nicht?»

«Nein.»

«Typisch», brummte er.

Auf dem Nachhauseweg sann er immer noch darüber nach.

«Geldsorgen sind zweifellos etwas Scheußliches. Aber das

Gegenteil ist ebenso scheußlich. Wenn tatsächlich das Geld die Sorgen verursacht. Wenn zuviel da ist. Ich kenne das.»

«Du?»

«Jawohl. Ich hatte einmal Massen von Geld. Geld in Hülle und Fülle», sagte er versonnen, «in Fülle, in Fülle, Hülle.»

«In Füllehülle? An der Ostsee?»

«Nein. Hier in Budapest. Als ich geerbt hatte.»

«Du? Von wem denn?»

«Von einer obskuren Tante mütterlicherseits. Mária Terézia Anselm. Sie war die Frau irgendeines deutschen Barons gewesen.»

«Interessant. Das hast du ja noch gar nie erzählt.»

«Ja. Ich mag um die Dreißig gewesen sein. Eines Morgens wurde ich offiziell benachrichtigt, daß mir meine Tante ihr ganzes Vermögen hinterlassen hatte. Die Nachricht kam nicht unerwartet. Aber sie überraschte mich doch. Ich hatte nämlich gehört, daß sie noch einen anderen Neffen habe und ihr Vermögen zwischen uns teilen wolle. Doch der war in der Zwischenzeit gestorben. Irgendwo in Brasilien. Hättest du eine Zigarette übrig?»

«Bitte sehr.»

«Da bin ich eben nach Deutschland gereist. Ehrlich gesagt, ich erinnerte mich kaum an meine Tante, Gott hab sie selig. Als Kind war ich ein paarmal zu ihr mitgenommen worden. Sie lebte in einem tollen Schloß auf ihrem Landgut mit Mustergutshof. Sie war höllisch reich und höllisch langweilig. Auf dem Fischteich im Garten schwammen weiße und schwarze Schwäne. Mehr wußte ich nicht von ihr. Nur noch das, daß sie viel Land besaß und mehrstöckige Häuser in Berlin und Dresden sowie zahlreiche Konten auf Schweizer Banken hatte. Da ich seit zehn Jahren ihre Briefe nicht beantwortete, hatte ich keine Ahnung, wie groß ihr Vermögen war. Beim Inventar stellte sich heraus, daß es größer war, als ich gedacht hatte. Nachdem ich alles verkauft und zu Geld gemacht hatte – nach Abzug der Steuern, Gebühren und Anwaltskosten –, zahlte mir eine Hamburger Bank nahezu zwei Millionen Mark aus.»

«Zwei Millionen Mark? Mach keine Witze.»

«Richtig. Dann laß uns über ernsthaftere Dinge sprechen. Wie hoch ist dein Blutdruck?»

«Entschuldige. Fahr lieber fort.»

«Kurz und gut, ich stopfte das Geld – in ungarisches gewechselt – in meinen Koffer und fuhr nach Hause. Hier lebte ich wie immer, kritzelte meine Gedichte. Ich paßte auf, daß ja niemand von der Sache Wind bekomme, denn ich wußte, daß das mein Ende wäre.»

«Wieso?»

«Na hör mal: ein reicher Dichter, hier, bei uns? Das ist doch völlig unvorstellbar. In Budapest denkt man von jedem, der ein bißchen Geld hat, er sei ein Depp. Wenn er schon Geld hat, wozu braucht er dann Grips, Gefühl, Phantasie? Auf die Art bestraft man ihn. Diese Stadt ist zu intelligent. Und gerade deshalb zu stupid. Sie mag nicht einsehen, daß die Natur heidnisch ist und ihre Gunst willkürlich verteilt, ohne jede Barmherzigkeit. Dem Byron, der ein Lord und mehrfacher Millionär war, hätte hier niemand zugestanden, daß er auch nur ein Fünkchen Begabung habe. Hier wird der Titel des Genies als Entschädigung – als Almosen – denen ausgeteilt, die sonst nichts haben, den Hungerleidern, Kranken, Verfolgten, Scheintoten oder echten Toten. Vor allem die letzteren werden sehr geschätzt. Ich habe mich nie berufen gefühlt, der titanischen Dummheit der Menschen entgegenzutreten. Sondern mich ehrfürchtig vor ihr verneigt wie vor einer mächtigen Naturerscheinung. Und auch diesmal verstieß ich nicht gegen die obligate Bohemetradition. Auch weiterhin frequentierte ich das kleine, schmutzige Bohemelager. Blieb meinen Kaffee schuldig. Schwärzte morgens meine Kragen mit Tinte. Durchlöcherte die Sohlen meiner Schuhe mit dem Bohrer. Ich werde doch nicht meinen Ruf als Dichter aufs Spiel setzen. Auch sonst war es auf diese Art interessanter und bequemer. Wenn ich mein Glück an die große Glocke hänge, kommen sie sofort gestürmt, rennen mir von morgens bis abends die Bude ein und lassen mich nicht arbeiten.»

«Aber was hast du mit den Unmengen von Geld gemacht?»

«Das hat auch mir nicht wenig Kopfzerbrechen bereitet. Selbstverständlich brachte ich es nicht auf die Bank. Damit hätte ich mich sofort verraten. Ich schloß es in der Schublade meines Schreibtisches ein, zwischen meinen Manuskriptblättern. Es ist unglaublich, wie wenig Platz zwei Millionen Kronen brauchen, zweitausend Stück Tausender. Das war bloß so ein Häufchen. Bloß Fetzen, ein Salat wie meine anderen Papiere. Abends schaute ich es mir ein bißchen an, mit gemischten Gefühlen. Ich würde lügen, wenn ich sagte, daß ich mich nicht darüber freute. Ich halte hohe Stücke aufs Geld. Es bedeutet Ruhe, Ehre, Stärke, beinahe alles. Doch so viel Geld war für mich eher eine Belastung als eine Erleichterung. Ein neues Leben anzufangen, mir Automobile zu halten, aus meiner netten Dreizimmerwohnung in eine Zehnzimmerwohnung umzuziehen, vom gewohnten ausgetretenen Pfad abzuweichen und mir neue Belastungen und Sorgen aufzuhalsen, dafür war ich schon damals zu weise. Champagnergelage waren noch nie meine Sache gewesen. Den Luxus verachte ich, wie du weißt. Zum Abendessen habe ich zeit meines Lebens Butterbrote gegessen und Wasser dazu getrunken. Höchstens, daß ich die schlechten Zigaretten und die schlechten Frauen mag. Und so begann ich kühl und konsequent nachzudenken. Was war mein Ziel, meine Berufung, meine Leidenschaft?

Schreiben. Schon damals verdiente ich mit meiner Feder monatliche Fünfhundert, mit Leichtigkeit. Ich gab tausend Kronen monatlich dazu, um mir auf immer die Unabhängigkeit zu garantieren. Wie lange hatte ich zu leben? Meine Eltern und Großeltern waren gestorben, als sie noch nicht fünfzig waren. Wir sind kein langlebiger Schlag. Ich gestand mir sechzig Jahre zu. Diese großzügige Lebensrente machte für dreißig Jahre, also für das voraussichtliche Gesamt meines noch verbleibenden Lebens, ohne Ansehung der Zinsen nur 360 000 Kronen aus. Der Rest war überflüssig, wie ich fühlte. Ich beschloß, ihn zu verteilen.»

«An wen?»

«Das war der Haken. Geschwister habe ich keine. Und nur einen Verwandten, einen reichen Fabrikanten, den ich in meinen Träumen immer als zerlumpten Bettler sehe, und mein innigster Wunsch wäre es, daß er einmal in einer klirrend kalten Nacht, wenn ich mich satt an meinem Kamin wärme, draußen an meiner Tür kratzt und um ein Stückchen Brot bettelt, während ich hinausrufe, ich sei nicht da. Dem sollte ich mein Geld geben, oder seinen wohlerzogenen, widerlichen Sprößlingen, die ich noch mehr hasse als ihn selbst? Nein, nein.»

«An deine Freunde hast du nicht gedacht?»

«Damals hatte ich keine Freunde. Ich kannte dich noch nicht.»

«Danke.»

«Überhaupt, ich hatte keinen einzigen Bekannten – weder einen näheren noch einen entfernteren –, den ich von einem höheren Gesichtspunkt für sympathischer gehalten hätte als den Wildfremden, den ich auf der Straße zum ersten Mal sehe. Versteh mich nicht falsch. Ich haßte die Menschen nicht. Ich betrachtete sie bloß mit einer gewissen traurigen Resignation, mit dem Gefühl der Ziellosigkeit des Lebens, der Relativität einer jeden Sache. Deshalb wollte ich auch kein Erbe hinterlassen, über das dann die Behörden verfügt hätten. Ich wußte – wußte es aufgrund meines eigenen Beispiels –, wie undankbar die Erben sind. Sag, was hättest du an meiner Stelle getan?»

«Das, was in einem solchen Fall jeder getan hätte. Das Vermögen einem edlen Zweck, einer wohltätigen Institution zur Verfügung stellen.»

«Genau. Der Gedanke kam mir auch. Zuerst dachte ich an Waisenhäuser, Altersheime, an die Blinden, die Taubstummen, die verlassenen Mädchen, an Krankenhäuser usw. Doch da erschien vor meinem geistigen Auge ein dicker Widerling, der aus dem Geld der Waisen, Greise, Blinden, Taubstummen, verlassenen Mädchen und Kranken seiner Frau und seinen Geliebten Brillanten kauft. Ich ließ den Plan fallen. Alter Freund, ich bin nicht dazu geboren, die Menschheit zu retten, die, wenn sie nicht von Feuersbrünsten, Überschwemmungen und Epidemien heimgesucht wird, Kriege inszeniert und die Feuersbrünste, Überschwemmungen und Epidemien künstlich hervorruft. Von der sogenannten Gesellschaft habe ich schon lange die Hand zurückgezogen. Ich bin nicht einmal ein Teil von ihr. Meine Artgenossin ist die unvernünftige, ungezügelte, lebendige Natur. Später dachte ich an einen Literaturpreis, eine großangelegte Stiftung. Ich gebe zu, daß mir die Idee eine Weile behagte. Doch bald sah ich klar vor mir, wie die verschiedenen Komitees im Lauf der Zeit meine ursprüngliche Absicht verfälschen, wie sie stumpfsinnige Idioten, denen man am besten gleich eins auf den Kopf gäbe, belohnen und wie sie mit meinem Geld die kümmerlichen geistigen Wichte, die mißratenen Schädlinge auf Kosten der Lebensfähigen hochpäppeln würden, und dann hörte ich auch schon die prämierten Werke, die sich über ‹die Abarten des Dramas› oder den ‹Einfluß der französischen Literatur› auslassen würden, und war ganz verzweifelt, wenn ich mir vorstellte, daß dieser Unsinn von Generation zu Generation weitergegeben würde, bis ans Ende der Zeiten, so wie ein erblicher Fluch. Auch das ließ ich also bleiben.»

«Und was war schließlich die Lösung?»

«Daß ich mit dem Geld um mich werfen mußte, genauso zufällig, wie ich es bekommen hatte, individuell. Auf einmal hatte ich das Bild jenes wahnsinnigen römischen Kaisers vor mir, der vom Pferderücken aus mit beiden Händen Gold verstreut, an die Glücklichen, an die Unglücklichen, wahllos, damit es allen und keinem gehöre.»

«Das heißt, du hast allen gegeben, denen du begegnet bist?»

«Moment mal, mein Junge. So einfach war das nicht. Dann hätte man mich erkannt, und es wäre alles herausgekommen. Damit man mich dann angrinse und sich in dankbaren Sprüchen ergehe und mich umschmeichle und damit mich die Zeitungen als ‹edlen Spender› feiern. So etwas ertrage ich nicht. Ich mußte unbedingt im verborgenen bleiben.»

«Und hat das geklappt?»

«Wart doch. Mit dem Bleistift in der Hand rechnete ich aus, daß ich abgesehen von den mir vorbehaltenen 360 000 Kronen immer noch 1 Million 640 000 Kronen besaß, die ich noch zu meinen Lebzeiten – also voraussichtlich in maximal dreißig Jahren – loswerden mußte. Ich mußte jährlich rund 54 000 Kronen je einzeln an den Mann bringen, monatlich rund 4500 Kronen, täglich rund 150 Kronen. Wie sollte ich das anfangen? Anfangs ging es glatt. Abends, nach der Arbeit, füllte ich eine Zahlungsanweisung aus – selbstverständlich mit Schreibmaschine –, ohne Nennung des Absenders und versandte 150 Kronen, immer an Unbekannte, deren Namen ich aufs Geratewohl aus dem Adreßverzeichnis herausgeschrieben hatte, ohne mich darum zu kümmern, ob sie reich oder arm waren. Ich folgte ausschließlich dem Befehl des Zufalls. Es kam auch vor, daß ich einer unserer größten Banken Geld schickte. Der segensreiche Regen fiel kreuz und quer. Ich fühlte um mich herum das betriebsame Brodeln dieser unglückseligen Stadt. Wer meine Anweisung erhielt, war zuerst bestimmt überrascht. Von wem mochte das sein? Doch dann kam allen jemand in den Sinn, ein Verwandter, ein wohltätiger Menschenfreund, ein Schuldner, der endlich zahlte. Wahrscheinlich dachten sie: ‹Wie schön von ihm ...›, ‹Siehe da, er hat doch Ehre im Leib ...› Ich wirkte wie eine blinde Kraft, eine neckische Fee, allgegenwärtig aus meinem unsichtbaren Füllhorn den Segen ausschüttend. Nach einem Jahr wurde ich leider erwischt.»

«Auf der Post?»

«So unvorsichtig war ich nicht. Ich arbeitete mit Austrägern, Boten, Dienstmädchen, in verschiedenen Teilen der Stadt, oft auch von außerhalb der Stadt oder aus dem Ausland, mit Hilfe von Vertrauensleuten. Doch einmal machte ich den Blödsinn, die übliche Summe – ebenfalls nach der Eingebung des Zufalls – einem Journalisten zu schicken, dem Polizeiberichterstatter einer großen Budapester Tageszeitung. Der hatte mit halbem Ohr schon etwas von den rätselhaften Spenden gehört – von 365 Menschen sind ja mindestens 300 geschwätzig, auch wenn es gegen ihre eigenen Interessen und Geldbörsen geht –, und nachdem er seine Informationen gesammelt hatte, ließ er am folgenden Tag in der Zeitung die verschiedenen Augen- und Ohrenzeugen aufmarschieren und zu Wort kommen, ja, er fügte auch ein Bild meiner mit Schreibmaschine geschriebenen Anweisungen hinzu und schrieb unter dem Titel *Goldregen* einen läppisch-bunten Phantasieartikel über einen inkognito bei uns weilenden indischen Maharadscha. Ja, ich war aufgeflogen, ohne entlarvt zu sein. Jedenfalls erschrak ich. Mit dem Versenden der Schecks mußte ich sofort aufhören. Das gab mir ein ziemliches Problem auf. Ich mußte eine neue, raffiniertere Methode finden.»

«Ich verstehe dich nicht. Warum hast du denn nicht den ganzen Betrag auf eine Karte gesetzt?»

«Weil ich mich damit verraten hätte.»

«Warum hast du es dann nicht deinen Geliebten gegeben?»

«Damit hätte ich mich erniedrigt. Solange es geht, bewahre ich mir die Illusion, daß mich die Frauen um meinetwillen lieben. Du verstehst mich offenbar wirklich nicht. Es war bereits eine fixe Idee geworden, daß ich das Geld verteilen wollte, und zwar nicht im Sinn der menschlichen Gerechtigkeit und Wohlüberlegtheit, sondern völlig willkürlich, das heißt nach der größeren, geheimnisvolleren Gerechtigkeit der Natur. Ich glaube nicht an den Sinn des Lebens. Aber das Sinnlose, daß ein so großes Vermögen nicht nur von mir, sondern auch von anderen ungenutzt in meiner Schreibtisch-Schublade vermodern sollte, schmerzte und empörte mich doch. An den Tagen, an denen ich die vorgeschriebene Summe nicht los wurde, hatte ich ein schlechtes Gewissen. Meine Aufgabe wurde immer schwieriger, komplizierter. Es kam schon vor, daß sich die Rationen über mehrere Tage hinweg ansammelten. Ein paarmal ließ ich mich zu dummen Tollkühnheiten hinreißen und riskierte damit, Aufsehen zu erregen und verhaftet zu werden. Eines Nachts, als ich über die Brücke spazierte, warf ich – ziemlich unbedacht – einem dort kauernden Bettler 600 Kronen in den Schoß und rannte davon. Aber solche Sachen machte ich doch eher selten.»

«Aber trotzdem, wie bist du das Geld losgeworden?»

«Mal so, mal so. Zum Beispiel, wenn ich auf Reisen in einem größeren Bahnhof ausstieg, aß ich ein Würstchen oder einen Apfel und knüpfte mit dem Verkäufer, der sein mobiles Restaurant an einem Riemen um den Hals trug, ein Gespräch an, während ich das Bezahlen bis zum letzten Augenblick aufschob, und erst als die Lokomotive pfiff, warf ich einen Hunderter auf den Bauchladen, sprang in mein Abteil, versteckte mich und ließ den Verkäufer suchen und mit dem Restgeld in der hocherhobenen Hand vor den Zugfenstern winken. Im Kaffeehaus vergaß ich unter der Serviette einen Fünfziger, worauf ich dann das Kaffeehaus weiträumig mied. Ich schrieb mich in Leihbibliotheken ein und schmuggelte Banknoten zwischen die Buchseiten. Beim Spazierengehen ließ ich kleinere und größere Summen fallen. Bei solchen Gelegenheiten ging ich mit angehaltenem Atem weiter, als hätte ich etwas auf dem Kerbholz. Der Trick gelang mehrere Male. Doch es kam auch vor – sogar zweimal –, daß mir jemand nachlief, einmal ein Gymnasiast und einmal eine Dame in Trauerkleidung, um mir das Geld zurückzugeben. Ich wurde rot, stammelte etwas und steckte das Geld wieder ein. Sie hingegen, die Armen, nahmen es mir übel, daß ich mich für ihre Gefälligkeit nicht einmal bedankte und ihnen als ehrlichen Findern keinen Lohn gab.»

«Unglaublich.»

«Du hast keine Ahnung, wie wenig Platz es für Geld gibt, das man ernstlich verscherbeln möchte. Dann will es einfach niemand haben. Ein Jahr lang schlug ich mich auf diese Art mühevoll herum. Die Geschäfte gingen schon so schlecht, daß ‹nach Durchsicht der Bücher›, wie man zu sagen pflegt, 1574 Kronen übriggeblieben waren, die ganz einfach keinen Besitzer fanden. Zu Anfang des dritten Jahrs lächelte mir das Glück. Ich ging jeweils zu einem bescheidenen kleinen Zahnarzt in Buda, einem Anfänger. Er schliff mir den Zahnstein ab und konstruierte mir den wundervollen Goldzahn, der seither zu meiner Dichterpersönlichkeit gehört. An den Haken in seinem Flur hingen vier, fünf Überzieher. In einem unbeobachteten Augenblick stopfte ich da ein paar Banknoten in die Taschen. Am folgenden Tag setzte ich die Übung fort. Am dritten Tag ebenso. Innerhalb einer Woche hatte ich meinen ganzen Geldüberschuß abgeladen. Die Patienten saßen mit glänzenden Augen im Wartezimmer. Zwischendurch verschwanden sie im Flur und kamen glücklich und aufgekratzt zurück, in der Tasche das Geld, das sie aus dem Überzieher in Sicherheit gebracht hatten. Das Gesicht hatten sie, als ob sie das Zahnweh plagte, meistens im Taschentuch verborgen, um ihre Freude nicht sehen und die anderen nicht vermuten zu lassen, daß es vielmehr Geldgier war, was sie plagte. Einige spazierten sogar mehrmals in den Flur hinaus, weil sie hofften, daß sich dieses unerklärliche Naturwunder pro Nachmittag mehr als einmal ereignen würde, oder vielleicht hatten sie Angst, daß jemand anderer sich an der Gabe vergriff. Ich duckte mich auf meinem Stuhl. Und genoß die Situation. Doch auch das fand bald ein Ende.»

«Bekam der Journalist auch davon Wind?»

«Nein. Sondern in Budapest sprach es sich herum, daß es keinen geschickteren, feinfingrigeren Zahnarzt gebe als den meinen, und seine Praxis nahm einen solchen Aufschwung, daß sie Nummern zu verteilen begannen, und ich erhielt die Nummer 628, kam also in absehbarer Zeit gar nicht an die Reihe. Das Dienstmädchen ließ mich nicht einmal eintreten. Da zog ich eben weiter. Betrieb mein Geschäft an Orten, wo mein befruchtender Goldregen noch nicht gefallen war. Viele solche Orte gab es nicht mehr. Und überhaupt mußte ich immer vorsichtiger arbeiten. So war das, mein Junge. Die Schlinge zog sich um meinen Hals zusammen.»

«Mein armer Freund.»

«Zu Anfang des vierten Jahrs kam mir ein rettender Gedanke. Ich habe einen Busenfreund, der wegen Taschendiebstahl fünf Jahre gesessen war. Von dem ließ ich mich ausbilden. Die Lektionen waren schmerzhaft. Zuerst verlängerte er meinen Zeigefinger, lockerte seine Gelenke, damit er gleich lang wurde wie mein Mittelfinger, weil nämlich die Taschendiebe nur mit diesen zwei Fingern ‹markieren›. Nachdem ich den Kurs absolviert hatte, war ich schon um einiges mutiger, um nicht zu sagen frecher. Bei einem feierlichen Umzug gelang es mir, 150 Kronen in den Ungarnrock einer unserer greisen, hochgeachteten, in ganz Europa bekannten Exzellenzen hineinzuschmuggeln, dazu noch 50 Kronen hinter die Krempe seiner reiherfedergeschmückten Fellmütze. Ja, während ich im Gang des Parlaments mit dem Finanzminister über die wirtschaftliche Misere plauderte, zauberte ich auch ihm hundert Kronen in die Tasche. Solche Gelegenheiten boten sich nicht oft. Meistens hing ich in großen Menschenansammlungen herum, bei Fußballspielen, an Ausflugsorten, wo sich die Leute drängeln und die verschiedenen Verkehrsmittel stürmen. An einem Sonntagabend stahl man mir – ich erwähne es als besonderen Glücksfall – an der Endstation in Hűvösvölgy 750 Kronen aus der Tasche. An dem Tag hatte ich nichts mehr zu tun. Zu der Zeit wagte ich nur noch kleinere Beträge zu plazieren. Es schien, als hätten die Detektive ein Auge auf mich. Denk dir doch, ich stecke da meinen Mitmenschen Kronen in die diversen Taschen. Ich verkam allmählich. Saß, um meine Pflicht zu erfüllen, von morgens bis abends in Straßenbahnen. An einem Maitag – ich erinnere mich noch gut – kam ich neben einen blauäugigen alten Herrn zu sitzen, der einen gestutzten Silberbart hatte und die Hände versonnen auf dem Knauf seines Spazierstocks ruhen ließ. Er trug einen abgewetzten Mantel. Ein pensionierter Steuerbeamter, so etwas schien er zu sein.

Ich hatte gerade ein silbernes Fünfkronenstück aus meiner Tasche hervorgekramt und war bestrebt, es mit meinen zwei beweglichen Fingern in die Tasche seines Überziehers hinüberzuspielen, als der alte Herr meine Hand unter seinem Arm festklemmte und ‹Dieb, Dieb› zu brüllen begann. Der Schaffner zog sogleich die Klingel und rief die Polizei. Widerstand war zwecklos. Ich war auf frischer Tat ertappt worden. So endete meine Laufbahn …»

Kornél Esti verstummte. Er sagte nichts mehr. Nachdenklich trippelte er auf der Straße, die schon von Licht überflutet war, und blieb dann vor einem großen, dunkelroten Haus stehen, wo er im sechsten Stock in einer Dachkammer wohnte. Er klingelte.

«Du verrückter Kerl», sagte ich und umarmte ihn.

«Also, es ist nicht langweilig?» fragte er. «Ist es interessant genug? Unvorstellbar, unwahrscheinlich, unglaublich genug? Wird es diejenigen, die in der Literatur psychologische Motivation, Vernunft und die Moral der Geschicht' suchen, auf die Palme bringen? Gut. Dann will ich es schreiben. Wenn ich Geld dafür bekomme, gebe ich dir morgen auch die fünf Pengő zurück. Na, servus.»

Siebtes Kapitel

in welchem Kücsük vorkommt, das türkische Mädchen, das einem Honigkuchen gleicht

«Ich raste», erzählte Kornél Esti, «an einem heißen Sommertag in der elektrischen Ostbahn heimwärts.

In dem vorhangverhängten Erstklaßabteil, in dem ich saß, befanden sich außer mir noch drei Frauen, drei Türkinnen, drei bis ins Mark moderne Türkinnen, ohne Schleier und Vorurteile: Großmutter, Mutter und ein fünfzehnjähriges Mädchen, das sie *Kücsük*, also Kleines, nannten.

Ich betrachtete die charmante Familie lange und wohlgefällig. Großmutter, Mutter und Tochter waren hier in so enger Nachbarschaft beisammen wie auf gewissen Alpen der Winter, der Sommer und der Frühling.

Das Urmütterchen, eine achtzigjährige, dürre Matrone in schwarzem Kleid, schlief auf der Sitzbank, um den Hals riesige schwarze Perlen. Sie redete im Traum türkisch. Manchmal hob sie die Hand, die von bläulichen Adern gedunsene Hand, nervös ans Gesicht, um es zu verdecken, da sie zu einem größeren Teil ihres Lebens noch den Schleier getragen hatte und sogar im Schlaf spürte, daß ihr Gesicht unanständig entblößt war.

Um so moderner war die Mutter. Fast demonstrativ fortschrittlich. Ihre Haare, die einmal rabenschwarz gewesen sein mochten, waren strohgelb gefärbt. Ihr Benehmen war direkt.

Sie rauchte eine Zigarette nach der andern. Als der Schaffner hereinkam, gab sie ihm – demokratisch – die Hand. Im übrigen las sie das neuste Buch von Paul Valéry.

Kücsük war wie ein rosarotweiß verzuckerter Honigkuchen. Sie trug ein rosarotes Seidenkleid, und ihr Gesichtchen war so weiß wie Sahne. Auch ihr Haar war strohgelb gefärbt. Sie schien in jeder Hinsicht die Schülerin ihrer Mutter. Sie schämte sich beinahe, Türkin zu sein. Nur ihre roten Lederpantoffeln, die sie im Zug trug, verrieten das, und auch die Mengen von Rosensträußen, die sie mitgebracht hatte, die vielen blutig-feuerroten Konstantinopel-Rosen, die seit der Morgenfrühe in dem Abteil dufteten wie in einem Garten, und dann auch noch ihre Angorakatze, für die sie einen türkischen Teppich ausgebreitet hatte, ihre blauäugige, taube Angorakatze, über deren Schlaf sie zärtlich wachte.

Mir kam Mohammed in den Sinn, ihr ergreifender, gütiger Prophet, der einmal, als seine Katze auf seinem Umhang eingeschlafen war, lieber den Umhangzipfel abschnitt, als daß er sein Lieblingstierchen geweckt hätte.

Sie waren nach Wien unterwegs, von dort nach Berlin, von dort nach Paris, von dort nach London. Sie waren phänomenal gebildet. Das Mädchen redete von Vitamin B und C, die Mutter von Jung und Adler, von den neuen, häretischen Richtungen der Psychologie.

Sie beherrschten sämtliche Sprachen perfekt. Mit Französisch fingen sie an, in reinster Literatursprache, worauf sie zum *argot* übergingen, dann begannen sie, Deutsch hineinzumischen – abwechselnd Berlinerisch und Lerchenfelder Dialekt –, wobei sie zwischendurch auch englisch und italienisch plauderten. Sie gaben damit überhaupt nicht an. Sondern freuten sich bloß wie die Kinder, daß sie sich auch in der westeuropäischen Erwachsenengesellschaft verständlich machen und sich überall heimisch fühlen, zur Geltung kommen konnten. Anscheinend war es ihr Ehrgeiz, ernst genommen und für westeuropäisch gehalten zu werden.

Ich hätte ihnen gern gesagt, daß sie Westeuropa vielleicht ein bißchen überschätzten und daß ich persönlich von der westeuropäischen Bildung bei weitem nicht so hingerissen war wie sie. Aber ich ließ es bleiben. Wozu ihnen die Freude verderben?

Lieber zeigte ich ihnen meine acht Füllfedern, die ich ständig in der Tasche trage, meine zwei goldenen Backenzähne, die ich ebenfalls ständig im Mund trage, und ich prahlte damit, daß ich einen hohen Blutdruck, ein Fünflampenradio und Ansätze von Gallenstein habe und daß mehreren von meinen Verwandten der Blinddarm entfernt worden ist. Ich rede zu allen so, wie es sich gehört.

Die Wirkung war durchschlagend.

Kücsük lächelte und starrte mich mit ihren dunklen Feenaugen an, so ehrlich und offen, daß sie mich in Verlegenheit brachte. Ich wußte nicht, was sie von mir wollte. Zuerst dachte ich, sie verspotte mich. Aber später packte sie meine beiden Hände und drückte sie sich ans Herz. Eine Taube mag auf diese Art einen Habicht angreifen.

In alldem war keine Koketterie oder Verdorbenheit. Sie dachte, daß sich gebildete, fortschrittliche westeuropäische Mädchen gegenüber Männern, denen sie in der Eisenbahn zum ersten Mal begegnen, auf diese Art benehmen. Und so war auch ich bestrebt, mich zu benehmen, wie es gebildete, fortschrittliche westeuropäische Männer in solchen Fällen tun.

Ihre Mutter sah das, aber sie kümmerte sich nicht groß um uns. Sie war – wie schon erwähnt – in Paul Valéry vertieft.

Wir gingen auf den Gang hinaus. Dort spielten wir Fangen,

lachten, hielten einander an den Händen fest. Später lehnten wir uns aus dem Fenster. Ich machte ihr folgendermaßen den Hof:

‹Du bist das erste türkische Mädchen›, sagte ich, denn ich duzte sie schon, ‹das erste türkische Mädchen, dem ich begegne. Kücsük, mein Kleines, ich liebe dich. Einstmals, in der Schule, habe ich alles über die Niederlage von Mohács lernen müssen. Ich weiß, daß deine Vorfahren das Blut meiner Vorfahren vergossen haben und uns anderthalb Jahrhunderte lang in schmählicher Knechtschaft hielten. Und doch wäre ich während neuerlicher hundertfünfzig Jahre gern dein Knecht, dein Dienstbote, dein Steuerzahler, meine süße kleine Feindin, meine liebe orientalische Verwandte. Weißt du was? Laß uns Frieden schließen. Ich war deinem Volk nie böse, denn von ihm haben wir unsere schönsten Wörter bekommen, Wörter, ohne die ich unglücklich wäre. Ich bin ein Dichter, der Liebhaber der Wörter, der Wörterverrückte. Ihr habt uns dieses Wort gegeben: *gyöngy*[1], und dieses Wort: *tükör*[2], und dieses Wort: *koporsó*[3]. Du Perle, die im Spiegel meiner Seele widerstrahlt, bis sich der Sarg über mir schließt. Verstehst du, wenn ich sage: *gyűrű, gyűszű, búza, bor*?[4] Natürlich verstehst du's, denn auch das sind ja eure Wörter und sind auch der Buchstabe, die Schrift, von der ich lebe. Du mein Ring, mein Fingerhut, mein nährender Weizen, mein berauschender Wein. Dreihundertdreißig unserer schönsten Wörter verdanke ich euch. Ich suche schon lange jemanden, einen Türken, dem ich dafür meine ewige Dankbarkeit ausdrücken und die Wortanleihe wenigstens zum Teil zurückerstatten, die sprachge-

---

1 Perle
2 Spiegel
3 Sarg
4 Ring, Fingerhut, Weizen, Wein

schichtliche Schuld abzahlen kann, da sie mir bisher viele, so viele Zinsen abgeworfen hat ...›

So schwelgte und schwärmte ich, als unser Zug plötzlich in einen dunklen Tunnel einfuhr. Kücsük ließ sich sanft gegen mich fallen. Ich hingegen begann sie rasch und ungestüm auf den Mund zu küssen.

Wenn ich mich recht erinnere, habe ich ihr genau dreihundertdreißig Küsse gegeben.»

Achtes Kapitel

in welchem der arme Pali Mogyoróssy, der Journalist, im Kaffeehaus plötzlich durchdreht und dann ins Irrenhaus gesperrt wird

«Pali, Pali», versuchte man ihn zu beschwichtigen.

«Pali, paß auf. Alle schauen her.»

«Kellner!» klatschte Gergely, der langjährige ausgezeichnete Journalist, der von allen heimlichen Schwindelaffären wußte, «Kellner! Einen Kaffee im Glas! Pali, setz dich. Trink einen Kaffee, Pali.»

«Pali, hier zu mir», ermunterte ihn Zima, der Mitarbeiter einer deutschen Zeitschrift.

«Pali, leg den Hut ab.»

«Pali, Pali.»

So palaverten die Journalisten, alles Polizeiberichterstatter, die in einer zauberhaften Augustnacht gegen elf in dem Kaffeehaus aufgetaucht waren, das den Polizeibericherstattern als Nachtrevier diente.

Inmitten der Gruppe war jemand, den man nicht gleich sehen konnte. Er trug einen durchsichtigen Regenmantel, einen ganz neuen Strohhut und war ebenfalls Polizeiberichterstatter: Pál Mogyoróssy.

Sie hatten bereits an ihrem jahrzehntealten Stammtisch Platz genommen. Alle fünf Journalisten beobachteten Pali, mit kaum verhohlener Neugier.

Pál Mogyoróssy nahm seinen ganz neuen Strohhut ab. Sie

blickten auf sein seidiges, seitlich gescheiteltes blondes Haar, das den kleinen, mädchenhaft feinen Schädel bedeckte. Nachdem er seinen wunderschönen Regenmantel an den Haken gehängt hatte, kam ein schlanker, sehr sympathischer, wohlerzogener Junge zum Vorschein, trotz seiner vierzig Jahre fast ein Bubi, dem auch kurze Hosen nicht schlecht gestanden hätten. Er war hübsch angezogen. Erbsengrüner Burberry-Anzug, Batisthemd, weißseidener Schlips, durch den kaum sichtbar ein blaßgelber Streifen blitzte. Wie aus dem Ei gepellt.

Er warf einen in Papier gewickelten Packen auf den Marmortisch, in welchem sich ein weiteres Batisthemd und zwei Wildlederhandschuhe befanden. Das war sein ganzes Gepäck.

Er war nachmittags um halb zwei mit dem Balaton-Expreß im Südbahnhof angekommen und seither nicht zu Hause gewesen.

Er hatte den ihm zustehenden einmonatigen Sommerurlaub in Hévíz verbracht, sich dort ausgeruht und, das Angenehme mit dem Nützlichen verbindend, seine Gesundheit gepflegt. Hatte im heißen, radiumhaltigen Teich, auf dessen dunklem Spiegel üppiger indischer Lotus schwebt, gebadet, sich im Tümpel ausgestreckt, sich den schwefelhaltigen Schlamm auf den Körper geschaufelt, vor allem auf den linken Oberarm, in welchem er neuerdings ein Zwicken verspürte.

Das Rheuma hatte innerhalb von zwei Wochen aufgehört. Ebenso seine Kopfschmerzen und die vom Nachtleben verursachte Erschöpfung. Er war frisch und munter. Er hatte fünf «farbige» Berichte verfaßt und sie expreß und eingeschrieben an die Redaktion gesandt. Die Wochen waren wie elektrisiert dahingeflogen. Trotzdem hatte er nur drei durchgehalten. In der vierten packte er seine Sachen, mit der Geduld am Ende, und reiste unversehens nach Hause.

Als er aus dem Zug stieg und um halb zwei den Vérmező und den Gellérthügel erblickte, preßte unaussprechlich süße Freude sein Herz zusammen. Als Budapester Junge liebte er Budapest innig. Ein heller Nachmittag strahlte, Verheißung und Glück. Mit seinem leichten kleinen Gepäck in der Hand stieg er auf den Burghügel, schaute von der Basteipromenade hinunter, ließ sich von einem Photographen aufnehmen – dreißig Abzüge ließ er machen, um sie unter seinen Freunden zu verteilen und eventuell auch in der einen oder anderen Illustrierten zu plazieren –, nahm in einer Konditorei seine Jause ein, und dann spazierte er nur noch umher, die angenehmen, belebenden Stunden vergingen wie im Traum, auf einmal dämmerte es, das bierfarbene Licht wurde rostbraun, und da stieg er unter kühlem Laub vom Hügel herunter, ging nach Pest hinüber, und in der Nähe der Hauptwache stieß er mit seinen Freunden zusammen.

«Noch einen Kaffee!» rief Gergely dem Kellner zu, der sich ihrem Tisch näherte, «sieben», er zeigte es mit den Fingern, «sieben», denn gerade war Esti eingetreten.

Sie hatten vor einer halben Stunde mit Esti telephoniert, er solle sofort kommen. Hatten ihm erklärt, warum.

Er schrieb keine Zeitungsartikel über Raubmorde, Bankbetrügereien, Verhaftungen, sondern er schrieb über sich selbst und seine Mitmenschen, Geschichten, die vielleicht gar nicht stattgefunden hatten, sondern bloß stattfinden konnten, Gedichte, Romane, er übte also das schriftstellerische Handwerk im engeren Sinn aus.

Er frequentierte auch gar nicht dieses Kaffeehaus, wo die Polizeiberichterstatter kleine, nervöse Zigaretten rauchten und gegen zwei Uhr nachts an den Telephonen hängend Selbstmorde, Familiendramen und Vergewaltigungen in die Sprechmuschel schrien, dem diensthabenden Redaktionsstenographen ins Ohr, und dazu die Namen von Tätern und Opfern buchstabierten: «*Sükki*, wie *Sándor, Üxhüll, Károly*, und noch einmal *Károly*, nein, noch einmal *Károly* und *Ilona*» – oder bis zum Morgengrauen trüb auf den abgewetzten Plüschbänken hockten und gähnend und fluchend Wache hielten über dem unausgesetzten Sterben im Land, über dem hochbetagten Politiker oder dem alten, verdienstvollen Schriftsteller, um dann, wenn die endlich so gnädig waren zu sterben, «es rasch an die Redaktion weiterzugeben», so daß der Nachtredaktor die seit Wochen gegossenen, schwarzumrandeten, von tiefster Betroffenheit und frischen Tränen triefenden Bleispalten einrücken konnte.

Befremdet blickte Esti um sich.

Er war ein hochgewachsener Mann, athletisch gebaut, scheinbar stark, innerlich jedoch schwach und weich. Seine schlaflos-blauen Augen spiegelten fortwährend eine Art Entsetzen. Seine Gebärden waren fiebrig und zerfahren. In seiner Unsicherheit war er stets auch bereit, das Gegenteil dessen zu tun, was er vorhatte. Seine ungläubige Seele war verwirrt. Er war so empfindlich, daß er früher wegen allem und jedem in Tränen auszubrechen vermochte, beim Anblick eines wackligen Streichholzhalters oder eines müden Gesichts, wobei er im Lauf der Jahre diese Eigenschaft seines Nervensystems in den Griff bekam und abhärtete, bis zur Unbarmherzigkeit, und sie bewußt als Triebkraft in seine Kunst integrierte. Nur fühlen, nur sehen wollte er. Das war das einzige, was ihn am Leben erhielt und einigermaßen mit der menschlichen Gemeinschaft verband, das und die Angst vor der letzten Pflicht des Sterbens. Aus diesem Grund hatte er sich zu Hause mit medizinischen Ratgebern umstellt und wusch er sich vor dem Essen die Hände in Desinfektionsmitteln, er schauderte vor allem Kranken und Kränklichen zurück, vor dem Verdorbenen und Seltsamen, war aber gleichzeitig angezogen davon, suchte Gelegenheiten, tödliche Leiden zu sehen, vielleicht im Bedürfnis, wenigstens ins Vorzimmer des Todes zu blicken, wenn er ihn schon nicht ertragen konnte, und überhaupt war er von allen schauerlichen Dingen fatal angezogen, von den kleinen und großen Spektakeln der Vernichtung, vom langsamen oder raschen Vergehen, denn er hoffte, vielleicht doch etwas von dem Geheimnis zu erhaschen, von dem Augenblick, da wir von etwas Unbekanntem niedergetreten werden und das Sein unmerklich ins Nichtsein umkippt.

Auch jetzt war er deswegen da.

Nachdem zu Hause die Nachricht durch den Hörer zu ihm gedrungen war, warf er ihn auf die Gabel zurück, löschte die Lampe und rannte, seine Manuskriptblätter in einem unordentlichen Haufen auf dem Schreibtisch zurücklassend, zum Journalisten-Kaffeehaus.

Seine Bekannten saßen unter einem Kronleuchter, der mit seinen halb ausgebrannten Glühbirnen ein unfreundliches rötliches Licht auf die Gesellschaft siebte. Er erkannte sie kaum in dem dicken, stinkenden Rauch. Gergely hob die rechte Hand mit der Zigarettenspitze, in der eine helle Média glühte.

Esti gab seinen Kollegen die Hand, dem Gergely, der ihn angerufen hatte, dem langen, grüngesichtigen Skultéty, dem Vitényi, den er jetzt kennenlernte, dem deutschen Journalisten Zima und dem netten, glatzköpfigen Bolza, der zum Spaß alle so empfing: «grüßt».

Pál Mogyoróssy grüßte er zuletzt.

Pali schien sich zu freuen, daß Esti gekommen war. Er war gleich aufgestanden, und jetzt wartete er, bis Esti alle Hände gedrückt hatte, und dann ließ er seine Hand lange nicht los, wärmte sie in seiner samtigen, von Glycerin weichen Handfläche, die heißer war als die von Esti. Er neigte sich sogar ein bißchen zu ihm, als wollte er ihn umarmen, als wollte er ihm den Kopf an die Brust legen.

«Esti», sagte er mit leiser, heiserer Stimme, «wie gut, daß du auch da bist. Du wirst diese Nacht benötigt», sagte er mit dankbarem Blick. «Ich habe dich erwartet.»

Das überraschte Esti.

Sie waren nie enge Freunde gewesen, auch wenn sie sich von Kindheit an kannten. Beruf und Interessen hatten sie auf je andere Gebiete gelenkt. Und so hatten sie in ihrem ganzen Leben nicht mehr als dreißig bis vierzig Sätze getauscht, und auch die bestanden bloß aus Bruchstücken wie etwa: «Servus, was machst du?» – «Nichts.» – «Na, servus.» Doch Esti empfand – jetzt wurde es ihm bewußt – eine heimliche Sympathie für ihn. Auf einmal fiel ihm ein, daß er während der rasch abgewickelten zwanzig Jahre, mit denen ihre Jugend verschwand, ihn unwillkürlich beobachtet und sich mehr mit ihm befaßt hatte, als er dachte.

Vor allem interessierte ihn seine Kindlichkeit, die sein Äußeres vor den Anzeichen des Alterns schützte. Es gefiel ihm auch, daß er ein hartnäckiger Schweiger war, der manchmal wochenlang zu niemandem sprach und nie von sich redete. Das machte ihn für Esti, der nur von sich reden, schreiben, hören konnte, zu einem rätselhaften Wesen. Seine Geldprobleme, die in diesen Kreisen beinahe etwas Ruhmvolles waren, erwähnte er nie. Seine Anzüge, Hemden und glattpolierten Fingernägel waren stets in Ordnung. Von seiner alten, adeligen Familie schwieg er. Daneben übte er seinen ohrspitzenden Handlangerberuf gewissenhaft und hervorragend aus, wenn auch mit einer gewissen Herablassung, und er wußte, wie man sich Leute vom Leib hält, ohne im übrigen auf ausgesuchte Höflichkeit zu verzichten. Aus diesem Grund fühlte sich Esti unbewußt geehrt, wenn ihn Pali in einer Kneipe mit einer kaum merklichen herrschaftlichen Handbewegung an seinen Tisch winkte, und er ließ sich jeweils neben ihm nieder, schaute ihn ein paar Minuten lang an, doch dann ging er auch bald wieder weg, denn Pali verzichtete auch um seinetwillen nicht auf sein verstocktes und offenbar auf lange Frist angelegtes Schweigen. Er trank wie ein Kamel, Wein, Pálinka, alles. Er «schluckte» enorme Mengen und war fast ständig betrunken. Was man ihm aber trotzdem nicht ansah. Er wurde nur etwas blasser, eine Wachsmaske legte sich auf sein Gesicht und steigerte seine Ernsthaftigkeit eher noch.

Das alles kam Esti so rasch und gleichzeitig wieder in den Sinn, daß er es kaum in Einzelheiten hätte aufschlüsseln können. Er sah noch zwei weitere Bilder, zwei längst abgelaufene Kinoszenen, die in seinem fabelhaften Gedächtnis nicht verblaßt waren. Einmal – es mochte schon zwanzig Jahre her sein – war Pál Mogyoróssy im Orfeum am Champagnertrinken gewesen, nach Mitternacht, und im taghellen Licht der Bogenlampen hatte er einer Tänzerin in gelbem Rock, die auf dem Gesicht ein Schönheitspflaster trug, ein größeres als normal, wahrscheinlich um eine Unreinheit oder eine Wunde zu verdecken, die Hand auf den breiig schwappenden Oberschenkel gelegt. Das andere Bild war unbedeutender, aber doch nicht nebensächlich. Ein paar Jahre zuvor hatte Pál Mogyoróssy an einem Novembernachmittag um Viertel vor fünf hinter der Fensterfront des großen Boulevardkaffeehauses gesessen, allein, ganz in sich versunken, in der Hand eine Zeitung im Halter, aber ohne zu lesen. Esti, der auf dem Boulevard ganz nahe vorüberging, klopfte nach Studentenart ans Fenster. Pál Mogyoróssy hörte das nicht, weil er weiterhin in die Luft starrte. Esti hingegen dachte auf dem ganzen Heimweg darüber nach, was Pál Mogyoróssy in dem Augenblick wohl gedacht hatte.

Pali winkte ihn jetzt mit jener kaum merklichen herrschaftlichen Handbewegung an den Tisch. Esti setzte sich. Er fragte, was es Neues gebe, aber niemand gab Antwort.

Die fünf Journalisten beobachteten von dem Moment an nur noch Esti. Pali war nicht mehr, wie noch eben, der Mittelpunkt des Interesses, da sie ja wußten, was sie wußten. Jetzt wollten sie die Überraschung, die sie selbst mit wonnevollem Schauder geschlürft hatten, das Entsetzen und den Hohn auf Estis Gesicht neu entstehen sehen, so wie auch die oft gehörten Anekdoten einen neuen Zauber erhalten, wenn man sie anderen erzählt.

Estis Miene verriet nichts. Er fixierte den Boden – entweder beschämt oder hochmütig. Dann hob er eine Zeitung vom Marmortisch hoch, um sich dahinter zu verstecken.

Hinter den Seiten hervor warf er nur einen Blick auf Pali. Der war beweglicher als gewöhnlich, mit einem lebhaft rosaroten Gesicht. Offenbar hatte er noch mehr getrunken als sonst, stärkere Getränke.

Der Kaffee wurde gebracht, alle sieben auf einmal.

Er war heiß, man konnte ihn nicht trinken. Mindestens sechzig Grad. Der Dampf schlug sich innen am Glasrand in dicken Wassertropfen nieder.

Die Journalisten schoben ihn beiseite. Zima beschimpfte den Kellner, weil er der «Presse» so etwas vorzusetzen wagte.

Pali packte das dampfende Glas, das ihm bestimmt die Hand verbrannte, und trank es auf einen Zug aus, bis zum letzten Tropfen.

Esti ließ die Zeitung fallen. Verblüfft lehnte er sich zurück und starrte ihn an. Er dachte – und schon der Gedanke war furchtbar – an die Verbrennungen, die von der glühendheißen Flüssigkeit in Palis Speiseröhre und an seinen Magenwänden verursacht würden.

Gergely lauerte auf die Wirkung und sah Esti an. Zima schlug die Hände zusammen. Vitényi, Bolza schüttelten den Kopf. Skultéty, der zuvor schon anderes gesehen hatte und gegen den Lachreiz bereits etwas abgestumpft war, blies ein erneutes Lachen in sein Taschentuch hinein.

Pali bemerkte das Lachen, und um sich dagegen zu wehren, machte er es sich zu eigen. Auch er lachte, zerstreut.

«Gebt mir eine Zigarette», sagte er.

Fünf Zigaretten flogen ihm entgegen, aus fünf Journalistenhänden. Pali zündete sich eine an. Zog den Rauch ein und blies ihn heraus. Auch die anderen zündeten sich eine an, außer Bolza, der nur Zigarren rauchte. Die anderen rauchten alle. Auch Esti.

Pali mochte sich nicht so recht einspannen lassen. Er sagte bloß zu dem neben ihm sitzenden Zima:

«Ich lasse mir auch die Zähne richten.»

«Wieso?»

«Wieso?» Er zuckte mit den Schultern. «Damit sie halt in Ordnung sind. Damit ich halt kauen kann. Nur zwei Wurzeln müssen gezogen werden, dahinten. Ich habe einen ausgezeichneten Zahnarzt.»

Er sperrte den Mund auf und zeigte Zima, den er kaum kannte, seine Mundhöhle. Zwischen diversen speichelglänzenden Stümpfen schimmerten undeutlich die goldenen Brücken. Er führte einen Finger vorsichtig in Richtung der beiden Wurzeln, die der ausgezeichnete Zahnarzt schmerzfrei entfernen würde.

Das war noch immer kein Theater. Gergely heizte ihn an, damit er wenigstens die eine oder andere seiner besseren Nummern «gebe».

«Zum Glück hat Pali einen hervorragenden Appetit.»

«Ja», sagte Pali, «ich esse täglich dreißig Pfirsiche.»

«Wie viele?» fragte Skultéty.

«Dreißig.»

«Und vierzig könntest du nicht essen?»

«Nein, vierzig nicht. Dreißig.»

Er begann Zima die Wichtigkeit des Essens, die Wichtigkeit der Kleidung und die Wichtigkeit der Gesundheit weitschweifig auseinanderzusetzen. Er erwähnte auch, daß er sich vier neue Anzüge bestellt hatte.

«Gebt mir eine Zigarette», sagte er.

Die fünf Journalisten warfen ihm wieder Zigaretten zu, waren aber sonst nicht sehr aufmerksam. Das mit den Zähnen, den dreißig Pfirsichen und den vier Anzügen hatten sie im Lauf des Abends schon mehrmals gehört und fanden es allmählich langweilig. Ihr flinkes Nervensystem, das darauf eingerichtet war, sämtliche Schauerlichkeiten aufzunehmen und sofort wieder abzustoßen, um dann «Langeweile» zu signalisieren, fand keine Nahrung mehr, außerdem schämten sie sich vor Esti, daß sie ihn «herbeigetrommelt» hatten und jetzt mit Pali durchfielen. Und so fischte Skultéty aus seiner Innentasche einen Fahnenabzug, den letzten Artikel von Pál Mogyoróssy, den er vor einer Woche von Hévíz aus geschickt, den aber der Redakteur selbstverständlich nicht gebracht hatte. Unter den Artikel hatte Pali seinen vollständigen Adelstitel geschrieben: *Pál Mogyoróssy von Unter- und Obermogyoród.*

Während Pali seine Liebesaffären und Erfolge hersagte, gewissermaßen in einem raschen, billigen Schlußverkauf seines Lebens, konnte Esti unter dem Marmortisch bequem den Artikel überfliegen.

Ein Bericht war es, ein hübsch geschriebener Bericht, mit Hand und Fuß. Des Inhalts, daß in diesem Sommer am Balaton ein hochsicheres Schloß erfunden worden war, worauf sämtliche Villen damit ausgerüstet wurden, worauf *sich sämtli-*

che dort befindlichen Einbrecher innerhalb von vierundzwanzig Stunden in den Nordosten des Landes verzogen haben. Beim letzten Satz mußte Esti lächeln. Gergely, der dieses Lächeln sah, fiel zusammen mit Skultéty blutrünstig über Pali her.

«Na, Pali, wie ist das mit den Journalistenwitwen und -waisen?»

«Ach ja», sagte Pali und wandte ihnen sein flammendes, aber schlaffes Gesicht zu. «Wollen wir ihn denn auch einweihen?», und er zwinkerte seinen Freunden zu, die das schon gehört hatten.

«Aber sicher, er ist doch deswegen gekommen.» Sie zeigten auf Esti.

«Esti, sagst du dann auch bestimmt niemandem was?» fragte Pali in vertraulichem Ton.

«Nein», sagte Esti, «kein Wort.»

«Also», Pali blickte sich um, «wir sind alle Milliardäre. Du auch, ich auch. Wieviel möchtest du für eine deiner Novellen haben? Na?» sagte er ermunternd und mit so gütiger Nachsicht, als würde er jegliche Gier verzeihen. «Fünfhundert? Tausend? Sollst du haben.»

«Woraus?» brummte Esti, um auch etwas zu sagen.

«Woraus?» wiederholte Pali spöttisch. «Gib mir dein Ehrenwort, daß du niemandem etwas sagst. Sonst ist es aus. Sonst ziehen es andere durch.»

«Na sag's schon», hetzten die Journalisten.

«Gebt mir vorher eine Zigarette. Schau», sagte er, während er ein Streichholz anzündete, «das Ganze ist einfach. Und auch noch zu einem edlen Zweck. Die Journalistenwitwen ... die Journalistenwaisen ...»

«Wissen wir, wissen wir. Jetzt fang doch schon an.»

«Also, ich und du und noch jemand – wer, das entscheiden wir noch – fahren morgen durch die ganze Stadt, suchen sämtliche Budapester Großhändler auf und teilen ihnen meine Idee mit, die ich euch gratis überlasse. Die Journalistenwitwen …»

«Laß jetzt die Witwen», sagten die Reporter.

«Also, wir sagen den Händlern, sie sollen in ihren Schaufenstern die Aufschrift anbringen: *Ab heute alles 25 % billiger.* Mehr nicht. Das verstehst du natürlich noch nicht.»

«Nein», sagte Esti bestimmt.

«Warte. Was geschieht darauf? Das Publikum stürmt wie wahnsinnig die Geschäfte, die Händler verkaufen alles, wir hingegen behalten uns von dem reichlichen Gewinn lediglich 5 %, ich wiederhole: fünf Prozent vor. Das ist nicht viel. Angemessen. Sie steigen ganz sicher darauf ein. Verstehst du es immer noch nicht?»

«Nein.»

«Es ist nämlich so», das flüsterte er schon, «daß die Händler ihre Waren zum gleichen Preis verkaufen wie vorher. Das ist der Trick. Zum alten Preis. Verstehst du's jetzt?»

«Ja.»

Esti wurde traurig. Er war verwundert, daß «es» bloß so war, so eintönig, mechanisch. Auch die Journalisten waren enttäuscht von Pali, sie hatten sich mit ihm blamiert. Ein Reinfall. Sie nahmen ihre Hüte und schlugen vor, hier wegzugehen.

Pali ging gern weg, denn auch er fand dieses Kaffeehaus ungeeignet, er suchte ein anderes, wo es weniger Leute gab und man ungestörter verhandeln konnte. Er hängte sich bei Esti ein und versprach ihm – ohne mehr an seinen vorherigen Plan zu denken – ein Lancia-Auto, das er ihm am nächsten Morgen vors Haus schicken wollte.

Draußen war die Sommernacht etwas kühler geworden, süß und wunderbar, vielleicht noch bezaubernder als der rasch verwelkte Nachmittag. Still war sie und in Wellen bewegt.

Langsam und rhythmisch schwappte sie mitsamt ihrer tiefen Stille hin und her, pulsierte mit ihren tiefen Wellen, die nach dem Gesetz von Flut und Ebbe in genauem Wechsel wogten, unter sich die Ahnung schauerlicher Schichten und Wirbel. Funken stiegen von den Brücken auf, Feuerkränze über der Donau und dem Svábhügel, der mit seinen glühenden Punkten einem ablegenden Ozeandampfer glich. Lichter flogen durch die Luft. Lampen brannten, wie immer, aber heller als sonst. Die Akazien siebten das Licht der Gaslaternen durch ihr Laub und warfen auf den Asphalt durchbrochene Schattenmuster, die ebenfalls vibrierten und sich elastisch ausdehnten und zusammenzogen wie die Wasseroberfläche. Budapest war eine Unterwasserstadt geworden. Lastfuhrwerke schwammen träge schwankend noch jetzt spät durch die Nacht, Kraftwagen wendeten wie Motorboote und peitschten die Dunkelheit zu hochspritzendem Schaum auf, und die vielen Wasserfahrzeuge flogen alle mit Pali dahin, der sich mit ausgebreiteten Armen wonnig tragen ließ und mit teuflischer Geschwindigkeit seinem Ziel zugetrieben wurde. Er genoß diese Ordnung, diese Zielgerichtetheit, diese Schnelligkeit. Die Wellen mochten ihn werfen, wohin sie wollten, es war gut, genüßlich-schön und barmherzig.

Esti redete Pali zu, er sagte ihm, er solle nach Hause gehen, sich ins Bett legen und ausruhen. Pali schien es gar nicht zu hören.

Als sie vor die Hauptwache kamen, verabschiedete sich Esti von ihm. Pali packte ihn an den Händen.

«Du gehst schon?» fragte er traurig. «Auch du verläßt mich?» Seine Augen füllten sich plötzlich mit Tränen. «Jetzt? Gerade du hättest alles sehen müssen.» Er ließ seine Hände nicht los.

So zog er ihn mit hinein.

Esti war gerührt. Er, der in Budapest so einsam lebte, als

wohnte er auf Madagaskar oder auf den Fidschiinseln, kam nie mit so freundschaftlicher Wärme in Berührung. Er ließ sich mitziehen.

Die Gesellschaft brach mit großem Lärm im Gebäude ein. Detektive, Schreiber, Beamte grüßten Pali, den sie seit zwei Jahrzehnten kannten. Zur bewegten Gruppe, in deren Mitte sich Pali an Estis Arm klammerte, stießen noch viele andere. Neugierige Fremde stellten ihm mitleidig lächelnd Fragen und liefen ihm unter den hallenden Gewölben nach. Pali staunte nicht darüber. Er fand es selbstverständlich, daß alle «beisammen waren» in dieser Nacht, die nicht so war wie die andern Nächte, und daß auch andere die freudige Veränderung spürten, dank deren in seinem Schädel epochale neue Pläne ungehindert umherzuckten. Während Gergely und Skultéty an zwei verschiedenen Telephonen beide mit der Redaktion darüber verhandelten, was mit dem Unglücklichen geschehen sollte, achtete Esti auf anderes. Er betrachtete das nächtliche Idyll, die in grünem Licht dämmernden Mannschaftsräume, die groben Bretterbetten, auf deren Roßhaardecken die Polizisten mit umgeschnalltem Degen schliefen, die auf medizinische Abklärung wartenden verwundeten Messerstecher, die gesunden, forschen, schnurrbärtigen Kommissare, welche unverdorben zwischen soviel Verderbtheit vor einer Eisenschranke stehend die bei der Polizeirazzia erwischten Vagabunden, die Gelegenheitsdirnen, die beinahe vornehm wirkenden Straßenmädchen und die jungen Strizzis bewachten, und er dachte daran, daß in dieser schmerzhaften Fülle des Lebens, in diesem Haus der Kraft und der Wehklagen Palis besten Jahre abgelaufen waren.

Wieder gingen sie auf den Boulevard. Vorn Pali und Esti. Pali brauchte Esti nicht mehr an der Hand und am Arm festzuhalten. Er konnte ihn ganz ruhig loslassen. Der kam auch so. Das Mitleid zog ihn.

Hinter ihnen diskutierten laut die fünf Journalisten. Der nette, glatzköpfige Bolza vertrat die Ansicht, man müsse Pali sofort in einen Wagen setzen und zu seiner Familie nach Hause fahren. Gergely hielt dagegen, daß er überall Schaden anrichten könne, da er schon «gemeingefährlich» sei. Skultéty stimmte dem zu. Pali seinerseits leierte hartnäckig, er habe um halb zwei ein Rendezvous in der Nähe des Westbahnhofs, um halb drei müsse er in der *Siebenbürger Weinstube* vor mindestens fünfhundert Kollegen einen Vortrag halten über das 25- beziehungsweise 5prozentige Bündnis der Journalistenwitwen und -waisen mit den Budapester Händlern. Jedenfalls siegte die Ansicht, daß man ihn noch in dieser Nacht «einliefern» mußte.

Vorläufig gingen sie in ein anderes Kaffeehaus. Hier tranken sie süßen Weißwein. Zehn Minuten später saßen sie in einem weiteren Kaffeehaus und tranken Williams. Zehn Minuten später tranken sie in einem dritten Kaffeehaus Rotwein. Überall rauchten sie. Überall waren sie mit den Kellnern bekannt, den treuen proletarischen Freunden der Journalisten, den Wanderern von einem Kaffeehaus zum anderen, genauso wie sie selbst von einer Redaktion zur anderen wanderten. Überall wurden sie mit größter Aufmerksamkeit empfangen. Trotzdem war Pali nirgends zufrieden, nirgends paßte es ihm, er mußte immer wieder weiterziehen, eine Art religiöser Wahn trieb ihn, vom vierten Kaffeehaus ins fünfte zu pilgern. Das Kaffeehaus ist die Kirche des Journalisten.

Hier beschlossen Gergely und Skultéty nach einer langen, fachgerechten Unterredung, die Szent-Miklós-Nervenheilanstalt anzurufen. Doktor Wirth sagte, sie sollten ihn nur bringen, den Nachtdienst habe er und er stehe ihnen zur Verfügung. An der Kasse des Kaffeehauses verhandelten sie lange über die Modalitäten der Einlieferung, denn als Polizeiberichterstatter hatten sie sich zum Ziel gesetzt, alles glatt und geschmackvoll abzuwickeln.

Sie waren in dem großen Kaffeehaus, in dem ihn Esti an einem Novembernachmittag um Viertel vor fünf gesehen hatte, wie er in sich versunken dasaß. Pali hatte mit Esti genau an demselben Tisch Platz genommen. Doch jetzt war die große Scheibe heruntergelassen, und die Nacht strömte in das stille, verlassene Kaffeehaus und wurde fast eins mit ihm. Beide stützten sich auf das Messinggeländer. Eine Weile stand auch der Besitzer bei ihrem Tisch herum, hörte mit gerunzelter Stirn dem armen Herrn Redakteur zu, und als er weggerufen wurde, grüßte er ihn mit einer tieferen Verbeugung als sonst, wahrscheinlich, um sein Taktgefühl zu unterstreichen. Der nette, glatzköpfige Bolza war am Aufbrechen. Er hatte drei Töchter, für die arbeitete er Tag und Nacht und stand morgens früh auf. Stumm lüftete er den steifen Hut vor Pali. Diesmal sagte er nicht: «grüßt».

Vitényi und Zima gingen mit ihm weg.

Verächtlich ließ sie Pali ziehen. Da Gergely und Skultéty immer noch bei der Kasse etwas ausknobelten, blieb er mit Esti allein zurück.

«Ich werde schreiben», sagte Pali.

«Gut.»

«Romane, Novellen», fügte er hinzu und machte irgendwie eine verzweifelte Gebärde in Richtung von Estis Kopf. «Ich gehe weg von der Zeitung. Ich schreibe keine Berichte mehr. Lohnt sich nicht.»

Er blickte in die Nacht hinaus. Ein Wagen fuhr mit großer Geschwindigkeit über den Holzbelag.

«Die Räder des Wagens ‹donnern›», sagte Pali. «‹Donnern›», betonte er. «Wie schön ist doch unsere ungarische Sprache. So muß man schreiben. Sie fahren nicht, sondern ‹donnern›.»

«‹Sie donnern›», wiederholte Esti, und er, der jedes Wort so viele Male wog, verwarf und wieder hervorholte, konnte nicht leugnen, daß ihm dieses Wort jetzt auch gefiel.

«Aber was soll ich schreiben?» brach es aus Pali heraus, weinerlich flehend.

«Was du willst. Was dich interessiert. Was dir in den Sinn kommt.»

«Was sagst du zum Beispiel dazu? Die Frau kommt in meine Wohnung. Hörst du zu?»

«Ja», sagte Esti, dem schon der Schädel brummte.

«Weißt du, sie hat so braunes Haar, aber nicht schwarz, auch nicht kastanienbraun», er dachte nach, «ihr Haar ist wie Kakao. Ihr Augen sind wie diese kleinen blauen Blumen. Wie heißen die schon wieder?»

«Veilchen?»

«Nein, nein.» Pali schüttelte den Kopf.

«Vergißmeinnicht?»

«Genau. Vergißmeinnicht. Und sie ist wie Feuer», fügte er so wild hinzu, daß es zum Fürchten war. «Ihr Körper ist warm, aber ich mag das nicht. Ich bespritze sie mit eiskaltem Kölnisch Wasser, ihre Schenkel, ihr Rückgrat, bis sie ganz kalt wird. Auf ihren Kopf lege ich einen Kranz aus den kleinen blauen Blumen. Wie eine tote Braut im Sarg. Dann geht sie weg», grübelte er. «Aber wie soll ich es abschließen? Was soll ich sagen, wenn sie geht?»

«Was man zu sagen pflegt: ‹Auf Wiedersehen.›»

«Nein», sagte Pali heftig, und in seinem Kopf blitzte eine Idee auf, «ich werde ihr sagen: ‹mit ehrlicher Herzregung›. Damit kannst du jede Frau erobern. Sie fühlt dann etwas, dem sie nicht widerstehen kann. Hast du gehört? So. ‹Mit ehrlicher Herzregung›», artikulierte er mit einem seltsamen, schelmischen Lächeln, und er starrte Esti mit Augen an, die wie Feuer waren. «Nicke, wenn du es auch fühlst. Fühlst du es jetzt?»

Esti, der nicht fühlte, was die Frau fühlen mochte, aber fühlte, was Pali jetzt wohl fühlte, nickte.

Es war eine Erlösung für ihn, als Gergely und Skultéty Pali in die Mitte nahmen und auf die Straße hinausführten. Von einem Wagen wollte Pali nichts hören. Er ließ seine Freunde nicht zu Wort kommen und riß sich immer wieder von ihnen los. Er suchte Esti. Rief ein ums andere Mal zu ihm hinüber, während er von Gergely und Skultéty geführt wurde.

«Esti, ich will auch Italienisch lernen. Noch heute nacht lerne ich Italienisch, Esti.»

Beim Westbahnhof hatte er die kakaohaarige Frau zum Glück vergessen. Die *Siebenbürger Weinstube* hingegen nicht.

Hier empfing ihn eine Enttäuschung. Er hatte eine summende Menschenmenge erwartet, wie er sie an den außerordentlichen Sitzungen des Jounalistenverbands gesehen hatte, wenn in aufrührerischer Stimmung der Präsident gestürzt wurde, doch die Kneipe befand sich in dem Waffenstillstand, der zwischen zwei und drei eintritt, nach dem Abgang der letzten Abendessensgäste und vor dem Eintreffen der Nachtvögel, und sie war leer. Nur ein paar Kellner hingen herum und legten da und dort ein Messer, einen Löffel auf die neu gedeckten Tische. Die Kollegen waren nicht gekommen. Niemand war gekommen. Betreten blickte er um sich. Winkte ab. Für dieses miese Volk lohnte es sich nicht, etwas zu tun.

«Ungarn», seufzte er. «Journalistenwitwen, arme kleine Journalistenwaisen.» Er dirigierte seine Freunde zu einem Tisch.

Bestellte eine Kohlsuppe. Die anderen hätten weder trinken noch essen können.

Pali starrte auf seine Suppe, aß nicht, rührte lange darin herum, dann kippte er den ganzen Inhalt des Gewürzhalters, das Salz, den Paprika und die Zahnstocher, hinein und begann zu essen. Die Zahnstocher knackten unter seinen Zähnen.

Seine drei Gefährten sprangen auf.

«Grauenhaft», sagte Skultéty entsetzt, «grauenhaft», und er betrachtete in einem Spiegel sein grünes Gesicht, von dem das schaudernde, saure Lächeln herunterfloß wie Essig.

«Grauenhaft.»

«Tun wir doch endlich etwas», sagte Esti. «Das ist schrecklich.»

Pali spuckte die Zahnstocher in seinen Teller zurück. Er hatte sie nicht zerkauen können.

Gergely drückte eine neue helle Média in die Zigarettenspitze und zog sich mit Skultéty in die neben dem Tisch befindliche Telephonkabine zurück. Sie telephonierten nicht. Sondern lamentierten bloß. Der Ärmste, der Ärmste.

Ein paar Augenblicke später stürzte Gergely haareraufend aus der Kabine. Direkt vor Pali hin.

«Schweinerei!» brüllte er außer sich. «Schweinerei!»

Pali hockte gleichgültig-benommen da.

«Du, Pali», sagte Gergely und schüttelte ihn am Arm, als wollte er ihn wecken, «die Geisteskranken werden geschlagen.»

«Wo?» ließ er aus seiner Benommenheit steigen, und in seinem Gesicht bewegten sich locker die Muskeln.

«Im Szent Miklós. Sie haben eben angerufen. Zwei Geisteskranke seien heute nacht blutig geschlagen worden.»

«Ein Skandal!» gab Skultéty noch drauf. «Ein landesweiter Skandal.»

«Sensationell», sagte Pali. «Bezahlt die Rechnung.» Und wie der Soldat, der nachts im Schlaf den Befehl hört und aufspringt, erinnerte er sich an seine Journalistenpflicht, an seine Rolle als öffentliches Gewissen, an das Gebot der Menschlichkeit. «Schließt das Blatt noch nicht ab», verfügte er. «Ich brauche zehn Spalten. Und gebt mir noch eine Zigarette.»

Esti fand den Augenblick günstig, sich davonzumachen. Er hielt es nicht mehr aus. Solchen Zirkus haßte er. Es ekelte ihn vor sich selbst. Er entwischte vorsichtig auf den anderen Gehsteig hinüber und beobachtete die Geschehnisse von dort.

Zuerst trat Gergely aus der *Siebenbürger Weinstube* und pfiff, als der geborene und erfahrene Organisator alles Schrecklichen, einen Wagen herbei. Er versprach dem Fahrer ein hohes Trinkgeld und flüsterte ihm etwas ins Ohr. Dann kam Skultéty heraus. Zuletzt Pali, barhäuptig. Er setzte auf sein seidiges blondes Haar den ganz neuen Strohhut auf, dessen einstmals lebendige Pflanzenfasern genauso verwelkt, genauso tot waren wie der Schädel, den sie deckten. Er stieg als erster in den Wagen, dann Gergely und Skultéty. Sie fuhren ab.

Esti trottete auf der Andrássyallee allein heimwärts. Dreißig Zigaretten hatte er in dieser Nacht geraucht, neun Gläser Kaffee getrunken, er hatte eine Nikotinvergiftung und eine Koffeinvergiftung. Er hechelte. An die Hauswände gestützt blieb er immer wieder stehen und tastete nach seiner Schlagader, an seinem rechten Arm, seinem Handrücken und an seinem Hals. Sein schwaches Herz schlug wild durcheinander. Sein Magen war aus dem Lot. Trotzdem bereute er nicht, gekommen zu sein. Zusammen mit dem häßlichen Erlebnis nahm er etwas Warmes mit, eine tierische Wärme und Anhänglichkeit, an die zu denken angenehm war, die letzte Liebe eines Menschen. Er fühlte sich reicher, seit man ihn aus Versehen einige Stunden lang selbstlos geliebt hatte.

Er war nicht trauriger als sonst. Am Himmel glänzten noch Sterne. Auf der Brücke ging ein leichter Wind. In ihrem tiefen Bett schob sich die Donau unwiederbringlich vorwärts, im Rhythmus des Fortschreitens, Vergehens. Als er sein Arbeitszimmer betrat, wo er nach jahrelanger Übung immer arbeitsbereit zu sein vermochte, setzte er sich mechanisch an den Schreibtisch, fischte aus dem unordentlichen Haufen zwei, drei Seiten, las sie, um für die Fortsetzung den richtigen Ton zu finden und das Romankapitel zu schreiben, das er im Kopf schon ausgearbeitet hatte. Das, was er in dieser Nacht gesehen und gehört hatte, legte er beiseite, damit es reife, damit er es ein bißchen vergesse, um es dann irgendwann einmal, im geeigneten Augenblick, aus seiner Seele hervorzuholen.

Der Wagen kreischte durch die Nacht.

Der Fahrer gab Gas, mit Blick aufs Trinkgeld überschritt er die erlaubte Geschwindigkeit um etliches. Er raste. Hinten im Wagen brannte die kleine bläuliche Lampe, mit einem unnatürlichen, chemischen Licht. Vorn warfen die Scheinwerfer einen flimmernden Lichtteppich auf den dunklen Boden, ohne daß die Gummiräder ihn einholen konnten. Dieser Lichtteppich schien sich zu verändern, manchmal war es, als sei er in jedem Augenblick anders, manchmal hingegen lag er unbewegt und schien immer der gleiche alte zu sein, den der Wagen mitschleppte und, da er ihn nicht verbrauchte, in unberührtem Glanz immer von neuem vor sich ausbreitete.

Das war es, was Pali, der auf dem Hauptsitz saß, beobachtete, damit unterhielt er sich. Wieder kam ihm das Gefühl, diesmal aber viel stärker, daß ihn ein wohltätiges Meer hob und senkte. Er beugte sich zwischendurch hinaus, um im Rückspiegel sein Gesicht anzuschauen, aber die Wellen schlugen schon hoch herauf. Er sah nichts.

Gergely saß neben ihm auf dem Hauptsitz, Skultéty ihnen gegenüber auf dem Klappsitz. Beiden ging die Frage im Kopf herum, ob sie zu zweit mit ihm fertig würden. Aber Pali war ruhig. Kümmerte sich auch nicht um die Sprüche, mit denen sie ihn gegen die grausamen Nervenärzte aufzuhetzen versuchten. Er leckte seine vom Alkohol würzigen schmalen Lippen und schwieg.

So geriet er auf diesem Weg ganz in den Hintergrund. Im Dämmerlicht, in dem von Zeit zu Zeit drei Menschenköpfe schwankten: der seine, der von Gergely und der von Skultéty.

Auch die redeten nicht. Gergely gähnte.

Der Wagen machte auf dem höckerigen Gelände einen Sprung, ließ gewissermassen vor Schreck ein lautes Hupen hören und stand vor dem Tor des Szent Miklós still.

Sie brauchten nicht einmal zu klingeln, auf das Hupen hin machte der Pförtner die Tür auf.

Gergely stieg aus, dann Skultéty. Zuletzt Pali.

Er trat zum Pförtner:

«Wer ist der diensthabende Arzt?» fragte er in amtlichem Ton.

«Herr Doktor Wirth.»

Pali stand gerade aufgerichtet. Der Wind hob die Schöße seines wunderschönen Regenmantels.

Als die anderen zu ihm traten, sprach er:

«Gebt mir eine Zigarette.»

Die Flamme des Feuerzeugs beleuchtete sein Gesicht. Jetzt war es ruhig und ernst, wie früher einmal.

«Wieviel Uhr ist es?» wollte er wissen.

«Viertel vor drei.»

«Na, gehen wir», sagte er und marschierte los, mit entschlossenen Schritten und der Vertrautheit, mit der sich Journalisten an fremden Orten bewegen.

Gergely, Skultéty folgten ihm auf einen Schritt Distanz.

Im ersten Stock knirschte ein Schloß. Eine graubemalte Eisentür öffnete sich auf einen schmalen, sehr langen Gang, in dem zwei Glühbirnen blinzelten. Pali trat in der Tür seine Zigarette aus und blickte zu seinen Freunden zurück, doch die standen ein bißchen weiter hinten. Gergely hatte sich gebückt, als müßte er sich die Schuhe binden. So ging er eben allein hinein.

Die Eisentür schlug lärmig hinter ihm zu, der Pfleger schloß sie mit dem Schlüssel ab.

Gergely, Skultéty standen noch einen Moment versonnen vor der Tür. Dann gingen sie die Treppe hinunter und stiegen in den Wagen, der auf sie gewartet hatte.

Sie fühlten beide den Untergang, unser aller gemeinsames Los, das in jeder Form, in dieser oder einer anderen, gleicherweise erschütternd ist und uns früher oder später einholen wird. Gergely, der schon viele Erschießungen und Erhängungen mit angesehen hatte, hustete und brummte etwas, das nach Flüchen klang. Skultéty hatte den ganzen Abend so viel gelacht und gewiehert, daß ihm das Kreuz weh tat. Sie schwiegen. Gergely saß auf dem Hauptsitz, Skultéty auf dem Klappsitz. Palis Platz war leer. Im Wagen schwebte Trauer.

Pál Mogyoróssy, festangestellter Mitarbeiter des *Journal*, schritt flink über den Gang, doch der war so lang, so lang, daß man kaum an sein Ende kam. Sehr weit weg, bestimmt etwa hundert Schritt von ihm entfernt, wartete unter der zweiten Glühbirne eine mickrige kleine Gestalt, schmächtig, blutarm, viel kleiner und schwächer als er. Mit leicht abstehenden Ohren. Aus seinem weißen Rock schaute ein Stethoskop hervor. Herr Doktor Wirth.

Als Pali ihn erreicht hatte, stellte er sich, wie es in solchen Fällen seine Gewohnheit war, in seinem und in seines Blattes Namen vor, bescheiden, selbstbewußt, da er ja die Öffentlichkeit vertrat.

«Ich komme mit der Bitte um Aufklärung», sagte Pali. «Verehrter Herr Doktor, wir haben gehört ...» Er stockte.

Wirth half ihm weiter:

«Was?»

«Daß», sagte Pali, «heute nacht hier zwei Geisteskranke geschlagen worden sind.»

«Hier?» sagte Wirth und blickte zu Boden. «Nein, mein Herr. Hier werden die Kranken nicht geschlagen. Überhaupt gibt es bei uns keine Geisteskranken. Es gibt nur Nervenkranke, die ein bißchen müde sind und Ferien machen.»

«Aber wir haben sichere Hinweise, Herr Doktor.»

«Nein, Herr Redakteur, das muß ein Irrtum sein», er berührte Palis Schulter und lächelte fast ein wenig frech.

Der Arzt hängte sich bei Pali ein, und sie spazierten lange auf dem endlosen Gang auf und ab. Beidseits waren die Stationen, wo bläuliche Lichter brannten, die der kleinen Lampe hinten im Wagen glichen. Die Kranken, die schlafen konnten, schliefen und spielten im Traum mit dem Kleinkram ihres Lebens herum, nahmen es auseinander, setzten es wieder zusammen, so wie die anderen Menschen auch. Aber viele konnten nicht schlafen. Ein dicker, stoppelbärtiger Mann, der sich im dritten Stadium der Gehirnerweichung befand, saß in seinem Bett, ließ den Kopf hängen und drückte sich seinen blaugestreiften Krankenhausmorgenrock ans Gesicht.

Pali erkundigte sich nach ihren Krankheitsbefunden und Heilungsaussichten, Wirth plauderte von der Politik und der Polizei und auch von verschiedenen Zeitungen, von gemeinsamen Bekannten und, mit väterlichem Wohlwollen, von der Syphilis. Es war ein freundschaftlicher Austausch, locker, direkt. Dann bat er Pali unvermittelt um sein Taschenmesser, das ihm dieser ohne weiteres überreichte, worauf es der Arzt, ohne zu danken, in die Tasche seines weißen Rocks gleiten ließ, neben das Stethoskop. Er hatte bereits einen provisorischen Krankheitsbefund gemacht. Die eingehende Untersuchung verschob er auf den Morgen, denn es war spät.

Pali redete noch immer, tratschte durcheinander, über alles mögliche. Auf einmal blieb er stehen. Irgendwie schien da etwas nicht in Ordnung zu sein. Es rührte ihn ein schwaches, oberflächliches Gefühl der Unsicherheit an. Nur so, wie wenn man stundenlang auf der Straße unterwegs ist und sich die ganze Zeit unbehaglich fühlt, weil der eine Riemen des Hosenträgers, der einem sonst gleichmäßig auf die Schultern drückt, aufgegangen ist.

Gergely und Skultéty kamen ihm in den Sinn.

Bis dahin hatte ihn Wirth aber in ein kleines Separatzimmer geführt, dessen Stille und Anmut er nicht genug loben konnte, obwohl es unsympathisch, häßlich und verbraucht war und sein ganzes Mobiliar aus einem wachstuchgedeckten Tisch, einem Stuhl, einem Bett, einem Nachttischchen und einem Heizkörper bestand.

Der Arzt setzte sich aufs Bett. Er redete ihm zu, er solle sich ausziehen und sich ausschlafen, morgen dürfe er dann zum Spazieren in den schönen Garten hinunter.

Pali wollte sich gegen die Verletzung seiner persönlichen Freiheit verwahren, im Namen der Presse, aber er hörte seine Stimme nicht. Er hörte nur seine Wut. Seine Passierscheine. Er, der doch stets innerhalb des Kordons, bei jedem Selbstmord, bei jeder Demonstration, bei jedem Begräbnis innerhalb des Kordons. Er, der doch.

Wirth war verschwunden. Er lief ihm auf den Gang hinaus nach, aber da war er auch nicht. Nur einen Pfleger sah er, nicht den, der die Tür aufgemacht hatte, sondern einen anderen, fremden.

Er ging ins Zimmer zurück. Blickte durch das vergitterte Fenster in den Garten hinaus, wo sich auf dem ungepflegten Rasen zwischen Essigbäumen Schierlingsblumen wiegten, weiß wie zerrissene Manuskriptblätter. Das Licht brannte noch, aber man konnte auch sonst schon sehen. Die Sonne, genaues Uhrwerk des Universums, hatte ihren unerbittlichen Kreislauf beendet, hob sich langsam zum Horizont und weißte den Himmel. Es war Morgen geworden.

Er stützte die Ellenbogen auf den jämmerlichen wachstuchbezogenen Tisch. Und jetzt dachte er an Esti, an den Esti, der seine nächtliche Arbeit korrigiert und seine elektrische Lampe ausgeknipst hatte und jetzt schon in seinem Schlafzimmer stand, aufs Hemd ausgezogen, der aber nicht schlafen konnte, da auch er an ihn dachte.

Pali dachte darüber nach, was er tun sollte. Vorläufig fiel ihm allerdings nichts ein.

Er saß nur da und weinte.

Neuntes Kapitel

in welchem er mit dem bulgarischen Schaffner bulgarisch plaudert und den wonnigen Schauder babylonischer Sprachverwirrung genießt

«Das muß ich euch erzählen», sagte Kornél Esti. «Letzthin in einer Gesellschaft hat jemand versichert, er würde nie in ein Land reisen, dessen Sprache er nicht kenne. Ich habe ihm zugestimmt. Auch mich interessieren beim Reisen vor allem die Menschen. Viel mehr als die Dinge in den Museen. Wenn ich ihr Reden nur höre und nicht verstehe, kommt mir ein Gefühl, als sei ich geistig taub, als laufe da ein Stummfilm ab, doch ohne Musik und erläuternde Zwischentitel. Das ist so irritierend wie langweilig.

Nachdem ich das alles dargelegt hatte, fiel mir ein, daß auch hiervon das Gegenteil genauso wahr ist wie immer von allem auf der Welt. Es ist ein ungeheures Vergnügen, in der Fremde so herumzulaufen, daß einen der Lärm der Münder gleichgültig läßt und man jeden, der einen anredet, blöde anstarrt. Was für eine vornehme Einsamkeit, Freunde, was für eine Unabhängigkeit und Sorglosigkeit. Mit einem Mal fühlt man sich als unmündiger Säugling. Es erwacht ein unerklärliches Vertrauen in die Erwachsenen, die soviel klüger sind. Man überläßt das Reden und das Handeln ihnen. Und akzeptiert alles unbesehen beziehungsweise ungehört.

Ich hatte wenige solche Erlebnisse – wie ihr wißt, spreche ich zehn Sprachen –, eigentlich nur ein einziges Mal, als ich unterwegs in die Türkei durch Bulgarien fuhr. In Bulgarien verbrachte ich insgesamt vierundzwanzig Stunden. Und auch die bloß in der Eisenbahn. Da ist mir etwas zugestoßen, das zu verschweigen schade wäre. Ich könnte ja jederzeit sterben – im Herzen oder im Gehirn platzt eine Ader –, und jemand anderer, da bin ich sicher, wird so etwas nicht erleben, nie.

Also, es war Nacht. Mitternacht schon vorbei. Der Schnellzug raste mit mir dahin, zwischen unbekannten Bergen und Dörfern. Es muß ungefähr halb zwei gewesen sein. Ich konnte nicht schlafen und stellte mich auf den Gang, um Luft zu schnappen. Bald begann ich mich zu langweilen. Von den Schönheiten der Gegend sah ich bloß schwarze Kleckse. Es war schon ein Ereignis, wenn irgendwo ein leuchtender Punkt aufschien. Ringsum schliefen sämtliche Reisenden den Schlaf der Gerechten. Kein Mensch in den Gängen.

Ich schickte mich an, in mein Abteil zurückzukehren, als mit einer Laterne in der Hand der Schaffner auftauchte, ein vierschrötiger Bulgare mit schwarzem Schnurrbart, der offenbar gerade seinen nächtlichen Rundgang beendete. Meine Fahrkarte hatte er schon längst gesehen. Er hatte mit mir nichts mehr zu schaffen. Doch er ließ seine Laterne und seine Augen auf mich blitzen, zum freundlichen Gruß. Dann stellte er sich neben mich. Offensichtlich war ihm auch langweilig.

Ich weiß gar nicht, warum, aber ich beschloß da, auf Biegen und Brechen mit ihm zu plaudern, und zwar lange und ausgiebig. Ich fragte ihn auf bulgarisch, ob er rauche. Das war alles, was ich auf bulgarisch konnte. Und auch das hatte ich in der Eisenbahn vom Hinweisschild gelernt. Außerdem wußte ich noch fünf, sechs Wörter, solche, die sich einem anhaften, ob man will oder nicht, *ja* und *nein* und so. Aber – ich schwör's euch – mehr konnte ich nicht.

Der Schaffner hob die Hand an den Mützenschirm. Ich

klappte mein Zigarettenetui auf und bot ihm eine an. Er nahm sich eine Zigarette mit Goldmundstück, in tiefer Ehrfurcht. Dann kramte er ein Streichholz hervor, zündete es an und hauchte in einer mir völlig unverständlichen Sprache so etwas wie: *bitte sehr.* Worauf ich ihm die blaue Flamme meines Feuerzeugs hinhielt und das Wort nachplapperte, das ich eben zum ersten Mal in meinem Leben gehört hatte.

So glommen und pafften wir und bliesen den Rauch durch die Nase aus. Eindeutig ein ermutigender Anfang. Noch heute erfüllt mich Stolz, wenn ich daran denke, denn immer noch schmeichelt es meinem Selbstwertgefühl, mit welcher Menschenkenntnis ich diese Szene eingefädelt, mit welchem psychologischen Scharfblick ich das Sämlein gesetzt hatte, das später – wie sich herausstellen wird – zu einem ausladenden, dichtbelaubten Baum heranwuchs, unter dem ich mich von den Mühen der Reise erholen konnte, bevor ich mich in der Morgenfrühe zurückzog, voller nicht alltäglicher Erfahrungen.

Ihr müßt zugeben, daß mein Auftreten gleich vom ersten Augenblick an sicher und fehlerfrei war. Es ging darum, ihn glauben zu machen, ich sei gebürtiger Bulgare und könne mindestens so gut Bulgarisch wie ein Professor für Literatur an der Universität Sofia. Aus diesem Grund gab ich mich eher ungerührt und lässig. Vor allem schwatzte ich nicht. Was nicht nur von mir abhing, aber egal. Für die Fremden ist typisch, daß sie in der Sprache des Landes, durch das sie reisen, zu sprechen bemüht sind, mit allzu großem Eifer bemüht, was gleich verrät, daß sie Ausländer sind. Die Einheimischen, die Eingeborenen hingegen nicken bloß, machen sich mit Zeichen verständlich. Man muß ihnen die Wörter mit der Beißzange entreißen. Und auch dann werfen sie verschlafen nur ein paar abgegriffene, blankgewetzte Wörter hin, aus dem reichen, verborgenen Schatz der in ihnen schlummernden Muttersprache. Im allgemeinen scheuen sie vor gewählten Formulierungen, vor ausgewogenen, literarischen Konstruktionen zurück. Wenn es irgend geht, reden sie nicht, woran sie gut tun, denn wenn sie auf einem Podium einen mehrstündigen Vortrag halten oder ein Buch von zwanzig Bogen schreiben müßten, würden auch ihnen die Zuhörer oder Kritiker – und zwar nicht einmal ganz grundlos – nachweisen, daß sie von ihrer Muttersprache eigentlich keinen Dunst haben.

Wir rauchten also fröhlich dahin, ich und der Schaffner, in der traulichen Stille, aus der die großen Freundschaften, das wahre Verständnis, die ein Leben lang währenden seelischen Bündnisse entstehen. Ich war ernst und freundlich. Zuweilen runzelte ich die Stirn, dann wieder – der Abwechslung halber – glättete ich sie und blickte den Schaffner äußerst aufmerksam an. Doch die Konversation, deren bezaubernde Möglichkeit bereits in der Luft schwebte, unnmittelbar über unseren Köpfen, mußte noch irgendwie in Gang gebracht werden. Ich gähnte und seufzte. Auf einmal legte ich ihm die Hand auf die Schulter, zog die Augenbrauen in die Höhe, so daß beide zu riesigen Fragezeichen wurden, warf den Kopf zurück und murmelte: ‹Na?› Der Schaffner – für den diese kameradschaftliche Form des Interesses wohl allerlei Kindheitserinnerungen oder auch die Manier eines seiner Kumpane heraufbeschwor, der sich auf diese Art zu erkundigen pflegte, wie denn bei ihm daheim ‹die Dinge stehen, alter Junge› – mußte lächeln. Er begann zu reden. Sagte vier, fünf Sätze. Dann verstummte er und wartete.

Ich wartete auch. Das hatte seine Gründe. Ich mußte überlegen, was wohl die passende Antwort war. Nach kurzem Zögern entschied ich mich. Ich sagte: *Ja.*

Die Erfahrung hatte mich das gelehrt. Wenn ich auf die Konversation nicht achtgebe oder etwas nicht verstehe, sage ich zu Hause auch immer: *Ja.* Das hat mir noch nie die geringsten Schwierigkeiten eingetragen. Nicht einmal dann, wenn ich gutzuheißen scheine, was ich verwerfen sollte. Bei solchen Gelegenheiten kann man den anderen einreden, man habe es spöttisch gemeint. Das *Ja* ist meistens auch ein *Nein.*

Daß dieses Räsonnement durchaus begründet war, wird durch das Folgende glanzvoll belegt. Der Schaffner wurde viel mitteilsamer. Leider verstummte er dann erneut und wartete. Jetzt erkundigte ich mich in fragendem Ton, ein bißchen verständnislos und erstaunt: *Ja?* Das – wenn ich mich so ausdrükken darf – brach das Eis vollends. Der Schaffner taute auf und redete, redete ungefähr eine Viertelstunde, freundlich, vermutlich auch unterhaltsam, und unterdessen brauchte ich mir nicht den Kopf zu zerbrechen, was ich antworten sollte.

Damit hatte ich meinen ersten entscheidenden Erfolg verbucht. Denn so wie ihm die Wörter aus dem Mund quollen, so wie er klatschte und tratschte, war es klar, daß er mich nicht einmal mehr im Traum für einen Fremden gehalten hätte. Dieser Glaube, der eisern schien, mußte doch genährt werden. Vorläufig konnte ich mich zwar vor der höchst peinlichen Pflicht des Antwortgebens drücken, konnte mir den Mund mit dem goldenen Ende meiner Zigarette verstopfen, um gewissermaßen zu signalisieren, daß mein Mund ‹besetzt› war und also nicht gut reden konnte, aber ich durfte meinen selbstlosen Unterhalter trotzdem nicht vernachlässigen und mußte von Zeit zu Zeit das Feuer der Konversation irgendwie schüren.

Wie bewerkstelligte ich das? Nicht mit Worten. Wie ein Schauspieler – ein ausgezeichneter Schauspieler – brachte ich meinen ganzen Körper zum Einsatz. Mein Gesicht, meine Hände, meine Ohren, ja, sogar meine Zehen arbeiteten einwandfrei. Wobei ich darauf achtete, nicht zu chargieren. Ich mimte Aufmerksamkeit, aber nicht krampfhafte Aufmerksamkeit, die von vornherein verdächtig ist, sondern die Aufmerksamkeit, die einmal nachläßt und abschweift, dann wieder aufflackert, lodert. Ich achtete auch auf anderes. Dann und wann gab ich durch eine Gebärde zu erkennen, daß ich etwas nicht verstanden hatte. Ihr meint natürlich, das sei das Leichteste gewesen. Ihr täuscht euch aber. Das, Freunde, war das Schwierigste. Ich verstand ja von seinem Geplapper tatsächlich kein müdes Wort, und so mußte ich aufpassen, daß mein Geständnis nicht zu ehrlich und überzeugend ausfiel. Aber ich traf ins Schwarze. Der Schaffner wiederholte einfach seinen letzten Satz, und ich nickte, als wollte ich sagen: ‹Ach so, ja, jetzt wird die Sache klar.›

Später war es nicht mehr nötig, das Feuer der Konversation mit derartigem Kleinholz zu nähren. Es prasselte von sich aus wie ein Scheiterhaufen. Der Schaffner redete und redete. Wovon? Das hätte mich selbst wundergenommen. Vielleicht von der Verkehrsordnung, vielleicht von seiner Familie und seinen Kindern, vielleicht vom Rübenanbau. Es ist alles möglich. Nur der liebe Gott vermöchte zu sagen, wovon er redete. Am Rhythmus seiner Sätze spürte ich jedenfalls, daß er eine gemütliche, fröhliche, langatmige und zusammenhängende Geschichte zum besten gab, die in epischem Flußbett langsam und würdevoll ihrer Konklusion zuströmte. Er hatte es überhaupt nicht eilig. Ich auch nicht. Ich ließ ihn abschweifen, abziehen wie einen rauschenden Bach, bis er dann wieder den Bogen fand und in den breiten, bequemen Strom der Erzählung zurücksprudelte. Er lächelte oft. Die Geschichte war ganz offensichtlich würzig, und sie hatte Teile, die geradezu pikant, ja, vielleicht gewagt und schlüpfrig waren. Er zwinkerte mir zu, mit einem flachen, komplizenhaften Blick, und lachte. Ich lachte mit. Aber nicht jedesmal. Zuweilen war ich nicht ganz seiner Meinung. Ich wollte ihn nicht verwöhnen. Nur mit

Maßen würdigte ich den echt von Herzen kommenden, goldigen, deftigen Humor, mit dem er seinen Vortrag würzte.

Es muß um drei Uhr in der Frühe gewesen sein – wir plauderten schon anderthalb Stunden –, als der Zug die Fahrt verlangsamte. Wir kamen zu einer Station. Der Schaffner packte seine Laterne, bat um Entschuldigung dafür, daß er rasch hinuntermüsse, er komme aber gleich wieder, und dann werde er das Ende erzählen, die Pointe dieses kapitalen Ulks, denn die sei das Beste daran.

Ich lehnte mich aus dem Fenster. Badete meinen brummenden Schädel in der kühlen Luft. Am aschgrauen Himmel gingen da und dort die Pfingstrosen der Morgenröte auf. Ein nach Sauerrahm riechendes Dörflein lag vor mir. Auf dem Bahnhof warteten ein paar Bauern, ein paar kopftuchbedeckte Frauen. Mit diesen sprach der Schaffner bulgarisch, so wie mit mir, aber mit größerem Erfolg, da ihn die Reisenden sogleich verstanden und sich zu den Drittklaßwagen am Ende des Zugs aufmachten.

Einige Minuten später stand der Schaffner wieder neben mir – auf seinen Lippen war das Lächeln noch nicht einmal erkaltet – und fuhr schmunzelnd fort. Bald knallte auch die versprochene Pointe. Das Lachen brach aus ihm heraus. Er wieherte, daß ihm der Bauch wackelte. So ein Pfundskerl war das, ein richtiger Satansbraten. Er wieherte immer noch, als er in seine Tasche griff und aus ihr ein mageres, von einem Gummiband zusammengehaltenes Notizbuch hervorholte und daraus einen zerknitterten, schmutzigen Brief, der wahrscheinlich organisch zur Geschichte gehörte – vielleicht ein entscheidendes Argument darstellte – und den er mir in die Hand drückte, ich solle ihn lesen, was ich dazu sagte. Mein Gott, was konnte ich dazu sagen? Ich sah mit Bleistift geschriebene verschmierte kyrillische Buchstaben vor mir, wie ich sie – leider – nicht lesen kann. Ich vertiefte mich in den Brief. Währenddessen stellte er sich ein bißchen abseits und wartete auf die Wirkung. *Ja*, murmelte ich, *ja, ja* – teils im Ton einer Feststellung, teils im Ton der Widerrede, teils im Ton einer Frage. Dazwischen schüttelte ich den Kopf, als wollte ich sagen: *bezeichnend* oder: *unerhört* oder: *so ist das Leben*. Es gibt im Leben keine Situation, zu der das nicht passen würde. Wenn jemand stirbt, noch dann sagt man: *so ist das Leben*. Ich betastete den Brief, beroch ihn auch – er roch leicht moderig –, und da ich nichts weiter mit ihm tun konnte, gab ich ihn zurück.

In seinem Notizbuch befand sich noch allerlei. Bald entnahm er ihm eine Photographie, die – zu meiner nicht geringen Überraschung – einen Hund darstellte. Ich betrachtete das Bild mit geschürzten Lippen, ganz der hingerissene Hundefreund. Aber ich merkte, daß dem Schaffner das nicht gefiel. Es machte den Anschein, als sei er richtiggehend böse auf den Hund. Also verdüsterte ich mich auch und fletschte den Hund an. Doch ihren Höhepunkt erreichte meine Verblüffung, als er aus der Leinenhülle des Notizbuchs ein in Seidenpapier gewickeltes Etwas herausnahm und mich bat, es selbst auszupakken. Das tat ich. Es kamen zwei große grüne Knöpfe zum Vorschein, zwei Knöpfe aus Horn, zwei Hornknöpfe von einem Herrenmantel. Ich ließ die beiden Knöpfe klimpern, spielerisch, als wäre ich ein ganz besonderer Knöpfeliebhaber, doch da riß sie mir der Schaffner aus der Hand und versteckte sie rasch in seinem Notizbuch, als möge er sie gar nicht mehr sehen. Dann machte er ein paar Schritte, wandte sich ab und lehnte sich an die Wagenwand.

Ich verstand die Situation nicht und eilte zu ihm hin. Da sah ich etwas, wovon mir das Blut in den Adern gefror. Seine Augen waren voller Tränen. Der große, dicke Mann weinte. Zuerst auf männliche Art, indem er seine Tränen hinunterschluckte, doch dann weinte er mit zuckenden Lippen und bebenden Schulterblättern.

Ehrlich gesagt, mir begann zu schwindeln von der tiefen, unauflösbaren Wirrnis des Lebens. Was war denn das? Wie hingen die vielen Wörter mit dem Lachen und dem Weinen zusammen? Was hatte eines mit dem andern zu tun, der Brief mit der Hundephotographie, die Hundephotographie mit den zwei grünen Hornknöpfen und alles zusammen mit dem Schaffner? War es Wahn oder gerade sein Gegenteil, das menschlich gesunde Überquellen der Gefühle? Hatte das Ganze überhaupt einen Sinn, auf bulgarisch oder sonst in einer Sprache? Es war zum Verzweifeln.

Ich packte den Schaffner hart an den Schultern, damit er sich ermanne, und ich rief ihm auf bulgarisch dreimal ins Ohr: *Nein, nein, nein!* Tränenerstickt stotterte er ein anderes, ebenfalls einsilbiges Wort, das bedeuten konnte: *Danke für Ihre gütige Anteilnahme*, aber auch bedeuten konnte: *Schäbiger Schmierenkomödiant, miserabler Schurke.*

Allmählich faßte er sich. Er schnappte leiser nach Luft und fuhr sich mit dem Taschentuch über das nasse Gesicht. Und begann zu reden. Aber jetzt war seine Stimme völlig verändert. Er stellte mir kurze, scharfe Fragen. Wahrscheinlich in dem Sinn: ‹Wenn du vorhin *ja* gesagt hast, warum sagst du dann gleich darauf *nein*? Warum verwirfst du etwas, dem du zugestimmt hast? Genug des verdächtigen Spiels. Gilt jetzt *ja* oder *nein*?› Die Fragen knatterten immer rascher und entschiedener, als hätte man mir ein Maschinengewehr an die Brust gesetzt. Da gab es kein Entrinnen.

Offensichtlich war ich in die Klemme geraten, offensichtlich hatte mich das Glück verlassen. Doch meine Überheblichkeit rettete mich. Ich richtete mich hoch auf, maß den Schaffner mit Eisesblicken, und als sei es unter meiner Würde, auf so etwas zu antworten, drehte ich mich auf dem Absatz um und zog mich mit großen Schritten in mein Abteil zurück.

Dort ließ ich meinen Kopf auf das zerknüllte kleine Kissen fallen. Und schlief so rasch ein wie jemand, dem vor Schreck das Herz stehengeblieben ist. Gegen Mittag wachte ich in heißem Schlaglicht auf. Jemand hatte an die Scheibe meines Abteils geklopft. Der Schaffner trat ein. Er erinnerte mich daran, daß ich an der nächsten Station aussteigen mußte. Aber er rührte sich nicht vom Fleck. Sondern stand einfach da, treu wie ein Hund. Wieder redete er, leise, kontinuierlich, unaufhaltsam. Vielleicht versuchte er die peinliche nächtliche Szene wegzureden, vielleicht machte er mir Vorwürfe, ich weiß es nicht, doch auf seinem Gesicht zeigten sich tiefe Reue und Herzschmerz. Ich benahm mich kühl. Erlaubte ihm lediglich, meine Koffer zusammenzusuchen und auf den Gang zu stellen.

Im letzten Augenblick erbarmte ich mich seiner dann doch. Als er mein Gepäck bereits dem Dienstmann übergeben hatte und ich die Stufen hinunterschritt, warf ich ihm einen stummen Blick zu, der ausdrückte: ‹Was du getan hast, ist nicht schön, doch Irren ist menschlich, und für diesmal will ich dir verzeihen.› Und auf bulgarisch rief ich ihm nur ein Wort zu: *Ja!*

Es war von zauberhafter Wirkung. Der Schaffner entkrampfte sich, entwölkte sich, war wieder ganz der alte. Über sein Gesicht ging ein dankbares Lächeln. Er salutierte in strammster Haltung. So stand er am Fenster, vor Glück erstarrt, die ganze Zeit, bis der Zug abfuhr und er auf ewig, auf immer und ewig aus meinen Augen verschwand.»

Zehntes Kapitel

in welchem Zsuzsika, die Tochter eines Goldbauern aus Bácska, in den Brunnen springt und heiratet

Kornél Esti kehrte von Portugal heim. Nur für einen Monat hatte er einen Sprung auf die Iberische Halbinsel gemacht, zum Ausruhen. Das Ausruhen bestand darin, daß er die ganze Zeit ausschließlich mit Portugiesen redete, auf portugiesisch, in der «Blumensprache».

Spät in der Nacht tauchte er vom Bahnhof kommend bei mir auf, staubig und schmutzig. An seinem Regenmantel war noch der Wind Lissabons, an seinen Schuhen der feine Sand des Tejo.

Er schleppte mich in eine Kneipe in Buda. Ich dachte, er würde mit seinen Reiseerlebnissen aufwarten. Davon mochte er jetzt nicht reden. Er sprach von heimatlichen Dingen, von unserer Geburtsstadt, von unseren Studententagen, von Ereignissen und Menschen der alten Friedenszeit.

In dieser Nacht lernte ich ihn von einer neuen Seite kennen. Zuvor hatte ich ihn, ich gebe es zu, meistens nur für einen jener zartbesaiteten Weltenbummler, einen jener halbverrückten literarischen Paradiesvögel gehalten. Jetzt sah ich, daß er ein Mensch war, von Kopf bis Fuß ein Mensch, und mein Landsmann. Wie sehr war jeder seiner Atemzüge von Bácska geprägt, sogar seine leichtsinnigen Späße und seine wuchtigen Aufschneidereien. Bácska ist unsere Gascogne. In seinem ganzen Sonderlingsgehabe war auch etwas Ländliches.

Er schüttete den Wein in sich hinein. Begann mit dem Wein von Badacsony, fuhr mit dem Wein von Csopak fort, und am Ende verlegte er sich auf einen dichten, duftenden Goldnektar, der in den Kellereien der geistlichen Herren von Arács dreißig Jahre lang gereift war. Bei diesem blieb er dann.

Gegen Morgen, als auf unserem Tisch die Blauburgunder- und sonstigen leeren Flaschen in Batterien aufgereiht waren und uns die Themen auszugehen begannen, da wir die meisten unserer lebenden Bekannten bereits umgebracht und die meisten unserer lieben Toten zum Leben erweckt hatten, fragte er mich:

«Und an Zsuzsika erinnerst du dich? Ja, an Zsuzsika Szűcs. Sie war die Tochter jenes Bauern, jenes Goldbauern. Er wohnte bei der Feuerwehrkaserne, in einem baufälligen Hüttchen wie alle anderen Bauern. Aber er hatte massenhaft Geld.

Als Kind hatte ich gehört, er bewahre das Gold in der Truhenlade auf und sein Strohsack sei mit Tausendernoten gestopft. Wieviel davon wahr ist, weiß ich nicht. Jedenfalls schwamm er im Geld. Er lebte wie ein beliebiger Tagelöhner. Trug eine blaue Bluse, einen Hut mit eingedrehter Krempe und Stiefel. Rauchte Billigtabak aus der Meerschaumpfeife. Zündete sie mit stinkenden Streichhölzern an. Im Winter döste er auf dem Bänkchen des Rundkamins, eingewickelt in seinen Schafspelzumhang, wie ein Bär, der Winterschlaf hält. Wenn es Frühling wurde, ließ er sich auf der Holzbank vor seinem Haus nieder und saß dort bis zum Herbst. Er redete mit niemandem. Lebte nur und schwieg. Er saß dort, als hocke er auf seinem Geld.

Der Alte war fürchterlich knauserig. Seinetwegen hätte die ganze Welt vor die Hunde gehen können. Na gut, für das

Mädchen ließ er etwas springen. Aber es war eben das einzige Kind. Sonst hatte er niemanden. Seine Frau hatte er schon längst begraben.

Zsuzsika war im Internat, lernte Französisch und auch Klavierspielen. Zsuzsika trug schon Hüte wie unsere Töchter. Zsuzsika war schön und unglücklich. Sie fand keinen Platz in unserer vermaledeiten Gesellschaft, die so viele Schliche und undurchsichtige Regeln und Situationen hat, daß keine Schule, keine Anstandslehre sie aufzuzählen, auszuschöpfen vermag. Wenn man sie anredete, wurde sie bis über beide Ohren rot, und wenn man ihr die Hand reichte, wurde sie blaß und riß die Hand erschrocken zurück. Sie lächelte, wenn sie eine traurige Miene hätte machen müssen, und umgekehrt. Aber was machte das schon? Sie war so oder so reizend.

Du sagst, du hast sie nur ein-, zweimal gesehen. Sie ging ja auch nie irgendwohin. Sondern lebte mit ihrem wortlosen Vater und wurde ebenso wortlos wie er. Meistens hatte sie sich irgendwohin verkrochen. Wenn sie in die Stadt kam, mied sie die Menschen. Sie schämte sich dauernd. Zum Beispiel hätte man sie für alle Schätze der Welt nicht überreden können, eine Konditorei zu betreten und einen Mohrenkopf zu essen.

Und so heiratete sie auch lange nicht. Obwohl sie so viele Bewerber hatte, daß sie mit dem Körbeverteilen kaum nachkam. Im Grunde wußte sie nicht, wohin sie gehörte. Auf die Bauernburschen blickte sie hinunter, und die wagten nicht, sich ihr zu nähern, in den sogenannten Herrensöhnen hingegen sah sie Mitgiftjäger, die nur auf das Geld aus waren, und in ihrer Gegenwart überkam sie Verlegenheit – Ehrfurcht und Verachtung gleichzeitig –, eine seltsame Art von Lampenfieber. Weißt du, was das war? Es war das historische Lampenfieber ihrer aufstrebenden Gesellschaftsklasse, die auf der Bühne der Geschichte noch keine Hauptrolle gespielt hatte, deren

Name noch nicht auf dem Theaterzettel der Geschichte gestanden hatte, da sie immer nur im Hintergrund zustimmend oder abweisend murmelte, und das immer anonym.

Sonntags ging sie um halb zwölf zur «parfümierten Messe», in die alte Kirche der Franziskaner. Da sah ich sie öfter. Ach, war das ein wunderschönes Geschöpf. Im Sommer trug sie ein weißes Waschkleid, einen roten Ledergürtel und einen roten Sonnenschirm, der das gleißende Schlaglicht der Tiefebene abdämpfte und es ihr rötlich auf das blasse Gesichtchen siebte. Wie eine Lilie im bengalischen Feuer. Wie ein Wiesenblumenstrauß, weiß und rot, Kerbel und Mohn, weiß und rot zusammen. Wie ein verkanntes Edelfräulein, oder wie eine bäuerliche kleine Herzogin in Verkleidung. Da schau an, war auch ich in sie verliebt?

Wie auch immer, eines Sonntags, als sich die städtische *jeunesse dorée* nach der Messe im Halbkreis auf dem Kirchenvorplatz aufstellte, um nach Kavalierssitte mit blitzendem Monokel und dünne Spazierstöcke und Wildlederhandschuhe schwenkend unter der herausströmenden Weiblichkeit Musterung zu halten, wurde Pista Boros ihrer ansichtig und verliebte sich unsterblich in sie. Er setzte ihr nach und redete sie an.

In ihrem Schreck verzog Zsuzsika das Gesicht. Pista redete. Zsuzsika hielt sich die Ohren zu. Jetzt flüsterte Pista. Da nahm Zsuzsika die Hände von den Ohren, begann achtzugeben, blickte ihn an und lächelte, und zwar dann, wenn es wirklich etwas zum Lächeln gab.

Wie Pista zu diesem Erfolg kam, dessen sich keiner von uns rühmen durfte? Ja, weißt du, der war gut, ein prima Kerl. Erstens einmal ein Schönling, mit krausem Haar und Adlernase. Er kleidete sich wie Imre Lublóy, unser Heldenkomödiant, wenn er einen steinreichen Grafen verkörperte. Sogar sommers trug er Gamaschen. Und dann verfügte er über eine so tiefgreifende, instinktive Bildung, wie man sie sich gar nicht aneignen kann, sondern von Geburt auf haben muß.

Der konnte alles. Er konnte mindestens tausend ungarische Lieder, samt Text und Melodie, und er konnte mit den Zigeunern umgehen, ihnen Befehle geben und sie im Zaum halten, ihre Vertraulichkeiten mit einem Wimpernzucken abweisen, dann mit einem herrschaftlichen, herablassenden und doch brüderlich-neckischen Seitenblick ihre Zuneigung gewinnen, ‹basta› rufen, in vollkommen richtigem Ton, den Primas anschreien, wenn er das *Stille, nur stille* nicht stille genug spielte, und den Zimbelspieler, wenn die *Wellen des Balaton* auf den mit Watteschlägern bearbeiteten Stahlsaiten nicht genug brandeten und rauschten, konnte die pockennarbige Visage des Bratschenspielers küssen, der Baßgeige einen Tritt geben, Gläser und Spiegel zerschlagen, drei Tage lang ununterbrochen Wein, Bier und auch Tresterschnaps trinken, aus dem Wasserglas, beim Anblick der Kohlsuppe und des kalten Schweinebratens mit der Zunge schnalzen, lange und genießerisch über den Karten sinnen, ein Auge geschlossen, eine halbe Stunde lang den schnellen Csárdás tanzen und dazu mit den Füßen stampfen, um sich aufzuheizen und anzupeitschen, kurze Schreie ausstoßen, die Tänzerinnen hoch in die Luft schmeißen und mit einem Arm leicht auffangen wie eine Flocke: also, wie gesagt, der konnte alles, was den Menschen vom Tier unterscheidet und wirklich zu einem Menschen macht.

Er konnte auch in Zsuzsikas Sprache reden. Schließlich war er in der Puszta von Csantavér aufgewachsen. Und er war im Grunde ein Bauer geblieben, das Kind der Puszta. Wenn er den Mund aufmachte, redete das Volk. Er war ein lebender Band Volksdichtung, eine Sammlung in Fleisch und Blut.

Auf welche Art er die Zsuzsika weichklopfte, weiß ich nicht. Doch ungefähr stelle ich es mir so vor, daß er ihr nach ein paar Minuten schon folgendermaßen den Hof machte: ‹Zsuzsika, ich küsse Ihre Hände, küsse Ihre süßen kleinen Händchen, Ihretwillen wäre ich gern zwei Jahre lang ein Schäferhund.› Wobei er das bestimmt noch schlagfertiger, noch direkter ausdrückte. Für so etwas ist unsere Phantasie zu schwach. Na, egal. Bis es soweit war, daß er Zsuzsika nach Hause begleitete, war sie ebenfalls in ihn verliebt und ebenfalls unsterblich.

Sie hatten es wahrlich nicht leicht. Sie konnten sich nur sonntags treffen, nach der Messe, für kurze Zeit. Der Alte paßte auf seine Tochter auf wie ein bissiger Köter. Hier muß ich erwähnen, daß es auf seinem Hof tatsächlich zwei bissige Köter gab. Sie wurden gegen Abend von der Kette gelassen, und sobald jemand an den Lattenzaun rührte, stürzten sie mit blutunterlaufenen Augen zum Tor und lärmten die ganze Gegend voll. Man konnte keine Zeichen geben. Eine Zeitlang ließ Pista den Kopf hängen, trank, hieß die Zigeuner aufspielen. Dann beschloß er, richtig und ordentlich um ihre Hand anzuhalten.

Er zog einen Gehrock an, drückte sich einen Panamahut auf den Schädel, lieh sich von Tóni Vermes die goldene Taschenuhr mit dem Doppeldeckel und der Goldkette aus und klopfte beim Goldbauern an. Er machte sich nicht viel Hoffnung. Damals war er ein kleiner Hilfsnotar und dreiundzwanzig Jahre alt. Sein Gehalt betrug gerade so viel, daß er seine ungeduldigen Gläubiger in Schach halten konnte. Höchstens, daß er sich auf seine paar schönen und langen Adelsprädikate hätte berufen können, aber er wußte, daß er hier mit so etwas nicht groß ankommen würde.

Der Alte saß an diesem brutheißen Sommermittag auf seiner mit blauen Winden bewachsenen Veranda, von Kopf bis Fuß angezogen, in Stiefeln, mit Hut. Er schaute ihn an. Aber nur einmal. Er wog ihn mit dem Blick und befand ihn für zu leicht, für zu mager, für ein geschlecktes Jüngelchen und einen unnützen Hungerleider, der überhaupt nicht zum Ehemann taugte. Und so wandte er auch gleich den Kopf ab, als wollte er sagen: ‹Dort draußen ist es geräumiger.› Er bat ihn gar nicht ins Zimmer. Sie blieben auf der Veranda. Bat ihn nicht einmal, Platz zu nehmen. Pista setzte sich trotzdem und trug sein Sprüchlein vor. Der Alte sagte weder ja noch nein. Er schwieg. Und das war schlimm. Wer widerspricht, den kann man noch irgendwie überzeugen. Schweigen gegenüber ist man hilflos. Pista verdrückte sich wie ein begossener Pudel. Zum Abschied streckte er dem Alten die Hand hin, aber der nahm sie nicht. Nur gerade seinen Zeigefinger hob er – langsam, steif, ganz und gar nicht eilig – an die Krempe seines Huts.

Wir wohnten damals in derselben unkrautüberwucherten, staubigen Straße, ihnen schräg gegenüber. Daher weiß ich, was nachher geschah. Eigentlich geschah monatelang gar nichts, bis Anfang Oktober. Ich weiß noch, es war eine klare, kühle Herbstnacht. Der Vollmond schien so stark, daß man bei seinem Licht hätte photographieren oder sich rasieren können. Es mag gegen elf Uhr gewesen sein. Ich hörte lautes Jammern und hintereinander mehrere Hilferufe. Frauen kreischten und Männer brüllten. Schlafende sprangen aus den Betten. Alles lief zu ihrem Haus. Bis ich drüben war, herrschte wieder Stille. Auf dem Hof lagen Seile und Leitern und eine lange Stange, wie man sie zum Nüsseabschlagen braucht. Jemand hielt eine Laterne. Rings um den Brunnen standen stumme, verblüffte Leute – einige knieten auch und beugten sich vor –, und inmitten dieser dunklen Gruppe lag Zsuzsika, in einem einzigen Hemd und patschnaß, da man sie eben aus dem Brunnen gezogen hatte. Das Wasser hatte man bereits aus ihr herausgeschüttelt. Jetzt spuckte sie nur noch, schlotternd, mit blauen

Lippen im blauen Mondlicht. Ihr nasses Hemd klebte an ihren jungen Brüsten. Die Arme, sie hatte sich ertränken wollen wie Ophelia.

In den Brunnen war sie gesprungen, den Ziehbrunnen, den Bauernbrunnen. So ist die Natur. Vergeblich besuchte Zsuzsika das Internat, vergeblich konnte sie La Fontaines Geschichte von der Grille und der Ameise auf französisch hersagen, vergeblich klimperte sie die leichteren Fingerübungen der *Köhlerschule* auf dem Klavier, an der schicksalhaften Wende ihres Lebens hörte sie auf den dunklen Trieb und die rauhen Traditionen ihrer Ahnen und verhielt sich so wie seit Jahrhunderten alle die Bauernmädchen und Bauersfrauen, die sich den Selbstmord nur auf die Art vorstellen können, daß man den Tod nächtens im eiskalten Wasser eines Brunnens umarmt, zwischen moosigen Ziegeln und warzigen Kröten.

In einiger Entfernung zur Gruppe stand der Vater unter einer Akazie und rang die Hände. Das nun verstand auch er. Wenn ein Mädchen in den Brunnen springt, liebt sie jemanden. Das war eine klare, vernünftige, gut ungarische Rede. Daran gab es nichts zu tüfteln. Und so tüftelte er auch nicht mehr. Er willigte sofort in die Ehe ein, sein Herz ging auf und – wunderbarerweise – auch seine Geldbörse. Er gab seiner Tochter vierzig Stück knusprige Tausender als Mitgift. Pista führte sie noch vor Weihnachten zum Altar.

Jetzt paß auf. Nach dem Ereignis begann der Alte zu welken, er schrumpfte auf die Hälfte zusammen. Auf einmal war er ganz gebrochen. Man dachte schon, er beiße ins Gras. Was sagst du? Du täuschst dich. Es war überhaupt nicht der Sprung in den Brunnen, der ihn erschüttert hatte. Und er war auch nicht besonders traurig, daß Zsuzsika weggezogen war und ihn im Alter allein gelassen hatte. Das Geld war es, was ihm weh tat, der Haufen Geld, die vierzig Stück Tausender, die man ihm – er wußte selbst nicht, wie – abgeluchst hatte. Das konnte er nicht verzeihen.

Und so verkroch er sich vor den Menschen, ließ sich nicht mehr blicken, man sah ihn nicht einmal mehr auf der Holzbank vor dem Haus. Drinnen im Zimmer hockte er, in Hut und Stiefeln, den Stock in der Hand, wie irgendein alter Bauer, der im Wartesaal dritter Klasse auf den Zug wartet. Er stach mit der Stockspitze auf dem Boden herum und spuckte dazu. Bis zum Sonnenuntergang hatte er eine ganz hübsche kleine Pfütze zusammengespuckt. Wer spuckt, der denkt. Na gut, Immanuel Kant hat es vielleicht nicht so gesagt, in seiner *Kritik der reinen Vernunft*. Aber jeder nach seinem eigenen Brauch. Bei ihm bedeutete Spucken immer angespanntes Nachdenken. Über seinen Schwiegersohn dachte er nach, diesen dahergelaufenen Mitgiftjäger, der ihn so schlau hereingelegt und ausgeraubt hatte.

Doch Pista war kein Mitgiftjäger. Er hätte das Mädchen auch ohne die vierzigtausend Kronen geheiratet, auch nackt, in dem Hemdchen, in welchem sie seinetwegen in den Brunnen gesprungen war. Er liebte Zsuzsika. Er liebte sie immer stärker. Ich habe noch gar keinen Mann gesehen, der seine Frau dermaßen vergötterte. Ohne daß er sich oder ihr ein Gelübde getan hätte, war er von einem Tag auf den anderen für die Saufbrüdergesellschaft verloren, trank nicht mehr, spielte nicht mehr Karten. Er hing ihr dauernd am Schürzenzipfel. Versteckte sie in seiner Junggesellenwohnung, denn dahin waren sie gezogen, sie hatten nicht einmal eine neue Wohnung genommen. Das Geld brachten sie auf die Bank. Nur gerade eine Chaise kauften sie, und damit fuhren sie in der Gegend umher. Abends spazierten sie durch die verlassenen Straßen und hielten einander an der Hand. Wenn es je eine Liebesheirat gegeben hatte, dann war es die.

Natürlich haben auch Liebesheiraten ihre Nachteile. Wer Liebe in eine Ehe bringt, handelt nicht viel klüger als jemand, der einen schönen, graziösen Leoparden in seinem Heim plaziert, damit er über seine Ruhe wache. Nicht genau das richtige.

Und so gerieten sich die beiden oft in die Haare. Pista war eifersüchtig, und die Frau war es noch mehr. Sie war sogar auf seine Gedanken eifersüchtig. Sie waren beide sehr jung, fast noch Kinder. Nach den Gewittern ging der Regenbogen auf. Sie versöhnten sich unter Tränen. Sie stritten sich und küßten sich wie die Tauben.

Ein paar Monate nach der Hochzeit gerieten sie wegen einer Lappalie wieder aneinander. Das war an einem Frühlingsmorgen. Pista knallte hinter sich die Tür zu und stampfte in sein Büro. Als er am Mittag nach Hause kam, war die Wohnung leer. In der Küche brannte der Herd nicht. Zsuzsika hatte nicht einmal das Mittagessen gekocht. Eine Weile suchte er sie überall, sogar unter dem Bett. Er wartete auf sie, bis nachmittags um drei. Dann ging er zu seinem Schwiegervater.

Der Alte, den er seit der Hochzeit nur einmal getroffen hatte – und auch da waren sie es gewesen, die ihn besucht hatten –, empfing ihn kühl. Auch jetzt gab er ihm die Hand nicht, und er siezte ihn. Was er hörte, überraschte ihn nicht. Er schüttelte bloß den Kopf, zuckte mit den Schultern, brummte etwas herum, seine Tochter sei nicht bei ihm, der liebe Gott möge wissen, wo sie neuerdings stecke, er jedenfalls wisse es wirklich nicht. Im übrigen interessierte ihn die Sache nicht besonders.

Pista schaute im Hof in den Ziehbrunnen hinein und rannte nach Hause. Er hoffte, Zsuzsika sei dort, wenn er kam. Aber sie war nicht dort. Jetzt begann er sich aufzuregen. Wo mochte sie sein, wohin war sie gelaufen? Zsuzsika hatte keine Freunde.

Sie getraute sich noch immer nicht, allein in ein Gasthaus zu gehen. Pista durchsuchte die ganze Stadt, schaute in jede Straße, jeden Durchgang hinein. Er suchte sie auch im Stadtwäldchen. Gegen Abend meldete er – verzweifelt – den Fall der Polizei. Der Wachtmeister riet ihm, noch einmal beim Alten vorbeizuschauen.

Es blieb ihm auch gar nichts anderes übrig. Zuvor aber geriet er an die Rückseite des Hauses, in die andere Straße. Dort sah er im Fenster Licht. Der Alte hatte seiner Lebtag nie eine Lampe brennen lassen, dafür reute ihn das Geld. Es konnte nur Zsuzsika sein, die sich hier versteckte. Er klopfte ans Fenster. Da wurde drinnen das Licht ausgeblasen. Sie war es, sie.

Zu insistieren wagte er nicht. Er kannte sie. So starrköpfig wie der Vater. Auf Willkür antwortete sie mit noch größerer Willkür. Er klingelte am Tor. Der Alte machte auf, nach etlicher Zeit. Pista teilte ihm mit, seine Frau sei hier versteckt. Der Alte stritt das nicht ab, gab es aber auch nicht zu. Pista verlegte sich aufs Flehen, jammerte, er solle doch das Herz seiner Tochter erweichen, ihn mit ihr versöhnen, er wäre ewig dankbar, und er versprach ihm das Blaue vom Himmel dafür. Der Alte dachte lange nach. Dann ließ er sich auf einmal vernehmen, das würde aber halt fünftausend Kronen kosten.

Pista dachte, es sei ein Witz – er lachte sogar darüber –, aber es war kein Witz. Am nächsten Tag ließ ihn der Schwiegervater nicht einmal mehr ins Haus, er knurrte nur etwas zum Fenster hinaus, und als er sah, daß Pista mit leeren Händen gekommen war, schlug er das Fenster zu. Zsuzsika blieb unnahbar. Nahm nicht einmal seine Briefe entgegen. Kurz und gut, Pista bekam seine Frau erst zurück, nachdem er auf der Bank fünftausend Kronen abgehoben und sie dem Alten allesamt in die Hand geblättert hatte.

So wurde er ein erstes Mal erpreßt. Und dann noch zwei

weitere Male. Beim zweiten Mal war es schon teurer, da holte der Alte fünfzehntausend Kronen aus ihm heraus. Der schwerwiegendste war aber der dritte Fall, im dritten Jahr ihrer Ehe, zur Karnevalszeit.

Da ging es wirklich nicht mehr um Kinkerlitzchen. Sie waren auf dem Heimweg von einem Maskenball – dem ersten Ball, an den Zsuzsika von ihrem Ehemann mitgenommen worden war –, und auf der Straße gerieten sie so aneinander, daß Pista, als sie zu Hause waren, seiner Frau im Flur zwei rasche Ohrfeigen gab. Zsuzsika machte auf dem Absatz kehrt und lief in ihren feinen Lackschühlein und ihrem Fee-Ilona-Kostüm auf die Straße hinaus und rannte in der knirschenden Winternacht weinend zu ihrem Vater. Pista, dem die diversen Verhandlungen und Friedensbemühungen, aber auch die immer gesalzeneren Wiedergutmachungen zum Hals heraushingen, nahm sich vor, eine neue Taktik anzuwenden, sich um das Ganze nicht mehr zu kümmern, die Frau würde doch wohl von selbst mürbe, hätte irgendwann genug geschmollt und würde nach Hause kommen. Gedacht, getan. Es vergingen die Tage, es vergingen die Wochen. Drei lange Wochen, ohne daß er von seiner Frau ein Lebenszeichen erhalten hätte. Er wußte nicht einmal, ob sie in jener klirrekalten Winternacht nach Hause gelangt war, hatte keine Ahnung, wie und ob es überhaupt noch um sie stand. Eines Abends spazierte er am Haus des Schwiegervaters vorüber. Das Haus war verschlossen, düster schweigend wie eine Burg.

Pista trank bis zum Morgengrauen. Dann kam er mit einer Zigeunerbande zurück, um die Burg mit Geigen zu nehmen. Bis zum hellen Morgen ließ er unter dem Fenster seiner Frau ihr Lied spielen, nämlich *Aus wie vielen Sternen bestehen deine Augen, Zsuzsika?* Bis zum hellen Morgen sang er das schreiend zu ihrem Fenster, zum schneewolkigen Himmel, zu den Sternen hinauf, als erhoffte er auf diese gänzlich rhetorische Frage, auf diese verzeihliche poetische Übertreibung von irgendwoher eine sachliche Antwort. Niemand antwortete. Nur die Hunde heulten, aus Protest.

Auch die vierte Woche verging. Schon ein ganzer Monat war vergangen. Er beauftragte einen Anwalt, er solle hingehen und in seinem Namen verhandeln. Dem Anwalt erklärte die Frau, sie wolle sich unbedingt scheiden lassen und sie lasse ihren Mann bitten, er möge in Frieden einwilligen. Der Anwalt verhandelte noch eine Woche lang. Dann brachte er die Antwort des Alten, daß der Friede jetzt volle zwanzigtausend Kronen koste.

Wozu es in die Länge ziehen: Pista lief zur Bank, hob den letzten Teil der Mitgift ab, neunzehntausendsiebenhundertsechzig Kronen – den Rest mußte er bei seinen Freunden zusammenklauben –, und er zahlte, reichlich und üppig. Dann, nach einer fast sechswöchigen Abwesenheit, trug er seine Frau auf den Armen heraus, setzte sie triumphierend in die Chaise und fuhr mit ihr nach Hause.

Das habe ich von Leuten gehört, die geschworen haben, daß es wortwörtlich so geschehen war. Glaube ich durchaus. Nur eines bleibt ein Rätsel. Ob sie wohl unter einer Decke steckten, die Frau und der alte Schuft, der die Mitgift seiner Tochter bis zum letzten Kreuzer zurückganoverte? Kann schon sein. Aber es kann auch sein, daß die Frau bloß sein blindes Werkzeug war und die ganze Zeit nur ihren Mann zurückhaben, ihre Liebe immer teurer verkaufen wollte. Auch das ist möglich.

Und da ist noch ein Haken. Danach stritten sie nie mehr. Das ist merkwürdig. Ich kann es mir gar nicht erklären. Vielleicht kannst du's.

Ja, ja. Als sie nichts mehr hatten, waren sie auch gleich

glücklich und zufrieden. Obwohl oft Mangel herrschte. Na gut, sie wußten, daß ein riesiges Erbe auf sie wartete, sobald der Alte die Augen schloß. Das war ja auch jeden Tag fällig. Doch der Alte wollte nicht sterben. Von dem finanziellen Erfolg war er richtiggehend beschwingt und aufgeblüht. Wieder saß er auf der Bank und schwieg.

Er lebte noch jahrelang bei Kräften und Gesundheit. Sag mir, woran liegt es, daß die Geizhälse alle lange leben? Es gibt Leute, die behaupten, der Geiz selbst sei eine Manifestation des ungebrochenen Lebenswillens, und wie alle wahren Leidenschaften sei er nicht tödlich, sondern belebend. Es gibt Leute, die behaupten, eine so zähe, so ausdauernde Gier lasse sich nicht in schwächlichen Organismen nieder, die vor der Zeit sterben. Es gibt Leute, die behaupten, die Geizhälse würden durch die Antipathie, die sie umgibt, gestählt und trotzig gemacht, vom lodernden Haß ihrer Angehörigen am Leben erhalten, so wie die Guten vom eifrigen Gebet ihrer Lieben. Und es gibt Leute, die behaupten, es sei die Erde, die sie zurückhalte, die sie nicht gehenlasse, die sie sich an die schmutzige, schlammige Brust drücke, weil die Geizhälse auf verwandte Art schmutzig und schlammig sind. Das sind Theorien. Mit Theorien läßt sich nichts entscheiden. Aber alles entscheidet sich durch eine nächtliche, gründliche Hirnblutung. Das galt auch für den Alten. Da erbten Pista und seine Frau, und zwar mehr, als sie gehofft hatten, fast eine halbe Million friedenszeitliche Goldkronen.

Ich schwör's dir, ich würde dieses neumodische Märchen gern möglichst heiter abschließen und Zsuzsika und Pista in einem feuerwerkumsprühten lebenden Tableau zeigen, wie sie endlich ihren Lohn erhalten haben und in Saus und Braus leben. Leider kann ich das nicht. Der Alte starb am 2. Juni, und am 28. Juni – du wirst davon gehört haben – brach der Krieg aus. Pista rückte als Reservefähnrich im Ersten Husarenregiment ein. Bevor er zum Schlachtfeld aufbrach, faßte er den Entschluß, sein ganzes Vermögen in Kriegsanleihen anzulegen. Zsuzsika als das beschränkte, bodenständige Bauernkind, das sie war, wollte zuerst nichts davon hören. Sie war der Meinung, sie sollten für einen Teil doch lieber Gold und Land kaufen. Sie ließ sich erst davon abbringen, als ihr Gemahl, der als Mann mehr von Politik verstand, ihr erklärte, daß sie nach Kriegsende ihr Geld mit Zinsen zurückerhalten würden, von der als dankbare Nachwelt auftretenden Hochfinanz. Daß die Sache nicht ganz so lief, konnte Pista nicht mehr erfahren. Und zwar nicht aus eigenem Verschulden. Beim ersten Reiterangriff schlug nämlich eine Granate so in ihn ein, daß von ihm nicht einmal eine Kniescheibe oder ein Messingknopf übrigblieb, und auch sein Pferd war weggeputzt, als seien sie beide vom Erdboden verschluckt worden oder als seien sie in voller Montur zur Milchstraße hinaufgaloppiert, auf diese goldene Himmelsplanke, und wären von dort in ein wundersam schönes Heereshimmelreich hineingeprescht. Zsuzsika wartete eine Weile auf ihn. Und verbrauchte langsam ihre Mittel. Später schlug sie sich mit einer Kriegswitwenrente durch. Dann zog sie aus der Stadt weg. Als ich letzthin hinunterfuhr, hörte ich, sie habe sich auf einem Hof als Dienstmagd verdingt, sei ganz verbäuerlicht, füttere Hühner, stopfe Gänse.

Das Leben ist ganz schön abwechslungsreich, nicht wahr? Da können wir uns wirklich nicht beklagen. Aber laß uns hinzufügen, daß es nicht nur abwechslungsreich ist, sondern auch einen tiefen Sinn hat. Jawohl. Na, wollen wir denn nicht endlich trinken? ...»

Elftes Kapitel

in welchem vom vornehmsten Hotel der Welt die Rede ist

«Kennt ihr die Poesie der Hotels?» fragte Kornél Esti. «Davon könnte ich viel erzählen.

Es gibt die familiären Hotels, in denen man sich heimischer fühlt als im eigenen Nest und dazu unabhängig, ohne die Beengung durch die Familie. Es gibt nette, gemütliche, freundliche Hotels. Es gibt die traurigen Hotels, besonders auf dem Land, die verstimmten Klavieren gleichen und mit ihren blinden Spiegeln und ihrer feuchten Bettwäsche die Melancholie fördern, dann die schauderhaften, verwunschenen, tödlichen Hotels, in denen es sich empfiehlt, an Novemberabenden Selbstmord zu begehen. Es gibt die fröhlichen Hotels, in denen die Wasserhähne lachen. Es gibt abweisende, feierliche, stumme Hotels, geschwätzige Hotels, Saufbrüder-Hotels, muntere Hotels, auffällige, grelle, nichtswürdige Hotels, zuverlässige, ruhige, herrschaftliche Hotels mit der edlen Patina der Vergangenheit, leichtfüßige Hotels, schwerfällige Hotels, gesunde Hotels, in denen sogar von den Abflußrinnen her Licht kommt, und kranke Hotels, in denen der Tisch lahmt, der Stuhl hinkt, der Schrank an Krücken geht, der Diwan lungenkrank ist, die Kissen sterbend auf dem Bett liegen. Also, sehr viele verschiedenartige Hotels gibt es.

Auf dem Heimweg von meiner letzten Rundreise im Ausland macht ich halt in einem kleinen Land. Hier fand ich ein Hotel, das ich in besonderer Erinnerung habe.

Dieses Hotel war vornehm. So vornehm, wie ich noch nie eins gesehen habe. Ich wage zu behaupten, daß es das vornehmste Hotel der Welt war.

Mein Automobil raste zwischen ramponierten Hütten durch den Staub der Abenddämmerung und blieb vor einem mit Gipsrosen und Kuppeln versehenen dreizehnstöckigen Wolkenkratzer stehen, der in lebhaftem Gegensatz zu seiner jämmerlichen Umgebung stand und offensichtlich dem Empfang der hierher verirrten ausländischen Nobilitäten diente.

Es kam mir gleich so vor, als sei ich an keinen gewöhnlichen Ort geraten.

Kaum hatte mein Wagen gehupt, marschierte das Hotelpersonal vor der Drehtür auf. Etwa fünfzehn bis zwanzig Personen. Eine richtige kleine Armee.

Der eine Angestellte machte die Tür meines Wagens auf, der andere half mir beim Aussteigen, der dritte nahm mir den englischen Staubmantel ab, der vierte trug meinen amerikanischen *traveller trunk*, der fünfte meine beiden Koffer, der sechste meine Krokodilleder-Tasche, der siebte meine französische Zeitung, die ich auf dem Sitz hatte liegenlassen. Das alles geschah im Handumdrehen, rasch und reibungslos.

Jene, die bei diesen Verrichtungen keine Rolle bekommen hatten, stellten sich auf dem Gehsteig auf, in lockerer Ordnung, nicht militärisch, aber doch in disziplinierter, schweigender Bereitschaft.

Allesamt trugen sie kordelverzierte Mützen und eine seltsame violette Operettenuniform. Ich schritt an ihnen vorbei wie an einer Ehrengarde. Da flogen – auf keinen hörbaren Befehl – die Mützen von den glattgekämmten Köpfen.

So begrüßten sie die weither gereisten Gäste, mit solch einem unerschütterlichen, unverbrüchlichen, beinahe sohnesmäßigen Respekt, den sie wohl stets in der Tiefe ihres Herzens bewahrten und sich von keiner Wende des Schicksals je entreißen ließen, und daß sie ihn mir noch nicht hatten bezeigen können, lag wohl nur daran, daß sie mich bis dahin nicht gekannt hatten.

Lange musterte ich mein Miniaturheer. Ich hatte den Eindruck, daß es im Notfall auch bereit gewesen wäre, sein Blut für mich zu vergießen. Mir kamen die Tränen. Einen König hätte man nicht mit größerer Hingabe empfangen können.

Das kleine, aber um so heldenmütigere Heer löste sich auf, ohne jeglichen Trompetenklang oder Trommelwirbel, auf ein Zeichen, das der rasierte, graumelierte Herr gab, der sie bis dahin aus dem Hintergrund dirigiert hatte. Das war der Portier. Er redete mich auf englisch an und hatte eine verblüffende Ähnlichkeit mit Edison.

Edison lenkte mich über alle Maßen taktvoll durch die Halle, die mit südlichem Gewächs geschmückt war. Er bat mich in eine Art geräumiges Zimmer, zeigte auf ein Ledersofa und sagte, ich solle ‹die Güte haben, Platz zu nehmen›. Nachdem ich diesem Wunsch nachgekommen war, drückte er auf einen Knopf.

Das geräumige Zimmer begann sich geräuschlos in die Höhe zu heben. Da merkte ich, daß es sich um einen Aufzug handelte.

Ein Meisterwerk von einem Aufzug. Apfelgrüne Glühbirnen verströmten ein gedämpftes Licht, um die empfindlichen Augen der Gäste nicht zu verletzen. Neben dem Ledersofa standen mehrere Ledersessel, auf seidenen Perserteppichen, und da und dort waren Tischchen zu sehen, mit Rauchgarnituren, Illustrierten, Schachbrettern, auf denen die Figuren bereitstanden, ganz offensichtlich, damit sich der Fahrgast die Langeweile des Aufenthalts mit nützlichen, belebenden Vergnügungen vertreiben konnte. Leider hatte ich dazu keine Gelegenheit, denn kaum hatte ich mich umgeblickt und die wirklich geschmackvolle Einrichtung bewundert, ließ der Aufzug ein melodiöses Klicken hören und war an seinem vorbestimmten Ziel, dem ersten Stock, angelangt.

Hier empfing mich eine andere Abteilung von Angestellten, in kaffeebrauner Uniform. Diese öffneten auf einen Wink des Portiers die gegenüberliegende Flügeltür.

Ich durchschritt den Flur und betrat einen Saal, den ich in Anbetracht seiner Ausmaße am ehesten als Thronsaal bezeichnen kann. Brokatvorhänge strömten in malerischen Falten von den Empirefenstern, aus denen sich die Aussicht auf ein flinkes blaues Flüßchen eröffnete. Zu diesem Saal kam noch ein Empfangszimmer mit vergoldeten weißen Stühlen, ein Speisezimmer, ein Schlafzimmer und ein kleinerer Salon, dann ein Badezimmer mit eingelassenem Marmorbecken und venezianischen Spiegeln, vor denen zahllose Duftzerstäuber, Nagelfeilen, kleine Scheren aufgereiht waren. In jedem Raum, auch im Badezimmer, standen dem Gast drei Telephone zur Verfügung. Das eine diente dem Gebrauch im Hotel, das zweite war für die Stadt, das dritte, dessen Muschel rosarot war, für einen unerfindlichen Ort. Geblendet stand ich eine Weile in dieser Suite, dann fragte ich den Portier, was sie pro Tag so ungefähr koste.

Der Portier antwortete nicht. Er schien schwerhörig zu sein. Auch darin glich er Edison. Da war ich schon völlig überzeugt, daß er ihm gar nicht glich, sondern Edison persönlich war.

Ich wiederholte also meine Frage schreiend, wie man es mit

Schwerhörigen zu tun pflegt. Der greise Erfinder hörte es. Doch wie mir schien, nahm er es ein bißchen übel und wurde traurig. Er blickte zu Boden.

Auch das Personal, das in lockerer Habachtstellung vor uns stand, blickte verschämt zu Boden.

Ihre zarten Seelen, die sich bestimmt in höheren Sphären bewegten – in Sphären, die von materiellen Erwägungen nicht beschmutzt werden konnten –, waren von meiner Alltäglichkeit unangenehm berührt, etwa so wie der vom Fieber der Inspiration ergriffene Dichter, den man nach dem Kartoffelpreis fragen würde.

Sie alle schwiegen.

Ich wollte mich gerade rechtfertigen, ich sei eben ein Dichter, der sein Brot mit der mühevollen Arbeit des Schreibens verdient und deshalb das Geld sehr hoch achtet und für sehr wichtig hält, als der Portier seiner Enttäuschung auf die Art Ausdruck verlieh, daß er kühl und zerstreut eine Zahl fallenließ – in Dollars –, eine Zahl, die mich beinahe umwarf.

Ich verlangte ein anderes Zimmer.

Thomas Alva Edison nickte höflich. Er führte mich in den zweiten Stock, wo uns eigelbe Uniformen erwarteten.

Da ich auch den hiesigen Zimmerpreis für unpassend hielt, gingen wir in den dritten Stock, zu den blauweißen Lakaien, dann in den vierten, den fünften, immer höher hinauf.

Schließlich kamen wir im elften Stock an. Hier versahen rotuniformierte, äußerst hübsche blonde Jüngelchen den Dienst.

Der Trupp um den Portier war geschrumpft, aber ich wurde immer noch von einer ansehnlichen Ehrengarde begleitet, durch einen endlosen Korridor. Hin und wieder leuchtete über den Türen ein farbiges Licht auf. Ich erkundigte mich, was das sei.

Auch darauf antwortete er nicht gleich.

Zuerst schien er über meine plumpe Neugier erstaunt, dann darüber, daß es auf diesem Erdenrund noch Menschen gab, die den Zweck solcher Lampen nicht kannten, doch dann teilte er mir in gemessenen Worten mit, daß diese Leuchtzeichen das Klingeln ersetzten und den verschiedenen Teilen des Personals galten, mit denen die Gäste in Kontakt treten konnten, ohne die Ruhe der anderen und die bedingungslose Stille des Hotels zu stören.

Hinten, in einem abgelegenen Winkel, fand ich ein hofseitiges Zimmer, das ungefähr meinen ‹Bedürfnissen› entsprach.

Aber auch das war noch so prächtig, so glanzvoll, daß ich es kaum zu beschreiben wage.

Ich will nur erwähnen, daß ich auf einem Tischchen aus Malachit eine längliche, spinettartige Holzhülse erblickte, auf der fünfundachtzig schwarze und weiße Knöpfe eine Tastatur unbekannter Bestimmung bildeten.

Da ich leidenschaftlich gern Musik mache und leidlich Klavier spiele, setzte ich mich sogleich davor und begann Beethoven zu spielen, die *Sonate pathétique*. Kaum war ich beim *allegretto* angelangt, hörte ich leises Klopfen an der Tür.

Ein befrackter Angestellter meldete sich. Hinter ihm eine dunkle Masse von Bediensteten. Ich zählte sie rasch. Genau fünfundachtzig waren es. Daraus folgerte ich, daß das spinettartige Instrument die Klingelvorrichtung für das Personal war und ich sie mit meinem Spiel – ziemlich unbedacht – alle herbeigerufen hatte. Ich entschuldigte mich.

Die wichtigeren der Diensthabenden benutzten einer um den andern die Gelegenheit, sich vorzustellen.

Ich war einigermaßen erstaunt. Mein Tages-Zimmerkellner glich Chopin, mein Nacht-Zimmerkellner hingegen Shakespeare persönlich. Ich staunte noch mehr, als ich entdeckte, daß eine gewisse Methode dahinter war. Das erste Zimmermädchen sah aus wie Cléo de Mérode, das zweite so wie Marie Antoinette, und die Putzfrau war das genaue Ebenbild von Annie Besant, der berühmten Theosophin.

Meine Verblüffung erreichte aber ihren Höhepunkt, als ich in der dichten Schar der Dienstboten nacheinander Eckener, den heldenhaften Ozeanflieger, dann Rodin, dann Bismarck, dann Murillo erblickte und dann auch noch einen bärtigen, ängstlichen Herrn, der dem unrühmlich aus dem Leben geschiedenen russischen Zaren ähnlicher sah als dessen eigene Porträts.

Das war noch nicht alles. Der Hotelsekretär glich Schopenhauer, der Koch für die kalte Küche sah aus wie Torricelli, der Koch für die warme Küche wie Einstein, der Lagerist wie Caruso und ein blasser, kränklicher Ausläuferbursche wie das rätselhaft verschwundene Kind Ludwigs XVI., der unglückliche Dauphin.

In diesen wackeren Angestellten erwachte ein strahlendes historisches Gruppenporträt internationaler Größen zu neuem Leben.

Welche Rolle die Direktion des Hotels dabei spielte, ob sie die Leute eigens ausgesucht hatte, aufgrund der Ähnlichkeiten und im Sinn eines Aushängeschilds, um mit dieser charmanten Idee die Gäste anzulocken, oder ob diese lebenden Wachsfiguren nur zufällig zusammengefunden hatten, das vermochte ich in der kurzen Zeit nicht herauszufinden.

Hingegen schwöre ich bei allem, was mir heilig ist, daß es wirklich ganz genau so war. Hier glichen alle jemandem, und alles glich etwas anderem.

Schopenhauer fragte mich, womit er mir dienen dürfe. Ich bat ihn, meine staubigen Schuhe reinigen zu lassen, denn ich wolle in die Stadt gehen und in jenem flinken blauen Flüßchen baden, zu dem es mich vom ersten Augenblick an hingezogen hatte.

Der verschlossene Frankfurter Philosoph nahm meinen so natürlich wie menschlich zu nennenden Wunsch zur Kenntnis und versprach, daß er gleich in Erfüllung gehen würde.

Bevor er ging, hatte er nur noch eines zu sagen, nämlich daß jeder Angestellte mehrere europäische Sprachen konnte, noch der ungebildetste mindestens fünf, der Nachtportier hingegen beherrsche fünfzehn lebende Sprachen, außerdem Latein und Altgriechisch, und so könne ich, falls ich zufällig im Morgengrauen heimkäme, mit ihm auf lateinisch oder altgriechisch über meine nächtlichen Abenteuer plaudern.

Und damit ging er hinaus. Darauf klopfte wieder jemand. Nikolaus II. trat ein. Er verneigte sich mit slawischer Demut bis zum Boden, blickte mir dann ins Gesicht, worauf er meine Schuhe ins Auge faßte, ohne sie mit seinen erhabenen Fingern zu berühren.

Das Examen ging ungefähr so vor sich, wie wenn ein praktischer Arzt einen Kranken untersucht und dabei erkennt, daß es sich um die spezifische, komplizierte Erkrankung eines Organs handelt, die er zwar aufgrund seiner umfassenden Ausbildung auch selbst behandeln könnte, aber doch viel gescheiter einem Facharzt überweist.

Diese Erwägungen ließ er mit keinem Wort verlauten. Wiederum verneigte er sich bis zum Boden und entfernte sich.

Bald darauf kam er mit Bismarck, Murillo, Eckener und Rodin zurück. Auch diese starrten auf meine Schuhe. Es war ersichtlich, daß sie alle fünf an einem Krankheitsbild und an einer Prognose arbeiteten. Das Ganze war wie ein ärztliches Konsilium am Bett eines sehr hoch gestellten Kranken.

Sie riefen ein Zimmermädchen herein, dem ich bis dahin –

wenn ich mich recht erinnere – noch nicht begegnet war, Fanny Eisler. Sie erklärte mit klingender Stimme, das gehöre ‹nicht in ihren Wirkungsbereich›.

Wieder ließen mich alle stehen. Nur der getreue Bismarck blieb bei mir.

Nach ein paar Minuten erschienen vier rotuniformierte, äußerst hübsche blonde Jüngelchen vom Flurdienst und rollten ein elektrisch betriebenes, mit einem raffinierten Räderwerk ausgestattetes Gestellchen herein, das sie alle nur mit der Spitze des kleinen Fingers lenkten. Unter der kompetenten Aufsicht Bismarcks hievten sie mit Hilfe eines winzigen Hebekrans meine Schuhe auf das Gestell und transportierten sie hinaus, wobei sie sich tief verbeugten.

Kaum anderthalb Stunden später wurden die Schuhe auf dem raffinierten Apparat wieder hereingeschoben. In diesem Augenblick waren sie bereits glänzend sauber.

Angeregt von solcher Vornehmheit, solch ungewohnter Aufmerksamkeit, ging ich baden. Bis zum Abend planschte ich in dem Flüßchen. Ich kam erst zum Abendessen zurück.

Im Speisesaal waren da und dort ein paar Gäste auszumachen. Für mich hatte man an einem sehr langen Tisch gedeckt, wie man sie für Bankette zu benutzen pflegt. Selbstverständlich saß ich auf dem Ehrenplatz, in der Mitte, allein.

Schon wurde das schmackhafte, aus zwölf Gängen bestehende Abendessen aufgetragen. Ich möchte nur gerade die Meerkrebse hervorheben, die in einer dichten, hellgrauen Sauce schwammen, mit ihrem marmorartig rosaroten Fleisch. Im übrigen trank ich eher. Zuerst mein Lieblingsgetränk, das helle Bier, das Goldbier, dessen herben Schaum, dessen fast nahrhaften, an frischgebackene Roggenwecken erinnernden Hopfenduft ich seit meiner Kindheit liebe. Ich fuhr mit Wein fort, mit Rheinwein und griechischem Süßwein. Am Ende legte ich mich auf Champagner fest. Immer neue Flaschen standen im Kübel, süße und trockene, die zwischen den Diamantkristallen des künstlichen Schnees langsam kalt wurden.

Die Fische kamen aus der Fischküche, der Kaffee aus der Kaffeeküche. Mehrmals wurden frische Blumensträuße in die Vasen gestellt, damit sie nicht etwa welkten, solange sich meine Augen und meine Nase an ihnen erfreuten.

Nach dem Essen verlangte ich die Rechnung. Das Personal lächelte hinter vorgehaltener Hand. Sämtliche Essen verliefen auf diese Weise. Das Personal erwies sich überhaupt als außerordentlich diensteifrig. Hätte ich gewünscht, daß sie die Stadt anzündeten oder ihren geliebten Fürsten umbrachten und mir am folgenden Mittag seinen Kopf in der Silberschüssel zu *Irish-Stew* zubereitet auftrugen, hätten sie es, davon bin ich felsenfest überzeugt, ohne zu mucken, getan.

Ihre Höflichkeit wuchs ins Unermeßliche. Ihre Zahl auch. Ich schätzte sie manchmal auf vierhundert, manchmal auf achthundert. Da ich aber im Hotel während meines ganzen Aufenthalts insgesamt nur acht Gäste sah, entfielen auf den einzelnen Gast, auch auf mich, ungefähr hundert Bedienstete.

Wenn ich über die lärmschluckenden Teppiche des Korridors schritt, drückten sie sich als stumme Karyatiden an die Wände. Ich nahm ihre Existenz erst wahr, wenn sie ihre Mützen lüfteten und mich leise grüßten. Bescheidenheit und gute Manieren waren bei ihnen zur zweiten Natur geworden. Automaten waren das, nicht Menschen.

Ein einziges Mal kam es vor, daß ein Kellner, die Zigarette in der Hand versteckt, Rauch ausblies, doch als er mich sah, schämte er sich, so niedrigen Leidenschaften zu frönen, und die Zigarette verschwand sogleich. Wohin, das weiß ich noch heute nicht. Vielleicht hatte er sie in einen der überall herumstehenden, mit Asbest ausgelegten und luftdicht verschließbaren Aschenbecher geworfen, oder vielleicht hatte er sie in seiner Gewissensnot rasch in den Mund genommen und sie samt Glut und Spitze zerkaut und verschluckt. Letzteres ist wahrscheinlicher.

Ich wiederhole, das Personal war einsame Spitze. Täglich ließen sie sich etwas Neues einfallen. Sie überreichten mir auf holzfreiem japanischem Papier gedruckte, auch als Festschrift verwendbare Memoranden, hervorragend formulierte und enorm reichhaltige Informationsblätter, auf denen sie mich unermüdlich auf die Dalcrose-Tanzschule und die Mansendink-Turnhallen des Hotels aufmerksam machten ebenso wie auf das hoteleigene Bakteriologie-Labor, das hoteleigene Kopier-, Stenographier- und Maschinenschreib-Büro, die hoteleigene hübsche Hundebadeanstalt, das hoteleigene Autoreifen-Lager, ja, auch auf das reichbestückte hoteleigene psychologische Institut, in welchem herausragende Psychologen zu jeder Tages- und Nachtstunde die hochgeschätzten Nerven- und Geisteskranken des Hotels fachgerechter Behandlung unterziehen würden.

Ich möchte euch nicht mit weiteren Einzelheiten ermüden, sondern vermelde nur noch, daß ich zehn Tage in dieser anmutigen Umgebung verbrachte.

Eines Morgens sprach ich in die neben meinem Bett befindliche Sprechanlage, ich wolle am nächsten Nachmittag mit der um zwei Uhr elf abgehenden elektrischen Eisenbahn nach Hause fahren, und sie möchten meine Truhe und meine Koffer – außer der Krokodilleder-Tasche, in der ich meine Manuskripte aufbewahre – an meine Budapester Adresse aufgeben. Ich schickte das Wachsröllchen der Sprechanlage mit Nikolaus II. zu meinem Freund Edison hinunter. Der Zar kam mit einem anderen Wachsröllchen zurück. Ich legte es in den Apparat und erfuhr, daß der Portier ‹die nötigen Schritte unternommen› hatte.

Von da an verdoppelte sich die Aufmerksamkeit des Personals und steigerte sich von Stunde zu Stunde, von Minute zu Minute in geometrischer Potenz. Annie Besant, die Putzfrau, grüßte seufzend. Cléo de Mérode, Fanny Eisler, Marie Antoinette schlichen traurig um mich herum, als würden sie meine Abreise wohl kaum überleben, sondern vor Kummer ihrem jungen Leben mit Gift ein Ende setzen. Chopin, Einstein, Murillo, Bismarck, Schopenhauer, Torricelli, Nikolaus II., Caruso, Rodin und auch der unglückselige kleine Dauphin grüßten, sooft sie mich im Korridor erblickten, mit einem düsteren ‹Guten Morgen, Guten Abend›. Es klang wie der Mahnspruch in den Kartäuser-Klöstern: *Memento mori.*

Weswegen mahnten sie mich eigentlich? Zuweilen dachte ich, vielleicht wegen des Trinkgelds, das sie sich wahrlich verdient hatten. Doch es genügte ein Blick auf ihre Gesichter, in denen sich der Schmerz über meine baldige Abreise spiegelte, es genügte der Blick auf ihre rotgeweinten, wenn auch diskret abgewandten Augen, um mich vom Gegenteil zu überzeugen.

Nach dem Abendessen ließ mir Edison im Speisesaal durch den Oberkellner auf einem Silbertablett einen Zettel präsentieren. Es war der Eisenbahn-Frachtschein, der bezeugte, daß mein gesamtes Gepäck bereits als Eilgut nach Hause unterwegs war und daß die Transportkosten vom Hotel – selbstverständlich – in voraus ‹beglichen› worden waren.

Ich nickte zustimmend und zog mich auf mein Zimmer zurück.

Bevor ich einschlummerte, wurde ich von höllischem Lärm aufgeschreckt. Eine Art Männerchor schmetterte mir aus nächster Nähe eine ‹stille gute Nacht› ins Ohr. Ich stürzte mich aus dem Bett. Niemand war im Zimmer. Vielmehr war es so, daß die überaus aufmerksame männliche Belegschaft des Hotels, die, wie man ja weiß, über einen eigenen Sender verfügt, voller Enthusiasmus durch den Radio-Lautsprecher zu mir hereinrief.

Das gleiche geschah am Morgen, mit dem Unterschied, daß mich diesmal die Silberstimmen des weiblichen Personals weckten, indem sie mir einen guten Morgen wünschten.

Am letzten Tag suchte ich Edison in seiner Portiersloge auf und wollte zahlen. Bei der Erwähnung des Wortes Geld erschien auf seinem Gesicht das verächtliche Weltschmerz-Lächeln. Er versicherte mir, daß ich noch Zeit hatte, meine ‹Rechnung in Ordnung zu bringen›, fahre mein Zug doch erst nach zwei Uhr, und ich würde ja noch bei ihnen zu Mittag speisen. Im übrigen befinde sich meine Rechnung durchaus in Arbeit, gerade jetzt werde sie bei der zentralen Buchhaltungsstelle mit dem letzten künstlerischen Schliff versehen.

Mit der Krokodilleder-Tasche in der Hand spazierte ich zum Palmenhain am Stadtrand, wo ich bis dahin jeden Tag an meinem für seine Unmittelbarkeit und heiße Triebhaftigkeit zu Recht berühmten Liebesliederzyklus, *Hemmungen und Übertragungen*, gearbeitet hatte.

Ich setzte mich auf den Marmorrand des Springbrunnens. Eine Weile sann ich vor mich hin. Dann versuchte ich nach meiner bewährten Methode die schöpferische Ekstase herbeizubeschwören. Ich schlug mehrmals hintereinander die Stirn gegen den Marmorrand. Schöpferisch vermag ich nur zu sein, wenn ich meinen Verstand völlig ausschalte.

Leider gelang das nicht sofort. Der Verstand ist etwas ganz Dummes. Auch jetzt drängte er sich mir fortwährend auf.

Und dann erinnerten mich auch andere daran, daß es auf der Welt den Verstand gibt. Unter anderem das Hotelpersonal.

Wenn ich niesen mußte, wurde mir durch einen Lautsprecher, der auf einer fünf Meter hohen Palme montiert war, der Wunsch der männlichen und weiblichen Hotelangestellten übermittelt, es möge zu meiner Gesundheit sein.

In ein paar Stunden hatte ich dennoch eins meiner Hauptwerke geschrieben, eine Dichtung in zwei Versen, die von Elinor, meiner letzten Geliebten, und dem unbewußten Haß handelten, den sie für mich empfand.

Diese ungeheure geistige Anstrengung hatte mich vollkommen ausgelaugt. Danach starrte ich wieder zwei Stunden vor mich hin. Ich wartete darauf, daß mein Verstand zurückkehre.

Ich fuhr hoch, als sich ein Flugzeug auf der nahen Lichtung niederließ, leicht und anmutig wie eine Libelle.

Es war ausgerechnet in meine Heimat unterwegs. Ich weiß gar nicht, warum, aber ich setzte mich hinein und befahl dem Piloten, mich so rasch wie möglich nach Hause zu bringen.

Hoch oben in der Luft, als der Höhenmesser schon siebentausend Meter anzeigte und das flinke blaue Flüßchen nur mehr so breit aussah wie der Platinreif um Elinors Handgelenk, über den Wolken, über den Alpen, kam mir plötzlich in den Sinn, daß ich vergessen hatte, meine Hotelrechnung zu begleichen, und daß ich den Bediensteten, die fast zwei Wochen lang so liebevoll an meiner Seite gewacht hatten, zufällig auch kein Tringeld gegeben hatte.

Da ich auch in der Psychologie hervorragend beschlagen bin und weiß, daß es keinen ‹Zufall› gibt und daß wir nichts grundlos ‹vergessen›, kam mir das gleich verdächtig vor.

Ich begann mich blitzschnell zu analysieren. Während das Flugzeug mit einem kühnen Schwung einen Purzelbaum schlug und ich mit dem Kopf nach unten über der Erde schwebte, fuhr ich mit der Seelenanalyse fort und schloß sie dann auch erfolgreich ab.

Ich stellte fest, daß diese meine Handlung unbewußt-bewußt gewesen war beziehungsweise bewußt-unbewußt. Aber klug war sie gewesen, sehr sogar.

Ich hätte gar nicht anders handeln können.

Schließlich geht es ja nicht, daß man ein so vornehmes Hotel, so vornehme Angestellte beleidigt, indem man sie bezahlt. Das wäre eine Taktlosigkeit gewesen, eine ganz grobe Taktlosigkeit.»

Zwölftes Kapitel

in welchem der Präsident, Baron Wilhelm Eduard von Wüstenfeld, unsterbliche Gestalt und Lehrmeister seiner Studentenzeit in Deutschland, durch das ganze Kapitel hindurch schläft

Viertel vor zwei Uhr nachts im Kaffeehaus *Torpédo*, so lautete die Verabredung.

Ich gab mir Mühe, pünktlich zu sein. Aber ich bekam nicht gleich einen Wagen. Und dann fiel Eisregen. Mein Wagen konnte nur vorsichtig im Schrittempo fahren. Es war beinahe Viertel nach zwei, als ich das Séparée des *Torpédo* betrat.

Mein Erscheinen wurde mit empörtem Zischeln quittiert. Kornél Esti, der schon mit vollem Schwung redete, warf mir einen vernichtenden Seitenblick zu und verstummte.

Um ihn herum die gewohnte zusammengewürfelte Gesellschaft, rund zehn Schriftstellertypen und ein, zwei Frauen. Vor ihm ein Glas Stierblut, ein Silbertablett, darauf das feenzarte Skelett einer Forelle und die hellgrünen Reste irgendeiner Sauce.

In der feindseligen Stille warf ich den Pelzmantel ab und zündete mir eine Zigarette an. Jemand setzte mich flüsternd über den Vorlauf der angefangenen Geschichte in Kenntnis.

Er erzähle von seinen Studentenjahren in Deutschland, von einem vornehmen, feinen alten Herrn, der herausragenden Gestalt des Darmstädter öffentlichen Lebens – mit vollem Namen: Baron Wilhelm Friedrich Eduard von Wüstenfeld –, dem Präsidenten der Germania, des Städtischen Bildungsvereins, der aber, sei es als Präsident, sei es als Direktor, auch noch zahlreichen anderen politischen, literarischen und wissenschaftlichen Vereinigungen, Verbänden, Gesellschaften, Kommissionen und Komitees vorgestanden habe.

«Also», fuhr Kornél Esti fort, «das lief immer so ab, wie ich schon gesagt habe. Der Präsident eröffnete die Sitzung und schlief dann ein. Der Vortragende hatte das Pult noch nicht erreicht, und der Präsident schlief schon. Wie ein Säugling war er rasch und unvermittelt eingeschlafen. Er stürzte vom Rand des Wachseins direkt in den tiefsten Abgrund des Schlafs. Machte die Augen zu und schlief tief und selig.

Der Vortragende trat ans Pult, bedankte sich für den Applaus, machte nach allen Seiten seine Verbeugungen, nahm Platz, ordnete seinen bedrohlich aufgetürmten Manuskripthaufen, räusperte sich und setzte zu seinen Ausführungen an, die entweder von der Wesensbetrachtung des dynamischen Seins oder von den Tier- und Pflanzennamen in der Liebeslyrik Heinrichs von Morungen handelten, doch das alles ging den Präsidenten nichts mehr an, da er durch eine unsichtbare Geheimtür aus der bewußten Welt unauffällig hinausgeflüchtet war und nur seinen Körper als Pfand hinterlassen hatte, auf dem präsidialen Sessel.

Nachdem der Vortragende geendet hatte, rief der Präsident anhand des gedruckten Programms den nächsten aufs Podium, dann den dritten, und während diese ihre Pflicht taten, tat auch er die seine.

Versteht das richtig: die Vortragenden und der hin und wieder kurz unterbrochene, sonst aber ausdauernde und kontinuierliche Schlaf des Präsidenten standen in einer Wechselwirkung, in einer schicksalhaften Beziehung, geradezu in einem Kausalzusammenhang. Der Präsident eröffnete die Sitzung und schloß die Augen. Der Präsident schloß die Sitzung und öffnete die Augen. Anfänglich verstand ich das überhaupt nicht.

Ich war jung und unerfahren nach Deutschland gekommen. Damals war ich schon vier Jahre im Ausland umhergestreift, unter den fröhlichen, ungezwungenen Franzosen. In Paris hatte mich das strenge Telegramm meines Vaters erreicht, ich solle sofort nach Deutschland fahren und meine Studien dort fortsetzen, und zwar solle ich mich ausschließlich mit den Wissenschaften befassen und nicht mit Literatur wie bis dahin. Er betonte in seinem Telegramm, daß er mir, falls ich nicht gehorchte, mein Monatsgeld streichen würde. Vielleicht deshalb, vielleicht auch aus meiner tiefen Liebe zu ihm kam ich seinem Wunsch sogleich nach. Jedenfalls bin ich ihm bis heute dankbar, daß er mich dazu gezwungen hat. Ohne ihn hätte ich die Deutschen wohl nie kennengelernt.

Natürlich hatte ich von ihnen schon das eine und andere gehört. Ich wußte, daß sie eins der ganz großen Völker der Welt sind und der Menschheit die Musik und das abstrakte Denken geschenkt haben. *Thatenarm und gedankenvoll,* wie es ihr göttlicher Hölderlin singt. Ich summe Bachfugen und Goetheverse, wenn ich wirklich traurig bin. Zwischen Tannenwäldern und Bergen lebt ein tiefsinniges, fleißiges Volk – so sann ich –, über sich den gestirnten Himmel und in sich das moralische Gesetz. Kurz und gut, ich hatte eine große Achtung vor den Deutschen. Vielleicht achtete ich sie unter allen Völkern am höchsten. Aber ich kannte sie nicht. Die Franzosen hingegen hatte ich gern.

Was für ein Verlust wäre es gewesen, wenn diese nähere Bekanntschaft ausgeblieben wäre. Eine neue Welt eröffnete sich vor mir. Kaum war mein Zug auf deutschem Gebiet eingefahren, kam ich nicht mehr aus dem Staunen heraus. Mein Mund stand praktisch die ganze Zeit offen, woraus meine Mitreisenden folgerten, ich sei schwachsinnig. Überall Ordnung und Sauberkeit, in den Dingen und auch in den Menschen.

Zuerst stieg ich an einem kleinen Badeort aus, um mir den Staub abzuwaschen. Ich brauchte niemanden zu fragen, wo das Meer sei. Auf den saubergewischten Sträßchen stand alle zehn Meter eine hübsche Säule, daran ein Emailleschild mit einer richtungweisenden Hand, darunter der Text: *Zum Meer.* Besser hätte man den Fremden nicht leiten können. Ich kam zum Meer. Dort wurde mir allerdings etwas seltsam zumute. Am Ufer, einen Meter vom Wasser entfernt, stand eine höhere, aber sonst den anderen völlig gleiche Säule und daran ein größeres, aber sonst den anderen völlig gleiches Emailleschild mit folgendem Text: *Das Meer.*

Ich, der aus der lateinischen Welt hierhergekommen war, empfand das zunächst als höchst überflüssig. Schließlich brandete ja das bewegte Unendliche vor mir, und es war nicht anzunehmen, daß jemand die Nordsee mit einem Spucknapf oder einer Dampfwäscherei verwechseln würde. Später sah ich ein, daß ich mich in meiner jugendlichen Oberflächlichkeit getäuscht hatte. Gerade darin bestand die wahre Größe der Deutschen. Das war die Vollkommenheit an sich. Ihr Hang zur Philosophie verlangte von ihnen, daß sie das Theorem abschlossen und das Resultat auswiesen, so wie die Mathematiker in einer Ableitung auch oft schreiben, daß 1 = 1, oder in einer logischen Beweisführung festgestellt wird, daß Peter = Peter (und nicht Paul).

In Darmstadt mietete ich ein bescheidenes Studentenzimmer bei einem Böttchermeister. Auch da warteten Überraschungen auf mich. Die Familie war angenehm, zuvorkommend, sehr sauber. Der Vater des Böttchers, ein alter Herr, offenbar aus einfachen Verhältnissen, gab sich wohlwollend mit mir ab, mit dem aus der Fremde hierhergeratenen Niemand. Abends, wenn ich nach Hause kam, sagte er jedesmal: Na, junger Mann, erzählen Sie mir, was Sie heute 1. in menschlicher, 2. in literarischer, 3. in philosophischer Hinsicht erfahren haben. Diese Frage konnte ich nicht immer beantworten. Nicht nur, weil ich noch kaum Deutsch konnte. Mich verwirrte dieser ungewohnte Tiefgang, diese dem deutschen Hirn so vertraute Kategorisierung. Mein ungeschliffenes Hirn platzte fast. Ich erinnerte mich mit Mühe, daß ich am Vormittag in der Bibliothek ein bißchen Hegel gelesen, dann im Studentengasthaus Dilltunke gegessen hatte und am Nachmittag mit Minna in den städtischen Parks umhergezogen war. War wohl die Bibliothek die menschliche Erfahrung, die Dilltunke die literarische und Minna die philosophische, oder war es umgekehrt? Für mich waren die drei bis dahin eins gewesen. Ich vermischte die Bibliothek mit der Dilltunke und mit Minna, die menschliche, die literarische und die philosophische Erfahrung. Es brauchte eine geraume Weile, bis ich – dank der dauernden geistigen Gymnastik – das alles auseinanderhalten konnte.

Ein rätselhaftes Volk, weiß Gott. Kein anderes ist so rätselhaft. Es denkt fortwährend. Ich traf nacheinander Burschen, die ‹aus Prinzip› nur Rohkost aßen, die ‹aus Prinzip› morgens Atemübungen machten, die ‹aus Prinzip› nachts auf einer harten Liege und ohne Decke schliefen, sogar noch im kältesten Winter. Ihre Bildung ist atemraubend. Sie gehen vom Gymnasium an die Universität, aber auch da beenden sie ihre Studien nicht, und ich habe den Verdacht, daß sie sich danach allesamt am Universum einschreiben. Das Universum mit seinen Myriaden von Sternen ist in ihren Betrachtungen immer vorhanden, ja auch in ihren Terminkalendern. Sogar die Mädchen und Frauen erwähnen es so beiläufig wie ein bekanntes Vergnügungslokal. Im allgemeinen sind die deutschen

Frauen gefühlvoll und romantisch. Sie gleichen den französischen Frauen. Vielleicht gibt es nur den Unterschied zwischen ihnen, daß die französischen Frauen große Augen haben, die deutschen Frauen hingegen eher große Beine und eine große Seele, die alles Schöne und Edle augenblicklich aufnimmt. Gleich in der ersten Minute der Bekanntschaft zeichnen sie ein erschöpfendes, kluges und abstraktes Charakterbild von sich selbst. Sie enthüllen die Achse und den Querschnitt ihres Seelenlebens, zwei oder drei seiner Haupteigenschaften sowie seine allgemeinen Symptome, auf die Art, wie der Kranke dem Arzt seine Krankheit schildert. Sie sind enorm ehrlich. Verheimlichen auch ihre Fehler nicht. Für Menschliches schämen sie sich nicht. Eine charmante geschiedene kleine Frau, der ich an einem gelben Herbstnachmittag unter den Linden den Hof zu machen begann, gestand mir, sie habe vom Gebären Hämorrhoiden bekommen und leide heute noch daran. Ich hatte mich nicht danach erkundigt, sie teilte es mir nur mit, weil es ehrlich und menschlich war. Eine schwindelerregende Welt.

Nacheinander öffneten sich vor mir die Türen der besten Häuser. Sie nahmen mich auf, als wäre ich gar kein Fremder. Das wenige, das an mir etwas wert ist, erkannten sie an. Sosehr sie an ihrer nationalen Zugehörigkeit hängen, so sehr respektieren sie alle anderen Nationen. Sie verkünden keine internationalen Prinzipien. Sie setzen sie um. Die Deutschen sind instinktiv menschlich. An ihrem Familientisch hatte auch ich meinen Platz. Ich will zwar nicht verheimlichen, daß ich auch hier über das eine und andere staunte. Nach dem Abendessen boten sie mir zum Beispiel einen länglichen, stangenförmigen, blassen und ganz übelriechenden Käse an, den sie *Leichenfinger* nannten. In mein Glas gossen sie einen dunkelroten Likör, der sogar auf dem Firmenetikett *Blutgeschwür* hieß. Als gut erzogener Mensch biß ich in den Leichenfinger und spülte ihn mit der roten klebrigen Absonderung hinunter.

Nur etwas gab es, womit ich mich lange nicht anfreunden konnte. Ihre Senfbehälter. Auf den Tischen der besseren Familien steht ein ganz seltsamer Senfbehälter, mit dem – wie ich später erfuhr – der Fabrikant ein Vermögen gemacht hatte, man riß einander das Produkt aus den Händen, er kam mit Herstellen gar nicht nach. Dieser Senfbehälter stellt ein winziges, aus weißem Porzellan bestehendes Klosett mit Wasserspülung dar, mit einem herunterklappbaren braunen Deckel, alles täuschend echt, nur die Aufschrift verrät, daß es sich um Senf handelt. Darin bewahren sie den gelblichbraunen Senf auf, den sie beim gemütlichen Schmaus auf die Blutwurst schmieren. Anfänglich begriffen sie nicht, warum ich nur mit mäßigem Appetit aß, wenn der neckische kleine Gegenstand vor mir aufgestellt war. Sie fanden ihn lustig. Auch die Braut und der Bräutigam betrachteten ihn lächelnd, da sie wußten, daß in ihrem künftigen Heim ein solcher Behälter ebenfalls vorhanden sein würde. Würdige Familienmütter, vor denen man sich nicht die leiseste Anzüglichkeit hätte erlauben dürfen, reichten ihn mit schelmischer Gebärde den Gästen weiter. Die kleinen Jungen schnüffelten grimassierend daran und leckten die an der Porzellanschüssel klebenden braunen Flecken ab, und die kleinen Mädchen, die auf Veranlassung ihrer gütigen Eltern mit gefalteten Händen in betender Haltung photographiert wurden, wühlten lustvoll im geronnenen Brei und verdünnten ihn, leidenschaftlichen Kanalisationsreinigern gleich, mit Essig.

Ich gestehe, daß ich von dieser gesund-studentischen Munterkeit eine Zeitlang befremdet war. Obwohl ich zuvor schon durch die Pariser Schule gegangen war und die dick aufgetragenen Schweinereien und hauchdünnen Zweideutigkeiten der Vaudeville-Theater auf dem Montmartre genossen und auch die dekadente Dichtung, die oft den Verfall und die Unzucht feiert, studiert hatte. Das hingegen war mir nicht geheuer. Gerade die Unbefangenheit verblüffte mich, das Kichernd-Gemütliche an der Teufelei. Aber wer vermag schon ein anderes Volk zu verstehen?

Ein unergründlich rätselhaftes Volk, ich wiederhole es. Ein treues, kluges, aufmerksames Volk. Wenn ich krank war, machte mir die Hausfrau persönlich das Bett, schüttelte die Decke auf, klopfte das Kissen zurecht, machte mir Wickel, maß mir das Fieber, gab mir Lindenblütentee zu trinken und pflegte mich mit mütterlicher Hingabe und großem Sachverstand. Nur die deutschen Frauen wissen, wie man jemanden pflegt. Sie ließen auch den Arzt kommen. Die deutschen Ärzte haben nicht ihresgleichen. Noch der geringste nimmt es mit einem ausländischen Universitätsprofessor auf. Ihre vergißmeinnichtblauen Augen blicken verständnisvoll auf die Stirn des Fiebernden, so sachlich wie liebevoll. Von ihren Medikamenten, die von den besten Arzneimittelfabriken der Welt in millionenfachen Varianten hergestellt werden, wird man schon gesund, wenn man sie nur anschaut. Ich sagte immer wieder, ich möchte nur unter Deutschen krank werden und sterben. Leben hingegen möchte ich wenn möglich anderswo: hier bei uns und in meiner Freizeit in Frankreich.

Aber ich ging ja nicht zum Leben dorthin, sondern zum Lernen. Vor allem, um ihre etwas harte und spröde, verschlungene und komplizierte, aber wunderbare uralte Sprache zu lernen, in der ich erst höchst unbeholfen herumstotterte. Oft verstand ich nicht, was sie sagten. Oft verstanden sie nicht, was ich sagte. Diese beiden Mängel glichen sich nicht aus, sondern steigerten einander. Mein ganzer Ehrgeiz war es, Deutsch zu können. Ich spitzte die Ohren wie ein Geheimpolizist. Mit allen fing ich ein Gespräch an. Es liefen ja lebende Wörterbücher und Grammatiken umher. Ich wollte in allen blättern. Sogar dreijährige Kinder grüßte ich zuerst, weil sie besser Deutsch konnten als ich, obwohl ich Kants *Prolegomena* im Original gelesen und verstanden hatte. Wenn ich auf der Straße einen Wortfetzen nicht verstand, verdüsterte sich meine Laune. Einmal war ich fast zum Selbstmord bereit, als ein Händler, der den fremden Tonfall meiner im übrigen leidlichen Rede ausgemacht hatte, auf meine Fragen nicht antwortete, sondern – bestimmt aus Zuvorkommenheit – Zeichen machte wie einem Taubstummen oder einem Wilden. Ich arbeitete mit unermüdlichem Fleiß und ließ nichts aus, was meinen Fortschritt fördern konnte. Leider erlitt ich viele Niederlagen. Nach einem Studentengelage fuhr ich spät in der Nacht mit einer Droschke nach Hause. Ich fragte den Kutscher, was ich ihm schuldig sei. Wahrscheinlich verstand ich ihn nicht richtig und drückte ihm zuwenig in die Hand. Der Kutscher begann zu brüllen, nannte mich einen verlausten Kerl, zwickte sogar mit der Peitsche nach mir, aber ich war einfach nur überwältigt, wie korrekt er die unregelmäßigen Verben konjugierte, wie meisterlich er Subjekt und Prädikat aufeinander bezog, wie reichhaltig sein Wortschatz war, und ich kramte nach meinem Bleistift, um alles zu notieren. Da war auch der Kutscher einigermaßen überwältigt. Nicht von seinem eigenen Wortschatz, sondern von der Tatsache, daß ich seine schmutzigen Grobheiten so ergeben hinnahm. Er dachte, ich sei so etwas wie ein Sektenbruder oder ein Verrückter. Dabei war ich bloß ein Linguist.

Und so ging ich eben überallhin, wo man öffentlich oder nicht öffentlich Deutsch sprach. Die Germania und andere Bildungsvereine hatten wenige so leidenschaftliche Besucher wie mich. Ich mußte deutsche Rede hören, koste es, was es wolle, und was sie besagte, kümmerte mich nicht.

Gestattet mir, nach dieser langen, aber notwendigen Abschweifung endlich wieder zu Baron Wüstenfeld, dem Präsidenten, zurückzukehren, der, als wir ihn verließen, schlief und der, wie ich euch versichern kann, immer noch schläft. Was die Darmstädter dazu sagten? Na ja, sie hatten sich daran gewöhnt. Später gewöhnte auch ich mich daran. Aber ich weiß noch, daß ich anfangs bei einem Vortrag den neben mir sitzenden Darmstädter Bürger fragte, warum denn der Präsident immer schlafe. Der Darmstädter Bürger war über meine Frage erstaunt. Er schaute mich an, schaute dann zum Präsidenten und antwortete sachlich, der Präsident schlafe tatsächlich, aber schließlich sei er ja der Präsident, und er zuckte mit den Schultern, als hätte ich ihn gefragt, warum die Sonne scheine. Der Präsident war Präsident, um zu schlafen. Man nahm es zur Kenntnis und ging zur Tagesordnung über.

Ich entschuldigte mich für meine Neugier. Die Zeit verging, und mir wurde klar, daß sie recht hatten. Der Präsident war ein alter Mann. Ein sehr alter Mann. Ein sehr alter und sehr müder Mann. Wohl deshalb nannte man ihn überall den ‹unermüdlichen Vorkämpfer für die öffentliche Bildung›. Man nannte ihn auch den ‹wachen Hüter der öffentlichen Bildung›, und das nicht aus Hohn und Spott und auch nicht grundlos. Dieser hochkultivierte, weltkundige Mann, der eine lange Karriere hinter sich hatte, war von früh bis spät emsig am Werk, stand seinen Mann im öffentlichen Leben. Schon am frühen Vormittag eröffnete er eine außerordentliche Versammlung, am Mittag berief er eine Kommission ein, am Nachmittag leitete er eine politische Sitzung, und am Abend hielt er bei einem Bankett die Rede auf den Gefeierten. Er präsidierte überall, klingelte überall mit dem Glöckchen und sprach überall die einführenden oder abschließenden Worte. Dazwischen erschien er überall, wo er erscheinen mußte, und sein Name fehlte auf keiner Präsenzliste. Ist es ein Wunder, daß er, die Last der Jahre mitschleppend, von so vielen fieberhaften, nützlichen Aktivitäten erschlafft war?

Wahrlich kein Wunder. Allmählich hielt auch ich für natürlich, was ganz Darmstadt, ganz Hessen, ja, ganz Deutschland für natürlich hielt. Wenn ich, leichtfertiger Student, im ehrwürdigen, holzgetäfelten Raum der Germania hereinplatzte und sicher sein wollte, rechtzeitig gekommen zu sein, blickte ich nicht auf die Pendeluhr an der Wand, auch nicht auf das Rednerpult, auch nicht aufs Publikum, sondern nur auf das Podium des Präsidenten. Schlief der Präsident, wußte ich, daß die Sitzung begonnen hatte. Schlief er noch nicht, wußte ich, daß sie noch nicht angefangen hatte, und ich spazierte auf den Korridor hinaus, um noch eine Zigarette oder zwei zu rauchen. Ich wurde richtiggehend darauf geprägt, daß der Schlaf des Präsidenten gleichbedeutend war mit dem Beginn der geistigen Arbeit, ihr untrügliches Kennzeichen und wissenschaftlicher Gradmesser.

Selbst die Vortragenden waren dieser Meinung. Ob sie von dieser Gewohnheit ihres Präsidenten nicht verwirrt und gekränkt waren? Im Gegenteil. Sobald das erste Wort ihres Vortrags den Präsidenten unwiderstehlich in Schlaf gewiegt hatte, schöpften auch sie Mut und Inspiration aus seinem Schlummer. Wenn sie sahen, daß er noch wach war, warteten sie lieber noch ein bißchen – tranken Wasser, rückten die Lampe hin und her –, doch lange mußten sie nicht warten, denn schon schlief der Präsident den Schlaf des Gerechten. Einige wagten in den ersten Minuten kaum zu sprechen. Die Einführung trugen sie leise vor, flüsterten beinahe, so wie die Mütter an der Wiege ihrer Kinder. Ihre Gedanken und Gefühle schlichen gleichsam auf Zehenspitzen, erst danach erhoben sie die Stimme, erst danach überließen sie sich den Freuden der rhetorischen Steigerung, erst dann nämlich, wenn sie sich überzeugt hatten, daß der Schlaf des Präsidenten seine richtige Tiefe erreicht hatte und ihn nichts mehr wecken konnte. Brauche ich zu sagen, daß diese rührende, kindliche Aufmerksamkeit, diese größter Ehrfurcht entspringende Vorsicht in jedem Fall unnötig waren?

Ach, meine Lieben, konnte der schlafen. Ich habe noch nie einen Präsidenten so schlafen sehen, obwohl ihr mir glauben könnt, daß ich viele Präsidenten habe schlafen sehen, sowohl in Deutschland als auch in anderen, größeren und kleineren Staaten Europas. Ich konnte schon ganz ordentlich deutsch plaudern und ging nur in die Germania, um den Präsidenten zu bewundern. Aber ich war nicht der einzige, der aus diesem Grund kam. Auch Zwetschke studierte nur ihn, Zwetschke, der hoch aufgeschossene, scharfsinnige junge Nervenarzt, mit dem ich auf diesem Weg Freundschaft schloß. Es waren hin und wieder auch Ausländer da – Norweger, Engländer, Dänen –, zumeist Präsidenten, die trotz ihres vorgerückten Alters aus ihren fernen Ländern nach Darmstadt gepilgert waren, um ihrem großen Kollegen seine Methode, sein Geheimnis, seinen Trick abzuschauen und die Erfahrung dann bei ihrer eigenen schweren, verantwortungsvollen Tätigkeit fruchtbar anzuwenden.

Ja, und wie schlief er denn? Meisterhaft, bewundernswürdig, vollkommen, mit unnachahmlicher Kunstfertigkeit. Das ist ja auch verständlich. Er hatte schon als junger Mann – im Alter von achtundzwanzig Jahren – dieses ehrenvolle Amt angetreten und seither, seit fast einem Menschenleben, fortwährend ausgeübt, sei es in der Germania oder in anderen Vereinigungen zur öffentlichen Bildung. Er hatte eine sagenhafte

Routine. Links und rechts auf dem Podium rahmten ihn zwei Vizepräsidenten ein, wie die beiden Schächer zur Linken und zur Rechten, Prof. Dr. Hubertus von Zeilenzig und Prof. Dr. Eugen von Wuttke. Na ja, auch die nickten ein, dösten, schlummerten, schliefen sogar, aber doch nur mit halbgeschlossenen Augen wie die Hasen und nervös wie die Hunde. Der scharfe Beobachter brauchte nur einen Blick auf sie zu werfen, um gleich zu sehen, welches der Unterschied zwischen dem Meister und den Dilettanten war, daß sie bloß Lehrlinge, bloß Vizepräsidenten waren, die es nie zum Präsidenten bringen würden. Er hingegen, der zwischen ihnen mit tiefer Überzeugung und Fachkenntnis schlief, war der Präsident, der wahre und wirkliche. Gott hatte ihn dazu erschaffen. Von den Darmstädtern hörte ich, daß sich dieses sein außergewöhnliches Talent schon in der Kindheit manifestiert hatte; während seine munteren Kameraden lachend und schreiend auf der Wiese Ball spielten, habe er sich nämlich auf ein podiumartiges Hügelchen zurückgezogen und dort präsidiert.

Er schlief bedeutungsvoll, streng und würdig, mit unbeschreiblicher Autorität und Selbstsicherheit. Damit will ich überhaupt nicht sagen, daß er diese wünschenswerten Eigenschaften im Wachzustand entbehrt hätte. Auch im Wachzustand war er eine Autorität. Liebenswürdig, aber eiskalt, verständnisvoll, aber ernst. Wenn er in seinem bis oben zugeknöpften Gehrock, mit seiner schwarzen Fertigkrawatte, in seinen scharfgebügelten Hosen irgendwo erschien, gefror das Lächeln auf den Lippen. Freunde erzählten, daß eines Sommers, als er die Deutschen Naturforscher empfing und sie in offizieller Eigenschaft durch den Darmstädter Wald führte, die Amseln, Meisen und überhaupt alle Singvögel in dem Augenblick, da er den Waldboden betrat, mit ihrem dem Ernst der Situation nicht angemessenen Gesang aufgehört hätten. Sein

Ansehen wuchs aber noch, wenn er schlief. Da verwandelte er sich in sein eigenes, geheimnisvolles Denkmal. Der Schlaf setzte seinem Gesicht eine Art oberflächliche, improvisierte Totenmaske auf. Ein bißchen glich er auch Beethoven.

Außerdem schlief er fein, gewählt, herrschaftlich, irgendwie vornehm und höflich. Zum Beispiel schnarchte er nie, und nie floß ihm der Speichel aus dem Mund. Er wußte Maß zu halten. Er war ja schließlich ein Baron, ein großer Herr. Er zog den Kopf ein bißchen ein. Schloß die Augen. Aber so, als wolle er mit dem Ausschalten seines Gesichtssinns nur seine Aufmerksamkeit steigern, nur der Wissenschaft und der Literatur die Ehre erweisen. Von der inneren Versenkung vergeistigte sich sein Antlitz, eine kirchliche Andacht ließ sich darauf nieder. Es war schon so, daß das greise Haupt, das von den Nakkenmuskeln nur mehr locker festgehalten wurde, sich bald darauf nach den unerbittlichen Gesetzen der Schwerkraft immer mehr in Richtung des mit grünem Filz bezogenen präsidialen Tisches neigte und daß das Haupt den Brustkasten und dann den ganzen Rumpf nach sich zog. Oftmals befürchtete ich, sein Gesicht würde auf die präsidiale Glocke fallen, die es mit ihrem Messing wie ein Magnet anzog, und sein Mund würde das Metall küssen. Aber ich kann euch beruhigen, das geschah nie.

Gerade das war das Wunderbare. Er schlief bewußt und ökonomisch. Sobald sein hin und her taumelnder Kopf den Tiefpunkt erreicht hatte, hob er sich von selbst, der Rumpf richtete sich auf, und dann begann das Ganze von neuem. Er konnte sich beherrschen. Kannte im endlosen Raum das ihm zugeteilte Jagdrevier, wo er frei herumstöbern durfte, ohne den Anstand und die guten Manieren zu verletzen. Auch im Schlaf wußte er, daß er etwas Verbotenes trieb, und er gestattete sich nur bedingt diese verzeihliche kleine Sünde des Greisenalters, die doch so süß und verständlich ist wie das Tabakrauchen. Seine Disziplin hieß ihn immer im richtigen Augenblick aufhören.

Kein einziges Mal kam es vor, daß er über einen Vortrag hinausgeschlafen hätte. Er erwachte von selbst, und zwar immer ein paar Sekunden vor dem Ende der Lesung. Was ihn weckte? Bleibt mir auf ewig ein Rätsel. Laut Zwetschke, meinem Freund, dem Nervenarzt, machten ihn die Redner selbst aufmerksam, indem sie zwecks Wirkung das Ende lauter, schwungvoller vortrugen. Ich akzeptierte die Erklärung nicht. Denn auch die gehauchten letzten Zeilen lyrischer Dichtungen, das ahnungsvolle, ersterbende Geraune, wirkten wie ein Wecker auf ihn, und er stand jedesmal auf seinem Wachtposten bereit wie der nie schlafende Geist der Wissenschaft und der Literatur, und als wäre er schon die längste Zeit wach gewesen, bedankte er sich in seiner Eigenschaft als Präsident mit beneidenswertem Aplomb und mit wohlkonstruierten Sätzen für den ‹gehaltvollen, geistig bereichernden und dennoch vergnüglichen Vortrag› oder für die ‹farbenprächtige, anspruchsvolle und dennoch stimmungsreiche Dichtung›.

Zwetschke hatte beobachtet, daß er je nach Kunstgattung verschieden schlief. Er behauptete, der Präsident schlafe während philosophischer Vorträge am tiefsten und während lyrischer Dichtungen am flachsten. Er setzte auseinander, daß der Präsident dank großer Erfahrung seinen Schlaf den Raumverhältnissen der einzelnen Kunstgattungen entsprechend einteile. Auch diese Erklärung konnte ich nicht akzeptieren. Ich neigte eher zur Annahme, die neuerdings von mehreren Wissenschaftlern gestützt wird, daß wir im Schlaf die Zeit in der untersten Schicht unseres Bewußtseins fortwährend im Auge haben, und zwar weil wir mit uraltem Instinkt die Drehung der Erde verfolgen, sie als Zeitmesser verwenden, und daher komme es, daß wir immer aufwachen, wenn wir zu einer bestimmten Zeit aufwachen wollen, und wenn wir vor einer Reise den Wecker auf fünf Uhr stellen, dann erwachen wir tatsächlich eine Minute vor fünf. Dieser Instinkt muß auch in unserem Präsidenten am Werk gewesen sein.

Es kam vor – ich will es nicht leugnen –, daß auch er hin und wieder, in belanglosen Dingen, Fehler machte. Schließlich war er, große Seele, hoher Geist, alles in allem auch nur ein Mensch. Doch er täuschte sich nur zweimal. Geheimrat Dr. Max Rindfleisch las einen Ausschnitt aus seinem von Friedrich Barbarossa handelnden historischen Epos. Er hatte keine zehn Minuten gelesen, als der Präsident die Augen aufschlug. Das erregte allgemeines Aufsehen und Staunen. Das Publikum wurde unruhig. Einige standen auf, um besser zu sehen. Er selbst erschrak. In seiner Seele blitzte der Verdacht auf, daß man sein Einnicken vielleicht bemerkt hatte, und er errötete ein wenig. Da nahm er, um das Publikum irrezuführen, Zuflucht zu einem teuflischen Trick. Er beschloß, die Augen sofort wieder zuzumachen, und des weiteren beschloß er, sie gleich darauf mehrmals hintereinander wieder aufzumachen, um damit zu signalisieren, daß er die Augen absichtlich geschlossen hielt, weil er nur auf diese Art aufzupassen vermochte. Und so machte er die Augen zu. Auf machte er sie aber nicht mehr. Seine Lider klebten vom süßen, lauen Honig des Schlafs sogleich zu, sein Kopf begann seine gewohnte Flugbahn in Richtung des Tisches und von dort wieder zurück, auf diese Art hin und her torkelnd, bis Geheimrat Dr. Max Rindfleisch mit seinem im übrigen gehaltvollen, lehrreichen Epos-Ausschnitt fertig war.

Was war schon wieder der zweite Fall? Ach ja. Der zweite Fall war noch erschütternder. Ihr müßt wissen, daß in diesem Bildungsverein ein Vortrag mindestens anderthalb Stunden dauerte. Hofrat Prof. Dr. Blutholz, der bekannte Philosoph, der gerade über ein in Deutschland allseits beliebtes Thema sprach, nämlich über *Die primären metaphysischen Wurzeln und die vier Determinanten der intelligiblen Welt*, war über diesen so spannenden wie anregenden Erörterungen ein bißchen in Schwung gekommen und redete schon geschlagene zwei Stunden. Da machte der Präsident seine benebelten Augen auf. Als wäre er aus den tiefsten metaphysischen Tiefen aufgetaucht, wußte er nicht, wo er war, wußte nicht, ob schon das Schlußwort dran war, er starrte einfach auf den Redner und auf das Publikum wie auf eine Erscheinung. Zum Glück erklärte Hofrat Prof. Dr. Blutholz in dem Augenblick, er würde nach dieser kurzen Einführung nun zum eigentlichen Thema übergehen. Der Satz wirkte auf den Präsidenten wie das Chloroform, das die barmherzigen Anästhesisten auf die Maske des unruhig auf dem Operationstisch wimmernden, festgeschnallten Kranken tröpfeln lassen, wenn dieser während des Eingriffs aufwacht. Auch er beruhigte sich sogleich, auch er ‹ging zum eigentlichen Thema über› und schlief sanft und ruhig weiter.

Was er wohl bei solchen Gelegenheiten träumte? Darüber gingen die Meinungen auseinander. Die deutschen Frauen, die – wie schon erwähnt – gefühlvoll und romantisch sind, behaupteten, er sehe im Traum Rehlein und laufe auf den Wiesen seiner längst vergangenen Kindheit umher, mit dem Schmetterlingsnetz in der Hand. Zwetschke, der sich schon damals für Psychologie interessierte, hielt es für wahrscheinlich, daß der Präsident Träume wob, die seinem Schlaf förderlich waren, da er sich ja nichts anderes wünschte, als schlafen zu können, und so mußten seine Träume nach Zwetschkes Meinung die Befriedigung dieses Wunsches spiegeln – in reizvollen kleinen Bildchen: der Vortragende fällt vom Podium, sein Schädel platzt, er stirbt auf der Stelle, die Zuhörer stürzen blindwütig aufeinander, ein Gemetzel entsteht, alle liegen klagend und sterbend in ihrem Blut, die Kronleuchter erlöschen, alles ist in Dunkel gehüllt, die Wände der Germania stürzen ein, der Präsident hebt die Sitzung auf und geht nach Hause in sein weiches Daunenbett. Damit war ich im Prinzip einverstanden. Nur schmerzte mich, daß der herausragende Nervenarzt dem Präsidenten, den ich als den liebenswürdigsten Menschen kannte, eine solche Rolle zuschrieb. Ich meinerseits nahm an, daß er selbst im Traum vor dem Gedanken an Mord und Totschlag zurückschreckte. Und so legte ich meinem Freund dar, daß nicht die Aufhebung der Sitzung im Interesse des Päsidenten lag, sondern ihre möglichst lange Dauer. Ich stellte mir also lieber vor, daß der Präsident im Traum fortwährend Graf Leo Tolstoi sah, der den bescheidenen Darmstädter Verein besuchte und hier die drei Bände von *Krieg und Frieden* vorlas, vom Anfang bis zum Ende, was erstens für das deutsche Bildungswesen eine Ehre gewesen wäre, zweitens dem Präsidenten der Germania mindestens einen einwöchigen ungestörten Schlaf garantiert hätte. Ich bin noch heute stolz, daß der herausragende Zwetschke meine Interpretation guthieß.

Wie gesagt, der Präsident war ein gütiger, edler, nachsichtiger und vorurteilsloser Mann. Er schlief aus Vorurteilslosigkeit. Was anderes blieb ihm übrig? Ich, der kerngesunde, nervenstarke zwanzigjährige junge Mann, der erst seit einem Dreivierteljahr die Vorträge hörte, die der Präsident seit siebenundfünfzig Jahren hätte hören sollen, war bereits aufgerieben, und es machten sich an mir beunruhigende Anzeichen bemerkbar. Von der plattfüßigen Gefühlsseligkeit, von dem kopflosen Gefuchtel, das man im allgemeinen lyrische Dichtung nennt, von dem langweiligen, verwässerten Stumpfsinn, den man im allgemeinen Wissenschaft nennt, von der menschheitsbeglückenden Schaumschlägerei, von dem Theoriengebräu, das man im allgemeinen Politik nennt, bekam ich eines Nachts in meinem Studentenkämmerchen einen Wutanfall, ich verdrehte die Augen und brüllte aus voller Kehle, zwei Stunden lang, bis der herbeigeeilte treue Zwetschke mir eine Scopolaminspritze verabreichte, mit der man – wie ihr ja wißt – die Tobsüchtigen zu beruhigen pflegt. Stellt euch vor, was mit diesem ehrwürdigen, eines besseren Loses würdigen Präsidenten passiert wäre, wenn er nicht rechtzeitig den einzigen Ausweg gefunden und sich sein gesunder Geist nicht auf die Art gegen die Zersetzung gewehrt hätte, wie er sich eben wehrte. Der Selbsterhaltungstrieb hatte ihm das eingegeben. Und damit rettete er nicht nur sich selbst, sondern auch die öffentliche Bildung, die Wissenschaft und die Literatur, rettete die Nation und auch die nach Fortschritt strebende Menschheit.

Ja, sein Schlaf war die Erfüllung einer nationalen, menschlichen Pflicht. So wie er sachlich, unvoreingenommen, unparteiisch und unbeeinflußt schlief, nach links gleicherweise wie nach rechts, nach der Seite der Frauen gleicherweise wie nach der Seite der Männer, nach der Seite der Christen gleicherweise wie nach jener der Juden, so wie er ungeachtet aller Alters-, Geschlechts- und Glaubensunterschiede schlief, schien er vor sämtlichen menschlichen Schwächen die Augen zuzudrücken, und es schien nicht nur, sondern war auch so. Glaubt mir, der Schlaf ist die wahre Zustimmung. Der Schläfer schlummert und stimmt allem zu. Ich wage zu behaupten, daß im ehrwürdigen, holzgetäfelten Saal der Germania zuweilen noch der geduldigste Zuhörer den Vortragenden zum Teufel wünschte, daß er ihm einen Schlaganfall, einen Zungenkrebs gegönnt hätte, der ihn zum Schweigen bringen, ihm das verdammte Maul stopfen würde, während nur ein einziger Mensch immer nachsichtig war, der schlafende Präsident. Sein Schlaf schwebte wie ausgebreitete Engelsflügel über den Millionen von Torheiten und Eitelkeiten des menschlichen Geistes, über der unfruchtbaren Streberei und dem miesen Ehrgeiz, über dem Veitstanz des Neids und der Gemeinheit, über all der Widerwärtigkeit und dem ganzen Leerlauf, den man öffentliches Leben, Wissenschaft und Literatur nennt. *Qui tacet consentire videtur.* Wer schweigt, scheint allem zuzustimmen. Aber gibt es eine deutlichere Zustimmung als den Schlaf? Sein Schlaf war Aufbau angesichts der Zerstörung, war Ermutigung und war die Rettung der Gesellschaft: sein Schlaf war Verständnis und Nachsicht in einem.

Meine Lieben, ein Schlafender ist immer verständnisvoll und nachsichtig. Ein Schlafender kann nie unser Feind sein. Sobald man schläft, wendet man dem Leben und dem Haß den Rücken zu, alle Bosheit hat ein Ende, so wie bei einem Toten. Die Franzosen sagen, Verreisen sei ein bißchen so wie Sterben. Diese Ansicht habe ich nie geteilt, denn ich reise gern, und jedesmal, wenn ich einen Zug besteige, lebe ich auf. Aber Schlafen ist tatsächlich ein bißchen wie Sterben, nicht nur ein bißchen, sondern sehr, es ist wie aus dem Leben scheiden, da es ja eigentlich nichts anderes ist als Bewußtsein, Schlafen ist wie voll und ganz sterben, für kurze Zeit. Der schlafende Mensch rüstet ab, er wendet seinen Willen – mit seiner scharfen, verletzenden Spitze – nach innen und verhält sich uns gegenüber so gleichgültig wie jemand, der schon längst am Verwesen ist. Wer könnte sich auf Erden ein größeres Wohlwollen wünschen? Ich habe schon immer Respekt vor den Schlafenden gefordert und nie erlaubt, daß man sie in meiner Gegenwart verhöhne. ‹Von den Schlafenden nur Gutes oder nichts›, das war mein Motto. Ehrlich gesagt, verstehe ich gar nicht, warum wir nicht zuweilen auch die Schlafenden ehren, warum wir auf ihre Betten, wenn nicht Kränze, so doch wenigstens eine Blume werfen, warum wir nach ihrem Entschlummern nicht ein herzerwärmendes kleines Leichenmahl halten, zur Feier der Tatsache, daß wir für ein paar Stunden ihre oft belastende, oft langweilige Gesellschaft losgeworden sind, und warum blasen wir nach ihrem Erwachen nicht in Kinderpapiertrompeten, um ihre tägliche Auferstehung zu verkünden? Zumindest soviel hätten sie verdient.

Der Präsident hätte noch mehr verdient, viel mehr. Doch die Menschen sind größtenteils Holzköpfe, voller aufgeblasener Vorurteile und vorgetäuschter Sensibilität. Nach einer Zeit legte man sich sogar mit ihm an. Man intrigierte gegen ihn, vor allem die Dichter, diese aufgeregten, schwachsinnigen Wesen, die sich für Apostel halten, aber wenn sie zu zweit sind, ziehen sie den Dritten durch den Dreck, die Dichter, die von der Reinheit singen, aber das Badezimmer in weitem Bogen meiden, die Dichter, die an der Straßenecke einen jeden, sogar die Bettler, um ein bißchen Ruhm, um ein bißchen Liebe, um ein kleines Denkmälchen anbetteln, einen jeden Sterblichen um das Almosen der Unsterblichkeit angehen, diese neidischen bleichen Windbeutel und Selbstbefriediger, die für einen Reim, für ein Adjektiv ihr Seelenheil verkaufen, die ihre innersten Geheimnisse feilhalten, die sogar aus dem Tod ihrer Väter, Mütter, Kinder Kapital schlagen, Jahre später, ‹in der Nacht der Inspiration›, ihre Gräber aufreißen, ihre Särge aufmachen und mit der Taschenlampe der Eitelkeit nach ‹Erlebnissen› wühlen wie die Grabräuber nach Goldzähnen und Schmuckstücken, worauf sie dann jammernd alles gestehen, diese Leichenschänder, diese Marktweiber. Verzeiht, aber ich hasse sie. Dort in Darmstadt, in jungen Jahren, habe ich sie hassen gelernt. Den erhabenen Präsidenten konnten sie nicht dulden. Mit Grund. Sie, die sich in ihren schauderhaften Versen völlig ungerechtfertigt die ‹Traumritter›, ‹die Träumer der Träume› nannten, beneideten den edlen Greis, der im wahren Sinn des Wortes ein Träumer war. Fortwährend machten sie rohe, hämische Witze über ihn. Sie sagten, er komme der Notdurft des Schlafs seit Jahrzehnten in der allergrößten Öffentlichkeit nach, so wie der Hungerkünstler, der in einem offiziell versiegelten Glaskasten vor der Öffentlichkeit hungert. Sie sagten, er nehme während der Sitzungen seine Brille nur deshalb nicht ab, um seine Traumbilder besser zu sehen, denn er sei so kurzsichtig, daß er nicht einmal im Traum etwas sehe, und dann würde er vor Langeweile aufwachen. Sie sagten, seit er im öffentlichen Bereich tätig sei, habe das schöne Wort vom Leben als kurzem Traum seine Bedeutung verloren, denn seither sehe das Leben vielmehr nach einem sehr langen Traum aus. Händeringend bat ich um Schonung und Gnade für ihn. Ich sagte, selbst die hervorragendsten Menschen hätten ihre kleinen Schwächen, die man ihnen in Anbetracht ihrer sonstigen Qualitäten nachsehen müsse. Ich rieb ihnen sogar Horaz unter die Nase: *Quandoque bonus dormitat Homerus*. Darauf antworteten sie, das möge zwar schon sein, aber der Präsident nicke nicht einfach hie und da ein, sondern schlafe dauernd, und andere Talente habe er nicht.

Ich kämpfte verzweifelt. Doch die steigende Flut drohte alles zu überschwemmen. Hin und wieder machte sich der Zorn der Dichter bereits in humoristischen Zeitschriften, in polemischen Artikeln öffentlich bemerkbar. Sie haßten ihn. Warum eigentlich? Wahrscheinlich wegen ihrer hochfliegend-gefühlsseligen Weltanschauung. Sie, die ihr Leben bewußt zu einem Misthaufen machten, nur damit ein paar bunte Giftpilze darauf wuchsen, vertrugen diese Reinheit, diese mächtige, niemandem vergleichbare Überpersönlichkeit, diesen unantastbaren Geistesgiganten nicht. Während er in seinem präsidialen Sessel ruhig schlief, sahen sie allerlei Schreckensbilder, selbstverständlich grundlos, denn ihre Sichtweise ist immer krumm, ihr Urteil immer schief. Der Steuermann eines Schiffs kam ihnen in den Sinn, der am Steuer vom Schlaf übermannt wird und das Schiff auf einen Eisberg auflaufen läßt. Der Bahnwächter kam ihnen in den Sinn, der bei der Weiche schnarcht, und hinter ihm grinst schon das Skelett, das die Weiche falsch stellt und den Zug in sein Verderben rasen läßt. Was für falsche Assoziationen, was für hinkende Vergleiche. Auf das Schiff und den Zug muß man tatsächlich aufpassen. Das sind reale Dinge. Und es kann Schlimmes passieren, wenn ein reales Ding mit einem anderen zusammenstößt. Aber sagt mir doch, was kann mit der Wissenschaft und der Literatur schon Schlimmes geschehen? Sagt mir doch, wem oder welcher Sache dieser wahrlich ehrwürdige Präsident damit geschadet hat, daß er von seinen zahllosen Verpflichtungen müde wurde? Sagt mir doch, ob er damit nicht vielmehr allen und allem nützlich war? Mir scheint, ich sehe das richtig.

Ich jedenfalls habe die Erfahrung gemacht, daß man im öffentlichen Leben Harmonie und Frieden nur aufrechterhalten kann, wenn man alles seinen Lauf nehmen läßt, wenn man sich nicht in die ewigen Gesetze des Lebens einmischt, da sie ja nicht von unserem Willen abhängen und wir also kaum etwas an ihnen ändern können. Das war es, was der erhabene, die Gegensätze versöhnende Schlaf des Präsidenten ausdrückte. Bisher ist auf Erden alle Unordnung daraus entstanden, daß einzelne Ordnung machen wollten, und aller Dreck kommt daher, daß einzelne da und dort mit dem Besen kehren. Versteht doch, der wahre Fluch auf dieser Welt ist die Organisiererei, das wahre Glück hingegen ist das Unorganisierte, der Zufall, die plötzliche Laune. Ich gebe euch ein Beispiel. Ich war als erster hier. Ein paar Minuten lang war ich im Séparée des *Torpédo* allein. Berta, die Semmelverkäuferin, kam herein. Ich kaufte ihr eine Kaisersemmel ab und küßte sie auf den Mund. Eine Sekunde zuvor hatte ich noch nicht gedacht, daß ich so handeln würde. Sie auch nicht. Deshalb war es schön. Diesen Kuß hatte niemand organisiert. Wenn man so etwas organisiert, wird eine Ehe daraus, Pflichten, sauer und schal. Auch Kriege und Revolutionen sind organisiert, und deshalb sind sie so grauenhaft und gemein. Eine Messerstecherei auf der Straße, ein Gattenmord aus Leidenschaft, ein gründliches Familiengemetzel sind viel menschlicher. Auch die Literatur wird von der Organisiererei umgebracht, vom Zunftsystem, von der Kumpelei, von der Hauskritik, die über den Hausidioten ‹ein paar nette Zeilen› schreibt. Ein Schriftsteller hingegen, der an einem Blechtischchen neben der Kaffeehaustoilette seine nie veröffentlichten Verse schreibt, ist ein Heiliger. Alle Beispiele belegen, daß die Menschheit von denjenigen in Unglück, Blut und Dreck hineingezogen wurde, die sich mit Eifer um die öffentlichen Angelegenheiten kümmerten, die ihre Sendung ernst nahmen, die unermüdlich, eifrig wachten, während die Wohltäter diejenigen waren, die sich nur um ihre eigenen Angelegenheiten kümmerten, die Pflichtvergessenen, die Gleichgültigen, die Schläfer. Das Problem ist nicht, daß die Welt zuwenig weise regiert wird. Das Problem ist vielmehr, daß sie überhaupt regiert wird.

Staunt nicht, Freunde, daß ihr von mir diesmal so tiefschürfende Weisheiten hört, obwohl ich doch viel lieber frivol daherrede. Das habe ich von ihm gelernt, von ihm, der mir im Leben das meiste beigebracht hat, von meinem verehrten, geliebten Meister, auch wenn er mich nie unterwiesen hat, sondern immer nur schlief. Er war die Weisheit in Person. Die rotznasigen, zerzausten Dichterlein, die sich so abschätzig über ihn äußerten, hatten keine Ahnung, wie weise er war. Was der alles gesehen hatte, was der alles wußte. Er hatte gesehen, wie Tendenzen aufkamen und wieder versandeten. Hatte gesehen, wie die größten Dichter Deutschlands von einem Tag auf den andern zu den kleinsten Dichtern Deutschlands wurden, wie die modernen Schriftsteller ohne faßbaren Grund auf einmal aus der Mode gingen, gewissermaßen innerhalb von ein paar Minuten, während sie sich zu Hause ahnungslos rasierten. Er hatte die großen Genies begrüßt, die später in einem Wagenschuppen auf Stroh liegend elendiglich zugrunde gingen, und er hatte die Quacksalber mit ihren Irrlehren offiziell abgestempelt und verurteilt, in seiner Eigenschaft als Leiter des Bildungsvereins, worauf er ein paar Jahre später, wiederum in seiner Eigenschaft als Leiter des Bildungsvereins, für dieselben Irrlehren einstand, so daß sie daraufhin auch an der Universität gelehrt wurden. Er wußte, daß alles hoffnungslos relativ ist und es keinen sicheren Maßstab gibt. Er wußte auch, daß die Menschen im Kampf um ihre Interessen meistens Streit bekommen, meistens feierlich Protest einlegen, um ihn meistens später feierlich zurückzuziehen, sich zu versöhnen und Arm in Arm im Korridor der Germania auf und ab zu spazieren und sich flüsternd auf die Plüschbank einer Nische zurückzuziehen, sie, die ehemaligen Todfeinde. Irgendeinmal war er zu dieser Einsicht gekommen, und seither überraschte ihn nichts mehr. Er kannte die Menschen durch und durch, kannte das Leben, das sich immer irgendwie regelt, solange man sich nicht darum kümmert. Wer so weise ist, was bleibt dem anderes übrig, als zu schlafen, und Hand aufs Herz, sagt mir doch, ob es zu diesem Zweck einen geeigneteren Ort gibt als die Öffentlichkeit, als ein Präsidentenpodium, auf dem wie auf einem Katafalk die Kerzen flackern und ein gemütlicher, ehrwürdiger Präsidentensessel steht? Ich halte daran fest, daß er, jawohl, aus Weisheit, Geduld, Einsicht und reifer, verantwortungsvoller Überlegung schlief und zuließ, daß das Schiff oder der Zug der Wissenschaft und der Literatur auf freier Bahn vorwärts raste, den Launen des Zufalls gemäß.

Die Dichter, die ich vorhin erwähnt habe, schritten leider auch zur Tat. Allmählich starb die alte, zuverlässige Generation aus. Die Hof- und Geheimräte, die regelgerechte Balladen, Heldenepen und philosophische Erörterungen vorgetragen hatten, gelangten einer nach dem anderen unter die Trauerweiden des Darmstädter Friedhofs. Eine neue Generation wuchs heran, die die Grenzen zwischen den Gattungen nicht mehr respektierte und, wie das nun einmal geht, in die Hallen der Germania einbrach. Ein grüner Lackel stieg aufs Podium und kündigte an, er lese nun seinen synthetisch-esoterischen Roman vor, wobei sein Roman nur aus einem Wort bestand, und aus was für einem unanständigen. Ein anderer Wurm führte seinen abgerissenen neoklassisch-metaphysischen Dialog vor, dessen Inhalt vom menschlichen Geist weder begriffen noch vorausgesehen werden konnte. Ein futuristischer Paradiesvogel feierte in geistesgestörten Versen den Krieg, die Morgenröte des Universums, die Vernichtung und endgültige Auferstehung des Erdballs. Der Präsident warf nervös den Kopf hin und her. Dieser blutrünstige Futurist krähte jeweils am Versende wie ein Hahn oder imitierte die Explosion, den Knall und das Zischen verschiedener Mordwaffen: *wummwummwumm, trrprrfrrgrr, schiuschiutiuu*. Der Präsident war bei jedem Krähen gezwungen, die Augen zu öffnen, als wäre der Morgen angebrochen. Da erlebte ich zum ersten Mal, daß dieser gelassene Mann aus der Fassung geriet. Empört maß er diese unreifen Gestalten. Er mißbilligte nicht ihre literarische Ausrichtung und auch nicht ihre Weltanschauung. Mit denen war er genauso einverstanden wie mit allen anderen Ausrichtungen und Weltanschauungen. Er hielt sie einfach für taktlos und schlecht erzogen, und darin – geben wir es zu – hatte er recht.

Derartiges setzte seine Nerven einer harten Probe aus. Er wirkte oft bleich und abgespannt. Doch, wie erwähnt, war er nicht nur hier Präsident. Hatte er an einem Tag drei, vier Vorlesungen beigewohnt, war er wieder frisch und kehrte nach Hause zurück wie jemand, der aus einem Stahlbad kommt, um am nächsten Tag mit erneuerten Kräften an die Arbeit zu gehen. In Verlegenheit kam er sowieso nie. Das Verpaßte konnte er an vielen Orten nachholen. Im Notfall vermochte er überall zu schlafen, im Theater während Galavorstellungen, bei den lärmigsten Revolutionsszenen, wenn die Menge ihre Ketten abwirft und brüllend die Freiheit, Gleichheit und Brüderlichkeit feiert, in der Oper während der *Götterdämmerung*, beim Lärm der Pauken und Posaunen, ja, sogar bei der Eröffnung von Ausstellungen, wenn nicht länger, so doch für ein paar Augenblicke, wie die halb totgehetzten Soldaten im Russisch-Japanischen Krieg. Einmal beobachtete ich ihn bei einem Abendempfang, den der Herzog von Hessen gab und wo ich als Gelegenheitsreporter einer ungarischen Zeitung hineingerutscht war. Der Herzog eilte ihm zur Begrüßung entgegen. Auch er war einer seiner Bewunderer. Gleich darauf führte er seine bezaubernde junge Frau zu ihm, die mit ihrem nackten Hals und ihren nackten Schultern im glitzernden Lichtstrom der Kronleuchter auf ihn zuschwamm wie ein melancholisch-süßer Schwan. Die Herzogin ließ sich vom Präsidenten zu einem vergoldeten, mit rosaroten Blumen bestreuten Rokoko-Diwan führen, bat ihn, Platz zu nehmen, worauf sie sich neben ihn kuschelte. Sie begann mit ihm zu plaudern. Der Präsident schloß die Augen. Die Herzogin plauderte weiter und ließ hin und wieder hinter ihrem brillantenbesetzten Federfächer mit volltönender Altstimme ein Lachen hören. Baron Wüstenfeld, Kavalier und anerkannt geistreicher Causeur, nickte dazu. Doch da schlief er bereits. Auf diesen erfahrenen Weisen wirkten noch die schönsten und nacktesten Frauen wie starke Schlafmittel. Er ergriff jede Gelegenheit, um sich von seiner öffentlichen Tätigkeit auszuruhen, auch zu Hause, bei seinen Empfangsstunden, die er ebenfalls gewissenhaft einhielt. Wegen seines großen Einflusses suchten ihn auch viele der städtischen Armen auf. Er empfing alle und hörte alle an. Auch da hatte er seine Methode. Die Witwe mit dem Trauerschleier, in der Hand das naßgeweinte Taschentuch, flehte jammernd um Protektion und Hilfe und bat ihn, den Sachverhalt vortragen zu dürfen. Hatte der Baron mit kaltem, gnädigem Kopfnicken die Erlaubnis erteilt und die Witwe beteuert, sie werde sich ‹ganz kurz fassen›, schloß der Baron, der wußte, daß das bei allen Menschen immer nur heißt, sie würden sich ‹ganz lang fassen›, die Augen, worauf er dank seiner phänomenalen Routine mehrmals an den richtigen Stellen nickte, manchmal sogar Aufmerksamkeit mimte, und ruhig weiterschlief, so lange wie nötig, so daß er beim letzten Wort erfrischt und verjüngt aufwachen und der leidgeprüften, am Boden zerstörten Witwe liebenswürdig versichern konnte, er würde in ihrem Interesse ‹alles in seiner Macht Stehende unternehmen›, das heißt gar nichts. Und das war seinerseits keine Böswilligkeit, denn unter anderem wußte der Präsident, daß diejenigen, die so dumm sind, um die Unterstützung anderer zu bitten, von vornherein verlorene, zum Tode verurteilte Menschen sind, daß man ihnen nicht helfen kann und nicht helfen soll, sind sie doch einfach Selbstbetrüger, die sogar für den Selbstbetrug zu schwach sind, so daß sie sich an andere wenden, damit wenigstens die sie betrügen, während sie einfach Opium haben wollen, etwas Einschläferndes, Benebelndes, womit der Baron wahrhaftig nicht geizte. Und so waren sie von ihm nie enttäuscht. Er hatte immer zahlreichere Bewunderer, sein Ruhm wuchs stetig, man hielt ihn für eine wohltätige Seele, den geborenen Gentleman, und liebte ihn allenthalben.

Wie sehr ich ihn liebte, läßt sich gar nicht in Worte fassen. Ich betone das nur, damit ihr das Folgende versteht. Die Saison ging ihrem Ende zu. Es wurde Sommer. Alle Theater, Schulen, Bildungsvereine schlossen ihre Tore, so auch die Germania. Nirgends wurden Vorträge gehalten. Die Vortragenden ruhten sich auf ihren Lorbeeren aus, lasen ein bißchen in den Werken der anderen, um die darin enthaltenen Gedanken als die eigenen von sich geben zu können, kurz, sie sammelten ihre Kräfte für den Herbst. Ich machte mich mit dem Rucksack auf dem Rücken zu Ausflügen in die wildromantische Umgebung Darmstadts auf. An einem Julimorgen war ich gerade zur Ludwigshöhe unterwegs und überquerte mit meinen fröhlichen Mitstudenten in militärischem Schritt den Luisenplatz, die *Wacht am Rhein* und weitere aufpeitschende patriotische Lieder singend, als sich meinen Augen ein wirklich erschütternder Anblick bot. Zwei Krankenschwestern, die Haube mit dem roten Kreuz auf dem Kopf, führten auf dem Gehsteig ein menschliches Wrack, besser gesagt, sie schleppten und trugen ihn eher, wie einen hilflosen Krüppel, der nicht einmal die Kraft zum Gehen hat. Ich fordere euch nicht auf zu erraten, wer das war. Idiotische Erzähler machen so etwas, da sie ihre Leser offenbar für ebenso idiotisch halten. Ihr mit eurem Scharfsinn habt ja sicher schon herausgefunden, daß es sich nur um Baron Wüstenfeld handeln konnte, von dem ich eben gesprochen habe, um den Präsidenten, unseren Präsidenten. Aber ich schwöre euch, im ersten Augenblick erkannte nicht einmal ich ihn. Dieser sonst bewegliche, belastbare, sich bester Gesundheit erfreuende Greis war erschreckend abgemagert, der Schatten seiner selbst. Seine Beine knickten ein wie die dünnen, mit Kugelgelenken versehenen Ständer eines Photographenstativs. Sein Lebensgeist flackerte als schwaches Flämmchen. Na, kurz und gut, er war ein trostloser Anblick.

Der Präsident litt an Schlaflosigkeit. Diese Krankheit wird von den Uneingeweihten meistens unterschätzt. Sie denken, wer nicht schlafen kann, solle eben nicht schlafen, am Ende schlafe er dann doch. Auch von der Appetitlosigkeit wird so geredet. Wer keinen Appetit hat, solle eben nicht essen, dann komme ihm der Appetit schon. Nur sind das beides Leiden, die tödlich ausgehen können. Auch die Krankheit des Präsidenten war so. Schon seit Wochen warf er sich schlaflos und fieberhaft auf seinen Kissen herum, ohne daß ihn der Schlaf aufgesucht hätte. Die deutsche ärztliche Kunst stand vor einem schweren, außergewöhnlich hartnäckigen Fall von Schlaflosigkeit und war vorläufig machtlos.

Wie ihr euch denken könnt, trommelte man sämtliche Ärzte Darmstadts und des ganzen Landes an seinem Krankenlager zusammen. Dr. Weyprecht, der herausragende Internist, schrieb die Schlaflosigkeit des Barons einfach einer nervlichen Erschöpfung zu, die von der jahrelangen, ununterbrochen angespannten Arbeit verursacht war. Er beschwor ihn, sich fürs erste jeglicher Aufregungen und geistiger Anstrengungen zu enthalten, er verbot ihm sogar das Zeitunglesen und riet ihm, sich zu zerstreuen, fröhliche Musik zu hören, sich täglich in seinem Vierspänner spazierenfahren zu lassen und täglich während sieben Minuten – nicht länger – auch einen kleinen Spaziergang zu machen, auf dem Luisenplatz in der Nähe des Schlosses, am Arm jener fachlich ausgewiesenen, unbedingt zuverlässigen Krankenschwestern, mit denen ich ihn an dem Julitag sah. Prof. Dr. Finger, Professor für Magen- und Darmkrankheiten an der Universität Heidelberg, verschrieb Rohkost – Roggenbrot, Früchte, Sauermilch –, einmal täglich, morgens um sieben, ein leichtes Abführmittel und einmal täglich, abends um sieben, einen Kamille-Einlauf, 32 Grad warm, mit ein paar Tropfen Zitrone gewürzt. Prof. Dr. Gersfeld, der weltberühmte Gersfeld, den man von der Berliner Universität herbeitelegraphierte, untersuchte den Kranken während mehrerer Tage, erst dann legte er sich auf eine Diagnose fest. Er ordnete lauwarme Sitzbäder an und bereitete eins in Gegenwart der Schwestern eigenhändig. Man mußte das Bad langsam abkühlen lassen, dann wieder aufwärmen, dann wieder abkühlen lassen, diesmal aber schnell. Unterdessen mußten dem Kranken alle drei Minuten zu erneuernde kalte Wickel um den Kopf gelegt werden. Bevor er zu Bett ging, mußte er ein paar leichte Turnübungen machen, und sobald er sich hingelegt hatte, bekam er einen weiteren Kopfkühler deutscher Fabrikation, in welchem das frische Wasser durch Schläuche fließt und den Schädel und das aufgewühlte Hirn angenehm kühlt. Nachdem der Professor den Schwestern das alles mehrmals haarklein erklärt hatte und es sich hatte wiederholen lassen, reiste er beruhigt nach Berlin zurück, doch der Kranke kam nicht zur Ruhe. Dr. H. L. Schmidt, der Nervenarzt, versuchte es mit Schlafmitteln, mit Bromnatrium, Veronal, Chlorhydrat und Trianol, zuerst in kleinen, dann in riesigen Dosen, doch umsonst mischte und mengte und vertauschte er die Schlafmittel, das Resultat blieb aus. Dr. Zwiedineck, Dr. Reichensberg und Dr. Wittingen jr., alle drei Nervenärzte und alle drei zu Recht renommiert, experimentierten teilweise mit Psychologie, ebenfalls ohne Ergebnis. Der Präsident wurde immer schwächer. In Darmstadt ging schon das Gerücht um, die Ärzte hätten ihn aufgegeben.

Ihr könnt euch vorstellen, in welcher seelischen Verfassung

ich diese Nachricht empfing. Ich durfte nicht zulassen, daß dieses unersetzliche Gut, dieser Wohltäter der Menschheit, verlorenging. Eines Tages suchte ich ihn in seinem prachtvollen Schloß persönlich auf. Ich betrat sein Schlafzimmer, das auch einem Saal zur Ehre gereicht hätte und völlig verdunkelt war, und erblickte den Präsidenten beim Schein einer grünen Glühbirne. Mir drückte es das Herz zusammen. Dort lag er im Bett, unruhig in seinen hochgetürmten Kissen, auf dem Kopf den Kühlhelm, wie ein verwundeter Soldat der Wissenschaft und der Literatur. Schwerer Mohnduft lag in der Luft, er wurde ihm von einem selbsttätigen elektrischen Apparat angeblasen. Dem Bett gegenüber – bestimmt auf ärztliche Anordnung – war das bunte Bild einer Laterna magica auf ein Laken projiziert, ein stiller Spiegel, zu dem Zweck, den seit langem vergeblich ersehnten, erlösenden Schlaf herbeizubeschwören. Doch der Präsident wollte dauernd aus dem Bett springen. Zwei Krankenschwestern hielten ihn an den Händen fest. Sein Gesicht war weiß wie Schreibpapier.

Er freute sich, als er mich sah, denn er kannte mich ja, er hattte mich nach den Vorträgen das eine oder andere Mal – unvergeßliche Auszeichnung – angesprochen. Jetzt packte er mit leichenmageren Händen meine Hand und drückte nervös auf meinen Fingern herum. Ich riet ihm, vielleicht meinen jungen Freund Zwetschke rufen zu lassen, er habe zwar erst seit kurzem seine Praxis eröffnet, sei aber ein kluger, origineller Mensch, dem ich blind vertraute. Die verknöcherte Umgebung des Barons, die aus einer alten Jungfer, einem pensionierten Obersten und einem Rechtsberater bestand, griff meinen Vorschlag hastig auf. Man schickte nach Zwetschke, und nach ein paar Minuten war er zur Stelle.

Zwetschke machte als erstes die Fenster auf und löschte die Glühbirne und die magische Laterne. Das Licht des Mittags strömte ins Schlafzimmer. Er setzte sich zu dem Kranken ans Bett und lächelte ihm zu. Ohne ihn zu untersuchen. Er kannte ihn von den Sitzungen in der Germania so gut wie ich. Weder hörte er ihm mit wichtiger Miene den Puls ab, noch sah er sich seine Pupille an, noch tastete er nach seiner Schlagader, und auch sein Knie beklopfte er mit keinem Stahlhämmerchen. Er nahm ihm den lächerlichen kalten Apparat vom Kopf und riet ihm, sich um nichts zu kümmern, zu leben wie bisher und sich in keiner Weise zu schonen. Für das Beste hätte er gehalten, wenn der Präsident sogleich eine außerordentliche Sitzung einberufen hätte, oder eine Expertenkommission, was aber in Anbetracht der Sommerpause nicht möglich war. Zwetschke schüttelte eine Weile den Kopf und biß sich auf die Lippen. Plötzlich stand er auf. Er befahl mir, den Präsidenten anzukleiden, ging dann hinaus, während er mir zuflüsterte, ich solle dableiben.

Kaum hatten wir ihm den Gehrock, die schwarze Fertigkrawatte und die scharfgebügelte Hose angezogen, hörten wir durch die geschlossene Flügeltür aus dem Nebensaal Zwetschkes charakteristische Stimme. Er gab mit leicht preußischem Akzent Befehle: links, rechts, vor, vor. Verblüfft hörten wir ihm zu. Selbst der Präsident hob neugierig den bleichen Kopf. Die Flügeltür ging auf. Da sahen wir, wie unter Zwetschkes Aufsicht sechs Diener langsam, aber sicher den wohlbekannten schwergewichtigen Eichentisch der Germania hereintrugen und neben dem Bett plazierten. Ein weiterer Diener brachte den Präsidentensessel herein. Zwetschke vefolgte die Szene schweigend. Nickte zustimmend. Seiner Tasche entnahm er die präsidiale Glocke und stellte sie auf den Tisch. Dann führte er den Präsidenten unendlich zart und rücksichtsvoll an den Tisch, setzte ihn in den Sessel und bat ihn, die Sitzung zu eröffnen. Der Präsident schwang die Glocke. «Hiermit eröffne ich die Sitzung», sagte er. Worauf das Wunder geschah, auf das die ärztliche Kunst und die besorgte Öffentlichkeit seit Monaten umsonst gehofft hatten: die Lider des Präsidenten schlossen sich, und er versank in tiefem, gesundem Schlaf.

Mein Freund und ich standen aufgeregt nebeneinander und beobachteten ihn aufmerksam. Er mit wissenschaftlichem Interesse. Ich bloß mit der Neugier des Schriftstellers. Zwetschke zog seine Taschenuhr hervor, drückte auf den Sekundenzeiger und zählte die Atemzüge. Triumphierend blickte er mich an. Der Brustkasten hob sich regelmäßig, das bleiche Gesicht rötete sich allmählich und wurde zusehends voller. Die gequälten Organe ruhten sich aus. Die gesegnete Mutter Natur hatte persönlich die Heilung übernommen. Der Präsident schlief auch jetzt nur so wie bei den Sitzungen, nämlich innerhalb der Grenzen des Wohlanstands, mit langsam sinkendem, dann wieder gehobenem Kopf. Dieser Umstand steigerte noch meine Bewunderung, denn offenbar benahm er sich zu Hause genauso wie auswärts, wirklich ein Gentleman. Er schlief zwölf Stunden. Zwetschke, der keinen Augenblick von seiner Seite wich und auch sein Mittag- und Abendessen bei ihm einnahm, sah gegen Mitternacht erstaunt, wie der Präsident die Glocke packte, sie schüttelte und die ‹Sitzung aufhob›, was bedeutete, daß er ausgeschlafen hatte, aber auch bedeutete, daß wir ihn dem Leben zurückgegeben hatten.

Er ließ Zwetschke nicht mehr aus seinem Schloß. Ließ ihm ein eigenes Appartement einrichten, und Zwetschke mußte zwei Wochen bei ihm bleiben, bis er endgültig wiederhergestellt war. Zwetschke hatte eigentlich kaum etwas zu tun. Wenn der Präsident zu schlafen wünschte – immer angezogen und bis zum Kinn zugeknöpft –, setzte er sich in den Präsidentensessel, schwang die Glocke, und schwang sie erneut, wenn er aufgewacht war. Diese phantastisch schlichte Heilungsmethode, die in den medizinischen Fachzeitschriften keine Erwähnung fand, wandte Zwetschke nur bis zum Saisonbeginn an. Als die Vortragssitzungen anfingen, war sie nicht mehr nötig. Doch der Baron vergaß Zwetschke nicht. Sondern berief ihn als Hausarzt, und dank seiner hervorragenden Beziehungen ließ er ihn trotz seiner Jugend – Zwetschke war kaum sechsundzwanzig – zum Chefarzt der psychiatrischen Abteilung des dortigen Krankenhauses ernennen, und ein halbes Jahr später hatte er ihm auch den Titel eines Hofrats verschafft.

Das also war mein deutsches Abenteuer. Herr Ober, zahlen. Abendessen, Roter, vier Kaffee, fünfundzwanzig Mirjám. Jetzt habe ich wieder die Zeit verplaudert. Es wird schon hell. Schaut, der Morgen dämmert im Januarnebel der Pester Gasse und lächelt zum Fenster des *Torpédo* herein. Rosenfingrige Morgenröte mit schmutzigen Fingernägeln. Na, gehen wir schlafen. Oder bleibt ihr? Dann will ich noch einen Kaffee trinken und euch den Schluß erzählen. In letzter Zeit besteht meine einzige Unterhaltung darin, mir selbst zuzuhören.

Ich hatte lange nichts vom Präsidenten gehört. Der Krieg brach aus, und ich wurde von allen weit abgetrieben. Letztes Jahr bin ich ein bißchen in Deutschland herumgereist. Ich machte einen kleinen Abstecher nach Darmstadt. Legte zwischen zwei Expreßzügen einen Aufenthalt ein und besuchte Zwetschke. Puh, Jungs, war das seltsam. Ich fand meinen Jugendfreund auf derselben psychiatrischen Abteilung, wo ich ihn fünfzehn Jahre zuvor verlassen hatte. Er kam mir im weißen Kittel entgegen und umarmte mich. Er trug eine Hornbrille, hatte einen Bierbauch, wie alle anderen deutschen Gelehrten, über die wir damals so gelacht hatten. Ich konnte ihn bloß anstarren. Er lachte nicht mehr so haltlos und frech wie dazumal. Dafür lachte er ständig, langsam und gedehnt. Kennt ihr die Leute, die nach jedem Satz lachen, was immer sie uns mitteilen, Trauriges oder Lustiges? Auf diese Art erzählte er, er habe geheiratet – hahaha –, eine kleine Tochter bekommen – hahaha –, die dann im Alter von vier Jahren an einer Hirnhautentzündung gestorben sei – hahaha. Mich störte das nicht. Ich wußte, daß alle Psychiater ihre Eigenheiten haben.

Auf seiner Abteilung herrschte musterhafte Ordnung. Die Gänge, die Fenster, die Böden glänzten. Jeder Spucknapf stand an seinem Platz. Die Pfleger hatten größere Angst vor ihm als vor den tobsüchtigen Irren. Er fertigte graphische Darstellungen an, Tabellen mit anschaulichen Kurven. Histologie, damit war er befaßt. In seinem Labor schwebten in Formalinlösung kranke Gehirne, die er mit einem Instrument, das einem Schinkentranchierer glich, aber viel feiner war, hauchdünn scheibelte, um hinter die Geheimnisse des menschlichen Geistes und der menschlichen Seele zu kommen. Er führte mich durch die Abteilung. Für mich ist so etwas nicht neu. Seit meiner Kindheit werde ich von solchen Orten unwiderstehlich angezogen. Psychiatrische Abteilungen sind an jedem Punkt der Erde gleich, so wie auch die Parlamente. Offenbar will die Natur mit dem Phänomen Geisteskrankheit in jedem Volk und unter jedem Himmelsstrich dasselbe sagen. Auf der Frauenabteilung wird getanzt und gekreischt, auf der Männerabteilung wird düster gebrütet. Im Garten draußen hängen unter den Bäumen die Schwachsinnigen herum, in kindlicher Benommenheit. Ein Maurergehilfe schneuzt sich Tag und Nacht trompetend, weil sein Körper voller Luft sei, wobei, sagt er, seine Arbeit schöne Erfolge habe. Vor siebzehn Jahren, als er hierhergekommen sei, habe ihm die Luft ungefähr bis zur Stirn gereicht, jetzt habe sie sich bis zu seinen Brustwarzen gesenkt. Wir rechneten gemeinsam aus, daß er bis zu seinem siebzigsten Lebensjahr völlig luftfrei sein wird, falls ihn nicht zwischendurch etwas Unvorhergesehenes in seiner Tätigkeit behindert. Auch hier haben alle ihre Tätigkeiten und Vergnügungen.

Mich interessierte vor allem der scharfe Gegensatz zwischen zwei Gruppen. Den zwei Gruppen, die die ganze Menschheit repräsentieren. Die Paranoiden sind keck, frech, großspurig, mißtrauisch und argwöhnisch, unzufrieden und tatenlustig, so wie die weltbeglückenden Politiker. Sie beobachten mich aus einer Ecke heraus, mit dunkel zusammengekniffenen Augen, und ich fühle, daß sie ‹schon wissen, was sie von mir zu halten haben›. Sie wären jederzeit bereit, mich zum Wohle der Gesellschaft aufzuknüpfen. Sie ertragen sich selbst nicht, und ihre Seele will nach draußen, in die Welt hinaus, die sie gern kaputtschlagen würden. Die Schizophrenen sind eigenartig, originell, überraschend, selbstquälerisch, unberechenbar und undurchschaubar, so wie die echten Schriftsteller. Ihre Rede ist voller unverständlicher Andeutungen. Mir sind die letzteren sympathischer. Auch hier schloß ich mich ihnen an. An der Ecke eines Rasenstücks standen zwei junge Männer zu Statuen erstarrt. Ein dritter junger Mann, der kreidebleiche Sohn irgendeines Würzburger Bankiers, spazierte ringsherum, und jedesmal, wenn er an mir vorbeikam, grüßte er mich mit außerordentlichem Respekt, und auch ich erwiderte seinen Gruß respektvoll. Als er aber zum achten Mal an mir vorüberkam und ich ihn zum achten Mal zurückgrüßte, spuckte er mir plötzlich ins Gesicht, was mich sehr freute, da es meine seit langem bestehende Meinung über diese Krankheit bestätigte und belegte.

Zwetschke war an den Geisteskranken nicht interessiert. Er sagte mit seinem seltsamen gedehnten Lachen, das sei ein Haufen Verrückter, die Beschäftigung mit ihnen lohne sich nicht, erst nach ihrer Autopsie, siehe die Hirnscheibchen. Er lud mich zur Jause ein. Stellte mich seiner Gattin vor, einer blonden, madonnenhaften Frau, die das Haar von der gewölbten Stirn nach hinten gekämmt trug und mich schweigend begrüßte, mir schweigend Dinge vorlegte und überhaupt die ganze Zeit schwieg. Wir aßen Streichwurst und tranken Bier. Endlich erfuhr ich, was aus dem Präsidenten geworden war. Er hatte alle überlebt, auch den Krieg und die Revolution. Um ihn herum gingen ganze Generationen zugrunde, auf dem Schlachtfeld fielen oder verkamen die Futuristen, die Expressionisten, die Simultanisten, die Neoklassiker und die Konstruktivisten, er hingegen war weiterhin tätig. Mit der Ausdauer der Schläfer. Als er sein neunzigstes Lebensjahr vollendet hatte, übernahm er auf Anraten seines Hausarztes noch mehr Präsidentschaften. In seinen letzten Jahren hatte er an siebzehn Orten als Präsident fungiert, ununterbrochen von morgens bis abends. Im vergangenen Winter war er mit neunundneunzig gestorben. Sein hundertstes Jahr hatte der Arme nicht mehr erleben dürfen.

Ich verabschiedete mich von meinem Freund, um zum Grab des Barons zu pilgern und ihm dankbar die Ehre zu erweisen. Zwetschke umarmte mich lachend. In die Tasche meines Regenmantels steckte er ein verpacktes Buch und sagte, es könnte vielleicht noch von Nutzen sein. Ich ließ mich im Automobil zum Friedhof fahren, von den Verrückten zu den Toten. Das Grab des Präsidenten fand ich gleich. Er ruhte in einer abweisenden Familiengruft, auf der sein Wappen prangte. Auf seiner Marmorsäule nur ein Satz: *Ruhe in Frieden.* Dieser Mann, den, solange er lebte, nie jemand zu duzen gewagt hätte, wurde hier mit der frechen Einseitigkeit der Lebenden geduzt. ‹Belieben in Frieden zu ruhen›, hauchte ich mit Sohnesehrfurcht und erinnerte mich aufgewühlt an ihn und an meine verschwundene Jugend. Ich verrieb im Augenwinkel eine Träne.

Leider war ich mit leeren Händen gekommen, in großer Hast, so daß ich ihm nicht einmal ein paar Blumen hatte mitbringen können. Doch vielleicht hätten auf dieses strenge Grab Blumen sowieso nicht gepaßt. In meiner Verlegenheit begann ich meine Taschen zu durchwühlen. Und fand das Buch, das mir Zwetschke auf den Weg mitgegeben hatte, und wickelte es aus. Es war der *Messias*, Klopstocks Hexameterepos, das – nach der einhelligen Meinung aller Generationen – langweiligste Buch der Welt, so langweilig, daß noch niemand es gelesen hat, weder diejenigen, die es gepriesen, noch diejenigen, die es verrissen haben. Angeblich hatte Klopstock selbst es nicht lesen können, nur schreiben. Ich schlug es auf und blätterte nachdenklich darin. Welchen Teil sollte ich lesen? Es spielte keine Rolle. Da ich ja wußte, daß der Verblichene im Leben die Ruhe als Höchstes geschätzt hatte und auch er, so wie wir alle, den Wunsch haben mochte, auf ewig in Frieden zu ruhen, begann ich langsam und monoton den ersten Gesang zu lesen. Das war von wunderbarer Wirkung. Auf dem benachbarten Grab schloß eine Winde verschreckt ihren Kelch, als wäre die Nacht hereingebrochen. Ein Käfer kippte im Staub auf den Rücken und verharrte hypnotisiert. Ein Falter, der über der Gruft umhergeflattert war, fiel auf den Grabstein herunter und schlief mit zusammengelegten Flügeln ein. Ich fühlte, wie die Hexameter durch den Granit der Gruft drangen, hinunter zu den sterblichen Überresten des Seligen, dessen Grabesruhe – der ewige Schlaf – durch sie noch tiefer wurde.

Ich erwachte, als mich jemand an beiden Schultern schüttelte. Mein aufmerksamer Fahrer, den ich vor dem Friedhofstor gelassen hatte. Mitten im ersten Gesang hatte nämlich auch mich der Schlaf übermannt. Ich warf mich rasch in den Wagen. Wir rasten wie die Wahnsinnigen zum Bahnhof. Ich konnte gerade noch auf den schon fahrenden D-Zug aufspringen, der dann im Funkenregen, heftig pfeifend, mit einer Geschwindigkeit von hundert Stundenkilometern auf Berlin zudonnerte.»

Dreizehntes Kapitel

in welchem er als Wohltäter auftritt und die vom Schicksal verfolgte Witwe unterstützt, aber am Ende gezwungen ist, sie zu verprügeln, weil sie ihm so leid tut

Um elf Uhr vormittags war er unterwegs in sein Bad.

So, wie er aus dem Bett gesprungen war, in kurzer Unterhose, mit nackter Brust und nackten Armen, ohne Nachthemd, nur in den grünen Pantoffeln, in die er rasch geschlüpft war, lief er auf das Badezimmer zu.

Dorthin gelangte man in dieser altmodischen Wohnung durch drei Zimmer.

Im dritten Zimmer, einer Art Empfangsraum, stand eine Frau, von Kopf bis Fuß in Schwarz und tief verschleiert.

Esti prallte beim Anblick der völlig unbekannten Frau zurück. Er wußte nicht, wie sie hierhergeraten war.

Vor allem dachte er an seine Nacktheit. Aus Höflichkeit preßte er beide Hände an seine behaarte Brust.

Die Frau kreischte erschrocken auf. Sie wich zurück, unter Verbeugungen. Schrecklich, daß sie demjenigen, den sie so oft gesucht hatte und jetzt zum ersten Mal im Leben sah, auf diese Art begegnen mußte. Sie dachte, damit habe sie alles verdorben.

«Verzeihung», wiederholte sie entsetzt ein ums andere Mal.

«Sie wünschen?» sagte Esti.

«Bitte», stotterte die Frau, «bitte sehr … vielleicht später … ich weiß nicht … weiß wirklich nicht … Verzeihung …»

«Da, bitte, ins Entree.»

«Hier?»

«Dort», sagte Esti grob, «dort.»

Die Frau zog ab, wie eine schwarze Wolke, die das Empfangszimmer gefüllt hatte. Esti seinerseits ging ins Badezimmer, wo ihn schon das lauwarme morgendliche Bad erwartete.

Er klingelte wütend.

Das Zimmermädchen erschien. Blieb an der Schwelle zum Badezimmer stehen.

«Jolán», schrie er, bereits in der Badewanne, «Jolán. Seid ihr denn völlig übergeschnappt? Laßt alle hier herein.»

«Nicht ich habe sie hereingelassen. Der Viktor war's.»

«Wohin hereingelassen?»

«Ins Entree.»

«Aber die war hier. Hier vor meiner Nase. Unerhört. Was will sie?»

«Sie sucht den gnädigen Herrn. Sie war schon mehrmals da.»

«In welcher Angelegenheit?»

«Das weiß ich nicht. Vielleicht in literarischer», fügte das Dienstmädchen einfach hinzu.

«In literarischer», wiederholte Esti. «Die will mir einen Sammelband andrehen. Bettelt um etwas. Irgendeine Schwindlerin. Eine Einschleichdiebin. Die hätte da alles zusammenraffen können. Die ganze Wohnung. Ich habe doch schon tausendmal gesagt, Sie sollen den Bettlern etwas geben, und dann gottbefohlen. Ich empfange nur sonntags, von zwölf bis eins. Sonst nie. Verstanden? Und auch dann soll man die Leute melden. Jetzt bin ich nicht zu Hause. Für niemanden. Ich bin gestorben.»

«Jawohl», sagte das Zimmermädchen.

«Wie bitte?» fragte Esti, dem es doch ein bißchen komisch vorkam, daß man das so rasch und selbstverständlich zur

Kenntnis nahm. «Also, schicken Sie sie weg. Auf Sonntag dann. Von zwölf bis eins.»

Nachdem das Zimmermädchen gehört hatte, daß das Wasser plätscherte und ihr Meister badete, machte sie kehrt. Ihre leichten Schritte huschten schon durchs andere Zimmer. Esti brüllte ihr nach:

«Jolán!»

«Der Herr wünschen?»

«Sagen Sie ihr, sie solle warten.»

«Jawohl.»

«Ich sei gleich soweit.»

Er seifte sich nicht einmal ein, sondern stieg aus der Badewanne, zog sich an und rief laut ins Entree hinaus.

Die Frau in Trauerkleidung trat ein. Wieder füllte sich das Empfangszimmer mit ihr. Der weiße gläserne Kronleuchter, dessen elektrische Kerzen an diesem dämmerigen Wintervormittag alle brannten, wurde von dem schwarzen Gewölk beinahe verdunkelt.

Draußen schwebten Schneeflocken.

«Womit kann ich Ihnen dienen?» fragte Esti.

Die Dame antwortete nicht. Sondern brach in Weinen aus. Sie schluckte ihre Tränen mit einem dünnen, wimmernden Altfrauenschniefen hinunter.

Das einzige, was man verstand:

«Helfen Sie ... helfen ... helfen ...»

Also: Hilfe.

Sie hatte inzwischen ihren Schleier zurückgeschlagen, um sich das nasse Gesicht zu trocknen. Sie hatte dunkelgrüne Augen. Ihre dunkelgrünen Augen waren von Rauhreifllocken umgeben, die noch keine Zeit gehabt hatten, weiß zu werden. Diese zerzausten, beinahe irren Locken quollen unter der schwarzen Krempe des Huts hervor.

«Die Witwe», dachte Esti, «die am Boden zerstörte Witwe. Schrecklich.»

Die Frau schneuzte sich trompetend, ohne sich darum zu kümmern, daß sie dadurch häßlich und lächerlich wirkte. In ihrer Verlegenheit hatte sie ihren Regenschirm mit hereingebracht, als hätte sie ihn nicht im Entree zu lassen gewagt. Der Schirm weinte eine kleine Pfütze auf das glänzend gebohnerte Parkett.

Ihre Schuhe, ihre Kleider schluchzten.

Aber woher war sie gekommen, aus welchem Teil des besetzten Gebiets, aus welchem verlausten Verlies, aus welcher vorstädtischen Elendswohnung oder Holzkammer, und warum zu ihm, ausgerechnet zu ihm, ohne sich vorzustellen, ohne ein Empfehlungsschreiben?

Weil sie ihn kannte. Nicht persönlich. Seine Bücher.

Esti kannte das.

Kannte die, die seine Bücher kannten.

Die Witwe ließ sich vernehmen. Es könne nicht sein, daß ein so guter Mensch sie nicht verstehen würde.

«Ich bin kein guter Mensch», setzte Esti sich selbst auseinander. «Ich bin ein schlechter Mensch. Oder nicht einmal das. Sondern nur so wie alle. Daß ich meine alten, reinen Gefühle bewahrt habe – einzig und allein zu Ausdruckszwecken –, ist ein Berufsgeheimnis, eine zum Handwerk gehörende Hexerei wie die des Pathologen, der jahrzehntelang ein Herz, einen Hirnlappen, die schon längst nicht mehr fühlen oder denken, in Formalinlösung aufzuheben vermag. Auch mich hat das Leben abgestumpft wie alle, die ein bestimmtes Alter erreicht haben.»

Die Besucherin berief sich darauf, daß sie mehrere seiner Gedichtbände gelesen hatte.

«Das ist etwas anderes», fuhr Esti für sich fort. «Machen wir kein Durcheinander. Das ist Literatur. Es wäre entsetzlich, wenn alles, was ich geschrieben habe, Wirklichkeit würde. Einmal habe ich geschrieben, ich sei eine Gaslaterne. Trotzdem würde ich heftig protestieren, wenn mich jemand in eine Gaslaterne verwandeln wollte. Irgendwo habe ich auch erwähnt, wie gern ich im Meer untergehen würde. Wenn ich aber in der Badeanstalt im drei Meter tiefen Wasser umherschwimme, muß ich immer denken, daß ich dort nicht stehen kann, und fühle mich ziemlich erleichtert, wenn ich die seichte Stelle erreiche.»

Es spiegle sich doch auf jenen Seiten ein so feines Gemütswesen, ein außerordentlich feines Gemütswesen.

«Quatsch», dachte Esti, den wahrscheinlich das Wort «Gemütswesen» in Rage gebracht hatte. «Wenn die wüßten, wieviel Härte, Unbarmherzigkeit, wilde Gesundheit derjenige haben muß, der sich mit Gefühlen beschäftigt. Und überhaupt, wer zartfühlend ist, ist notwendig auch grob. Das Zartgefühl ist bloß eine heimliche Form der Grobheit, die Grobheit hingegen ist bloß eine heimliche Form des Zartgefühls. In der Tat, Güte und Bosheit, Erbarmen und Unbarmherzigkeit stehen in einem so merkwürdigen Verhältnis zueinander. Sie wirken untrennbar zusammen, das eine ist ohne das andere gar nicht denkbar, so wie es bei jemandem, der hervorragend sieht, nicht denkbar wäre, daß er nicht gleicherweise das Blau und das Rot, den Schmetterling und den Wurm zu sehen vermöchte. Die Gegensätze, die wahren entgegengesetzten Pole, stehen immer in einer natürlichen Wechselwirkung, ersetzen einander je nach Umständen, nehmen den Namen des je anderen an, kreisen, verwandeln sich wie die positive und die negative elektrische Ladung. Na, lassen wir das. Aber was dort auf dem Papier als ‹fein› erscheint, ist es nur, weil es genau ist, technisch präzise, und dahinter bin ich, der ich – verflucht noch mal – täglich, bei Sonne oder Regen, bei Lust und Laune, aber auch ohne Lust und Laune, stundenlang schreibe, meine widerspenstigen Finger abrichte, zischend und zähneknirschend. Ich soll fein sein? Dann ist auch der Schmied fein. Ich bin eher ein Schmied, meine Dame. Ich schlage mit dem Hammer den Amboß, schmiede Hufeisen für mein Pferd, tolle Stahlhufeisen, damit es im Staub der Landstraße schneller laufen kann. Denn das geflügelte Pferd kann nicht fliegen, merken Sie sich das. Es sieht nur so aus, als ob es flöge, dabei galoppiert es auf der Erde, durchaus auf der Erde. Ich bin also ein Handwerksmeister. Schauen Sie sich diese Knochen an, diese Pranken, diese Brust, die Sie vorhin auch nackt gesehen haben, so wie sie erschaffen wurde. Sagen Sie, aber ehrlich, sehe ich denn wirklich aus wie einer dieser widerlichen, zartbesaiteten Poeten oder nicht vielmehr wie ein Schmied?»

Esti stand auf, zeigte sich in seiner ganzen Wirklichkeit, trat zu seiner Besucherin, damit sie unter der Wirkung seiner vierschrötigen Nähe endlich zur Sache komme.

Sie begann allmählich auszupacken.

Stellte ihre Klagen einzeln hin, holte eine um die andere aus sich heraus wie aus einer geöffneten Schublade.

Und das hatte eine gute Wirkung auf sie. Sie weinte nicht mehr.

Der Schmerz wirkt als abstraktes Ganzes, aus der Vogelperspektive, stets schrecklicher als aus der Nähe: das mühevolle Hervorklauben der Einzelheiten ernüchtert einen immer, bringt einen auf den Boden zurück, erfordert zumindest Aufmerksamkeit, Selbstdisziplin, damit etwas Ordnung ins Durcheinander komme. Dabei findet man ein Rädchen, eine Schraube, ein Band, aus dem sich die Höllenmaschine zusammensetzt. Das alles ist schon Kleinkram, Spiel. Die kleinen Dinge sind beruhigend.

Esti war auf alles gefaßt. Nämlich: Tod und Verderben, Gefängnis und Elend, Scharlach, Hirnhautentzündung, Wahnsinn.

Es folgten die näheren, sachlichen Angaben.

Der verblichene Gatte der Frau war in einem Landstädtchen Schuldirektor gewesen, er war im vergangenen Sommer gestorben, nach langem Leiden, mit zweiundfünfzig, an Krebs.

«Ja», sagte Esti entschieden, als heiße er den Krebs gut.

Sie waren vom Land hierhergezogen, wohnten heute in einem Zimmer mit Küche, zu fünft. Sie habe nämlich vier Kinder. Große Familie, kleine Rente, wie das nun mal Mode war. Der kleinere Junge sei zwölfjährig und nach einer Mittelohrentzündung operiert worden, das Ohr sei noch immer offen und fließe.

«Ja.»

Der ältere Bruder gehe in die Fabrik, lerne dort Elektriker, bekomme noch keinen Lohn.

«Ja.»

Das größere Mädchen sei Weißnäherin, könne aber nicht auf die Straße hinaus, weil sie jetzt zur nassen Winterszeit keine Schuhe habe.

«Ja.»

Esti wartete bloß auf die Schwindsucht, und, o Wunder, kaum hatte er das gedacht, sagte die Witwe: «Schwindsucht.» Das kleinere Mädchen hatte sie.

Was die Frau selbst betreffe, so würde sie gern eine Arbeit annehmen, schließlich könne sie noch arbeiten, sie träume hauptsächlich von einer Trafik oder wenigstens einem Zeitungskiosk, wo man sommers und winters von morgens bis abends gemütlich ein bißchen sitzen kann.

«Ja, ja.»

Esti hatte mehr erwartet.

Denn das waren bloß die anspruchslosen – und uninteressanten – Klagen, die das Leben gewissermaßen am Fließband produziert, mit erschreckender Eintönigkeit. Der Fabrikbetrieb läßt keine Originalität zu.

Aber vielleicht überraschte ihn gerade diese Phantasielosigkeit, diese graue Verbrauchtheit: daß man ihm solche Dutzendware vorlegte und daß diese von bestimmten Leuten dennoch als Schicksal getragen werden mußte.

Er dachte:

«Sonst nichts?»

Und wartete.

Aber sonst war nichts da. Ausverkauft.

Esti setzte sich. Und wandte sich an die Frau:

«Womit kann ich Ihnen helfen?»

Mit einer Summe, die nicht groß sei – für ihn wirklich eine Kleinigkeit –, mit der man aber für den Moment die ganze unglückliche, eines besseren Loses würdige Familie auf die Füße stellen könnte. Er dürfe das alles nicht falsch verstehen. Sie bitte nicht um ein Almosen oder ein Geschenk, weder sie noch ihre unglücklichen, kranken Kinder, sondern nur um ein Darlehen, das sie, falls nötig, mit fleißiger Arbeit wiederbeschaffen würden, sie würden es abarbeiten, hier oder anderswo, jedenfalls würden sie es bis zum letzten Fillér zurückzahlen, bis zum allerletzten Fillér, in genauen monatlichen Raten, die man ja im voraus festlegen könnte.

Esti wurde wütend. Die schlugen doch immer solche Geschäfte vor, verlockende Kapitalanlagen. Die standen auf eisern kapitalistischer Basis. Waren so krisensicher, daß die *Bank of England* dagegen beinahe unseriös schien.

«Wirklich», murmelte er, «die *Bank of England*» und mußte über den dummen Einfall fast lachen.

Solcher Unsinn gefiel ihm.

Er fürchtete, er würde angesichts von soviel Leid tatsächlich lachen müssen. Er biß sich auf die Lippen, damit der körperliche Schmerz eine solche Ungebührlichkeit verhindere, dann begann er leichthin durcheinanderzureden, denn er wußte auch, daß man das Lachen leichter zurückhalten kann, wenn man seinen Lippen und seinem Geist zu tun gibt.

«Also darum ginge es, nicht wahr? Um diese Summe, vorübergehend, provisorisch, ich weiß. Schauen Sie, geehrte Dame, ich habe selbst meine Verpflichtungen» – das hatte er Jahre zuvor von einem Bankier gehört, den er um Geld angebettelt hatte, mit förmlicheren Floskeln, aber nicht weniger verzweifelt, und da er jetzt diese Szene lebhaft vor sich sah und hörte, fuhr er noch rascher fort. «Ich habe Verwandte und Freunde. Angestellte. Und so weiter und so fort. Auch ich arbeite. Schufte. Mehr als genug. So viele Buchstaben, so viele Bissen Brot» – «Kuchen», schrie es in ihm, «Kuchen, Kuchen, du Halunke.»

Die Witwe antwortete nicht. Sie blickte ihm ruhig in die Augen.

Esti hörte immer noch das Schreien. Er sprang auf. Eilte ins Nebenzimmer.

Kam von dort etwas langsamer zurück. Seine linke Hand war zur Faust geschlossen. Er legte eine Banknote auf den Tisch. Er blickte nicht hin.

Die Witwe hingegen blickte, obwohl sie gar nicht wollte, sogleich darauf, und auf ihrem Gesicht zeigte sich Erstaunen: die Summe war etwas größer, als worum sie gebeten hatte, der Spender hatte sie aufgerundet.

Der Frost, in welchem sie bei ihrem Eintreten erstarrt gewesen war, taute auf, war wie das Schneewasser auf dem Parkett. Sie wisse nicht, ob sie das annehmen dürfe. Doch, doch, sie solle es ruhig annehmen.

Sie packte das Geld. Erging sich in Dankbarkeit. Drückte sie mit dem höchsten, dem größten Wort aus, das es gibt:

«Gott.»

«Schon gut», schnitt ihr Esti das Wort ab. «Schreiben Sie Ihre Adresse auf. Also, Sie wohnen in Kispest. Ach ja, wie alt ist das kleinere Mädchen?»

«Sechzehn.»

«Hat sie Fieber?»

«Nur abends, bitte sehr. Morgens hat sie nie Fieber.»

«Schön. Ich will mir dann etwas einfallen lassen. Vielleicht kann ich sie in der Lungenheilanstalt unterbringen. Ich weiß es noch nicht. Jedenfalls will ich es versuchen. Rufen Sie mich nächste Woche an. Wann immer Sie wollen. Hier, meine Telephonnummer.»

Anderntags bekam er von ihnen einen Brief, den alle fünf unterschrieben hatten. Der Brief war lang. Er begann so: Hochwohlgeborener Herr!

Er hatte also einen neuen gesellschaftlichen Rang erhalten, sie hatten ihn in eigener Regie befördert, erhöht.

Sie schrieben: Ihr hochwohlgeborenes Herz ... Esti griff sich ans Herz. Sein hochwohlgeborenes Herz.

Das Versprechen, daß er das jüngere Mädchen vielleicht in irgendein Bezirkskrankenhaus oder so was stecken würde, nahm er selbst nicht ernst. Er hatte es eher aus Takt gesagt, aus Förmlichkeit, auf sein geschliffenes Stilgefühl horchend, um die Witwe beim Abschied von der Summe abzulenken, die sie eben in ihrer abgewetzten Tasche verstaute, um ihre Gedanken auf eine künftige Gefälligkeit zu lenken und ihre unausgesetzten, sich fortwährend wiederholenden Dankbarkeitsbezeigungen, die er nicht mehr aushielt, abzudämpfen.

Vormittags, wenn er aufgewacht war, pflegte sich Esti das Telephon ans Bett bringen zu lassen. Er ließ es neben das Kissen stellen, unter die Daunendecke, so, wie es andere mit einer Katze tun. Er liebte dieses elektrische Tier.

Während er sich im Wohlgefühl des Ausgeruhtseins im breiten Bett räkelte und sich diesem Genuß hingab, hob er den Hörer ab und sagte eine Nummer. Die Stadt kam zu ihm ins Bett. Noch schläfrig, hörte er am anderen Drahtende die wachen Stimmen von Bediensteten, die lauen morgendlichen Geräusche einer fernen Lungenheilanstalt. Er verlangte den leitenden Arzt, der ein Jugendfreund von ihm war.

«Sag mal, habt ihr ein freies Bett?» – «Das haben wir nie, mein Lieber, aber man kann immer etwas machen. Das Mädchen soll nur kommen, mit der Mutter und den Ausweispapieren, und dann sehen wir weiter.»

Ein paar Tage später rief ihn der Arzt an. Er teilte ihm mit, sie hätten seinen Schützling aufgenommen.

Jetzt blieb nur noch der Zeitungskiosk.

Er hatte das Gefühl, auch zu diesem Schritt sei er verpflichtet. Es war keine menschliche, sondern eher eine verwandtschaftliche Pflicht. Seit er mit der Witwe gesprochen hatte, war er irgendwie mit ihr verwandt.

Zuvor besuchte er die Familie.

In dem Zimmer, das sie bewohnten, hing an einem nackten Draht eine nackte Glühbirne, die sie scharf beleuchtete.

Margitka, das jüngere Mädchen, lag schon in der Lungenheilanstalt. Das größere Mädchen hieß Angéla und war nicht schön. Sie wirkte ungemütlich. Sprach melodiös. Hatte eine gerade, weiße Nase, wie aus Kreide geschnitzt. Lacika, der ohrenleidende Gymnasiast, hockte vor einer lateinischen Grammatik. Und der Elektriker kam von seiner ergebnislosen Arbeitssuche nach Hause, grüßte kaum, zog sich mit proletarischer Düsterkeit in eine Ecke zurück und musterte von dort aus den Gast mit so grimmiger Aufmerksamkeit, als wolle er ihn mindestens zu einer Romanfigur machen. Esti konnte sich nicht vorstellen, was er wohl von ihm dachte.

Das mit dem Zeitungskiosk ging nicht so leicht.

Dort, wo man um derartige Bewilligungen nachsucht, erklärte der Beamte lächelnd, in Ungarn sei es leichter, zu einem ministeriellen Samtsessel zu kommen als zu einem solchen Glaskäfig. Es sei völlig ausgeschlossen, daß in absehbarer Zeit ein Platz frei würde.

Esti nahm das zur Kenntnis. Da man die Witwe allerdings nicht gut auf einen ministeriellen Samtsessel setzen konnte – der eine oder andere hätte das etwas seltsam gefunden –, beharrte er auf dem Glaskäfig. Er wußte, daß es Gesetze, Paragraphen, Beschlüsse gab, die tatsächlich hart und unerbittlich waren, daß aber neben jedem Gesetz, Paragraphen und Beschluß ein Sterblicher stand, der schwach war und mit der richtigen Handhabe außer Gefecht gesetzt werden konnte. Nichts ist unmöglich, solange es nur darum geht, von Menschen etwas zu erreichen. Also lächelte, log, schmeichelte, schlich und leckte er, war überheblich und frech, je nach Bedarf. An einem Ort nannte er die Witwe eine nahe Verwandte mütterlicherseits, eine eifrige Katholikin, am andern Ort nannte er sie eine aufrechte Kalvinistin alten Schlags, eine durch den Friedensvertrag Vertriebene, wieder an einem andern Ort war sie ein Opfer des Weißen Terrors, eine Rückkehrerin aus Wien.

In dieser Hinsicht hatte Esti noch nie besondere Skrupel gehabt.

Was verlieh ihm wohl die Kraft? Das hätte er selbst gern gewußt.

Wenn ihm manchmal in der Nacht die Familie einfiel oder wenn er am Morgen früh aufstand, bloß um auf einem Amt jemanden, den er gerade brauchte, zu erwischen, stellte er sich die Frage selbst.

Wollte er sich vormachen, daß man jemanden retten kann? Gefiel er sich in der Beschützerrolle, lebte er ein heimliches Machtbedürfnis aus, war er von seiner eigenen sentimentalen Opferbereitschaft gerührt? Leistete er für etwas Abbitte? Oder war er von Jagdleidenschaft erregt, vom möglichen Ausgang seines spielerischen Experiments, von der Beeinflußbarkeit der Menschen?

Als sich Esti alle diese Möglichkeiten vor Augen führte, mußte er eine jede mit Nein beantworten.

Er bemühte sich aus anderen Gründen. Nämlich, weil er in einer Laune jene Summe hingeworfen hatte. Das hatte zur direkten Konsequenz, daß er dem Mädchen ein Gratisbett in der Lungenklinik verschaffte, und daraus folgte, daß er auch der Mutter ihr Auskommen sichern mußte. Eine Tat zog notwendig und fatal die andere nach sich. Und jetzt hätte es ihn gereut, wenn seine Arbeit umsonst gewesen wäre. Er wollte, daß sie ein bißchen vollkommener, ein bißchen abgerundeter war.

Wie die Händler in der Fachsprache sagen: «Jetzt lief er schon seinem Geld hinterher».

Die Witwe bekam schließlich ihren Zeitungskiosk, an einem ausgezeichneten Platz, einer belebten Ecke des Boulevards.

Starkes Septemberlicht glänzte auf dem Glaskäfig, tauchte die ausländischen Zeitschriften in Gold, umgab Dekobra und Bettauer mit einem Strahlenkranz. Zwischen ihnen machte sich die Frau mit rekonvaleszentem Lächeln zu schaffen, wie auf einer Bühne, abgetrennt und doch Teil des Lebens auf der Straße, in aller Öffentlichkeit.

Esti blieb, da die Bude auf seinem Weg lag, ab und zu hier stehen, aber nicht mehr als Beschützer, sondern als Käufer. Er kaufte eine Zeitung, obwohl er sie nicht brauchte. Er erkundigte sich nach Margitkas Befinden.

«Ich danke», sagte die Witwe, während sie mit Halbfingerhandschuhen die Blätter ordnete, «ich danke sehr. Es geht schon. Bloß die Kost ist schlecht. Es gibt zuwenig», flüsterte sie geheimnisvoll. «Wir müssen nachhelfen. Alle zwei Tage bringen wir ein bißchen Butter mit. Zu Fuß. Es reicht auch für die Straßenbahn nicht.»

Dann kam die Reihe an den Gymnasiasten:

«Der arme Junge hat dieses Jahr die Klasse wiederholen müssen. Letztes Jahr ist er in drei Fächern durchgefallen. Belieben zu wissen, wegen seines Ohrs. Er hört nicht. Er hört nicht, was die Lehrer sagen. Er ist auf dem linken Ohr taub geworden.»

Esti glaubte nicht, daß man auf Erden auch nur irgend etwas in Ordnung bringen kann. Er sah ja, daß die Situation, kaum hatte er sie an einem Ort geflickt, an einer anderen Stelle gleich wieder ein Loch bekam. Doch insgeheim hatte er auf eine winzige Verbesserung gehofft, auf irgendeine sichtliche Linderung, eine relative Ruhe, ein gutes Wort, das ihn aufgeheitert, belohnt hätte. Jetzt war er es, der auf ein Almosen lauerte.

Im Winter regnete es in Strömen. In der allgemeinen Flut glich die Bude einem Leuchtturm. Anstelle der Witwe bediente die Weißnäherin. Mit nervöser Munterkeit sagte sie:

«Mütterlein ist erkältet. Mütterlein tun die Füße weh. Mütterlein läßt sich durch mich vertreten.»

Esti ging nach Hause, er dachte an die Bude, wo – so schien es – auch das größere Mädchen fror, und an die Witwe, die bettlägerig war. Zu Hause setzte er sich neben seinen Kamin. Die Glut warf rötliches Licht auf seine haselnußbraunen Vorhänge.

Er stand lustlos wieder auf.

«Mir ist das verleidet», seufzte er, «sehr verleidet.»

Später beobachtete er die Bude nur noch mit halbem Auge, wenn er auf den Omnibus wartete. Er hatte bis oben hin genug von ihnen. Wenn es ging, machte er einen Bogen um sie.

«Sollen sie doch sterben», brummte er. «Ich werde auch sterben, genauso elend wie sie. Alle sterben.»

Die Witwe und ihre Familie drängten sich nicht auf. Nachdem sie mehrmals kundgetan hatten, daß sie ihm allein alles verdankten – all dieses viele –, gingen sie ihrer Wege. Sie wollten ihm nicht mehr zur Last fallen.

Er sah sie nicht, er hörte nichts von ihnen.

An einem unruhigen Maiabend jagte der Wind den Staub durch die Straße. Esti saß in der Konditorei und trank Schokolade. Kaum war er aus der Konditorei getreten, kam ihm die Witwe entgegen.

Sie bemerkte ihn nicht.

Esti sprach sie an. Löcherte sie, was es Neues gebe, er habe ja schon seit Ewigkeiten nichts mehr gehört.

Die Frau sagte eine Weile nichts.

«Mein Lacika», stotterte sie, «mein kleiner Lacika», die Stimme versagte ihr.

Der kleine Gymnasiast war schon seit zwei Monaten tot.

Esti blickte zur Erde, in welcher der kleine Junge zu Staub wurde.

Die Witwe sagte der Reihe nach alles auf. Margitka habe auch morgens Fieber, man wolle sie aus der Lungenklinik nach Hause schicken, könne sie dort nicht länger behalten. Angéla habe ihre Stelle in der Weißnäherei verloren, weil sie dauernd die Witwe vertreten müsse. Die Bude hätten sie aufgegeben. Sie selbst habe mit ihren schmerzenden Beinen nicht mehr dort herumstehen können. Vielleicht sei es auch besser so.

Esti nickte:

«Sicher, sicher.»

Er stand unter einer Gaslaterne. Betrachtete das Gesicht der Witwe. Es war nicht mehr aufgewühlt und wirr, so wie bei ihrer ersten Begegnung. Sondern erstarrt und ruhig.

Wenn sie nur nicht so sehr seiner Mutter und anderen weiblichen Verwandten geglichen hätte, die auf die gleiche Art ergrauten und absackten, dann wäre alles gut gewesen. Doch aus ihr blickte eine Anklage. Ein schmerzlicher, beinahe frecher Vorwurf.

Das regte ihn auf.

«Kann ich denn etwas dafür», begehrte er innerlich auf. «Oder denkt ihr vielleicht, ich mache diese Schweinereien? Überhaupt, was in drei Teufels Namen wollt ihr von mir, immer von mir?»

Aus Protest machte er eine Bewegung. Griff nach der Witwe. Packte sie am Arm. Schüttelte die magere alte Frau in ihrem schwarzen Kleid, schlug auf sie ein.

«Ho», rief er, «hoho», als versuche er ein sich bäumendes Pferd zu halten.

Dann rannte er in eine Seitenstraße.

«Was habe ich getan?» hechelte er. «O Gott, o Gott. Eine Frau. Eine schwache, armselige Frau. Ich bin unzurechnungsfähig.»

Er lehnte sich an eine Wand. Hechelte noch immer vor Aufregung. Aber er war doch glücklich. Unsäglich glücklich, daß er sie endlich so schön verprügelt hatte.

Vierzehntes Kapitel

in welchem das heimliche Tun des Gallus, des gebildeten, aber auf Abwege geratenen Übersetzers, enthüllt wird

Wir sprachen von Dichtern und Schriftstellern, unseren alten Freunden, die sich einst zusammen mit uns auf den Weg gemacht hatten, dann zurückgeblieben waren, worauf sich ihre Spuren verloren. Von Zeit zu Zeit warfen wir einen Namen in die Luft. Wer erinnert sich noch an den? Wir nickten, und auf unseren Lippen dämmerte ein blasses Lächeln. Im Spiegel unserer Augen erschien verwischt ein längst vergessen geglaubtes Gesicht, eine verpfuschte Karriere und ein ebensolches Leben. Wer hat von dem etwas gehört? Lebt er noch? Auf die Frage antwortete Stille. In dieser Stille raschelte der vertrocknete Kranz seines Ruhms wie das abgefallene Laub auf dem Friedhof. Wir schwiegen.

Auf diese Art schwiegen wir, minutenlang, als jemand den Namen von Gallus erwähnte.

«Der Arme», sagte Kornél Esti. «Vor einiger Zeit habe ich ihn noch gesehen – aber das ist jetzt auch schon sieben, acht Jahre her –, unter ganz traurigen Umständen. Damals passierte ihm im Zusammenhang mit einem Kriminalroman etwas, das an sich schon ein Kriminalroman war, der aufregendste und verstörendste, den ich je erlebt habe.

Ihr habt ihn ja gekannt, wenigstens halbwegs. Ein begabter Junge, funkensprühend, intuitiv, dazu gewissenhaft und gebildet. Er sprach mehrere Sprachen. Englisch konnte er so gut, daß angeblich der Prinz von Wales bei ihm Unterricht nahm. Vier Jahre hatte er in Cambridge verbracht.

Aber er hatte einen fatalen Defekt. Nein, er trank nicht. Sondern er ließ alles, was ihm in die Hände kam, mitlaufen. Diebisch wie eine Elster. Es war ihm gleich, ob es sich um eine Taschenuhr, einen Filzpantoffel oder ein riesiges Ofenrohr handelte. Er kümmerte sich um den Wert der gestohlenen Gegenstände ebensowenig wie um ihre Ausmaße. Oft hatte er gar keine Verwendung für sie. Seine einzige Freude bestand darin zu tun, was ihm ein Bedürfnis war: stehlen. Wir, seine nächsten Freunde, versuchten ihn zur Einsicht zu bringen. Wir redeten ihm zu, liebevoll. Wir schimpften mit ihm und drohten ihm. Und er gab uns recht. Versprach immer wieder, er wolle gegen seine Natur ankämpfen. Doch seine Vernunft kämpfte vergebens, seine Natur war stärker. Er wurde dauernd rückfällig.

Unzählige Male wurde er von Fremden, in der Öffentlichkeit, angeraunzt und gedemütigt, unzählige Male wurde er auf frischer Tat ertappt, und wir mußten uns die unglaublichste Mühe geben, die Konsequenzen irgendwie abzuwenden. Einmal klaute er im Wiener Expreß einem mährischen Händler die Brieftasche, worauf ihn dieser auf der Stelle dingfest machte und an der nächsten Station den Gendarmen übergab. Er erreichte Budapest in Ketten.

Wieder versuchten wir ihn loszueisen. Ihr, die schreibt, wißt ja, daß alles von einzelnen Wörtern abhängt, die Qualität einer Dichtung genauso wie das Los eines Menschen. Wir versicherten eifrig, daß er ein Kleptomane und kein Dieb war. Derjenige, den wir kennen, ist gewöhnlich ein Kleptomane. Derjenige, den wir nicht kennen, ist gewöhnlich ein Dieb. Das Gericht kannte ihn nicht, hielt ihn also für einen Dieb und verurteilte ihn zu zwei Jahren Gefängnis.

Nachdem er wieder auf freien Fuß gesetzt worden war, an einem dunklen Dezembermorgen, irgendwann vor Weihnachten, platzte er hungrig und abgerissen bei mir herein. Er fiel vor mir auf die Knie. Flehte, ich solle ihn nicht im Stich lassen, solle ihm helfen, solle ihm eine Arbeit verschaffen. Davon, daß er unter seinem Namen schrieb, konnte vorläufig nicht die Rede sein. Andererseits war es das einzige, was er konnte. Also suchte ich einen wackeren, menschlichen Verleger auf, legte ein gutes Wort für ihn ein, und der Verleger beauftragte ihn am folgenden Tag tatsächlich mit der Übersetzung eines englischen Kriminalromans. Es war die Art peinlicher Schund, mit dem wir uns die Hände nicht schmutzig machen würden. So etwas lesen wir nicht. Höchstens, daß wir es übersetzen, aber nur mit Handschuhen. Der Titel – ich erinnere mich noch heute – lautete: *Das geheimnisvolle Schloß des Grafen Viciszláv.* Aber das war ja egal. Ich war froh, etwas für ihn tun zu können, er war froh, zu Geld zu kommen, und er machte sich beglückt an die Arbeit. Er war so fleißig, daß er – ohne den vereinbarten Termin abzuwarten – das Manuskript nach drei Wochen ablieferte.

Ich war höchst überrascht, als mir der Verleger ein paar Tage danach telephonisch mitteilte, die Übersetzung meines Schützlings sei völlig unbrauchbar und aus diesem Grund sei er nicht willens, auch nur einen müden Kreuzer zu zahlen. Die Sache war mir schleierhaft. Ich nahm einen Wagen und fuhr hin.

Der Verleger reichte mir wortlos das Manuskript. Unser Freund hatte alles säuberlich abgetippt, die Seiten numeriert, ja, die Blätter mit einer Schnur in den Nationalfarben zusammengebunden. Das alles glich ihm, denn – ich glaube, ich sagte es schon – in literarischer Hinsicht war er zuverlässig und äußerst sorgfältig. Ich begann den Text zu lesen. Und schrie vor Entzücken auf. Klare Sätze, geistreiche Wendungen, sprachliche Trouvaillen eine nach der andern, wie sie diesem Machwerk vielleicht gar nicht anstanden. Verblüfft fragte ich den Verleger, was er denn auszusetzen habe. Der drückte mir das englische Original in die Hand, genauso wortlos wie zuvor das Manuskript, und sagte dann, ich solle die beiden Texte vergleichen. Eine halbe Stunde lang vergrub ich mich sowohl ins Buch als auch ins Manuskript. Am Ende stand ich benommen auf. Und erklärte, der Verleger habe völlig recht.

Wieso? Versucht gar nicht, es zu erraten. Falsch. Er hatte nicht den Text eines anderen Romans hineingeschmuggelt. Es war wirklich die flüssige, kunstvolle, stellenweise poetisch schwungvolle Übersetzung von *Das geheimnisvolle Schloß des Grafen Viciszláv*. Nein, wieder falsch. Er hatte überhaupt nichts mißverstanden. Schließlich konnte er wirklich Englisch, so gut wie Ungarisch. Gebt es auf. So etwas habt ihr noch nie gehört. Der Hase lag anderswo im Pfeffer. Ganz anderswo.

Auch ich war nur nach und nach dahintergekommen. Paßt mal auf. Der erste Satz des englischen Originals lautete so: ‹Sämtliche sechsunddreißig Fenster des alten, sturmgepeitschten Schlosses funkelten. Im Tanzsaal des ersten Stocks verströmten vier kristallene Lüster ihr prachtvolles Licht› ... In der ungarischen Übersetzung stand: ‹Sämtliche zwölf Fenster des alten, sturmgepeitschten Schlosses funkelten. Im Tanzsaal des ersten Stocks verströmten zwei kristallene Lüster ihr prachtvolles Licht› ... Mit aufgerissenen Augen las ich weiter. Auf der dritten Seite hatte der englische Autor geschrieben: ‹Graf Viciszláv holte mit höhnischem Lächeln seine vollgestopfte Brieftasche hervor und warf die erbetene Summe hin, tausendfünfhundert Pfund› ... Das hatte der ungarische Übersetzer folgendermaßen wiedergegeben: ‹Graf Viciszláv holte mit höhnischem Lächeln seine Brieftasche hervor und warf die erbetene Summe hin, hundertfünfzig Pfund› ... Jetzt schwante mir nichts Gutes mehr, und das wurde in den folgenden Minuten – leider – zur traurigen Gewißheit. Weiter unten auf der dritten Seite der englischen Ausgabe las ich: ‹Gräfin Eleonora saß in einer Ecke des Tanzsaals, in Abendrobe und angetan mit dem alten Familienschmuck: dem diamantenbesetzten Diadem, das sie von ihrer Urgroßmutter, der deutschen Kurfürstin, geerbt hatte, auf ihrem weißwogenden Busen schimmerte milchig die Perlenkette, ihre Finger waren unter den Brillant-, Saphir- und Smaragdringen förmlich erstarrt› ... Das ungarische Manuskript gab diese farbige Beschreibung zu meiner nicht geringen Verwunderung folgendermaßen wieder: ‹Gräfin Eleonora saß in einer Ecke des Tanzsaals, in Abendrobe› ... Das war alles. Das diamantenbesetzte Diadem, die Perlenkette, die Brillant-, Saphir- und Smaragdringe waren weg.

Versteht ihr, was unser unglücklicher, eines besseren Loses würdiger Kollege da fabriziert hatte? Er hatte den Familienschmuck der Gräfin Eleonora ganz einfach gestohlen, so wie er mit demselben sträflichen Leichtsinn auch den im übrigen so sympathischen Grafen Viciszláv beraubt, ihm von seinen tausendfünfhundert Pfund nur hundertfünfzig gelassen hatte, und auf die gleiche Art hatte er von den vier Lüstern des Tanzsaals zwei mitlaufen lassen und von den sechsunddreißig Fenstern des alten, sturmgepeitschten Schlosses vierundzwanzig unterschlagen. Mir drehte sich der Kopf. Und meine Verblüffung erreichte ihren Höhepunkt, als kein Zweifel mehr daran bestehen konnte, daß er das im ganzen Buch mit letzter Konsequenz durchgehalten hatte. Wo immer die Feder des Übersetzers aufgetaucht war, hatte sie die Protagonisten, die sie gerade eben kennenlernte, geschädigt und ohne Schonung von Mobilien und Immobilien die unveräußerliche Heiligkeit des

Privatbesitzes geschändet. Er hatte mit verschiedenen Methoden gearbeitet. Meistens war es so, daß die Wertgegenstände spurlos verschwanden. Von den Teppichen, Panzerschränken, Silberwaren, die im englischen Original zur Hebung des Niveaus berufen waren, fand ich im ungarischen Text nicht den winzigsten Überrest. Bei anderen Dingen ließ er nur einen Teil verschwinden, die Hälfte, zwei Drittel. Wenn jemand durch seinen Diener fünf Koffer ins Zugabteil bringen ließ, erwähnte er nur zwei, von den anderen drei stand kein Wort. Mich bedrückte am meisten – denn das roch nun schon eindeutig nach Böswilligkeit und Feigheit –, daß er die Edelmetalle und Edelsteine häufig mit wertlosen, billigen Materialien vertauschte, das Platin mit Blech, das Gold mit Messing, die Diamanten mit Straß oder Glas.

Mit hängender Nase verabschiedete ich mich vom Verleger. Aus Neugier erbat ich von ihm das Manuskript und das englische Original. Da mich das wahre Geheimnis dieses Kriminalromans reizte, setzte ich zu Hause meine Recherchen fort und stellte ein genaues Inventar der gestohlenen Gegenstände her. Ich arbeitete ununterbrochen von ein Uhr mittags bis um halb sieben Uhr morgens. Am Ende hatte ich herausbekommen, daß unser verwirrter Kollege im Lauf der Übersetzung 1 579 261 Pfund Sterling, 177 goldene Ringe, 947 Perlenketten, 181 Taschenuhren, 309 Ohrringe und 435 Koffer entwendet hatte, nicht zu reden von den Landsitzen, Wäldern, Weiden, Adelsschlössern sowie von kleineren Objekten wie Taschentüchern, Zahnstochern und Glöckchen, deren Aufzählung langwierig und wohl sinnlos wäre.

Wo er diese Mobilien und Immobilien, die ja nur auf dem Papier, im Reich der Phantasie existierten, hinschaffte und was er mit ihrer Entwendung bezweckte, das zu untersuchen würde weit führen, und so lasse ich es sein. Jedenfalls hatte mich das alles davon überzeugt, daß er immer noch das Opfer seiner sträflichen Leidenschaft oder Krankheit war, daß auf seine Heilung keine Aussicht bestand und er es nicht verdiente, von der anständigen Gesellschaft unterstützt zu werden. In meiner moralischen Entrüstung zog ich meine Hand von ihm zurück und überließ ihn seinem Schicksal. Seither habe ich nichts mehr von ihm gehört.»

Fünfzehntes Kapitel

in welchem sich Pataki um seinen kleinen Jungen und er sich um sein neues Gedicht Sorgen macht

An einem Winterabend schrieb Kornél Esti in seinem Arbeitszimmer einen Brief an seinen Verleger. Die Feder flog übers Papier. Auf einmal merkte er, daß er seinen eigenen Sätzen nicht mehr folgte. Er hörte andere Stimmen:

> Warum blick ich in die Nacht? Warum hör ich den rasenden
>   Lauf
> schweifender Planeten, warum seh ich Sternenlicht,
> fern und abenteuerlich …!

Er warf den Brief beiseite. Schrieb diese Wörter nieder. Wartete dann, ob etwas daraus würde oder ob – wie häufig – das himmlische Telegramm steckengeblieben war, als stimmte irgendwo in der Ferne mit dem Übermittlungsgerät etwas nicht.

Doch jetzt sprudelten die Zeilen, ergänzten und beleuchteten einander. Er machte die Ohren weit auf. Hörte neue Stimmen. Starrte auf den grünen Vorhang vor dem Fenster. Selbst durch den hindurch sah er den gestirnten Himmel.

Er machte eine Menge Notizen, wahllos. Eigentlich wußte er erst, was er ausdrücken wollte, als das Ganze fertig war.

Er staunte selbst.

Las es mehrmals. Strich in der Mitte der Dichtung drei Verse. Doch er mußte sie wieder einfügen. So war es gut, wie es war.

Er holte die Schreibmaschine hervor und schrieb es ins reine.

Als er die letzten Verse klapperte, wurde am Tor geklingelt. Das Zimmermädchen meldete Pataki.

«Servus», rief er von der Schreibmaschine und blickte nicht einmal auf. «Setz dich. Gleich.»

Pataki stand im Halbdunkel. Man sah sein Gesicht nicht.

Er hingegen sah Esti am Schreibtisch, sein gesträubtes Haar im goldenen Licht der Stehlampe, bekränzt mit Tabakrauch, wie er immer noch auf der Schreibmaschine herumklimperte.

Er setzte sich nicht. Er stand einfach da.

Pataki und er hatten sich in letzter Zeit selten gesehen.

Esti hätte von seinem Kommen sogar überrascht sein können. Aber er sagte nichts, hatte dafür keine Zeit. Er klapperte noch immer. Nachdem er auch noch seinen Namen daruntergeschrieben hatte, zog er die frische Seite aus der Maschine. Er sagte:

«Ich habe ein Gedicht geschrieben. Willst du es hören? Zwei Maschinenseiten.»

Pataki in seiner entfernten Ecke setzte sich in einen Lehnstuhl. Esti las artikuliert, damit er jeden Buchstaben des Gedichts verstehe:

> Warum blicke ich in die Nacht? Warum hör ich den rasenden Lauf
> schweifender Planeten …

Die Dichtung schlug einen großen Bogen, sie stieg gleichmäßig und sicher auf, stieg langsam und sanft ab. Beim Vorlesen gefiel sie ihm noch mehr. Er war überzeugt, daß es sich um ein bleibendes Werk handelte und er noch Jahre später mit Freuden an diesen Winterabend zurückdenken würde, als er es aus dem Nichts hervorgebracht hatte. Den Schluß, wo sich alles vollendete – er bestand lediglich aus ein paar Ausrufen und Interjektionen –, genoß er besonders.

Er ließ das Manuskript auf den Schreibtisch fallen.

«Schön», hörte man nach einer kleinen Pause Patakis Stimme aus dem Dunkeln.

«Es gefällt dir?» insistierte Esti, denn sobald er gelobt wurde, schlüpfte er in die Rolle des Zweiflers. «Es gefällt dir wirklich?»

«Ja, sehr», sagte Pataki.

Er stand aus dem Lehnstuhl auf. Trat langsam in den Lichtkreis der Lampe. Packte Esti an beiden Händen. Und sagte feierlich:

«Ich bin zu dir gekommen, weil ich noch nie so nah am Selbstmord war.»

«Was?» rief Esti erschrocken.

«Lacika», stotterte Pataki. «Mein kleiner Laci.»

Esti zündete den Deckenleuchter an. Da sah er, daß sein Freund totenbleich war und an allen Gliedern zitterte.

«Was ist passiert?» fragte er. «Was ist mit Lacika?»

«Er wird in einer Stunde operiert.»

«Weswegen?»

«Blinddarmentzündung.»

«Aber das ist doch nichts. Setz dich, Elek, setz dich hierher. Mach jetzt keine Witze. Willst du ein Glas Wasser?»

Pataki trank einen Schluck.

«O Gott», seufzte er, «das ist mein Ende. Ich weiß es. Aber im Krankenhaus habe ich es nicht mehr ausgehalten. Wir haben ihn am Nachmittag eingeliefert. Jetzt wird der arme Kleine vorbereitet. Das habe ich nicht mit ansehen können. Seine

Mutter ist bei ihm. Der Wagen wartet draußen. Ich gehe gleich wieder.»

«Seit wann ist er krank?»

«Also, gut, ich erzähl's. Wie war das noch?» sagte er und klebte sich die schwitzende weiße Hand ans Gesicht. «Lacika klagt schon seit einer Woche, er habe Bauchweh. Immer Bauchweh, und so weiter. Wir dachten, es sei eine Magenverstimmung von Weihnachten her. Er hat während der Feiertage viel gegessen und so weiter und so weiter. Wir haben ihn dementsprechend behandelt. Abführmittel, Fasten, und so weiter. Aber es ging ihm nicht besser. Heute morgen hat er erbrochen. Wir haben sofort Rátz gerufen, dann Vargha, dann den Professor, den Elzász. Also, Blinddarmentzündung. Um neun wird er operiert.»

«Na hör mal. Das ist alles?»

«Aber er hat Fieber. Neununddreißig zwei. So hohes Fieber deutet auf Vereiterung.»

«Bei jeder Blinddarmentzündung gibt es Fieber.»

«Was wir befürchten, ist der Durchbruch.»

«Dann hat man Schüttelfrost. Hat er Schüttelfrost? Na siehst du. Hör jetzt auf. Da ist überhaupt kein Durchbruch.»

«Meinst du?»

«Aber ja.»

«Aber er bekommt eine Narkose.»

«Laß es mit Lokalanästhesie machen.»

«Das geht nicht. Das ist es ja. Elzász sagt, das gehe nicht.»

«Dann bekommt er eben eine Narkose.»

«Ja, nur ist sein Herz schwach. Seit dem Scharlach ist sein Herz so schwach, daß er fortwährend ruhen mußte, und vom Turnen war er auch befreit. Ach Gott, wenn dem Kind etwas zustößt, überlebe ich es nicht. Verstehst du, keine Sekunde überlebe ich es.»

«Wie alt ist er?»

«Neun.»

«Neun? Das ist doch schon ein großes Kind. Elzász operiert auch Zwei-, Dreijährige, und bis jetzt ist noch keinem etwas zugestoßen. Und überhaupt grenzt die Lebenskraft der Kinder an ein Wunder. Die frischen Zellen, das unverbrauchte, lebenspralle Gewebe nehmen das, woran kräftige Erwachsene sterben, nicht einmal wahr. Sei ganz beruhigt. Man schmeißt seinen Blinddarm weg, und er ist wieder frischfröhlich. Nach einer Woche wieder auf den Beinen. Morgen, nein: noch heute, in anderthalb Stunden, wirst du über das Ganze lachen. Wir werden beide lachen.»

Pataki beruhigte sich. Nachdem er seinem Entsetzen freien Lauf gelassen hatte, wurde er leer und blickte in diesem zerwühlten, aufgeheizten Arbeitszimmer benommen um sich.

«Unerhört», sagte Esti plötzlich und machte eine Grimasse. «Unerhört. Und ich hingegen langweile dich.»

«Womit?»

«Mit diesem Dreck.»

«Mit was für einem Dreck?»

«Mit diesem Gedicht.»

«Ach so. Nein, du hast mich nicht gelangweilt.»

«Doch, natürlich. Während du in einem solchen seelischen Zustand bist – völlig grundlos, muß ich gleich hinzufügen –, unterhalte ich dich, mein armer Freund, mit meiner neusten Geistesausgeburt. Schauderhaft, wirklich schauderhaft.»

«Nein. Glaube mir, es hat mir sogar gutgetan, das Gedicht zu hören. Wenigstens hat es mich ein bißchen abgelenkt.»

«Hast du achtgeben können?»

«Ja.»

«Hat es dich interessiert?»

«Natürlich.»

«Und was ist im einzelnen deine Meinung dazu?»

«Daß es ausgezeichnet ist. Eins deiner bedeutenden Gedichte.»

«Nur bedeutend?»

«Sehr bedeutend.»

«Schau, ich will kein Lob herauspressen. Das finde ich – du weißt es ja – von jeher abstoßend. Aber ich möchte gern, daß du etwas Ehrliches dazu sagst. Wenn ich etwas geschrieben habe, denke ich immer, es sei mein bestes Werk. Das kann gar nicht anders sein. Dir geht es bestimmt auch so. Dann gewöhne ich mich allmählich daran, daß es existiert, es beginnt mir zu verleiden, mir kommen Zweifel, ob sich die ganze Mühe überhaupt gelohnt hat. Wen zum Kuckuck interessiert es, daß wir Kopfweh haben, wenn doch der Kopf allen weh tut. Also, sag mir.»

«Ich habe doch gesagt, daß es großartig ist.»

«Wegen des Anfangs habe ich selbst auch keine Zweifel. ‹Warum seh ich Sternenlicht, fern und abenteuerlich› ... Das ist Inspiration, in Reinform. Aber nachher, zur Mitte hin, schien es mir – vorhin, als ich es vorlas, hatte ich das Gefühl, es falle irgendwie ab.»

«Wo?»

«Dort, wo die kürzeren Verse folgen. Erinnerst du dich nicht? ‹Karfunkel, du glühender› ... Ist das nicht gekünstelt? Nicht geschraubt und geschwätzig? Ist da nicht irgendwie ein Bruch?»

«Da ist überhaupt kein Bruch.»

«Meinst du?»

«Aber ja.»

«Und sag mir, Elek, ist das Ganze – so, wie du es gehört hast – nicht ein bißchen rhetorisch?»

«Rhetorisch? Also ich mag den schönen Schwung sehr, und

das Rhetorische möchte ich aus der Poesie ganz und gar nicht ausschließen.»

«Ich verstehe. Ich hingegen hasse das Rhetorische aus dem Bauch heraus. Das ist keine Poesie, sondern Zuckerbäckerei. Sei ehrlich, sag mir die Wahrheit. Lieber zerreiße ich das Ganze und schreibe nie mehr ein Wort, wenn das rhetorisch ist.»

«Du verstehst mich immer falsch. Es ist nicht rhetorisch. Überhaupt nicht. Und auch das Ende, wie schön das ist. Leben, leben. Das ist großartig. Du wirst sehen, anderen wird es ebenso gefallen. Hast du es Werner schon gezeigt?»

«Noch nicht.»

«Dann zeig's ihm. Er wird begeistert sein. Ich kenne ihn. Ich wette, er wird es auf der ersten Seite bringen, in Garamond gesperrt. Du wirst einen Erfolg haben wie noch nie. Das Ganze ist meisterhaft, wirklich.»

Esti raschelte mit den maschinenbeschriebenen Seiten in seiner Hand. Pataki riß seine Taschenuhr heraus.

«Zehn vor neun.»

«Ich komme mit.»

Sie setzten sich in den Wagen, der vor dem Haus gewartet hatte. Fuhren in raschem Trab über verschneite, dunkle Straßen. Der Vater dachte daran, ob ihm sein Sohn erhalten bleibe. Der Dichter dachte daran, ob ihm sein Gedicht erhalten bleibe.

In einer Kurve sagte Pataki:

«Auch wenn er vereitert ist, kann er sich verkapseln.»

Esti nickte.

Später war er es, der sagte:

«Ich will trotzdem die drei Verse in der Mitte streichen, dann ist es schlichter.»

Pataki stimmte dem zu.

Dann sagten sie nichts mehr.

Beide dachten voneinander:

«Wie kleinlich er ist, wie egoistisch.»

Als sie beim Krankenhaus angekommen waren, rannte Pataki in den ersten Stock hinauf. Esti ihm nach.

Lacika, der zuvor eine Morphiumspritze bekommen hatte und schon halb schlief, wurde gerade auf einer hohen, schmalen Bahre in den hellerleuchteten Operationssaal geschoben.

Sechzehntes Kapitel

in welchem ihn Elinger aus dem Wasser zieht und er Elinger ins Wasser stößt

Die Badenden schwammen immer bis zur Mitte der Donau, dem Wiener Schiff entgegen, und ließen sich kreischend von den riesigen Wellen hochheben und schaukeln. Esti, der nachmittags in der Badehose am Ufer herumlag, beobachtete neidisch die fröhliche Gesellschaft. Er konnte besser schwimmen als sonst irgendwer, aber auch seine Phantasie funktionierte besser als bei sonst irgendwem. Demzufolge war er feige.

Einmal beschloß er, zum anderen Ufer hinüberzuschwimmen, komme, was wolle.

Seine muskulösen Arme bearbeiteten das Wasser. Er war schon in der Mitte der Donau, er wußte gar nicht, wie. Dort machte er eine kurze Pause. Er begann sich zu beobachten. Sein Atem ging nicht schneller, sein Herz schlug regelmäßig. Er hätte noch lange weitermachen können. Doch es kam ihm in den Sinn, daß er keine Angst hatte, und dieser Gedanke erschreckte ihn so sehr, daß er sofort Angst bekam.

Und so kehrte er um. Bloß schien das Ufer, von dem er losgeschwommen war, noch weiter entfernt als das andere Ufer. Und so schwamm er doch auf das andere Ufer zu. Das Wasser war hier irgendwie fremd, tief und kalt. Sein linkes Bein bekam einen Krampf. Als er mit dem rechten Bein ausschlug, verkrampften sich die Muskeln auch da. Nach seiner Gewohnheit wollte er sich auf den Rücken legen, aber es warf ihn herum, er drehte sich, tauchte ab, trank ein paar Schlucke, kam einmal hier, einmal dort zum Vorschein, dann begann er, in die dunklen Schleier des Wassers verwickelt, zu versinken. Seine Hände fuchtelten verzweifelt.

Am Ufer wurde das bemerkt. Man schrie, in der Flußmitte sei jemand am Ertrinken.

Ein junger Mann in blauer Badehose, der am Geländer des Badehauses lehnte, warf sich in die Wellen und schwamm mit mächtigen Stößen auf den Ertrinkenden zu.

Er kam gerade rechtzeitig.

Estis Kopf war eben aufgetaucht. Der Lebensretter packte ihn an seinem langen Haar und zog ihn ans Ufer.

Dort kam Esti bald zu sich.

Als er die Augen aufmachte, erblickte er zuerst den Himmel, dann den Sand, dann die Menschen, die im starken goldenen Licht standen, mit ihren silbrig glänzenden nackten Körpern. Ein ebenfalls nackter Herr mit schwarzer Brille kniete neben ihm und kontrollierte seinen Puls. Offenbar ein Arzt.

Die Gruppe, die sich um ihn gebildet hatte, blickte mit großem Interesse auf den jungen Mann in blauer Hose, der ihn – wie er erfuhr – vor dem aufgeregt-neugierigen Publikum dem Rachen des Todes entrissen hatte.

Dieser trat zu ihm, streckte ihm die Hand hin und sprach:

«Elinger.»

«Esti», sagte Esti.

«Ach, Meister», sagte der junge Mann bescheiden, «wer kennt den Meister denn nicht?»

Esti versuchte sich zu benehmen wie jemand, «den jeder kennt».

Er war verlegen.

Bis dahin hatte er schon vieles bekommen: in seiner Kindheit ein wundervolles Briefmarkenalbum, zur Firmung einen goldenen Ring, später einige anerkennende Urteile, ja, sogar einen Preis der Akademie, aber so viel auf einmal, von einem einzigen Menschen, hatte er noch nie bekommen. Nur einst von seiner Mutter und seinem Vater zusammen.

Das Leben war es, das ihm dieser neue Bekannte zurückgegeben hatte. Wenn er an diesem Nachmittag zufällig nicht zum Baden gekommen wäre oder wenn er im kritischen Augenblick gerade eine Zigarette angezündet hätte, statt sofort einen Kopfsprung ins Wasser zu machen, dann wäre Esti jetzt irgendwo unten zwischen den Fischen, im Flußbett ... an unbekanntem Ort ... wer weiß, wo ... Ja, er war neugeboren. Jetzt war er zum zweiten Mal geboren worden, im Alter von zweiunddreißig Jahren.

Er stand auf und drückte dem jungen Mann die Hand.

Er hauchte:

«Danke.»

«Aber bitte.»

«Danke», hatte er gesagt, als hätte ihm bloß jemand auf der Straße Feuer gegeben, und da er die Unzulänglichkeit der Wörter spürte, verlieh er seinen Gefühlen durch den Tonfall Nachdruck und wiederholte mit Wärme: «Danke.»

«Nicht der Rede wert.»

«Mein Leben?» dachte Esti. Laut sagte er: «Was Sie getan haben, mein Herr, war großartig. Heldenhaft. Menschlich.»

«Ich bin sehr glücklich.»

«Und ich vermag gar nicht richtig auszudrücken ... ich vermag gar nicht auszudrücken», stotterte Esti, packte dann auch die andere Hand des jungen Mannes und schüttelte beide stürmisch.

«Bitte, bitte», stotterte der junge Mann.

«Nach alldem wäre es nur recht und billig, wenn wir uns ein bißchen kennenlernten. Ich weiß nicht, ob Sie Zeit haben?»

«Immer, Meister.»

«Heute? Nein, nicht heute. Morgen, zum Kaffee. Bei mir. Oder nein, warten Sie, eher am Abend. Wissen Sie was, auf der Dachterrasse des *Glasgow*. Abends um neun.»

«Fühle mich äußerst geehrt.»

«Also, Sie kommen?»

«Unbedingt.»

«Auf Wiedersehen.»

«Auf Wiedersehen.»

Der junge Mann verbeugte sich. Esti legte ihm den Arm um die nasse Hüfte und machte sich dann auf den Weg. Während er auf die Umkleidekabinen zuging, blickte er zurück und winkte mehrmals.

Punkt neun erschien er auf der Dachterrasse des *Glasgow*. Er suchte seinen Mann. Vorläufig sah er ihn nirgends. An den Tischen ließen sich Strohwitwer von elektrischen Windmaschinen kühlen und tranken Fruchtchampagner, in Damengesellschaft.

Um halb zehn begann Esti unruhig zu werden. Er hatte ein seelisches Bedürfnis nach diesem Treffen. Es hätte ihn geschmerzt, wenn sie sich verpaßt hätten, wenn er aufgrund eines Mißverständnisses seinen größten Wohltäter nie mehr gesehen hätte. Er winkte einen Kellner nach dem andern herbei und erkundigte sich bei ihnen nach Herrn Elinger.

Da stellte sich heraus, daß er ihn gar nicht zu beschreiben vermochte. Er erinnerte sich nur daran, daß er eine blaue Badehose hatte und vorn einen Goldzahn.

Am Ende erblickte er ganz in der Nähe des Aufzugs, wo Kellner zwischen Zierpflanzen hin und her zu gehen pflegen, einen Menschen, der mit dem Rücken zum Publikum saß und bescheiden wartete. Er trat zu ihm.

«Verzeihung, Herr Elinger?»

«Ja.»

«Ach, Sie sind da? Seit wann?»

«Seit halb neun.»

«Haben Sie mich nicht gesehen?»

«Doch.»

«Warum sind Sie dann nicht an meinen Tisch gekommen?»

«Ich hatte Angst, ich würde den Meister stören.»

«Na so was. Erkennen einander nicht, wir beiden. Das ist wirklich interessant. Mein Freund, mein lieber Freund, bitte sehr. Hierher. Lassen Sie nur. Der Kellner bringt dann Ihre Sachen herüber.»

Er war einen halben Kopf kleiner als Esti, magerer, weniger muskulös. Sein rötlichblondes Haar hatte er in der Mitte gescheitelt. Er trug einen weißen Sommeranzug mit Gürtel und Seidenkrawatte.

Esti starrte ihm ins Gesicht. Das war er also. So sah ein Held aus, ein echter Held. Er musterte ihn lange, ehrfürchtig. Seine Stirn war hart und trug das strahlende Mal der Entschlossenheit, des Draufgängertums. Esti spürte die Gegenwart des Lebens, des wahren Lebens, das er um der Literatur willen vernachlässigt hatte. Es ging ihm durch den Kopf, wie viele wertvolle Seelen im verborgenen leben, ohne daß die Welt von ihnen weiß, und daß er mehr unter die Menschen gehen sollte. Vor allem die Schlichtheit des jungen Mannes bezauberte ihn, eine Schlichtheit, wie er sie nie besessen hatte, da er wahrscheinlich schon in der Wiege kompliziert und vielschichtig gewesen war.

«Lassen Sie uns vor allem etwas essen», schlug er leichthin vor. «Ich habe einen Bärenhunger. Ich hoffe, Sie auch.»

«Nein, ich habe erst vor kurzem eine Jause gegessen.»

«Schade», sagte Esti zerstreut, während er die Speisekarte studierte. «Sehr schade. Also, Sie essen zu Abend. Herr Ober, was gibt's? Zander als Vorspeise, sehr gut. Erbsen, ebenfalls sehr gut. Paniertes Hähnchen, Gurkensalat. Torte, Walderdbeeren mit Schlagsahne. Ausgezeichnet. Bier, später Wein. Badacsonyer. Mineralwasser. Alles, bitte», fügte er unbesonnen hinzu.

Elinger saß gesenkten Blickes vor ihm, als hätte er etwas ausgefressen.

Die Dachterrasse mit ihren elektrischen Lampen schickte Feuerpfeile in den glutheißen Himmel. Unten, in afrikanischem Dunkel, hechelte die Stadt mit ihren staubigen Häusern und Brücken. Nur der Streifen der Donau schimmerte schwach.

«Machen Sie doch Ihren Kragen auf», riet Esti, «es ist immer noch höllisch heiß. Ich habe den ganzen Tag unbekleidet geschrieben. Hatte nur die Füllfeder an.»

Elinger schwieg.

Esti legte die Hand auf seine Hand und sagte mit warmem Interesse:

«Und jetzt erzählen Sie von sich. Was machen Sie?»

«Ich bin Büroangestellter», antwortete er leise.

«Wo?»

«Beim Ersten Ungarischen Öl.»

«Na, sehen Sie», sagte Esti und wußte selbst nicht, warum. «Na, sehen Sie. Verheiratet?»

«Nein.»

«Ich auch nicht», sagte Esti und lachte zum Himmel hinauf, der ihm auf dieser hohen Terrasse etwas näher war.

«Mein Leben», sagte Elinger geheimnis- und bedeutungsvoll, «ist eine wahre Tragödie.» Er ließ sein blutarmes Zahnfleisch über dem Goldzahn sehen. «Ich habe meinen Vater sehr früh verloren, ich war noch nicht einmal drei. Meine arme Mutter blieb allein, mit fünf Kindern, die sie mit ihrer Hände Arbeit durchgebracht hat.»

«Alles Rohmaterial», dachte Esti, «uninteressant und ohne Inhalt. Nur das ist interessant und hat Inhalt, was eine Form besitzt.»

«Gott sei Dank», fuhr Elinger fort, «sind wir alle irgendwie über die Runden gekommen. Meine Schwestern sind gut verheiratet. Und ich habe meine kleine Stelle. Ich kann mich nicht beklagen.»

Beide aßen mit Appetit. Nachdem Elinger seine Lebensgeschichte erzählt hatte, wußte er nichts mehr zu sagen. Esti versuchte hin und wieder, der ersterbenden Konversation eine Ätherspritze zu verabreichen. Er fragte Elinger, wann und wo er so ausgezeichnet schwimmen gelernt hatte. Elinger antwortete mit wortkarger Sachlichkeit. Dann versank er in verlegenem Schweigen.

Nach den Walderdbeeren wurde Champagner im Kühler gebracht.

«Trinken wir», ermunterte ihn Esti. «Trinken wir. Wie alt sind Sie?»

«Einunddreißig.»

«Dann bin ich also der Ältere. Wenn du gestattest ...»

Am Ende des Abendessens erklärte Esti:

«Jederzeit, wirklich: jederzeit stehe ich zu deiner Verfügung. Nicht so wie die, die sagen: jederzeit. Sondern jetzt, in diesem Augenblick, und morgen und nach einem Jahr und nach zwanzig Jahren, solange ich lebe. Mit allem, was ich habe. Mit meiner ganzen Seele. Was du getan hast, werde ich nie vergessen. Ich werde dir ewig dankbar sein.»

«Du beschämst mich.»

«Nein, gar nicht. Ohne dich hätte ich heute wohl kaum hier zu Abend gegessen. Also, komm mich so bald wie möglich besuchen.»

Beim Zahlen kramte Elinger nach seinem Geldbeutel.

«Das fehlte noch», sagte Esti.

Er redete ihm noch einmal zu:

«Komm unbedingt vorbei. Ruf mich vorher an. Schreib dir meine Telephonnummer auf.»

Elinger schrieb sich Estis Telephonnummer auf. Er seinerseits teilte ihm die Telephonnummer des Ersten Ungarischen Öls mit. Esti schrieb sie sich auf.

«Wozu habe ich sie mir aufgeschrieben?» fragte er sich, als sie sich getrennt hatten. «Egal. Bei der nächsten Lebensgefahr kann ich ihn vielleicht anrufen.»

Die Telephonnummer lag lange auf seinem Schreibtisch herum und ging dann irgendwann verloren. Er rief ihn nicht an. Auch Elinger rief nicht an. Während langer Monate kam kein Lebenszeichen von ihm.

Obwohl Esti oft an ihn dachte.

Leute, die man seit langem erwartet, tauchen zumeist dann auf, wenn man beim Rasieren ist oder sich darüber aufregt, daß man eine neue Schallplatte zerbrochen hat, oder wenn man sich gerade einen Splitter aus dem Finger klaubt und noch Blut an den Händen hat. Die banalen Umstände des Lebens lassen ein feierliches, erhebendes Wiedersehen nie zu.

Vor Weihnachten fror es Stein und Bein. Esti dachte an vieles, aber sicher nicht an Baden und Ertrinken. Es war Sonntag, vormittags um halb zwölf. Er war dabei, sich für die Ein-Uhr-Vorstellung bereit zu machen.

Da wurde ihm Elinger gemeldet.

«Ich freue mich, daß du endlich vorbeikommst», rief er. «Was gibt's Neues, Elinger?»

«Mir ginge es ganz gut», sagte Elinger, «nur ist meine Mutter krank. Schwer krank. Sie ist letzte Woche mit einer Hirnblutung ins Krankenhaus eingeliefert worden. Ich wäre dankbar, für den Moment ...»

«Um wieviel handelt es sich?»

«Um zweihundert Pengő.»

«Um zweihundert Pengő?» fragte Esti. «Soviel habe ich jetzt nicht da. Hier sind hundertfünfzig. Ich schicke dir morgen fünfzig nach Hause.»

Esti ließ ihm die Differenz noch am selben Tag zukommen. Er wußte, daß es eine Ehrenschuld war, die er abstottern mußte. Schließlich hatte er von ihm das Leben als Darlehen erhalten, und soviel Zins hatte sich seither mindestens angehäuft.

Später gab er ihm während der Krankheit der Mutter in kleineren und größeren Raten noch weitere zweihundert Pengő, und dann, als die Mutter gestorben war, nach der Beerdigung noch weitere dreihundertfünfzig, die er selbst als Darlehen aufgenommen hatte.

Danach kam Elinger öfter bei ihm vorbei. Mit der und jener Begründung holte er belanglose kleine Summen aus ihm heraus, nicht der Rede wert. Da zwanzig Pengő, dort nur gerade fünf.

Esti zahlte mit einer Art von Wonne. Danach fühlte er sich erleichtert. Nur seine Gegenwart ertrug er nicht, das blutarme Zahnfleisch, den Goldzahn, die langweilig holpernden Sätze.

«Das ist ja», dachte Esti, als ihm die Wahrheit aufging, «einer der größten Kalbsköpfe der Welt. Nur ein solcher war fähig, mir das Leben zu retten. Ein klügerer Mensch hätte wahrscheinlich zugelassen, daß ich dort umkomme.»

Einmal, als er gegen Morgen zu Hause einlief, saß Elinger in seinem Arbeitszimmer.

Seelenruhig teilte er ihm mit:

«Du, stell dir vor, man hat mich entlassen. Ohne jede Kündigung oder Abfindung. Seit dem Ersten habe ich auch keine Wohnung mehr. Ich dachte, für heute nacht komme ich zu dir und schlafe hier. Wenn du es gestattest.»

«Selbstverständlich», sagte Esti und überreichte ihm ein sauberes Nachthemd. «Du kannst hier auf dem Sofa schlafen.»

Am nächsten Morgen knöpfte er ihn sich aber vor:

«Und was gedenkst du jetzt zu tun?»

«Ich weiß es selbst nicht. Es war so eine blödsinnige kleine Stelle. Von morgens um acht bis abends um acht die ganze Zeit nur kritzeln. Für lumpige hundertzwanzig Pengő. Lohnte sich eigentlich gar nicht.»

«Du mußt dich nach etwas Besserem umschauen», sagte Esti.

Elinger rannte mehrere Tage nach allen Seiten herum und meldete dann entmutigt, es gebe überhaupt keine freien Stellen.

«Nicht verzweifeln», tröstete ihn Esti. «Solange du keine passende Stelle findest, kannst du bei mir wohnen. Du bekommst von mir auch ein Taschengeld, immer zum Ersten.»

Es war ein stiller, bescheidener Junge. Er kam hin und wieder zum Mittag- oder Abendessen in den Künstlerkreis mit, manchmal auch zu den Hauptproben. Zu Hause lag er auf dem Sofa herum. Er schien kraftlos. Offenbar hatte er seine letzte Kraft aufgebraucht, als er Esti das Leben rettete.

Nur eines war unangenehm.

Nämlich die Tatsache, daß er, wenn Esti unter Qualen und Grimassen schneidend schrieb, sich ihm gegenübersetzte und ihn neugierig beobachtete, wie ein seltenes Tier im Käfig.

«Elinger», sagte Esti und warf die Füllfeder auf den Schreibtisch, «ich habe dich sehr gern, aber bitte, bitte, schau mir nicht zu. Wenn du mir zuschaust, kann ich nicht schreiben. Ich arbeite mit den Nerven. Sei so gut, geh ins andere Zimmer.»

Mehrere Monate lebten sie so, ohne daß etwas Besonderes geschah. Elinger nistete sich ein. An Ostern kaufte er für sein gesamtes Monatsgeld eine neuartige Duftspritze mit Gummischlauch und bespritzte alle seine Bekannten. In seinen freien Stunden las er mit großer Hingabe in einer Theaterzeitschrift.

Einmal hielt er Esti die Theaterzeitschrift unter die Nase, auf dem Titelblatt eine Filmschauspielerin. Er sagte:

«Du, die versteht's.»

«Was versteht sie?» fragte Esti streng.

«Na, das eine und das andere und so», sagte Elinger und zwinkerte ihm komplizenhaft zu.

Esti verlor die Fassung. Er stürzte in sein Arbeitszimmer und dachte:

«Schweinerei bleibt Schweinerei. Ich gebe ja zu, daß er mir das Leben gerettet hat. Die Frage ist nur, für wen eigentlich. Für mich oder für sich? Wenn das so weitergeht, brauche ich mein Leben nicht, ich schicke es ihm per Post zurück, franko, als Muster ohne Wert, soll er damit machen, was er will. Und überhaupt steht dem ehrlichen Finder laut Gesetz bloß ein Zehntel des gefundenen Gegenstands zu. Diese zehn Prozent habe ich ihm in Geld, Zeit und Ruhe längst abgezahlt. Ich schulde ihm nichts mehr.»

Und so trat er gleich auf den Plan.

«Elinger», sagte er, «so geht das nicht weiter. Du mußt dich auf die eigenen Füße stellen, Elinger. Ich unterstütze dich, aber helfen kannst nur du dir selbst. Arbeite, Elinger. Kopf hoch, Elinger.»

Elinger ließ den Kopf hängen. In seinen Augen war Anklage, große Anklage.

Dann lag er weiter auf dem Sofa herum, las weiter in den

Theaterzeitschriften, ging weiter zu den Hauptproben, für die er von den Sekretären bereits eine auf seinen Namen lautende Karte erhalten hatte, so wie die Angehörigen der am Theater beschäftigten Friseusen, Schneiderinnen und Frauenärzte. Die Monate vergingen.

In einer Dezembernacht marschierten sie in Buda am Donau-Ufer gemeinsam heimwärts.

Elinger erkundigte sich nach den Privatangelegenheiten der Schauspielerinnen, wer wie alt sei, wer mit wem verheiratet, wer wie viele Kinder habe und wer gerade in Scheidung sei. Esti, den so etwas gewöhnlich in Rage versetzte, stand Rede und Antwort, mit einem Gefühl der Demütigung.

«Du», sagte Elinger auf einmal, «ich habe ein Gedicht geschrieben.»

«Tatsächlich?»

«Soll ich's aufsagen?»

«Na, sag's auf.»

«MEIN LEBEN», begann Elinger und machte eine Pause, um die Großbuchstaben fühlen zu lassen. «Das ist der Titel. Wie findest du ihn?»

Er deklamierte langsam und mit Gefühl. Das Gedicht war lang und schlecht.

Esti senkte den Kopf. Er mußte daran denken, wie weit es mit ihm gekommen war und was ihn dieser ekelhafte Bursche eigentlich anging. Er maß die Donau, die zwischen steilen Ufern rauschte, mit wirren Wellen und Eistafeln.

«Wenn ich ihn hineinstieße», dachte er.

Dachte es aber nicht nur. Hatte ihn im selben Augenblick schon hineingestoßen.

Er begann zu laufen.

Siebzehntes Kapitel

in welchem Dani Ürögi auf ein Wort vorbeikommt

Dani Ürögi tauchte abends um sieben auf.

Leider wissen heute nur noch wenige, wer er ist. Er lebt noch. Er ist Büroangestellter in einer Keramikfabrik, und nebenamtlich lehrt er Damen Bridge spielen. Aber er schreibt kaum mehr. Früher hat er viel geschrieben, und man sprach viel von ihm.

Zu der Zeit, als man die Budapester Kaffeehäuser nicht nach ihren Preislisten, ihrem Kaffee und ihrem Aufschnitt unterschied, sondern ausschließlich nach ihrer «literarischen» Ausrichtung, hatte auch er auf der Galerie des *New York* gesessen, bleichen Gesichts, wie ein blasser, aber immer heller strahlender Stern am literarischen Himmel.

Er nannte ein berühmtes Sonett sein eigen, desgleichen ein ganz kurzes Gedicht in freien Versen, in welchem das Wort «Tod» nicht weniger als 37mal vorkam, in immer anderen Schattierungen, immer erstaunlicher und verblüffender, und er besaß auch einen Reim, einen langen, aus 13 Silben bestehenden Reim, wie noch niemand einen glücklicheren gefunden hat.

Doch es genügte, daß ein Weltkrieg und ein paar Revolutionen ausbrachen, daß auf der Erde zwanzig Millionen Menschen starben – die einen auf dem Schlachtfeld, die anderen an der spanischen Grippe –, daß einige Könige zu Obdachlosen wurden, daß ein paar Weltbanken und ein paar Länder völlig bankrott gingen, und schon vergaßen die Menschen diese Gedichte und ihn selbst, als wären sie nie dagewesen.

So undankbar ist Kornél Esti nicht. Er vergißt nichts, was sich im Leben je ereignet hat. Er erinnert sich an alles, was wirklich wichtig ist.

Sobald er hört, daß sein seltener Gast gekommen ist, heitert sich seine Miene auf. Denn es vergehen oft Jahre, ohne daß er ihn sieht. Aber wenn er ihn sieht, freut er sich jedesmal. Dann gehen die farbigen Lichter der Jugend an, weit weg, im Laub sommerlicher Vergnügungsstätten, hinter den zerfransten Vorhängen von Theatern.

Dani Ürögi ist bleich und glatzköpfig. Er ist kein Stern mehr, der Arme, sondern nur ein blasser, abnehmender Mond vor der schwarzen Sturmwolke der Weltwirtschaftskrise. Er blickt besorgt um sich. Schon immer war er besorgt. Aber jetzt ist auch er über vierzig und mit den Jahren noch besorgter geworden.

«Störe ich?» fragt er.

«Gar nicht», sagt Esti.

«Wirklich nicht?»

«Ich sag's doch.»

«Ich will dir hier nicht lange auf den Wecker gehen», fügt er streng hinzu.

«Ach was. Ich freue mich doch, daß du da bist. Setz dich. Zünd dir eine an, Dani. Da, bitte.»

Dani setzt sich. Zündet sich eine an. Doch als die Flamme des Streichholzes über seinen mageren Fingern tanzt, blickt er auf Esti, wirft das Streichholz in den Aschenbecher, die Zigarette hinterher, und springt auf.

Er deklariert ruhig, aber bestimmt:

«Ich störe dich.»

«Quatsch.»

«Doch, doch: ich störe dich.»

«Warum solltest du mich stören?»

«Ich spüre es.»

«Woran spürst du es?»

«An allem. Vor allem an deinen Augen. Sonst schaust du nicht so drein. Jetzt kommt aus ihnen irgendwie ein künstlicher Glanz, als hättest du sie an einen anderen Strom angeschlossen. Es ist unnatürlich. Auch dein freundliches, ermunterndes Gastgeberlächeln, das du extra zu meiner Ehre auf deinen Mund geklebt hast, ist unnatürlich. Und dann ist auch dein Tonfall unnatürlich – ganz unnatürlich –, wenn du sagst: ‹Du störst nicht.›»

«Was für ein Esel du bist», sagt Esti und zuckt mit den Schultern. «Hättest du denn lieber, wenn mir die Augen zufielen und ich gähnen müßte? Sei ganz beruhigt. Wenn ich dir sage: ‹Du störst nicht›, heißt das nicht mehr und nicht weniger als: ‹Du störst nicht.› Wenn du mich nämlich störtest, würde ich sagen: ‹Du störst›, und das würde genau bedeuten, daß ‹Du störst›. Verstehst du? Ist das klar? Na, warum antwortest du nicht?»

«Gib dein Ehrenwort, daß es wirklich so ist.»

«Ehrenwort.»

«Noch einmal.»

«Großes Ehrenwort.»

Esti läßt Kaffee kommen, in einem Wasserkrug, und er schenkt ihn in Wassergläser ein, damit sie auf die Art Kaffee trinken wie früher.

Dani setzt sich wieder. Eine Weile schweigt er. Erst dann beginnt er zu sprechen. Er erzählt, er sei an diesem wunderschönen Mondabend hier in den Hügeln von Buda spazierengegangen – ist zwar nebensächlich –, auf einmal sei ihm sein Freund in den Sinn gekommen, und er habe beschlossen, bei ihm zu klingeln, ihn zu überfallen – ist zwar auch nebensächlich –, er möchte ihn nämlich um einen Gefallen bitten, den er später vortragen werde.

Seine Sätze holpern zwischen tausend Zweifeln und Bedenken vorwärts wie die Zahnradbahn, wenn sie mit quietschenden Rädern nach unten unterwegs ist. Bei einem Satz bleibt er in der Mitte stecken. Sagt ihn nicht zu Ende. Sein Mund bleibt offen. Ein Verdacht durchflackert seine schwarzen Augen. Wieder springt er auf, streckt den Zeigefinger nach Esti aus und sagt in einem Ton, der keine Widerrede duldet:

«Du warst am Arbeiten.»

«Überhaupt nicht.»

«Doch, du warst am Arbeiten», wiederholt er düster wie ein Ankläger. «Und da sitze ich dir auf der Bude, halte dich auf, und du wünschst mich insgeheim – mit vollem Recht – zur Hölle.»

«Ich hatte nicht die leiseste Absicht zu arbeiten.»

«Sagst du die Wahrheit, Kornél?» fragt er und lächelt wie jemand, der ein Kind bei einer listigen Schwindelei ertappt, und während das Lächeln wie eine Larve auf seinem Gesicht liegt, krümmt er den erhobenen Zeigefinger ein wenig und droht seinem Freund: «Kornél, Kornél, lüge nicht.»

«Ich lüge nicht», wehrt Esti ab. «Ich kann seit einer Woche nicht arbeiten. Ich hasse jegliche Arbeit. Vor allem die meine. Was ich neuerdings zusammenschreibe, finde ich so miserabel, daß mir meine Gegner und Neider widersprechen würden, wenn sie erführen, wie gering ich mein Talent schätze, und sie würden mich wahrscheinlich verteidigen und am Ende mit mir ewige Freundschaft schließen. Auch heute hänge ich bloß herum und langweile mich. Ich hoffte, daß einer meiner Gläubiger mich anrufen und ein bißchen unterhalten würde, aber auch die rufen nicht mehr an. Dann hätte ich gern wenigstens ein paar Fliegen gefangen, aber bei mir gibt's nicht einmal Fliegen. Da habe ich zu gähnen begonnen. Wenn man sich sehr langweilt, ist auch das eine Abwechslung. Ich habe ungefähr zwei Stunden lang gegähnt. Am Ende langweilte mich auch das. Daraufhin habe ich nicht mehr gegähnt, sondern habe in diesem Lehnstuhl gesessen, wo du mich jetzt siehst, habe gewartet, daß die Zeit vergeht, daß ich ein paar Stunden älter werde, ein paar Zentimeter näher an mein Grab rücke. Versteh doch: in diesem Moment hätte mich selbst die Aussicht, daß jener gräßliche Bekannte bei mir anklopft, jener, dessen ganzer Esprit sich seit Jahrzehnten darin erschöpft, daß er seine Frau *meine Schattin* nennt, oder daß ein Wildfremder hereinplatzt und sich von mir auf Ehrenwort und auf Zehnmonatsraten hundert Pengő leiht oder daß mich ein verkannter Schriftsteller heimsucht und mir seinen eben entstehenden Roman vorliest, das alles hätte mich richtiggehend glücklich gemacht, aber daß du mich besuchst, Dani, du, nach dem ich mich fortwährend sehne, der Genosse meiner frühen Bettlerjahre, meines flüchtigen Ruhms, mein Bruder in Tinte und Fieber, dieser Gedanke hätte mich in Ekstase versetzt, und er war an sich so reizvoll, so fern, so zauberhaft phantastisch, daß ich ihn nicht einmal zu träumen wagte. Entschuldige, unterbrich mich nicht, jetzt rede ich. Was meine heutigen Arbeitspläne betrifft, so bin ich bis neun Uhr frei und stehe zu deiner Verfügung, zwei volle Stunden, bis dann wollen wir hier Kaffee trinken, plaudern oder gemeinsam schweigen, und dann würde ich gern einen Spaziergang machen, denn ich bin heute noch nicht aus diesem Verschlag herausgekommen. Wenn du nichts dagegen hast, komme ich mit dir, begleite dich nach Hause. In Ordnung?»

«In Ordnung.»

Dani atmet erleichtert auf, nimmt einen Schluck Kaffee. Wieder spricht er von den Umständen seines Kommens, von den nebensächlichen Budaer Hügeln, von dem nebensächlichen Einfall, der ihn zu Esti getrieben hat, und von der Bitte, die er gleich vortragen wolle, aber mit der er ihn noch nicht behelligen möchte, denn sie sei ja nur für ihn wichtig, für Esti sei sie nicht wichtig und also im Moment ebenfalls nebensächlich. Plötzlich verstummt er. Etwas blitzt ihm durch den Kopf. Er sagt:

«Überhaupt bin ich nur auf ein paar Minuten gekommen. Ich weiß. Ich weiß. Du bist sehr liebenswürdig zu mir, du bist zu allen sehr liebenswürdig. ‹Bitte die freundliche Aufforderung zum Bleiben nicht ernst zu nehmen.› Ich bleibe höchstens sieben, acht Minuten. Habe ich sieben, acht Minuten gesagt? Ich bleibe nur sieben Minuten. Exakt sieben. Wo ist deine Taschenuhr?»

«Wieso?»

«Bitte leg sie heraus. Ich lege meine auch heraus. So, da. Danke. Hol's der Kuckuck, ich fühle mich ruhiger, wenn ich die Zeit vor Augen habe. Also, sobald der große Zeiger hier angelangt ist – schau: hier –, bin ich nicht mehr da, und dir fällt der bewußte Stein vom Herzen, und du seufzt auf: ‹Endlich ist er weg›, und, mein Lieber, du bist frei zu tun, was dich gerade gelüstet. Aber versprich mir, daß du mich daran erinnerst. Sobald die Gnadenfrist – nennen wir sie so –, sobald die Gnadenfrist abgelaufen ist, stehst du auf und sagst wortwörtlich folgendes: ‹Mein lieber Dani, ich habe mich gefreut, die Ehre zu haben, aber noch mehr freue ich mich, sie nicht mehr zu haben, brich dein Zelt ab, zieh mit Gott.› Jawohl. Wirf mich hinaus, daß es stiebt. Oder sag das gar nicht, sondern schau mich bloß an. Es genügt, daß du mich anschaust, es braucht gar nicht böse zu sein, sondern so, wie du auch sonst schaust, so wie du mich jetzt anschaust. Aber ich versichere dir, nicht einmal das wird nötig sein, da ich mich in sieben, pardon: in sechs Minuten, inzwischen ist ja eine vergangen – verdünnflüssigt haben werde und in diesem Zimmer nur noch die quälende Erinnerung an meine Anwesenheit schwebt.»

«Hör zu, du Geistesgestörter», sagt Esti sanft, im vertraulichen Ton der alten Freundschaft. «Ich will nicht, daß du weggehst, sondern ich will, daß du hierbleibst. Aber wenn du auf diese sieben beziehungsweise auf diese sechs Minuten unbedingt Wert legst, dann will ich auch das akzeptieren, mit einer Einschränkung. Ich bitte dich nur um eines. Solange du hier bist, sei nicht mißtrauisch, rutsche nicht auf dem Stuhl herum, rechtfertige dich nicht, sondern fühle dich zu Hause. Also, sag rasch, was du willst. Danach wollen wir plaudern. Wie? Sei ganz ruhig. Ja, ja. Ich werde tun, was du verlangst. Sobald du mich auch nur eine Sekunde langweilst, mache ich nicht viel Federlesens, schaue dich weder so noch anderswie an, sondern stehe auf, packe dich am Kragen und befördere dich hinaus, ja, wenn du es wünschst, gebe ich dir im Treppenhaus auch noch einen Tritt in den Hintern. Ich hoffe, das beruhigt dich?»

Dani nimmt das selbstlose, von opferwilliger Freundschaft zeugende Versprechen mit überschwenglicher Freude entgegen. Offenbar verleiht es ihm auch Kraft, denn er kippt seinen Kaffee hinunter. Aber wie lange dauert die Wirkung einer solchen Beruhigungsspritze? Keine zwei Minuten. Danach fängt er von neuem an, und von neuem muß man ihn beschwichtigen. In immer schwereren Anfällen von Selbstanklage und Schuldgefühl ergeht er sich in weiteren Erklärungen, warum er denen, deren Zeit wertvoll ist, die Zeit nicht zu rauben pflegt, er grübelt, er hockt zusammengesunken, er kommt immer wieder auf seine vorherigen Rechtfertigungsversuche zurück, und auch auf Estis Argumente und Widersprüche, doch da er alles möglichst wörtlich zitieren möchte und sich nicht mehr an die Wörter erinnert, verheddert er sich, starrt vor sich hin, trocknet sich die schwitzende Stirn.

Esti hört sich diese Darlegungen, diese Verweise, diese Abschweifungen, diese Rückverweise, diese Anspielungen, diese Umschweife, diese Bezugnahmen und Bezugherstellungen an. Jetzt ist auch er schon bleich und todmüde. Hin und wieder starrt er benommen zur Decke oder auf die vor ihm tickende Taschenuhr. Neun Uhr geht vorbei, halb zehn geht vorbei. Da erhebt er sich langsam, mit einer gewissen Feierlichkeit, und er beginnt zu sprechen, zuerst leise, dann lauter, und zwar folgendes:

«Schau, mein Lieber. Du hast mich aufgefordert, daß ich dich daran erinnern soll, wenn die sechs Minuten vorbei sind. Ich teile dir mit, daß diese sechs Minuten längst vorbei sind. Nach mitteleuropäischer Zeitrechnung ist es jetzt neun Uhr zweiundvierzig Minuten, bald Viertel vor zehn, woraus du errechnen kannst, daß du seit zweidreiviertel Stunden bei mir hockst, wobei du bisher keinen einzigen vernünftigen Satz zustande gebracht hast, und du hast dich auch nicht überwinden können, mir zu verraten, was zum Teufel du hier willst. Dani, stelle in Rechnung, daß auch ich ein Mensch bin und auch ich Nerven besitze. Ob du mich aufhältst? Du hältst mich kolossal auf. Ob du mich langweilst? Du langweilst mich unsäglich. Es gibt gar keine Worte dafür, wie höllisch du mich langweilst. Vorhin warst du so freundlich, mir zu raten, daß ich dir im gegebenen Moment die Tür weisen soll, und pedantisch, wie du bist, hast du zu diesem Zweck auch einen Text empfohlen. Dieser Text, den ich in der Zwischenzeit für mich genau geprüft habe, hätte meine Gefühle tatsächlich mehr oder weniger genau ausgedrückt, aber nur eine Stunde nach deinem

Eintreffen, so gegen acht. Um halb neun, muß ich sagen, dachte ich bereits daran, eine Portion Zyankali in deinen Kaffee zu mischen. Dann, gegen neun, war ich eher dafür, meinen Sechsschußrevolver hervorzuholen und dir ein paar Kugeln in den Kopf zu pumpen. Du siehst, die Situation hat sich einigermaßen verändert. Für mich ist dein Text saft- und kraftlos geworden. Ich habe keine Verwendung für ihn, ich retourniere ihn an dich, tu mit ihm, was du willst. Im Moment würde ich einen schärferen Text mit mehr Fiorituren brauchen, ein sprühendes Gewitter von Flüchen und Beleidigungen, demgegenüber die Fluchreden der Shakespearschen Helden wie Limonade sind. Doch ich verzichte darauf, dir mit Gift oder mit der Kugel oder mit Worten den Garaus zu machen, da ich dich für einen so kläglichen Wurm halte, daß du nicht einmal dessen würdig bist. Und so teile ich dir nur leise und freundschaftlich mit, daß du verschwinden sollst. Und zwar sofort. Hast du verstanden? Hinaus mit dir. Das ist kein Witz, ich schwör's, pack dich, ich kann dich nicht mehr sehen, und wage ja nicht mehr herzukommen, du hängst mir zum Hals heraus, ich hab dich satt, satt, du saure Gurke, du Trantunke ...»

Esti brüllt schon so, daß er heiser wird, seine Lippen zukken, er fuchtelt herum. Mit einer Bewegung wischt er den Wasserkrug vom Tisch, der zerbricht in tausend Splitter, und der darin befindliche Kaffee ergießt sich auf den weißseidenen Perserteppich.

Da muß Dani lachen. Er wiehert beglückt. Erst jetzt begreift er, daß man ihn hier gern sieht und er niemandem zur Last fällt. Er setzt sich bequem hin, zündet sich eine Zigarette an, seine Zunge löst sich.

Er trägt sein Anliegen vor.

Es ist einfach, eigentlich ganz einfach.

Er bittet um einen Gefallen, um einen riesigen Gefallen,

der bestimmt nur für ihn riesig sei, während er für denjenigen, der ihn erweist, vielleicht gar nicht so riesig ist, vielleicht nur groß oder nur bedeutend, wobei es auch sein könnte, daß er gar nichts ist, trotzdem wolle er die Möglichkeit offenlassen, daß sein Freund ihn ihm verweigere, er brauche das gar nicht mit Worten zu begründen, es genüge, wenn er ihn anschaue, oder nicht einmal anschaue, sondern nur schweige, auch das würde er verstehen und nicht übelnehmen, die zwischen ihnen bestehende Freundschaft bliebe so ungetrübt wie bisher, als wäre gar nichts geschehen, kurz und gut, es gehe darum, daß ihn die neuste Nummer der mit *Momente und Monumente* betitelten neoaktivistisch-simultaneistisch-expressionistisch-avantgardistischen Zeitschrift interessieren würde und er sie sich gern ausleihen möchte, auf genau vierundzwanzig Stunden, mit der Verpflichtung, sie nach Ablauf dieser vierundzwanzig Stunden persönlich zurückzubringen, heil und ganz, hingegen wenn Esti sie noch nicht gelesen, oder vielleicht doch schon gelesen, aber die Absicht hätte, das eine und andere noch einmal zu lesen, oder vielleicht auch nicht zu lesen, sondern zu überfliegen, hin und wieder hineinzublicken oder die Zeitschrift vielleicht auch nur aus einer reinen Laune bei sich zu behalten oder jemandem zu verschenken, oder wenn ihm der Schatten eines Verdachts käme, daß er nicht völlig zuverlässig sei, daß er das Exemplar irgendwo verlieren oder beschädigen oder einem Buchhändler verkaufen oder sonst etwas, das jetzt in der Eile nicht im einzelnen zu erörtern und zu bestimmen sei, damit tun oder nicht tun könnte, dann würde er den Gefallen nicht annehmen, und wenn Esti noch so insistierte, dann würde er im vornherein auf das Ganze verzichten, dann wäre seine Bitte gegenstandslos und so zu betrachten, als hätte er kein Wort gesagt.

Diesen Satz, der in Wirklichkeit viel erschöpfender ist – im doppelten Sinn des Wortes – beendet er um elf Uhr zwei Minuten.

Esti tritt daraufhin zum Papierkorb und fischt die neuste, noch nicht aufgeschnittene Nummer der *Momente und Monumente* heraus. Dani bedankt sich, bereinigt noch beiläufig einige ungeklärte Punkte und macht sich auf den Weg. Esti begleitet ihn ins Treppenhaus. Auch das geht nicht allzu rasch. Als Esti hinter ihm das Tor schließt, mit Schlüssel und Riegel, und in sein Zimmer zurückkehrt, zeigt seine Uhr siebzehn Minuten nach zwölf.

Achtzehntes Kapitel

in welchem er eine gewöhnliche Fahrt mit der Straßenbahn erschütternd schildert und sich vom Leser verabschiedet

«Der Wind heulte», sagte Kornél Esti. «Die Finsternis, die Kälte, die Nacht schlugen mir mit Eisruten ins Gesicht und versahen es mit Striemen.

Meine Nase war purpurrot, meine Hände waren violett, meine Nägel lila. Die Tränen flossen mir, als weinte ich oder als wäre in mir das Leben, das noch nicht ganz eingefroren war, geschmolzen. Ringsum gähnten schwarze Gassen.

Ich stand und wartete, stampfte auf dem steinharten Asphalt hin und her und blies mir auf die Finger. Ich versteckte meine erstarrten Hände in den Manteltaschen.

Endlich erschien fern im Nebel das gelbe Lichtauge der Straßenbahn.

Der Wagen kreischte auf den Schienen. Blieb mit einem schwungvollen Bogen vor mir stehen.

Ich wollte einsteigen, aber kaum hatte ich den Haltegriff gefaßt, schrien mich unfreundliche Stimmen an: ‹Ist voll.› Menschentrauben hingen vom Trittbrett. Drinnen, in zweifelhaftem Dämmer, das nur von einer einzigen Glühbirne rötlich beleuchtet war, regten sich Lebewesen, Männer, Frauen, in Armen gehaltene Säuglinge.

Einen Augenblick zögerte ich, sprang dann mit plötzlichem Entschluß auf. Es bestand kein Grund, heikel zu tun. Ich fror, daß mir die Zähne klapperten. Und eilig hatte ich es auch, ein langer Weg stand mir bevor: ich mußte unbedingt ankommen.

Meine Lage war zunächst mehr als verzweifelt. Ich krallte mich an der Menschentraube fest und wurde selbst zu einer ihrer unsichtbaren Beeren. Wir fuhren unter Brücken und durch Tunnels hindurch, mit so rasender Geschwindigkeit, daß ich, wäre ich hinuntergefallen, einen schauerlichen Tod erlitten hätte. Zuweilen streifte ich eine Brandmauer, einen Bretterzaun, einen Baumstamm. Ich setzte mein Leben aufs Spiel.

Noch mehr als die Gefahr machte mich das Bewußtsein leiden, daß mich meine Mitreisenden ausnahmslos haßten. Oben auf der Plattform lachten sie über mich, auf dem Trittbrett hingegen hätten es jene, an die mich das Schicksal angeschweißt hatte, mit einem Seufzer der Erleichterung begrüßt, wenn ich hinuntergefallen wäre, mir das Genick gebrochen und sie auf diese Art von einem Außenseiter befreit hätte.

Es dauerte lange, bis ich mich auf die Plattform hinaufgekämpft hatte. Nur gerade am Rand fand ich einen winzigen Platz für meine Füße. Aber immerhin war ich oben, auf festem Grund. Mit beiden Händen hielt ich mich an der Verschalung des Wagens fest. Ich brauchte nicht mehr zu befürchten, daß ich hinunterfliege.

Allerdings wandte sich die allgemeine Stimmung wieder gegen mich, und zwar gründlich. Dort unten hatten sie sich schon mehr oder weniger an mich gewöhnt. Sie hatten meine Existenz als traurige Tatsache zur Kenntnis genommen, und nachdem sie mit mir koaguliert waren, beachteten sie mich nicht mehr. Oben hingegen war ich der letzte Hinzudränger, der neuste Feind. Sie verschmolzen in gemeinsamem Haß gegen mich. Ich wurde mit offenen und versteckten, lauten und leisen Flüchen, bösen Scherzworten und groben Beleidigungen begrüßt. Sie machten nicht den geringsten Hehl daraus, daß sie mich lieber zwei Meter unter der Erde gesehen hätten als hier.

Doch ich gab den Kampf nicht auf. ‹Durchhalten›, sagte ich mir. ‹Widerstand leisten, erst recht nicht nachgeben.›

Meine Hartnäckigkeit trug Früchte. Ich riß eine Halteschlaufe an mich und hängte mich daran. Bald gab mir jemand einen Stoß. Ich fiel so glücklich nach vorn, daß es mich noch mehr ins Wageninnere schleuderte. Jetzt stand ich nicht mehr unmittelbar an der Tür, sondern hatte mich eisern in die Gruppe auf der Plattform eingekeilt. Von allen Seiten wurde ich gepreßt, gewärmt. Manchmal wurde der Druck so stark, daß mir der Atem wegblieb. Manchmal bohrte sich mir ein Gegenstand – Regenschirmgriff oder Kofferecke – in den Magen.

Doch abgesehen von diesen vorübergehenden Störungen konnte ich mich nicht beklagen.

Und meine Chancen verbesserten sich stetig.

Man kam und ging, stieg ein, stieg aus. Ich konnte mich schon ungezwungen bewegen, mir mit der linken Hand den Wintermantel aufknöpfen, den Geldbeutel aus der Hosentasche fischen und der mehrfach wiederholten, bisher vergeblichen feierlichen Aufforderung des Schaffners, das Lösen eines Fahrscheins betreffend, Folge leisten. Welche Freude, wenigstens zahlen zu können.

Danach entstand wiederum ein kleines Durcheinander. Es stieg ein würdiger, dicker Kontrolleur zu, von dessen hundert Kilo der volle Wagen fast überschwappte, wie eine randvolle Kaffeetasse, in die man ein großes Stück Zucker wirft. Der Kontrolleur verlangte meinen Fahrschein zu sehen. Wieder mußte ich den Mantel aufknöpfen, und diesmal suchte ich mit der freien rechten Hand den Geldbeutel, den ich in meiner linken Hosentasche versenkt hatte.

Doch ich hatte eindeutig Glück. Während der Kontrolleur zwischen den lebendigen Leibern einen Tunnel bohrte und sich ins Wageninnere wühlte, peitschte mich eine stürmische Menschenwelle ebenfalls hinein, und auch ich war – zuerst traute ich meinen Augen nicht – drinnen, drinnen im Wagen: angekommen.

Unterdessen hatte mich jemand auf den Kopf geschlagen, und von meinem Wintermantel waren ein paar Knöpfe abgesprungen, aber was machte das schon. Stolz blähte mich, so weit gekommen zu sein. An Sitzen war selbstverständlich nicht zu denken. Man sah die erlauchte Gesellschaft der Sitzenden sowieso nicht. Sie waren von den Stehenden verdeckt, die an den Schlaufen baumelten und teils auf ihren eigenen, teils auf fremden Füßen standen, verdeckt auch durch den miefigen Dunst, der sich aus knoblauch- oder magensäurehaltigem Atem, aus dem eindringenden Winternebel und der Ausdünstung muffiger Kleider zusammensetzte.

Diese jeglicher Menschenwürde beraubte, zusammengepferchte, stinkende Tierhorde erfüllte mich auf einmal mit solchem Widerwillen, daß mich unweit des Ziels und der Erfüllung die Versuchung streifte, den Kampf aufzugeben, die Fahrt abzubrechen.

Da erblickte ich eine Frau. Sie stand in einer dämmerigen Ecke, in abgetragener Kleidung, mit einem Hasenfell um den Hals, an die Wand gelehnt. Sie wirkte erschöpft und niedergeschlagen und hatte ein schlichtes Gesicht, eine sanfte, reine Stirn, blaue Augen.

Wenn die Schmach unerträglich wurde und mir die Glieder weh taten und sich der Magen zu kehren begann, dann suchte ich zwischen den Lumpen, den tierischen Visagen, dem grausigen Gestank sie, die sich hinter Köpfen und Hüten versteckte. Meistens starrte sie vor sich hin. Einmal jedoch begegneten sich unsere Blicke. Von da an war sie nicht mehr verschlossen. Mir schien, daß sie das gleiche dachte wie ich, daß sie wußte, was ich von diesem Wagen und überhaupt von dem Ganzen hielt. Das tröstete mich.

Sie ließ zu, daß ich sie betrachtete, und ich blickte in ihre blauen Augen wie die Kranken in das blaue Licht, das nachts in den Krankensälen angezündet wird, damit die Leidenden doch nicht ganz allein seien.

Nur ihr verdanke ich, daß mich mein Kampfesmut nicht endgültig verließ.

Nach einer Viertelstunde hatte ich schon einen Sitzplatz auf der Bank, die durch Armstützen aus Messing für vier Passagiere eingeteilt ist. Vorläufig war nur so viel Platz da, daß ich halb saß, halb in der Luft schwebte. Die neben mir Sitzenden waren ekelhafte Spießbürger, sie hatten sich in ihre Pelze und ihre erworbenen Rechte eingenistet und wollten keinen Deut davon abgeben. Ich gab mich zufrieden mit dem, was sie mir überließen. Verlangte nicht nach mehr. Ich tat so, als bemerkte ich ihre miese Überheblichkeit nicht. Ich benahm mich wie ein Sack. Denn ich wußte, daß die Menschen einander instinktiv hassen und einem Sack viel lieber verzeihen als einem Menschen.

So geschah es auch. Als sie sahen, daß ich belanglos war, ein Nichts und Niemand, der nicht zählt, rückten sie ein bißchen zusammen und stellten mir ein Stückchen von dem mir zustehenden Platz zur Verfügung. Später konnte ich dann schon unter den Plätzen auswählen.

Einige Haltestellen später ergatterte ich einen Fensterplatz. Ich ließ mich nieder und blickte um mich. Vor allem suchte ich die Blauäugige, doch sie war nicht mehr da, wahrscheinlich ausgestiegen, als ich den wilden Kampf ums Überleben focht. Sie war auf ewig verloren.

Ich seufzte. Starrte aus den eisblumenbedeckten Fenstern, sah aber nur Laternenpfähle, schmutzigen Schnee, dunkel und abweisend geschlossene Tore.

Ich seufzte noch einmal, dann gähnte ich. Ich tröstete mich, so gut es ging. Stellte fest, daß ich ‹gekämpft und gesiegt› hatte. Ich hatte erreicht, was zu erreichen war. Wer vermöchte denn in der Straßenbahn mehr zu erreichen als einen Fensterplatz? Versonnen und ziemlich zufrieden dachte ich an die einzelnen Manöver meines schrecklichen Ringens zurück, an den ersten Ansturm, mit dem ich die Straßenbahn genommen hatte, an die Leiden auf dem Trittbrett, an den Faustkampf auf der Plattform, an die unerträgliche Atmosphäre und Mentalität im Wageninneren, und ich machte mir Vorwürfe wegen meiner Kleingläubigkeit: daß ich die Flinte fast ins Korn geworfen und im letzten Augenblick beinahe einen Rückzieher gemacht hätte. Ich betrachtete die Stellen der abgerissenen Knöpfe an meinem Mantel, als wären es Kampfwunden. ‹Jeder kommt an die Reihe›, wiederholte ich mit der abgeklärten Weisheit des Erfahrenen, ‹man muß es nur abwarten. Auf Erden erfolgt die Belohnung nicht so rasch, aber am Ende erhält man sie doch.›

Jetzt packte mich der Wunsch, meinen Triumph auszukosten. Ich wollte eben meine verkrampften Beine ausstrecken, um endlich zu Ruhe und Luft zu kommen, um endlich auf- und einzuatmen, frei und glücklich, als der Schaffner an mein Fenster trat, die Tafel mit dem Fahrziel umdrehte und rief: ‹Endstation.›

Ich mußte lächeln. Und stieg langsam aus.

Nachwort

in welchem sich der Verfasser desselben zur Andeutung versteigt, daß ihn eine ganz enge geistige Verwandtschaft mit Kornél Esti verbindet, und in welchem er bemüht ist, plausibel zu machen, daß es sich beim Untenstehenden in der Tat um ein Nachwort handelt

Die deutschsprachigen Leserinnen und Leser haben zuerst Sándor Márai und Antal Szerb kennengelernt und erst danach Dezső Kosztolányi. Bei uns Ungarn ist es gerade umgekehrt: wir blicken von Kosztolányi aus auf die ungarische Literatur des 20. Jahrhunderts. Ein bißchen stehen alle in seinem Schatten, und wer nicht dort steht, würde wohl gern dort stehen.

*

Er wurde 1885 in Szabadka (heute Subotica in Serbien) geboren; *alle* wurden ungefähr dann geboren: Joyce, Musil, Broch, Rilke, Bartók, Thomas Mann, Kafka, Einstein, Picasso, Wittgenstein, alle, tout Paris. Auch die sogenannten modernen Klassiker Ungarns gehören in jene Zeit: Endre Ady, Mihály Babits, Zsigmond Móricz, Gyula Krúdy, Béla Bartók, Zoltán Kodály. Um die Jahrhundertwende kam wirklich alles zusammen. Bevor die Welt zusammenkrachte, hatten sich alle schön zusammengefunden. Eine geistige Glanzzeit, unter deren bedeutendsten Protagonisten der wohl am hellsten glänzende Dezső Kosztolányi war.

*

Wieviel Schlechtes haben wir dazumal in der Schule von diesem Kosztolányi gehört. Der hatte doch die Wirklichkeit nicht rechtschaffen realistisch dargestellt, war von der Arbeiterklasse abtrünnig geworden, hatte vielleicht sogar in einem Elfenbeinturm gesessen, und dann war er auch ein Homo aestheticus gewesen, was immer das sein mochte, wir wußten es nicht, aber jedenfalls war es klar, daß ein anständiger Mensch so etwas nicht ist. Es wurde so viel Schlechtes erzählt (sogar Künstlerkrawatten hatte er getragen!), daß wir gar nicht mehr recht verstanden, warum wir ihn lernen mußten. Das gab uns zu denken, und so begannen wir ihn zu lesen, im Gegensatz zu anderen Pflichtlektüren! Mein Gott, ein leicht zu lesender Klassiker!

★

Die Texte dieses Bandes sind zwischen 1925 und 1933 entstanden; außerdem gibt es noch rund zwanzig weitere Esti-Novellen, die 1936, im Jahr von Kosztolányis Tod, unter dem zusammenfassenden Titel *Die Abenteuer des Kornél Esti* erschienen sind.

★

Vanitas vanitatum: An der Universität (mathematische Fachrichtung) nannten mich meine Kommilitonen Esti. Das ist bisher meine größte Auszeichnung.

★

Kornél Esti ist ein Weltbürger und ein leidenschaftlicher Budapester; wir kommen in den Genuß wunderbarer Budapest-

Beschreibungen und -Bekenntnisse; die Stadt ist bei Kosztolányi mindestens so geheimnisvoll, zauberhaft, anziehend und aufregend wie Italien bei Antal Szerb.

*

Und hier erfahren wir nun endlich auch, wie die Deutschen sind. Zum Beispiel denken sie dauernd; so ein Volk ist das. Nur bei ihnen möchte Kornél krank sein. Und auch sterben ausschließlich hier. Leben hingegen doch lieber zu Hause. Die Deutschen achtet er am höchsten, aber lieben tut er die Franzosen. Das alles würde sich in einem französischen Nachwort zweifellos besser machen.

*

Der kleptomanische oder diebische (der Dieb, den wir persönlich kennen, ist ein Kleptomane; sonst einfach nur ein Dieb) Übersetzer stiehlt Wörter, er schädigt die Helden des zu übersetzenden Romans, «übersetzt» anstelle von vier Kronleuchtern bloß zwei, und auf dem holperigen Weg zwischen den Sprachen bekommt auch der Diamant-Halsschmuck Beine. Ja, hier ist der Text alles, der Text ist die Welt. Man ist an Don Quichotte erinnert, wie er in einem von Don Quichotte handelnden, mit Don Quichotte betitelten Buch blättert (es lebt? es stiehlt?).

Zwischen Leben und Literatur wählt Esti stets die Literatur, weil sie das Leben ist. Die Form, flüstert Esti – während er sagt: Leben! Leben! Sein Freund macht sich Sorgen, ob sein Sohn davonkommt, Esti macht sich die gleichen Sorgen um sein Gedicht. Als Elinger, der ihn aus der Donau gerettet hat, zu ihm zieht, ihn anpumpt, ihn ausnimmt, sich in seinem Leben breitmacht, da erträgt er das, doch als der Elinger anfängt, Gedichte zu schreiben, schlechte Gedichte – da stößt er ihn unverzüglich in die Donau, womit er nicht nur das moralische Gleichgewicht der Welt wiederherstellt, sondern auch die Symmetrie der Novelle. Der Acte gratuit – als kristallklare Logik!

★

Die Wirklichkeit verwandelt sich in Text zurück. Ein beispielhaftes Versteckspiel von Dichtung und Wahrheit. Der strengste Lyotard würde sich in postmoderner Freude die ihres Zentrums verlustig gegangenen zehn Finger lecken.

★

Figuren, Frauen, Männer, die heute nicht mehr existierenden Gestalten der Jahrhundertwende und (und!) Wörter sind die Hauptdarsteller dieses Buchs. (Im siebten Kapitel sind die türkischen Lehnwörter eine Menge Küsse wert. Der Verfasser des Nachworts sinnt sehnsüchtig über die Kuß-Perspektiven nach, die sich im indoeuropäischen Sprachraum eröffnen würden … und merkt an, daß auf ungarisch Sprache und Zunge ein und dasselbe Wort sind.)

★

Und nicht zu vergessen: Esti ist ein sprechender Name, Esti, der Abendliche, ein Abend- und kein Tageswesen. (Wegen solcher Sätze lieben mich die Übersetzerinnen heiß. Aber was ist das für ein kaltes Blinken in ihren Äuglein?) Er ist ein Wesen der Nacht, des Traums, er lebt im Modus des Konditionals, des Konjunktivs, ihn interessiert das Mögliche und nicht das Seiende oder, noch eher, das Unmögliche und nicht das Mögliche. «Ist es unvorstellbar, unwahrscheinlich, unglaublich genug? Wird es diejenigen, die in der Literatur psychologische Motivation, Vernunft und die Moral der Geschicht' suchen, auf die Palme bringen? Gut. Dann will ich es schreiben.»

★

Es lebe das Fragment! posaunt Esti. Mit Kornél Esti holt die ungarische Literatur die Prosa des 20. Jahrhunderts ein. Kosztolányi ist radikaler als Szerb oder Márai, aber auf eine liebenswürdige Art – er ist genauso «leserfreundlich» wie jene. Mit Kosztolányi hört bei uns der «allwissende Erzähler» auf (den wir in den großen französischen und russischen Romanen des 19. Jahrhunderts doch so liebgewonnen hatten).

★

Kosztolányi ist zwar nicht ganz, aber Kornél Esti ganz gewiss ein freudig-getreuer (also ungetreuer) Wittgenstein-Jünger. Hier ist die Sprache die Welt, oder zumindest das Abbild der Welt. Doch das soll den Leser nicht erschrecken.

Kosztolányi hat den ungarischen Satz verwandelt. Man könnte vom Satz vor K. und nach K. sprechen. Er ist der eleganteste ungarische Schriftsteller, der Meister auch von Márai. Die sprachlichen Feinheiten will ich hier nicht erörtern, das ist eine innerungarische Angelegenheit, aber sagen wir, daß man bei ihm ein sehr gutes Ungarisch lernen könnte. Ich z. B. usw.

★

Esti ist kein Zyniker, er ist Agnostiker. Er zweifelt – und hofft. Er hofft nicht – sondern glaubt. Er glaubt nicht – sondern liebt. Er betrachtet das Leben mit leidenschaftlichem Interesse. Hält es zuweilen für ein bißchen grau, deshalb spielt er unausgesetzt. Er hat die einsame Ethik des Homo ludens. Der Homo aestheticus, der die Form zur Ethik erhebt. Nur das in Form gefaßte Leiden ist Leiden, das Formlose ist bloß Rohmaterial.

Er spielt und rebelliert. Er rebelliert gegen die Langeweile und das Langweilige, und er rebelliert im Namen der Stummen, der Sprachlosen. «Er ist mit der Schöpfung nicht zufrieden.» Soviel menschenfreundlichen Zynismus, soviel verantwortungsvolle Nonchalance, vielsagende Oberflächlichkeit, großherzige Bosheit, seriösen Blödsinn – wo in der Weltliteratur findet man das noch? Statt der Wahrheit die Laune, aber ohne die Werte aus den Augen zu verlieren – das ist sein Ernst im Unernst. Das ernste Spiel – als Form und Lebensform. Er ist verspielt – auf Leben und Tod.

★

Kornél Esti gibt der Welt ihre Farben. Er färbt das Leben. Kornél Esti: ein Regenbogen. Ein Regenbogen in der kalten, dunklen Nacht.

★

«Kornél Esti – c'est moi.»

Péter Esterházy